verlag
der
criminale

Das Buch

Drama in den Alpen: Die 17-jährige Renate Litowski stürzt am Monte Cevedale in eine Gletscherspalte. Ihr Begleiter Dieter Reitmeier entkommt der Gefahr, vermag aber wegen des Nebels den Unglücksort nicht näher zu beschreiben. Nachdem alle Suchaktionen der Bergwacht gescheitert sind, wachsen Zweifel an der Aussage des einzigen Zeugen. Was geschah wirklich in dieser Einsamkeit aus Eis und Fels?

Dreieinhalb Jahre später kehrt Dieter Reitmeier zum Cevedale zurück – mit einer Gruppe, die von seinem fürchterlichen Erlebnis nichts weiß. Andere aber wittern die Chance, ihm endlich das Geheimnis zu entreißen. Dabei inszenieren sie ein riskantes Intrigenspiel, bei dem sich ungeahnte menschliche Abgründe auftun.

Franz Gilg beleuchtet in diesem Psychothriller vielerlei Extreme: entfesselte Kräfte, hochtrabende Ziele, tiefe Emotionen und radikale Ansichten. Die grandiose, oft auch feindlich abweisende Bergwelt kontrastiert er geschickt mit dem eigenen Mikrokosmos beengter Winterlager auf verlassenen Hütten – ein Bergkrimi, der von authentischen alpinen Erfahrungen zeugt.

Der Autor

Der studierte Physiker Franz Gilg, Jahrgang 1963, arbeitet als Redakteur einer großen bayrischen Regionalzeitung. Zu seinen bisherigen Werken gehören Romane, Kurzgeschichten, Theaterstücke, Lyrik und Filmdrehbücher. Sein erfolgreicher niederbayrischer Regionalkrimi »Die Schüsse von Öd« ist 2000 im Verlag der Criminale erschienen. Mehrmals hat der Autor in der von ihm beschriebenen Gebirsgruppe selbst Hochtouren unternommen.

Franz Gilg

Nebel am Cevedale

Kriminalroman

verlag der criminale

Der Verlag der Criminale ist ein BoD™ Verlag der Buch & medi@ GmbH, München. Dieser Verlag publiziert ausschließlich Books on Demand in Zusammenarbeit mit der Books on Demand GmbH, Norderstedt, und dem Hamburger Buchgrossisten Libri. Die Bücher werden elektronisch gespeichert und auf Bestellung gedruckt, deshalb sind sie nie vergriffen. Books on Demand sind über den klassischen Buchhandel und Internet-Buchhandlungen zu beziehen.

Weitere Informationen über den Verlag und sein Programm unter:
www.verlag-dercriminale.de

Oktober 2001
Verlag der Criminale
Ein BoD™ Verlag der Buch & medi@ GmbH, München

Umschlaggestaltung: Bauer+Möhring, Berlin
Herstellung: Books on Demand GmbH, Norderstedt
Printed in Germany · ISBN 3-935284-77-2

Die Handlung spielt im südlichen Ortlergebiet (Italien) auf verschiedenen verlassenen Berghütten nach dem Ende der Sommersaison. Die landschaftlichen Gegebenheiten sind weitgehend originalgetreu wiedergegeben. Personen und Ereignisse sind frei erfunden.

Schmerzlicher Verlust

Silvano hörte es als Erster. Trotz der knirschenden Schritte seiner Kameraden im tiefen Schnee, trotz ihres heftigen Atmens und gelegentlicher Unmutsäußerungen über diese Aktion, die sich genauso gut als Flop entpuppen konnte.

›Was nun, wenn das vermisste Paar einfach über das jenseitige Tal abgestiegen ist? Konnten sie so dumm sein und genau die entgegengesetzte Richtung einschlagen?‹, fragten sie sich. Mit Recht, denn an ihnen hier mussten die Gesuchten vorbei, wollten sie den Treffpunkt erreichen.

Die sechs Italiener, bepackt mit Bergungsgerät und einer üppigen Sanitätsausstattung bis hin zum Leichensack, stoppten, als Silvano »Attentione« rief. Demonstrativ hielt er, der Jüngste unter ihnen, die Hand nach oben. Dichter Nebel schluckte die dunklen Konturen der wenigen Felsen, die noch aus dem Weiß des Untergrundes herausstachen.

Keiner Spur waren sie seit ihrem Abmarsch von der Pizzini-Hütte vor zwei Stunden begegnet, keiner Reaktion auf ihr anfängliches Rufen. Mit der Zeit waren sie stiller geworden und sparten ihre Energie für dem Kampf durch den kniehohen Untergrund in dieser steilen Flanke zum Langenferner Joch. Laut Höhenmesser befanden sie sich etwa auf halbem Weg, als Silvano warnend die Hand ausstreckte.

Nun hörten auch die anderen ein Keuchen in unmittelbarer Nähe. Es schien, als habe diese Person still verharrt, bis sie den Trupp gehört hatte und sich dann wieder in Bewegung gesetzt. Wie aus dem Nichts tauchte der Bursche plötzlich auf und fiel ihnen regelrecht in die Arme. Unbeholfen rutschte und torkelte er durch das schwierige Gelände. Ein in Seenot geratenes Schiff, steuerlos, aber irgendwie auf seinem Kurs bleibend. Instinktiv, wie Gianni, der Anführer, fand. Er konnte ihn gerade noch packen, bevor jener einen seiner Leute in den Abgrund gekegelt hätte.

Heftig röchelnd machte sich der überraschend Aufgetauchte frei und plumpste zu Boden, wo er in einen herzzerreißenden Weinkrampf fiel. Gianni, der seine Kindheit in Sulden verbracht hatte und demnach hervorragend deutsch konnte, fragte ihn: »Bist du verletzt?« Da drückte der andere sein Gesicht in den Schnee, als schäme er sich seiner Tränen.

»Wir sind gekommen, um dir zu helfen«, sagte Gianni, so ruhig er es in dieser Situation nur vermochte. »Mein Name ist Gianni Lombardo. Ich bin Leiter der Bergwacht Bormio. Und das sind meine Kollegen. Wir wurden beauftragt, nach zwei Leuten zu suchen, die vom Cevedale kommen. Gehörst du zu ihnen?«

Die anderen hatten inzwischen ihre Rucksäcke abgelegt. Einer packte die Notfallapotheke aus, einer den Biwaksack, wieder einer griff nach der Isoliermatte. Unterdessen richtete sich der Unglückliche etwas auf und verwischte seine Tränen mit einem Klumpen Eis. Schockiert lasen die Männer aus seinem Gesicht, das um Jahre gealtert wirkte: ein irrer Blick, der fast die Augen aus den Höhlen treten ließ, ein vorgeschobener Unterkiefer, offener Mund, aus dem es unentwegt sabberte. Der Kleidung nach zu schließen war er mehr gerobbt als gegangen.

Gianni, der ihn genau beobachtete, konnte immer noch keine Verletzung an ihm feststellen. Aber alleine die Tatsache, dass er ihnen hier ohne Begleitung begegnet war, ließ Schlimmstes erahnen.

»Bitte sprich mit uns! Oder verstehst du kein Deutsch?«

»Was gibt es da noch zu reden?«, schnauzte der Bursche die Retter an. »Ihr seid leider zu spät gekommen.«

»Was ist mit deiner Begleiterin?«

»Tot. Sie ist tot!«, schrie er und stürzte wieder zu Boden.

Einer der Helfer rollte vor ihm eine Matte auf und deutete an, er solle sich darauf legen.

»Lass das! Ich bin nicht verletzt!« Dies veranlasste Gianni, nun etwas rabiater vorzugehen, indem er ihn packte und mit einem schnellen Ruck in die Senkrechte brachte. »Was ist geschehen? Sag es uns, denn vielleicht besteht noch Hoffnung.«

»Worauf?« Er stieß ihn weg, bemühte sich aber um etwas mehr Haltung. Es war bitterkalt, und doch zitterte er nur vor Erregung. »Ich sah doch, wie sie vor mir in die Spalte stürzte. Minutenlang rief ich ihren Namen und hoffte auf ein Lebenszeichen. Nichts. Es war so … so …« Er schluckte und suchte nach dem richtigen Wort. »… unbegreiflich.«

»Wie konnte das geschehen? Wart ihr nicht angeseilt?«

»Nein. Ich … ich dachte, es … sei nicht nötig. Ich bin schuld. Ich habe sie getötet!«

Dann vergrub er wieder sein Gesicht in den Händen. Alle Versuche, ihm beruhigend zuzusprechen, scheiterten. Ja, plötzlich verkrampfte er sich wie bei einem epileptischen Anfall. Das Zittern wurde so schlimm, dass ihn zwei Männer gewaltsam auf die Matte legen mussten, während ihn ein Dritter in den schützenden Biwaksack steckte.

Gianni mochte noch nicht so recht glauben, was er gehört hatte – einfach aus dem Grund, weil er sich nicht eingestehen wollte, dass diese Aktion vergeblich gewesen sein sollte. Zumindest wollte er mit seinen Leuten die Unglücksstelle inspizieren, um völlig sicher zu sein, dass sie für das Mädchen nichts mehr tun konnten.

Schnelles Handeln, das wusste er, konnte auch hier der entscheidende Faktor sein. Nachdem sich der Bursche also wieder etwas beruhigt zu haben schien, kniete sich Gianni neben ihn und deutete den anderen an, sie mögen Abstand nehmen. »Hör mir gut zu, Freund«, sprach er mit fast beschwörender Stimme, indem er den Kopf dicht gegen den des Liegenden senkte. »Es ist meine gottverdammte Pflicht, alles Menschenmögliche zu tun, um deiner Begleiterin vielleicht doch noch zu helfen. Es besteht durchaus die Hoffnung, dass sie nach dem Sturz nur benommen war und später wieder zu sich kam. Wenn es ihr gelang, noch zusätzliche Kleider anzuziehen oder in einen Schlafsack zu schlüpfen, kann sie längere Zeit in der Spalte überleben. Wir holen sie da raus. Du musst uns nur beschreiben, wo sich das Unglück ereignet hat.«

Für wenige Sekunden wich der irre Blick des Burschen. Er schien intensiv nachzudenken, um dann gleich wieder dieser eigentümlichen Schwermut zu verfallen. Zögernd gab er folgende Informationen preis: Er sei gestern, kurz nach Mittag, mit seiner Begleiterin vom Monte Cevedale Richtung Casati-Hütte abgestiegen. Im dichten Nebel müsse er zu weit links in den Zufallferner geraten sein – einem mit großen, aber auch kleinen, tückischen Spalten durchsetzten Gebiet. Um diese frühe Jahreszeit – Anfang Juni – waren noch viele dieser Todesfallen verschneit. Ein falscher Schritt und man wurde vom Gletscher regelrecht geschluckt.

Gianni Lombardo mochte nicht urteilen über den Leichtsinn dieser Gruppe aus Stuttgart, die sich am Südgrat der Cevedale-Gruppe getrennt hatte. Bei schönem Wetter wären die jungen Leute vielleicht dem einen oder anderen Skitourenfahrer begegnet, doch so befanden sie sich ganz allein inmitten dieser weißen Wildnis.

»Beschreib mir die Stelle genauer. Erinnerst du dich noch an irgendwelche landschaftliche Details, anhand der wir sie finden können?«, wollte der Bergwachtchef wissen. Kopfschütteln als Antwort. Natürlich erübrigte sich die Frage, ob er so geistesgegenwärtig gewesen war, am Unglücksort ein Zeichen zu hinterlassen. Wie konnte man das von einem verlangen, der glaubte, durch fahrlässiges Handeln einen Menschen auf dem Gewissen zu haben?

»Es war Nebel, der uns kaum die ausgestreckte Hand sehen ließ. Und der Wind hat längst alle Spuren verwischt. Es ist meine Schuld, dass alles so kommen musste. Warum nur bin ich nicht auch mit hinunter gerissen worden?«

»Hast du die Nacht in der Casati-Hütte zugebracht?«

»Ja, aber glaubt nicht, ich hätte eine Minute Schlaf gefunden.«

Gianni erhob sich und beratschlagte mit den anderen, was zu tun sei. Wegen des anhaltenden Nebels konnte zur Suche kein Helikopter eingesetzt werden. Blieb die Möglichkeit, ein paar Leute zu Fuß in die Spaltenregion zu schicken – mit dem Risiko, dass sie dort selbst in die Bredouille gerieten. Unmöglich zu verlangen, er, der jetzt wieder hemmungslos heulte, solle noch einmal mit hochsteigen, um vielleicht den Weg zu rekonstruieren. Körperlich wäre er dazu in der Lage, nicht aber in dieser psychischen Verfassung. So die Ansicht des Arztes, der den Trupp begleitete. »Die Sache hat ihn brutal mitgenommen. Wir geben ihm ein Beruhigungsmittel und schaffen ihn möglichst schnell nach unten bis zum Hubschrauber-Landeplatz am Ende der Fahrstraße. Dort dürfte der Nebel bereits verschwunden sein.«

Gianni nickte, obgleich ihm die ganze Sache nicht gefiel.

Gianni Lombardo hatte Mühe, die Fakten zu sortieren, als er am Abend sämtliche Notizen zu einem sauberen Bericht verarbeiten musste. Bei einem Unglück dieser Art wollte die übergeordnete Behörde schnell und umfassend informiert werden. Immer wieder schweiften die Gedanken des Dienststellenleiters ab.

Schweren Herzens war er mit seinen Leuten weiter aufgestiegen, da er den Verwirrten liebend gern ins Krankenhaus begleitet hätte, um ihm weitere nützliche Informationen zu entlocken. Der Notarzt hingegen sprach von einem schweren Schock. Nichts zu machen.

In der Casati-Hütte machte die Suchmannschaft kurz Zwischenstopp. Eigentlich handelte es sich um das Wintergebäude, denn die große Hütte war um diese Zeit noch verschlossen. Das Wintergebäude ließ beim Komfort aber kaum Wünsche offen – wobei man sich allerdings selbst versorgen musste – was der Bursche auch getan hatte. Die Asche im Ofen der Gaststube war noch warm, in einem Topf fanden sich Abfälle wie Obstschalen und Verpackungen von Müsli-Riegeln. Ob der Gast auch die Schlaflager betreten hatte, blieb offen. Die Männer warfen nur einen kurzen Blick hinein und registrierten die ordentlich zusammengelegten Decken. Es roch ein wenig nach Schweiß, aber dieser »Duft« ist solch beengten Lagern in Berghütten eigen.

Als sich nachmittags der Nebel lichtete und weitere Verstärkung eingetroffen war, wurde der Helikopter gestartet. Gianni hoffte, der

Wind könne an bestimmten Stellen des Abstiegswegs den Neuschnee ganz abgetragen und dadurch Spuren im härteren Firn wieder sichtbar gemacht haben. Dadurch ließ sich eventuell die Abstiegsroute rekonstruieren und besagte Unglücksspalte ausfindig machen. Bereits der erste Erkundungsflug über den Gletscher machte die Hoffnung zunichte: Glatt gebügelter Schnee, so weit das Auge reichte. Überdies wurde es bald dunkel.

Der Bergwachtmann flog nach Bormio. Angesichts der Gefahr um ein Menschenleben erlaubten ihm die Ärzte, mit dem Patienten zu sprechen, obwohl dieser nicht vernehmungsfähig sei. Da selbst die Polizei vor dem Krankenzimmer warten musste, bedeutete dies einen enormen Vertrauensbeweis, den sich Gianni durch seine einfühlsame Art im Umgang mit »Problemfällen« jedoch redlich verdient hatte.

Auch jetzt fasste er den ruhiggestellten Burschen mit Samthandschuhen an. Und Dieter Reitmeier, so sein Name, fasste Vertrauen, riss sich zusammen und erzählte, was sich da oben im Eis zugetragen hatte: »Zwei Nächte verbrachten Renate und ich allein im Colombo-Biwak und dachten, wir kämen da nie wieder weg, so brutal stürmte und schneite es.« Dann sei eine leichte Besserung eingetreten. Sie brachen auf, überschritten zuerst den Cevedale und strebten der Casati-Hütte zu. Hier im weiten Gletschmeer war der Nebel so dicht, dass sie jede Orientierung verloren. Dieter gestand, er und seine 17-jährige Begleiterin hätten auf Seilsicherung verzichtet, da sie nicht mit solch tückischen Fallen rechneten. »Wir wollten keine Zeit mit dem Anseilen verlieren, hatten panische Angst, das Wetter könne sich weiter verschlechtern.«

Gut, am richtigen Weg wäre die Gefahr in der Tat zu vernachlässigen gewesen, fand Gianni.

Dieter berichtete weiter: Als ihnen klar war, dass sie sich verlaufen hatten, weil plötzlich überall Spalten waren, verlor Renate völlig die Fassung. Nur noch bergab wollte sie laufen, raus aus dieser Schneehölle. Und dann sei sie plötzlich vor seinen Augen verschwunden. Die Schneewächte über einer Spalte war gebrochen und hatte die Unglückliche mitgerissen, hinab in den Schlund, aus dem es kein Entrinnen gab. Dieter rief immer wieder nach ihr, wagte aber nicht, sich dem mörderischen Abgrund zu nähern. Er schrie, bis ihm die Stimme versagte.

Und er schrie auch jetzt in seinem schneeweißen Krankenbett, als er sich all das wieder vor Augen führte. Durch den Lärm wurde die Oberschwester auf den Plan gerufen, die das Gespräch sofort unterband. Draußen am Gang diktierte der Bergwachtchef dann dem Polizisten, was er erfahren hatte.

Den Rest konnten sie sich selbst zusammen reinem: Trotz seiner Verzweiflung muss Dieter beschlossen haben, wenigstens seine Haut zu retten. Wie durch ein Wunder gelangte er nach mehrstündiger, verzweifelter Suche zur Casati-Hütte. Wahrscheinlich begriff er erst im Schutz der vier Wände richtig, dass seine ... Freundin? ... für immer verloren war. Brennende Schuldgefühle mochten ihn während der folgenden Nacht in den Wahnsinn getrieben haben. Zu einem sofortigen Abstieg ins Tal fehlte ihm wohl die Kraft oder der Mut.

Und so fanden sie ihn dann, Gianni und seine Männer. Diese konnten nur noch den östlichen Zufallferner absuchen, bis keine Hoffnung mehr bestand. Experten bestätigten, dass solche Spalten, die sich plötzlich auftun, nach unten breiter werden und sehr tief sind. Gut möglich, dass ein Sturz dann unweigerlich zum Tode führt und die Leiche nie gefunden wird.

Die unangenehmste Aufgabe dieses Tages – abgesehen vom lästigen Tippen des Berichts – war für Gianni Lombardo gewesen, Dieters und Renates Kameraden die traurigen Tatsachen beizubringen. Drei Arbeitskollegen und der ältere Bruder des Mädchens waren nach einer wahren Odyssee erst am Abend hier eingetroffen. Weil die Gàvia-Straße wegen heftiger Schneefälle gesperrt war, hatten sie eine weite Busfahrt über Tirana und Bormio auf sich nehmen müssen. Das letzte Telefonat mit der Bergwacht am Morgen, kurz vor ihrer Abreise in Péio, hatte sie zwar beunruhigt, aber nicht in Panik versetzt. Sie nährten sich an der Hoffnung, die beiden Vermissten würden in der Casati-Hütte festsitzen – entweder der äußeren Verhältnisse wegen oder weil jemand krank geworden war. Auch eine Verletzung wäre zu verschmerzen gewesen, wenn sie hier, in diesem gut beheizten Chefzimmer der Bergwacht Bormio, wieder alle vereint würden.

Doch Gianni hatte ihnen nur traurig die Hand geschüttelt und darauf bestanden, dass alle Platz nahmen, bevor er über das Ergebnis der Suche berichtete. Oh Elend, wie sie ihn angestarrt hatten. Diese Mischung aus Entsetzen und Argwohn kannte der Bergwacht-Leiter nur zu gut. Gianni fasste sich ohnehin kurz, denn an den vier jungen Leuten lag es, das Geschehen zu erhellen. Es war ein mühsames Unterfangen. Renates Bruder weinte oft hemmungslos, den Übrigen schien ein Kloß im Hals zu stecken. Und sie waren alles andere als erpicht darauf, jetzt Fragen zu beantworten. Viel lieber wären sie sofort aufgebrochen, um sich an der Suche zu beteiligen. Gianni war immer noch überzeugt: »Die Hoffnung, sie lebend zu bergen, bleibt. Dafür aber müssen wir sie erst einmal finden.«

Wie dem auch sei, inzwischen hatte Gianni erfahren, wie sich alles zugetragen hatte:

Zu dieser Jahreszeit – die Berge sind noch bis in die Hochtäler mit Schnee bedeckt und Fräsmaschinen haben gerade erst das Stilvser Joch freigeräumt – kamen zwei Autos mit Bergsteigern nach Innersulden. Es waren sechs Leute zwischen 17 und 24 Jahren: fünf Auszubildende einer Stuttgarter Bank – Bernd, Josef und Albert, alle 19 Jahre alt, Renate Litowski sowie der knapp 22-jährige Dieter Reitmeier, der sich noch im ersten Lehrjahr befand, weil er zuvor ein Studium abgebrochen hatte –, dazu Roland Litowski, ein Handwerker. Renate hatte kaum Erfahrung in den Bergen. Aber auch mit den Künsten der anderen war es nicht weit her.

Sie wollten, von der Casati-Hütte beginnend, den ganzen Kamm bis hinüber zum Pizzo Tresero beschreiten. Zwölf Gipfel über 3500 Meter reihen sich dort aneinander. Und der tiefste Punkt, das Col Viòz, liegt noch immer über 3300 Meter. Da oben herrscht tiefster Winter. Vom Sturm blank gestrichene Eisflächen wechseln mit gefährlichen Wächten und verschneiten Hängen. Dazwischen gilt es, einige kniffLige Kletterpassagen zu bewältigen. Bei gutem Wetter wäre den jungen Leuten das Unternehmen sogar gelungen, denn am Grat konnten sie dreimal in sicheren Behausungen nächtigen: zwei Biwakschachteln und das Winterlager einer Berghütte standen zur Verfügung.

Die sechs Abenteurer kamen bei unbeständiger Großwetterlage an und hielten es nach dem Motto: Wir gehen, so weit die Füße tragen. So stapften sie am ersten Tag wacker durch den tiefen Altschnee zur Schaubach-Hütte, die der vielen Tourenskifahrer wegen ebenfalls einen offenen Winterraum hatte. Anderntags aber hatten sie sich eine wahre Monsteretappe vorgenommen. Erst strebten sie über den Eisseepass 700 Meter hoch zur Casati-Hütte, doch statt dort eine weitere Nacht zu verbringen, nahmen sie gleich den Cevedale in Angriff, was 500 zusätzliche Höhenmeter bedeutete. Der knietiefe Schnee zehrte trotz ständig wechselnder Führungsarbeit gewaltig an den Kräften des Trupps.

Außerdem hatten sie nicht damit gerechnet, dass nach dem Cevedale die Schwierigkeiten erst beginnen. Man steigt von dort schnell ab zum Rosolepass, muss dann jedoch durch felsiges Gebiet mit im Frühsommer besonders heiklen Kletterpassagen. Als sie endlich ins Colombo-Biwak unter dem Gipfel des Monte Rosole einkehrten, brach die Nacht herein. Die sechs bewahrten guten Mut und wollten am dritten Tag bis zum Meneghello-Biwak. Schon im Sommer war das kaum an einem Tag zu schaffen.

Alle marschierten wenig erquickt nach frostiger Nacht wieder los, leicht missgestimmt schon, denn in den Morgenstunden war dichter Nebel aufgezogen. Dazu pfiff plötzlich ein unangenehmer, strenger

Wind. Sie bewältigten noch den Aufstieg zum Palòn de la Mare, dem mächtigsten der verbleibenden Gipfel, und wurden dort von einem Wettersturz überrascht. Trotzdem glaubten Bernd, Josef und Albert – die Gianni schnell als verwegene, leichtsinnige Typen einschätzte –, sie könnten es zur Viòz-Hütte, die meist ab Juni bewirtschaftet ist, schaffen. Diesmal war sie verlassen. Geltungsdrang und Lust auf ein bequemes Nachtlager beflügelten die drei. Roland, der zu Renates persönlichem Schutz mitgekommen war und über die größte Erfahrung im Hochgebirge verfügte, stellte sich notgedrungen als Begleiter der Abenteurer zur Verfügung, da diese nicht von ihrem Vorhaben abzubringen waren. Dieter Reitmeier schließlich verzichtete auf den gewagten Trip und kehrte mit dem Mädchen ins Colombo-Biwak zurück.

Beide Gruppen hatten beschlossen, sich am Abend des folgenden, vierten Tages auf der Branca-Hütte zu treffen. Die Kämpfer mussten dazu notgedrungen das Meneghello-Biwak erreichen, um von dort über den Forni-Gletscher abzusteigen. Dieter erhielt den Rat, er solle direkt vom Col de la Mare durch die steile Nordwestflanke ins Rosole-Tal flüchten.

Das kam einem Aufruf zum Selbstmord gleich, wie Gianni Lombardo wusste. Von Dieter selbst hatte er erfahren, weshalb es nicht zu diesem Abstieg kam: Das Mädchen – körperlich schon schwer gezeichnet von den Strapazen – erkannte das Risiko. Es bat ihren Beschützer, trotz des vereinbarten Termins so lange im Biwak zuzuwarten, bis sich das Wetter entscheidend bessere. Dann könne man getrost über den Cevedale zurückkehren. Von der Casati-Hütte zur Branca-Hütte gelangt man flott in vier Stunden. Außerdem war es äußerst fraglich, ob die anderen den Zeitplan einhalten konnten, zumal der folgende Morgen mit gewaltigen Föhnstürmen aufwartete.

Das Quartett hatte in der Viòz-Hütte genächtigt und wagte trotz der widrigen Verhältnisse den Weitermarsch zur Meneghello-Biwakschachtel, kapitulierte aber am Aufstieg zur Punta Taviela, dem ersten »haarigen« Gipfel. Also wieder zurück in die Hütte, die ihnen nun zum Gefängnis wurde. Von den Zurückgelassenen nahmen sie an, sie würden im Laufe des Tages die Branca-Hütte erreichen. Wie lange ließ sich deren Geduld strapazieren? Womöglich eine Nacht, bevor sie die Bergwacht alarmierten. Die Lehrlinge und ihr Anführer hörten in Gedanken schon Hubschrauber über sich kreisen. Nein, auf diesen Wirbel und die damit verbundenen Kosten wollten sie gern verzichten. Außerdem bestand ja keinerlei Gefahr für sie. Es war nur nicht möglich, den Treffpunkt einzuhalten.

Ebenso ging es Renate und Dieter im Colombo-Biwak: Der Sturm hielt sie zwei Tage in den Aluminiumwänden fest. Eingehüllt in alle vorhandenen Decken kochten sie stundenlang Teewasser und fürchteten, der Orkan könne die Hütte aus ihren Verankerungsseilen reißen.

Am Morgen des fünften Tages nach ihrer Ankunft herrschte eine unheimliche Nebelsuppe in den Bergen. Kein Wind mehr, nicht der leiseste Hauch. Grabesruhe hatte sich über die Gipfelregion gelegt. Die vier Burschen auf der Viòz-Hütte, entnervt und mutlos, wählten den direkten Abstieg nach Süden ins Valle del Monte zur kleinen Ortschaft Péio. Vergeblich suchten sie nach einer Busverbindung, die sie noch am gleichen Tag wenigstens bis Santa Caterina bringen konnte, weshalb sie gezwungen waren, in einer Pension Quartier zu nehmen. Eine Kontaktaufnahme mit den anderen scheiterte ebenso, denn das Funktelefon der Branca-Hütte war abgestellt.

Nach einigen Umständen gelang es den Vieren aber, die Telefonnummer des Hüttenbetreuers in Bormio ausfindig zu machen. Sie riefen ihn an und erklärten mit ihren kärglichen Italienisch-Kenntnissen ihr Anliegen. Er möge doch bitte in der Branca-Hütte Bescheid geben, dass sie sich verspäteten. Für diesen Dienst würden sie sich nach ihrer Rückkehr gern finanziell erkenntlich zeigen. Der Hüttenbetreuer notierte sich die Telefonnummer der Pension in Péio und versprach, die Signori zu unterrichten, wenn er den Job erledigt habe.

Aber als der Italiener bei Schmuddelwetter zur Hütte kam, stellte er verwundert fest, dass dort seit Tagen niemand übernachtet hatte. Noch blieb er gelassen, denn immerhin konnten die Gesuchten auch im Winterlager der Pizzini-Hütte sein. Natürlich bestand auch dorthin keine Telefon- oder Funkverbindung. Der Hüttenbetreuer konnte nur noch ein kurzes Stück mit dem Geländewagen den Weg hochfahren, bis der Neuschnee zu tief wurde. Lust, zu Fuß hochzustapfen, hatte er nicht. Erst wollte er noch einmal mit den Jugendlichen telefonieren, um zu erfahren, was denn genau vorgegangen sei und vereinbart worden war.

»Spät nachts wurden wir vom Hüttenbetreuer verständigt«, erzählte Gianni seinen Gästen. »Wir bemühten uns um rasches Handeln, aber das Wetter ließ keine Helikopterflüge zu. So konnte ich vorerst nur einen Fußtrupp mit Laternen zur Pizzini-Hütte führen. Auch dort alles verlassen. Neuschnee und Wind machten den Aufstieg zur Casati-Hütte im Dunkeln zwar nicht unmöglich, aber wir scheuten die Lawinengefahr. Da für den kommenden Morgen besseres Wetter angekündigt war, entschieden wir uns, bis Tagesanbruch zuzuwarten. Den Rest kennt ihr bereits.«

Während die drei Banklehrlinge schockiert zugehört hatten, war

Renates Bruder stinksauer. Er wollte »Check« – so nannten sie Dieter, weil er stets ein umsichtiger Kerl war, der alles abzuchecken pflegte, bevor er sich auf eine Sache einließ – für sein Versagen am liebsten gleich die Leviten lesen. Der Bergwachtchef aber sah eine große Mitschuld derer, die der Trennung der Gruppe zugestimmt hatten. Roland Liwowski warf er vor, er hätte die beiden blindlings in den Tod getrieben, wären sie seiner Weisung gemäß über die Gletscherflanke direkt abgestiegen. Damit beruhigte er die Gemüter.

Er besorgte den Burschen eine Bleibe für die Nacht und arbeitete dann an seinem Bericht.

Erlebnisse wie diese konfrontierten Gianni immer mit der Sinnfrage.

Auch an den nächsten Tagen verlief die Suche nach der Unglücksspalte erfolglos. Da Dieters psychische Verfassung unverändert kritisch war, schirmten ihn die Ärzte weitgehend vor Besuchen ab. Der knapp 22-jährige Bursche wollte weder seine Angehörigen noch seine vier verbliebenen Begleiter sehen. Lediglich das Protokoll seiner Aussage unterschrieb er, damit ihn die Polizei in Ruhe ließ. Zwei Tage, nachdem ihn die Bergwacht gefunden hatte, wurde er in ein Krankenhaus seiner Heimat verlegt.

Auch Bernd, Josef und Albert hatten es eilig, von diesem Unglücksort wegzukommen. Tief betroffen hingegen war Renates Bruder, der sich in Bormio einquartierte, ein paarmal die Suchtrupps begleitete und die Hoffnung nicht aufgab, das Mädchen könne doch noch lebend in einer Spalte entdeckt werden. Selbst als Gianni ihm sagte, es gebe keine Hoffnung mehr, ließ sich Roland nicht zur Abreise bewegen.

Wie sich zeigte, wartete er noch auf den Besuch seines älteren Bruders Karsten Litowski. Dieser hatte sein Studium in den USA unterbrochen, als er vom Unglück Renates hörte und kam nun hierher, um sich »aus reinem Interesse ein Bild von der Lage zu machen«. So jedenfalls seine Worte Gianni Lombardo gegenüber.

Weil es bei der Bergwacht gerade relativ ruhig war, konnte sich ihr Chef geduldig mit den Brüdern unterhalten. Karsten machte keinen Hehl daraus, dass die Suche in voller Intensität hätte weitergeführt werden müssen. »Und sei es nur, um Renate eine ordentliche Beerdigung zuteil werden zu lassen.« Karsten konnte fließend Italienisch, aber im Beisein von Roland unterhielt man sich auf Deutsch.

Um guten Willen zu zeigen, nahm der Bergwachtchef die Brüder auf einen Routineflug zum Gletscher mit. Nun, da schon etwas Betrieb auf der inzwischen bewirtschafteten Hütte herrschte, konnte sich Karsten schlecht in die Verhältnisse zur Zeit des Unglücks hineindenken. Außerdem war er kein Bergsteiger.

Nach einem Rundflug über den Zufallferner, der jetzt wesentlich mehr Spalten geöffnet hatte als noch vor zwei Wochen, unterhielt sich Karsten mit dem Hüttenwirt. Er wollte wissen, ob ihm etwas aufgefallen sei, als er hier den Betrieb aufnahm. Der Mann berichtete von zwei Fäustlingen, die er im Wintergebäude, am Platz zum Trocknen der Kleider, gefunden hatte. »Sie lagen auf dem Boden und sind vermutlich von der Leine gefallen.«

»Haben Sie die Fäustlinge noch?«, fragte Karsten mit Nachdruck.

»Ja. Ich bringe sie Ihnen.«

Roland identifizierte sie als Renates Fäustlinge. »Die trug sie bis zu unserer Trennung, um ihre Hände vor dem Sturm zu schützen.« Also müsse die Vermisste hierher zurückgekommen sei, folgerte der Student. »Und Check hat uns Lügen aufgetischt?«, ergänzte sein Bruder. Nun, der Hüttenwirt mochte kein vorschnelles Urteil abgeben und bemerkte, diese Fäustlinge würden von vielen Bergsteigern getragen. »Womöglich lagen die Dinger schon den ganzen Winter über in der Hütte.«

Man flog wieder zu Tal. Nachdem sich Gianni Lombardo nicht überreden ließ, die Suche fortzuführen, beratschlagten Karsten und Roland in einer Pizzeria, was weiter zu tun sei. Karsten war überzeugt: Dort oben im Nebel muss sich eine menschliche Tragödie abgespielt haben. Doch welcher Art? »Die Fäustlinge und weitere Ungereimtheiten werte ich als Beweis einer These, die ich öffentlich nicht aussprechen darf, ohne eine Anzeige wegen übler Nachrede zu bekommen«, flüsterte Karsten und nippte von seinem Rotwein. »Ich will den Täter nicht zum Opfer machen und habe deshalb auch vor Gianni keine weiteren Verdächtigungen ausgesprochen.«

»Aber mir gegenüber kannst du offen sein«, sagte Roland möglichst leise, denn sie waren nicht allein im Lokal. Ebenfalls nur noch flüsternd äußerte sein Gegenüber seinen Verdacht:

»Ich spüre es. Renate liegt nicht im Gletscher – jedenfalls nicht dort, wo Dieter es uns glauben machen will, denn mit seiner Erzählung lenkte er die Suchtrupps bewusst in die Irre. Nein, wir müssen systematisch die Gegend um die Casati-Hütte absuchen, denn dass Renate diese Hütte erreicht hat, beweisen die Handschuhe.«

»Denk daran, was uns der Hüttenwirt gesagt hat!«

Karsten fuhr unbeirrt in seinen Ausführungen fort: »Lassen wir das so stehen. Dies ist nur Punkt eins der Ungereimtheiten. Punkt zwei: Dieter hätte die Unglücksstelle wiederfinden müssen. Zumindest eine bessere Beschreibung hätte ich mir von ihm erwartet. Punkt drei: Du hast mir versichert, Dieter hätte sich während eurer Tour beinahe krankhaft um Sicherheit bemüht, sei also seinem Spitznamen Check voll gerecht worden.«

»Ja, wirklich. Keiner durfte auch nur einen Schritt über den Gletscher tun, ohne am Seil zu hängen, egal ob's Spalten gab oder nicht. Jeder hing zusätzlich an Spezialschlingen, um sich notfalls selbst aus dem Abgrund zu ziehen.«

»Und dennoch will uns Check weismachen, er habe beim Abstieg mit Renate einfach auf das Seil verzichtet.« Karsten führte weitere Punkte gegen Dieter ins Feld: Beispielsweise sei es doch seltsam, dass der Bursche nach Renates Unglück dem teuflischen Spaltengewirr hatte entkommen können – noch dazu in seinem Schockzustand. Wie ferngeleitet habe er im Nebel den Weg zur Casati-Hütte gefunden.

»Welchen Grund sollte er haben, uns Märchen zu erzählen?«, wunderte sich Roland.

»Nun, vielleicht hat es etwas mit seiner Beziehung zu Renate zu tun.«

»Mir wurde versichert, es sei eine lockere Freundschaft unter Arbeitskollegen gewesen. Als ›netten, aber irgendwie seltsamen Kollegen‹ hat mir Renate diesen Didi beiläufig einmal beschrieben. Unterwegs am Berg kümmerte er sich rührend um ihr Wohlergehen, trug einen Teil ihres Gepäcks, überließ ihr im kalten Lager seine Decken und sorgte für gute Stimmung im Team.«

Am Ende dieser Aussprache hatten die Brüder zwei Flaschen Wein geleert. Roland versprach, er werde in seiner Alpenvereinssektion Freiwillige sammeln, die hierher kommen und am Zufallferner notfalls in jede Spalte klettern würden. Karsten, der über nicht unerhebliche Ersparnisse verfügte, versprach, den Helfern alle Unkosten zu erstatten. So schlossen beide den Pakt: »Wir lassen nicht locker, bis wir Renate gefunden haben und endlich wissen, was hier geschehen ist.«

Doch dreieinhalb Jahre sollten ins Land gehen, bevor der Berg endlich sein Geheimnis preis gab.

Gäste, alles Gäste

Draußen mischten sich fette Schneeflocken unter die im Rhythmus der Sturmböen nieder prasselnden Regentropfen. Der Wind peitschte das Wasser förmlich gegen die Hänge. Es war ein Pulsieren, ein wildes Atmen, Ächzen und Stöhnen. So drangsalierte die entfesselte Natur die Ohren und entfaltete ihre Macht mit wütenden Attacken gegen die Behausung.

Hier oben, am Rande der Vegetation, verwandelten die Schauer minutenschnell Rinnsale in Sturzbäche und rannten doch vergeblich gegen das Bollwerk der Bergriesen an. Die Balken des Daches schepperten eifrig mit, als wollten sie die Schutz suchenden Menschen verscheuchen. Auch die Fensterläden – obwohl sicher befestigt – stimmten in das Lärmen ein.

Hochfrequente Töne mischten sich unter das Inferno, hervorgerufen durch das Pusten entlang der geriffelten Aluminium-Außenwände des Winterlagers der Pizzini-Hütte, einer Zuflucht, die nie wertvoller schien als in dieser Nacht zum 29. September.

Ein Föhnsturm war über das südliche Ortlergebiet hereingebrochen und entfaltete nun seine ganze Kraft. Doch die unwettererprobten Bewohner dieses Refugiums vertrauten auf die Künste jener Handwerker, die es vor wenigen Jahren hier errichtet hatten.

Nur die Kälte fraß sich durch die wasserdichten Wände, kroch behände durch jeden noch so kleinen Schlitz und vermischte sich mit den Ausdünstungen der zahlreich herumhängenden Kleidungsstükke, die den Raum fast in einen undurchdringlichen Dschungel verwandelten. Während draußen das Gras wie mit einem Schleier überzogen wurde und Nebelschwaden das enge Tal räucherten, gruben sich Körper tief in ihre Schlafsäcke.

Unregelmäßig wiederkehrende, unterschiedlich intensive Schläge erschwerten das Einschlafen, bis letztlich bei allen die Müdigkeit siegte und sie in einen traumdurchtränkten Halbschlaf fielen. Die durchhängende Drahtverflechtung unter den Matratzen der dreistöckigen, wackligen Bettgestelle aus Eisenrohren machte das Liegen zusätzlich zur Qual.

Gelegentlich auch ein Hüsteln, ein garstiger Schnarchlaut oder verschleimtes Atmen. Das einzige Fenster, das nicht mit Läden versiegelt war, spendete karges Mondlicht hinter immer wieder aufreißenden Wolkenballen. Wer seine Augen an diese Verhältnisse gewöhnt hatte, konnte Silhouetten des Inventars erkennen: den Tisch voller Geschirr und Proviant, die militärisch anmutenden Lager, den Berg aus Rucksäcken, die hellen Unterhemden an den Wäscheleinen, dazu ein halbes Dutzend Stühle und Holzschemel.

Gut zwei Dutzend Leute konnte dieses Winterlager beherbergen. Ein Hinterzimmer, derzeit abgesperrt, barg weitere Matratzengestelle. Kleider und Klettergerät lagen auf den freien Schlafplätzen. Plastikbergstiefeln fehlten die Innenschuhe, die über dem kleinen Ofen im Vorraum an einem Stück Draht baumelten. Auch ihnen entströmten strenge Gerüche, die dem Eindringling sofort in die Nase stachen.

Ja, da war noch einer. Er triefte vor Nässe, weil er eine trügerische Pause des Unwetters genutzt hatte, sich vom oberen Parkplatz hierher in Marsch zu setzen. Schwer beladen hatte er dem Wind ein lohnendes Ziel geboten, sich durch den Regen über das Geröll der ramponierten Fahrstraße gekämpft und dabei frontal die Wassergüsse entgegennehmen müssen.

Er hatte den Schmerz in den zu eng geschnürten Stiefeln verbissen und sich mit dem Gedanken an ein Nachtlager in sicherer Zuflucht gewärmt. Als dann Schneeflocken seine Nasenspitze kitzelten, musste er fast lachen. Kurz nach Mitternacht erschien die Pizzini-Hütte im Kegel seiner Taschenlampe, die er nun mit der Hand abdunkelte.

Wenige Schritte vor dem Eingang des Winterlagers löschte er das Licht. Für kurze Augenblicke zwang sich der Besucher, die Beine höher als gewöhnlich zu heben. Sein schwerfälliger Gang hätte sonst ein lautes Schaben am Boden erzeugt. Überdies wollte er nicht stolpern. So tapste er langsam entlang des Kieswegs zwischen Wohnhaus und Winterlager.

Der Eingang dieses länglichen Bauwerks aus Blech – innen war es mit Holz verkleidet – glich einer Bunkertür. Ihr schwerer Eisenriegel hing senkrecht nach unten. Ein leichter Druck hätte genügt, sich Eintritt zu verschaffen, denn die Tür konnte von innen nur angelehnt oder mit einem Keil gegen ungebetene Besucher gesichert werden.

Beim Gedanken an Bevorstehendes huschte ein Grinsen über sein Gesicht. Hier, im windgeschützten Winkel, blieb sogar Zeit, sich des Gepäcks zu entledigen und die Teleskopstöcke einzufahren. Wasser perlte von der Schutzhülle des Rucksacks, als er ihn vorsichtig gegen die Wand lehnte. Kurz kreiste er mit den Schultern, vollzog kleine Dehn- und Streckübungen. Bevor sich der warme Schweiß im Unterhemd abkühlen konnte, ging's ins Innere der Hütte.

Der Sturm übertönte das Knarren der Eisentür. Und die geschlossene Pforte vom Vorraum in das Lager half überdies, das Kommen des Gastes zu verbergen.

Langsam setzte er den ersten Fuß auf den nassen Bretterboden. Mit dem nächsten Schritt trat er beinahe in einen Plastik-Außenschuh. Sechs dieser starren Dinger füllten den schmalen Platz zwischen Kochstelle und Tür.

Nach einem leisen Klicken erkundete der stabförmige Lichtstrahl das Vorzimmer: Ein fest verankerter Ofen mit zwei Kochplatten, mehrere Kisten mit kleingehacktem Holz und eine an der Wand verschraubte Bank – belegt mit Schuhen, Steigeisen, Eispickeln und Teleskopstöcken. Auf dem erkalteten Ofen standen zwei große Töpfe. Einer enthielt Teewasser, der andere stank nach den Resten eines Fertiggerichts.

Um die Batterien nicht übermäßig zu belasten, schaltete der Eindringling die Lampe wieder ab. Langsam drückte er die Klinke nach unten und gab damit den Bolzen im Schloss frei. Das leicht in den Rahmen verkeilte Holz der Tür löste sich mit einem kurzen Ruck, ein handbreiter Spalt entstand. Kalter Geruch von Rotwein stieg in die Nase. Er öffnete die Tür, bis diese gegen ein Gestänge stieß. Der metallische Klang erfüllte seinen Zweck. Erste Leiber kamen in Regung.

Der Schwall frischer Luft aus dem Vorraum musste bald Wirkung auf die Schläfer zeigen. Die Dunkelheit gab Schattenspiele der Bettgestelle wieder. Wieder klatschte eine Sturmbö gegen das Blechgehäuse. Dann huschte der Lichtstrahl der Taschenlampe über den Boden. Gleichzeitig krachte die Innentür mit einem lauten Knall ins Schloss. Ein lang anhaltendes Ächzen war die Folge, vermischt mit dem erschreckten Aufschrei einer weiblichen Person im hinteren Teil des Raumes. Auch zwei Männer meldeten sich zu Wort.

»Was ist da los?«, murmelte der eine.

»Hat der Sturm die Tür aufgedrückt?«, entgegnete der andere.

Drahtfedern quietschten, während sich beide hastig in ihren Schlafsäcken – jetzt regelrechte Zwangsjacken – herumwälzten und zum Eingang glotzten. Eine Frau atmete hastig und hatte den Kopf unter die Decke gesteckt.

Der späte Besucher hielt die Hand vor seine Lampe und genoss das Schauspiel. Manche brummten nur mürrisch über dieses unsanfte Wecken, andere zischten Laute der Verärgerung. Jetzt waren alle wach.

»Mensch, da steht einer!«

Der andere, der am Fenster lag, konnte ihn noch besser sehen: »Das soll wohl ein Scherz sein«, raunte er mit dumpfer Stimme.

Im Bettgestell neben dem vermeintlichen Scherzbold, auf mittlerer Etage, suchte jemand verzweifelt nach Feuerzeug und Kerze.

»Du siehst doch auch, dass da einer an der Tür steht!«

Dieser hob quasi auf Befehl die Taschenlampe und der Lichtkegel stach wie ein Schwert in die Gesichter der überraschten Hüttenbewohner.

Ein Burschte mit kantigem Gesicht, Oberlippenbart und äußerst kurz geschnittenen Haaren, hielt die linke Hand vor seine geblendeten Augen. Mit der rechten zog er am Reißverschluss und versuchte, möglichst schnell in die Horizontale zu kommen. Dicht neben ihm auf der Matratze lag ein Bündel Mensch im Schlafsack und schälte sich ebenfalls gerade heraus. Es war ein Mädchen. Die langen Haare blieben alles, was der Besucher vorerst erkennen konnte.

Irgendwo links, an der Fensterseite auf halber Höhe, lag die junge Frau, die zu Beginn geschrien hatte. Als das Licht ihr Gesicht erfasste, zog sie den Kopf zurück. Der junge Mann am Fensterplatz nahm die Blendung wie eine Strafe entgegen. Der Fünfte im Bunde schließlich saß aufrecht und blendete mit seiner eigenen Taschenlampe zurück.

Den Bewohnern wurde schnell klar, in welche fatale Situation sie geraten waren: Hier stand womöglich der Mann mit der Axt aus einem Horrorfilm. Fern der Zivilisation waren sie ihm hilflos ausgeliefert.

»Wer bist du?«, fragte der Bursche am Fenster, ein blondgelockter Jugendlicher Mitte 20. Sein breites Gesicht war von einem schmalen Mund durchschnitten. Nachdem er seine Brille aufgesetzt hatte, wich der erste Schreck. Dennoch schwang Furcht in seiner dumpfen Stimme mit.

»Wer bist du?«, wiederholte der Kurzhaarige. Er saß schon sprungbereit zum Angriff auf der Bettkante.

»Nikolaus Grum. Aber nennt mich einfach Nick«, antwortete der Besucher kühl.

»Was willst du?«, fragte der Kerl am Fenster misstrauisch.

»Ich bin spät dran. Ich weiß …«

»Bei diesem Wetter?«, wunderte sich das Mädchen mit den wallenden schwarzen Haaren, die es inzwischen aus dem Gesicht geschoben hatte. Ihr Antlitz ließ auch Nick kurz erstarren, denn sie war nicht nur hübsch, sondern eine wahre Schönheit. Dazu blutjung: 17 Jahre vielleicht, und so sexy, dass der Nachtwanderer einen heißen Kopf bekam. Ihre Stupsnase, ihr kleiner Kussmund, der leidenschaftliche Blick ihrer großen, braunen Augen und diese erotische Stimme ließen Nick glauben, sie sei eine Italienerin.

»Glotz nicht so!«, herrschte sie ihn an, wohlwissend, wie betört er von ihrem Anblick war. Sie trug lediglich ein dünnes T-Shirt, das ihr bis zu den Knien reichte.

Da stand er also, der hagere Eindringling mit seinen leicht abstehenden Ohren, kurz geschnittenen, blonden Haaren und blassem Gesicht. Das rot-weiß gemusterte Stirnband verlieh ihm ein abenteuerliches, kämpferisches Aussehen. Als er schlurfend und leicht gebückt einige Schritte in den Raum trat, mussten wohl auch die Letzten begriffen haben, dass er kein mitternächtlicher Psychopath war. Gelassen putzte er die leicht beschlagene Brille mit einem Papiertaschentuch und setzte sie wieder auf. Dann kniff er den Mund zusammen und blickte ins weite Rund.

Sein einziger Kommentar: »Passt schon.«

Das Mädchen italienischer Prägung warf sich einen Pullover über die Schultern und behielt Nick misstrauisch im Auge. Wenn er auch nicht mit der Axt auf sie losgegangen war, so war ihr doch zumindest sein spätes Erscheinen suspekt. Während die anderen versuchten, die angespannte Stimmung mit mehr oder weniger freundlichen Gesten zu lockern, fühlte sie sich durch Nicks unterkühltes Auftreten regelrecht geohrfeigt.

»Wenn du schon alle aus dem Schlaf reißt, sieh wenigstens zu, dass die Bude sauber bleibt«, herrschte sie ihn an. »Deine Stiefel tropfen vor Nässe. Zieh sie im Vorraum aus!«

»Sie trägt tatsächlich nichts unter dem Hemd«, registrierte er in Gedanken und blickte schnell weg. Sie und ihr Bettgefährte reichten sich jetzt die Hände. Zart, feinfühlig legte das Bürschlein seine Finger zwischen die ihren, lächelte sie kurz an, blickte dann zornig auf Nick und bemerkte seinerseits die kleine Pfütze am Bretterboden.

Der Besucher hob abwehrend die Arme. »Ich geh ja schon. Muss sowieso noch den Rucksack von draußen holen.«

»Ich glaub, ich spinne«, kommentierte der Mann am Fensterplatz das Gesehene.

Der leicht lispelnde Bursche auf der gegenüberliegenden Seite, eine unauffällige, schmächtige Erscheinung mit weit zurückliegendem Haaransatz, gab ihm Recht. Seine blauen Augen, sonst eher müde dreinblickend, flackerten vor Aufregung.

Langsam kroch nun auch die anfangs so arg erschreckte Frau aus ihrem Fuchsbau, spähte vorsichtig um sich und deutete die ruhige Stimmung ihrer Begleiter als Entwarnung. Ihre schulterlangen, dunkelbraunen Haare zeigten einen Ansatz von Locken, sahen jetzt aber eher wie ein Getreidefeld nach dem Gewittersturm aus. Leicht flekkige Haut sprenkelte ihr ansonsten farbloses Gesicht, das schön und versteinert zugleich wirkte. Mit dem Liebreiz des anderen Mädchens konnte sie sich unmöglich messen, obwohl sie deren Züge trug. Das, was sie dem »Mannequin« gegenüber an Leibesfülle zuviel hatte, verteilte sich zumindest dort, wo es ihre Attraktivität verstärkte.

Nick hatte, um sich nicht noch mehr Ärger einzuhandeln, gleich seine mit Leder besohlten Wollsocken angezogen und die stinkenden Kniestrümpfe samt Innenschuhe im Vorraum gelassen. Den Rucksack trug er wie ein Baby an der Brust, konnte aber nicht verhindern, dass der außen montierte Eispickel mehrmals gegen das Bettgestänge stieß und fast eine Matratze aufschlitzte.

Da alle Stühle mit Kleidungsstücken oder anderen Utensilien belegt waren, lehnte er sein Gepäck gegen ein Bettgestell, nahm auf selbigem Platz und kramte einen kleinen Leinensack hervor. Die kompakt gerollte »Penntüte« hing schon über seiner Schulter. Wie einen Handball warf er das Paket auf den letzten freien Schlafplatz am Fenster.

Er stellte die Taschenlampe mit dem Strahler nach oben auf den Tisch, musterte kurz die dort aufgetürmten Speisen, schnupperte auch nach dem Rotwein und widmete sich dann einer wichtigen Tätigkeit: Es galt, zwei kaum sichtbare Blasen an den Fersen mit Pflaster zu verarzten. Unterdessen versuchten die fünf Bewohner, ihre Neugier zu befriedigen.

»Warum kommst du erst jetzt?«, wollte jene, die geschrien hatte, wissen.

Nick blickte sie kurz an, lächelte und überlegte einige Sekunden. »Hab ich dich erschreckt?«, fragte er schließlich, wieder über seine Füße gebeugt.

»Weich mir nicht aus!«, beharrte sie.

Nick legte sein Verbandszeug beiseite. Der nächste Blick blieb etwas länger auf ihr haften. »Ich kam spät weg heute aus München. Hatte 300 Kilometer zu fahren«, erklärte er. »Das Wetter war Scheiße und der Verkehr eine Katastrophe. Ich musste fürchten, nicht mehr rechtzeitig über das Stilvser-Joch zu kommen. Ohne Winterreifen und Schneeketten war's streckenweise eine gefährliche Schlitterpartie. Unten am Parkplatz sah ich einen Kombi mit Regensburger Nummer. Euer Vehikel, wie mir scheint. Wenn ihr keine Fragen mehr stellt, kriegen wir in dieser Nacht alle noch eine Mütze Schlaf.«

»Es ist nicht das Wetter und die Jahreszeit zum Bergsteigen.«

»Ihr seid schließlich auch hier. Besitzt ihr … irgendwelche Namen oder so etwas?«

Im Folgenden machte sich jeder mehr oder weniger freundlich bekannt. Dass gleich alle »Du« zueinander sagten, verstand sich unter Alpinisten von selbst. Der junge Mann mit der leicht lispelnden Stimme hieß Dieter Reitmeier, wurde aber von allen schlicht Didi gerufen und war 25 Jahre alt. Der am Fensterplatz, Bertold Mühlbauer, war 26 und wollte Berti genannt werden. Den Kurzgeschorenen – Frank

Lassach, 19 – kannte die Gruppe nur als »Tschiko«. Blieben die beiden Damen: das Engelchen Maria Saller, 18, genannt Mary, und ihre ältere Schwester Judith, 26.

Die Fünf teilten mit, sie wollten länger in dieser Gegend bleiben. Und Nick verriet zu ihrem Unmut, dass er Gleiches beabsichtige. Danach würgte der 24-jährige Elektrotechnik-Student alle weiteren Fragen ab, kuschelte sich in seinen Schlafsack und löschte das Licht.

Um halb 7 Uhr wich die Dunkelheit im kühlen Matratzenraum des Winterlagers. Langsam stahl sich ein grauer Schimmer durch das talwärts gerichtete Fenster, bis die Gegenstände immer mehr an Struktur gewannen. Sechs junge Leute dösten im Halbschlaf vor sich hin, während draußen der Monte Sobretta vom Wolkenvorhang freigegeben wurde. Im Westen stand eine schwarze Front. Schäfchenwolken über der Hütte strebten danach, sich wieder zu schweren Wasserschwämmen zu vereinigen. Cevedale und Königspitze umgaben Nebelschwaden, von denen der Wind Fetzen abriss. Doch der Sturm war während der letzten Stunden deutlich abgeklungen. Vom Gàviapass drückte Nebel ins Valfurva. Und das Val Cedec dampfte.

Der nachts einsetzende Föhnsturm hatte die Temperaturen etwas steigen lassen. Dennoch bedeckte knapp oberhalb der Hütte frischer Schnee die Geröllfelder. Zur Linken, am Zebrùpass, schimmerte der Hang schon in Erwartung der ersten Sonnenstrahlen.

Das monotone Rauschen des Cedec-Bachs neben der Hütte weckte Nicks Lust auf eine warme Dusche. Er lag schon seit Minuten wach, schielte bisweilen durch das beschlagene Fenster und lauschte auf alles, was sich im Lager regte. Er hätte den Kocher anwerfen, in aller Ruhe sein Frühstück auspacken und dann den Rest der Belegschaft aus den Federn scheuchen können. Statt dessen genoss er jede Minute in der molligen Wärme seines lilafarbenen Extrem-Daunenschlafsacks.

Gegenüber, im mittleren Stock, schlummerte Berti mit offenem Mund. Irgendwo um die Ecke kuschelten sich Mary und Tschiko eng aneinander. Judith lag im Bettgestell rechts und beobachtete Nick. Wann immer er sich ihr zuwandte, schloss sie schnell die Augen und stellte sich schlafend.

Schräg links, dicht an der Wand zum Hinterzimmer, stöhnte sich Dieter aus offenbar bedrückenden Träumen. Sein Lärm brachte endlich Leben in den Raum. Wie auf Kommando quietschten und schaukelten die Bettgestelle.

Die schöne Maria schlüpfte aus ihrem anthrazitfarbenen Trekkingschlafsack, schüttelte ihre Mähne wie einen Staubwedel und streifte sich ein Sweatshirt über. Als sie von der Bettkante hüpfte, zeigte sich schnell, dass sie kaum mehr als 1,60 Meter maß. Aus dem Wäschebeutel zog sie eine bunte Jogginghose. Mit ihr ließ sich der Kälte vorerst standhalten. Den verschlafenen Schüttelfrost würde sie sich am Gletscherbach aus den Poren waschen.

Freund Tschiko entpuppte sich als ausgesprochener Morgenmuffel. Natürlich hatte auch er am Vorabend einiges getrunken. Jetzt genoss er es, noch ein paar Minuten dösen zu können, wobei er mit seinem kondensierenden Atem Rauchzeichen bildete.

»Kaffee kochen oder Abspülen?«, stellte ihn Berti vor die Wahl. Dabei handelte es sich um Tschikos noch zu begleichende Schuld vom Kartenspiel am Vorabend.

»Leck mich doch am …«, raunzte er und warf seinem Begleiter einen giftigen Blick zu.

»Was nun?«

»Ja, Kaffee kochen. Da mach ich mir keine Finger schmutzig.« Er hoffte auf Dieters Hilfe. Dieser legte gerade abgetragene Freizeitkluft an, wirkte dabei plump und etwas ungelenk.

Nun, Tschiko mit dem rotblondem Kunstrasenschnitt musste wohl oder übel selbst Wasser holen und den Kocher anwerfen, denn Dieter wollte erst Toilette machen. Schimpfend riss Tschiko den Schlafsack auf, wälzte sich von der Matratze und landete wie ein Knödel am Boden. Kaum größer als Mary war er, kompakt, aber nicht dick, rundum gut ausstaffiert mit Muskeln. Durch Bodybuilding und Klettern hatte er sie sich antrainiert.

Flugs schlüpfte auch er in eine lange Turnhose, einen Bundeswehr-Pullover und Pantoffeln, schnappte sich den Topf und verschwand murrend nach draußen, wo es inzwischen wärmer als in der Hütte war.

Nick tat sich schwer, am Tisch Platz für seine Utensilien zu finden. Klebrige Rotweinflecken zierten das unebene, mit Rissen durchzogene Holz. Den Inhalt seines voluminösen Rucksacks hatte er in kleine Stoffbeutel verteilt. Nur aufgrund eines genialen Packsystems war es ihm gelungen, alles zu verstauen. Gut und gern 25 Kilo hatte die Bürde beim Aufstieg gewogen.

Mittlerweile hatte Judith ihr Lager verlassen und entzog sich zwischen zwei Bettgestellen weitgehend allen Blicken. Sie war ein wenig größer als ihre jüngere Schwester.

»Wie ist das Wetter?«, wollte Dieter wissen, während Berti mit einem Geschirrtuch die beschlagene Scheibe abwischte.

»Kann sich nicht entscheiden. Für unsere geplanten Trips sehe ich keine Probleme.«

Inzwischen kam Judith im dunkelgrauen Pullover und mit einer grauen Berghose zwischen den Bettgestellen hervor. Einen Leinensack voller Toilettenartikel über der Schulter trottete sie wortlos in den Vorraum, wo ihr Maria begegnete: »Saukalt, das Wasser, aber geil!«, rief die kleine Schwester und blieb bei Tschiko, um den Abwasch zu erledigen. Sie war nämlich die zweite Verliererin des abendlichen Kartenspiels.

Nick schlurfte an ihnen vorbei zum Waschplatz. Am Gletscherbach, der wenige Meter neben der Hütte floß und nach den ergiebigen Niederschlägen ziemlich reißend war, suchte er sich flache Felsbrocken als Ablage für Zahnputzzeug, Seife und Lappen. Er hielt bewusst Distanz zu Judith, die sich am anderen Ufer mit einer Katzenwäsche begnügte und mehrmals zu ihm herüber schielte. Eine Verständigung wäre bei dem Getöse des Wassers ohnedies schwierig gewesen.

Nick füllte die beiden Ein-Liter-Flaschen, löste jeweils eine Vitamintablette darin auf, stellte sie vorsichtig auf einen Stein und ließ den Blick rundum schweifen. Hier, im obersten Teil vier aufeinander folgender Täler – Valtellina, Valfurva, Val del Forno und Val Cedec – reihte sich ein Gipfel an den anderen. Das Panorama wurde jedoch durch schwere Wolken getrübt, aus denen es gewiss bald regnen würde. Selbst die sonnigen Flecken am Monte Sobretta konnten Nick nichts vorgaukeln.

Zurück im Winterlager fand er die Gruppe schon vollzählig am Tisch versammelt vor. Im Alu-Topf über einem Benzinkocher mühte sich das Kaffeewasser, auf Temperatur zu kommen, während in den Blech- oder Plastiktassen Teebeutel und Instant-Pulver warteten. Mary mischte ihr Müsli mit kalter Milch und Berti räumte einen Platz für Nick frei – an der Stirnseite, mit Blick nach draußen.

»Willst du auch Kaffee? Es ist genug Wasser für alle da.«

Jener nickte stumm und holte eine Wurstdose aus seinem Proviantsack. »Ja, draußen im Bach«, bemerkte Mary, die links von ihm saß, lachend. Nick murmelte ein leises »Passt schon«, das – je nach Betonung – unterschiedliche Bedeutungen haben konnte. Hier sollte es heißen: »Der Witz ist dir gründlich misslungen.«

»Hast du vor, länger hier zu bleiben, Nick?«, wollte Berti wissen. Der Münchner ließ sich aufreizend viel Zeit mit der Antwort. Gemächlich schnitt er sich einen Ranken Brot ab und öffnete den Ringverschluss der Wurstdose. Der Inhalt roch derart penetrant nach Chemie, dass Judith angeekelt die Nase rümpfte und sich kurz schüttelte. Tschiko grinste.

»Deinem Gepäck nach zu schließen, könntest du hier überwintern«, sagte Mary spitz.

»Ich hab nur dabei, was man so braucht in den Bergen, kurz vor Wintereinbruch. Auf dem flachen Fahrweg war die Schlepperei kein Problem.«

»Wo kommst du eigentlich her?«, fragte Berti. Nick hatte schon darauf gewartet und antwortete wie aus der Pistole geschossen: »Ich studiere Elektrotechnik in München, achtes Semester.«

Damit war aus seiner Sicht alles gesagt und er widmete sich wieder dem Wurstbrot. Nun wurde es Zeit für die anderen, etwas über sich kund zu tun. Berti nahm sich dieser Pflicht an: »Wir sind seit gestern Nachmittag hier. Ich stamme aus Nürnberg und studiere Biologie in Regensburg. Bin schon in der Prüfungsphase und hab mir Lernstoff mitgenommen. Judith ist gebürtige Landshuterin, studiert Mathematik in Regensburg. Kollege Didi ist Augsburger. Er studiert in Regensburg Lehramt Deutsch/Geschichte. Mary hat im Mai das Abitur gemacht und wird sich nach diesem Urlaub an der LMU München in Romanistik einschreiben. Tschiko strebt in die Fernfahrerbranche. Er hat gerade seine Lehre zum Speditionskaufmann in Landshut beendet.«

»Urlaub nennst du das«, bemerkte Nick abschätzig und biss in sein Brot.

»Echte Bergnarren wie wir empfinden das als Urlaub. Die Hütte reicht zwar an kein Hotel heran, bietet aber bescheidenen Luxus. Wir haben wie du viel Krempel hochgeschleppt, um es an nichts missen zu lassen. Jetzt wollen wir uns akklimatisieren.«

»Und dann?«

»Werden wir mal die Königspitze versuchen.«

Dem Münchner blieb fast der Bissen im Halse stecken: Die Königspitze – 3859 Meter hoch – galt auch im Sommer als schwierige kombinierte Eis- und Felstour. Bei diesem Wetter war an eine Besteigung nicht im Entferntesten zu denken.

»Riskant. Der Neuschnee wird die gefährlichen Spalten verbergen«, warnte er.

»Uns bleibt Zeit, den besten Weg zu erkunden«, konterte Tschiko, der Nicks letzte Bemerkung als Besserwisserei deutete. »Statt dessen sollten wir dich fragen, was *du* hier oben ohne Seilgefährten unternehmen willst.«

»Touren erkunden, wie ihr. Ein Freund kommt in ein paar Tagen nach.«

»Dann schließ dich uns an«, offerierte Berti. Er schien organisatorisch das Heft in der Hand zu halten. Sein großzügiges Angebot stieß jedoch nicht überall auf Zustimmung. Insbesondere Tschiko meldete lautstark Kritik an: »Ich bin dagegen, Fremde ins Seil einzubinden.« Das quittierte Mary durch einen Stoß gegen seine Rippen.

Tschiko schwieg und Berti verstrickte sich in Beschwichtigungen: Man werde schon gut miteinander auskommen und den Aufenthalt im Winterlager möglichst angenehm gestalten. Und überhaupt koche jetzt das Kaffeewasser.

Das heiße Getränk hob die Stimmung um ein Beträchtliches. Nun wurden Pläne geschmiedet, was man bei diesem unbeständigen Wetter unternehmen könne. Berti, Dieter und Judith wollten eine Eingewöhnungstour über den westlichen Hang zum Zebrùpass unternehmen, wo sie sich lohnende Ausblicke und Erkenntnisse über die Schneelage erhofften. Mary und Tschiko erklärten sich bereit, zum Parkplatz abzusteigen und weitere Lebensmittel hoch zu schleppen. Nick hingegen reizte ein Trip auf den Zebrùgletscher unterhalb des Königsjochs, der ersten Etappe Richtung Königspitze. Trotz warnender Stimmen bestand er darauf, diese Erkundung allein durchzuführen.

Während des ungefähr einstündigen, gemütlichen Aufstiegs ließ er in Gedanken alle Erlebnisse und Beobachtungen seit seiner Ankunft Revue passieren. Sein eigentliches Ziel, eine Route aufs Königsjoch zu erkunden, erforderte ein geschultes Auge, denn es galt, den sichersten Weg durch einen spaltenreichen Gletscher zu finden. Trotz großer Erfahrung im Eis lief er wegen des Neuschnees jederzeit Gefahr, nach einem unachtsamen Schritt für immer von der Bildfläche zu verschwinden.

Knapp oberhalb des Einstiegs fand er in wuchtigen Eiswällen noch griffigen Untergrund vor. Die Bergschuhe hatten trotz des weichen Schnees keine ausreichende Standfestigkeit, weshalb er schnell Steigeisen montierte. Präzise und ruckartig rammte er die Vorderzacken durch den Neuschnee in das Eis, bis er den ersten steilen Aufschwung geschafft hatte. Im flachen Gletscherkessel hätte normalerweise freie Sicht auf das Königsjoch und den ästhetisch geformten Südosthang geherrscht, dort hatte sich aber schon der Nebel eingenistet. Nick schraubte den Teller von einem seiner Teleskopstöcke ab, weil er nach Untiefen stochern wollte. Der Eispickel blieb in der anderen Hand.

So tastete er sich etwa 200 Meter voran, bis die Spalten breiter wurden. Weil er das Glück nicht herausfordern wollte, brach er den Erkundungsgang ab.

Keine zwanzig Minuten später – er hatte sich mächtig beeilt – stand er wieder vor dem blechernen Winterlager der Pizzini Hütte, schneuzte sich und trat ein. Erwartungsgemäß fand er alles verlassen vor.

Wirklich alles? Etwas schien sich verändert zu haben, eine Kleinigkeit, auf die er anfangs gar nicht geachtet hatte. Nick kehrte noch einmal in den Vorraum zurück und sah die beiden Teleskopstöcke, an denen durch häufige Benutzung fast der ganze Lack abgeschlagen war. Keiner der fünf jungen Leute besaß solche Gehhilfen. Jetzt bemerkte er auch den gewaltig beladenen Rucksack auf der hölzernen Ablage hinter der Tür. Was für ein Gerät! Nick schätzte das Fassungsvermögen dieser Spezialkonstruktion mit den überdimensionalen Außentaschen auf hundertzwanzig Liter – geeignet für mehrwöchige Trekkingtouren in den einsamsten Gegenden dieser Erde. Oben sprengte ein Schlafsack die Öffnung, unten baumelten Steigeisen, an der Rückseite waren ein Allzweck-Eispickel und ein Eisbeil mit Schaufelvorsatz befestigt.

Beim Anblick dieser Kostbarkeiten gab Nick einen leisen Pfiff von sich. »Wo steckt der Knabe?«, fragte er sich und trat wieder vor die Hütte. Er blickte Richtung Gletscher, lugte um die Ecke zum Waschplatz, ging um das wie ein Banktresor verriegelte Hauptgebäude und wurde endlich fündig. Auf der Sonnenterrasse der Pizzini-Hütte, mit Blick ins Tal, stand noch eine leidlich trockene Holzbank unter dem breiten Vordach. Dort hockte eine Gestalt: aufrecht, in sich gekehrt und regungslos, als habe sie der Blitz getroffen.

Ein Mann war's, der fast apathisch die langsamen Bewegungen der fernen Wolken zwischen den Gipfeln von Punta San Matteo und Pizzo Tresero betrachtete. Selbst das Klappern von Nicks Stöcken auf dem Estrich schreckte ihn nicht aus seiner Lethargie. Er hielt mit beiden Händen eine große, verbeulte Alu-Trinkflasche umklammert, als sei sie ein wärmender Ziegelstein. Der Hauch aus Nase und Mund umspielte ihn wie Zigarrenqualm.

Nick erschrak ein wenig über dieses wie geschnitzt aussehende, strenge Profil. Im ersten Moment glaubte er einen Untoten vor sich zu haben, einen Soldaten aus dem Dolomitenkrieg, der auf ewig verdammt war, hier als Geist sein Unwesen zu treiben. Verständlich, denn der Mann trug eine Bergjacke aus alten Armeebeständen. Seine muskulösen Schenkel waren mit einer olivgrünen Hose aus Gore-Tex bekleidet. Und ein weiteres Uniformteil behütete sein Haupt: eine Wintermütze, wie sie beim Barras getragen wurde. Alles andere als dem Standard eines strammen Soldaten entsprach seine Hippiefrisur. Die langen, blonden Strähnen und der noch hellere, fast weiße Rauschebart verliehen dem Mann das Aussehen eines monströsen Gartenzwergs. Seine dicke Knollennase klebte ihm wie ein bösartiges Geschwür im Gesicht, welches braungebrannt und vom Frost gezeichnet war. Tiefe Furchen durchzogen die schlaffen, fleischlosen Wangen.

Als er sich endlich Nick zuwandte, sahen unter wulstigen Brauen kleine Augen mit einem stechenden Blick hervor. Fast verachtend musterte er den Ankömmling. Mit einem Schlag wurde er freundlicher, weil Nick ihm ein höfliches »Servus« zum Gruß gegeben hatte. Seine aufgesprungenen, dicken Lippen formten ein leichtes Lächeln, öffneten sich und brachten tadellose, strahlende Zähne zum Vorschein.

»Grüß dich auch«, rief er Nick mit rauer, aber noch sehr jugendlich klingender Stimme zu. Der E-Technik-Student hatte ihn zuerst auf 60 Jahre geschätzt. Jetzt, als der Mann aufstand und sich in bester Haltung präsentierte, ging Nick auf 40 herunter. Der Bärtige maß ein gutes Stück über 1,80 Meter, wirkte stämmig, muskulös, durchtrainiert.

Nick duzte ihn, weil das im Gebirge trotz Respekts vor Rang und Alter üblich war. Aber er tat sich schwer dabei. »Ich hab deinen Rucksack im Winterlager gesehen. Kommst wohl eben erst vom Parkplatz?«, sagte er und trat auf den Mann zu.

»Ich komme von der Casati-Hütte oben am Langenferner Joch. Da sind heute Nacht alle Naturkräfte explodiert. Jetzt werde ich fürs erste in der sicheren Pizzini bleiben«, erzählte er.

»Von der Casati?«, wiederholte Nick staunend. Ihm war es unvorstellbar, wie man bei diesen Schneeverhältnissen aus 3266 Meter Höhe absteigen konnte. Im Gesicht des Pseudosoldaten formte sich ein beinahe väterliches Lächeln. »Ich kenne den Weg gut. Manche Stellen sind mit Drahtseilen gesichert.«

Nun deutete der ortskundige Bergmann einladend zum freien Platz neben sich auf der Bank. Beide setzten sich und schwiegen lange, bis der ältere das Wort ergriff: »Gehörst du zu den Leuten, die das Lager in Beschlag genommen haben?«

»Ich bin ein Bewohner des Winterlagers, wenn du das meinst«, erklärte Nick, dem plötzlich etwas im Tonfall des Mannes missfiel. »Die anderen fünf sind eine Seilschaft aus Regensburg. Wir haben uns erst hier getroffen.«

»Und was wollt ihr unternehmen?«

»Verschiedenes, was der Berg einem gestattet.«

»Du klingst nach einem erfahrenen Bergfuchs. Allein unterwegs, hm?«

»Ja.«

Irgendwie kam sich Nick wie bei einem Verhör vor, obwohl der bärtige Einzelgänger nur Dinge erfragte, die jeden Neuankömmling interessiert hätten.

Schwärmerisch fuhr der Bärtige fort: »Du erfährst das Gebirge ganz anders, wenn du es ohne Begleitung aufsuchst. Alle Empfindungen sind viel gewaltiger, weil die Macht der Natur unmittelbar auf dein Gemüt wirkt. Und du wirst ein bisschen demütig, denn es gibt nur dich und die steilen Himmelsleitern. Sie führen dich zur größten Genugtuung oder in den entsetzlichsten Untergang.«

Nick stutzte ein wenig nach dieser Ausführung, die er für sehr tiefsinnig hielt, aber nicht verstand.

»Du bleibst diese Nacht bei uns?«, wollte er wissen.

»Vielleicht auch länger.«

»Planst du irgendwelche … Touren?«

Der Fremde blickte kurz zu Nick, dann wieder starr geradeaus. Er ließ sich Zeit mit der Antwort. »Es geht mir nicht um Gipfel oder anderen Firlefanz. Ich bin oft und gern hier auf der Pizzini, besonders im Oktober, wenn es am ruhigsten ist und die Natur ein letztes Mal Atem holt. Ich liebe die Einsamkeit und war einigermaßen entsetzt, als ich gleich sechs Schlafsäcke im Matratzenlager entdecken musste. Aber mir steht es frei, wieder auf die Casati zurückzukehren oder ein anderes Gebiet aufzusuchen. Eine Nacht müsst ihr mich ertragen, dann sehen wir weiter.«

Auf diese Rede hin reichte er Nick seine mächtige Pranke, die von schwerer Arbeit gezeichnet war. »Ich bin Raimund.« Nick erwiderte den Gruß und nannte auch seinen Namen. Danach beschlossen die beiden, der zunehmenden Kälte wegen in die Hütte zu gehen und Teewasser aufzusetzen.

Raimund suchte sich einen Schlafplatz neben der Tür zum verschlossenen Winterraum. Seinen Rucksack lehnte er gegen die rückwärtige Wand und zerrte einen militärischen Kleiderbeutel daraus hervor. Dann entfernte er alle Decken und sogar das Kopfkissen seines Lagers und breitete seinen Schlafsack über der Matratze aus.

Unter der Armeejacke, die er jetzt ablegte, trug er einen dicken Pullover aus Schafwolle. Dadurch hatte er auf Nick etwas übergewichtig gewirkt. Pullover, Feldhemd und olives Unterhemd verschwanden ebenso, bis ein muskulöser Oberkörper zum Vorschein kam. Mit den Armen hätte Raimund ein Rind erschlagen können. Jetzt band er sich ein Dreiecktuch um die Stirn und sah damit wie ein Indianer aus.

Nick wandte sich ab und kümmerte sich um das Feuer. Kein leichtes Unterfangen, denn erst musste er mit der stumpfen Axt dünne Späne von den Holzklötzen abspalten, diese der Größe nach sortieren und sie dann sukzessive, mit dem kleinsten beginnend, zum Brennen bringen. Gleich sein erster Versuch zeigte den gewünschten Erfolg. Als Raimund wenige Minuten später hinzu trat, loderte bereits ein prächtiges Feuer im kleinen Ofenfach, was dem bärtigen Einzelgänger ein anerkennendes »Gut gemacht« entlockte.

»Ich wollte dir schon zu Hilfe kommen. Die meisten Leute kennen heute ja nur ihren Gasbrenner: Schraube auf, Feuer marsch. Und selbst da stellen sie sich noch dumm an.«

»Kinderspiel«, entgegnete Nick ungerührt und schob einen dicken Klotz in die Glut. Raimund bot sich an, am Bach die Töpfe zu füllen.

Die Laune des langhaarigen Einsiedlers hatte sich gebessert, als er mit dem Wasser zurückkehrte. Einen Pott klatschte er auf die Herdplatte, den größeren neben seine Stiefel auf das Regal. »Wo stecken deine Freunde?«, fragte er und begutachtete noch einmal das Feuer.

Während er weitere Späne einheizte, erklärte Nick, wohin es seine fünf Mitbewohner verschlagen hatte. Dann brauten sie einen kräftigen Mate-Tee und tranken ihn im Lager. Raimund schlug vor, die Zwischentür zu öffnen, damit ein Teil der behaglichen Wärme auch zu ihnen gelangen konnte.

Viel über sich erzählte der bärtige Sonderling nicht. Nick wusste nur, dass er die vergangenen zwei Nächte bei katastrophalem Wetter auf der Casati-Hütte festgesessen hatte. Mitte September war Raimund bei jenen Leuten gewesen, die die Gebäude am Langenferner-Joch winterfest gemacht hatten. Er war mehrmals nach Innersulden abgestiegen, um Decken und Holz hochzutragen, zählte sich aber nicht zum offiziellen Personal der Hütte. Er hatte ein Wohnmobil in Innersulden stehen, das ihm als Nachschublager diente. Schließlich erfuhr Nick, dass der Neuankömmling dieses Gebirge Stein für Stein zu kennen schien und 35 Jahre alt war.

Kurz bevor die Blechtassen ein zweites Mal mit dem anregenden Tee gefüllt wurden, rumorte es vor der Tür. Stimmen mischten sich unter das Poltern der lehmverschmierten Stiefel. Inzwischen rieselten Schneeflocken, groß wie Bettfedern, hernieder, vermochten aber das kärgliche Moos vor dem Haus nicht zu färben. Die erste Berührung mit dem Boden verwandelte die kunstvollen Eiskristalle in plumpe Wassertropfen.

Ein Blick aus dem Fenster weckte Vorfreude auf Weihnachten. Den drei Heimkehrern Berti, Judith und Dieter war weniger besinnlich zumute, als sie die Jacken abklopften und ihre Stöcke an die Haken hängten. Beim Betreten der guten Stube wurde ihnen eine Überraschung zuteil, hielten sie doch Raimund, wie er so einträchtig mit Nick beisammen saß, für dessen Bergkameraden. Ihre Augen weiteten sich beim Anblick dieses Wilden, der keinen Friseur kannte.

Fast gleichzeitig erhoben sich Nick und der Bärtige. »Das ist Raimund. Er kam heute von der Casati herunter«, stellte der Münchner vor. Raimund neigte kurz den Kopf, machte aber keinerlei Anstalten zu einem Handschlag. Die übrigen, gehemmt, nickten auch und nannten ihre Namen.

Der Biologiestudent stellte seine Flasche auf den Tisch und einen Trinkbecher daneben. »Casati-Hütte? Nicht schlecht bei dem Wetter«, begann er nach langen Momenten unerträglichen Schweigens.

Judith verschwand in den Vorraum und kümmerte sich ums Feuer. Dieter, etwas angefroren, trieb es in den Schlafsack. Er hielt Blickkontakt zu den Leuten am Tisch, die zögerlich ein Gespräch in Gang brachten.

»Das Wetter muss man nehmen, wie's ist«, erklärte Raimund, als keiner mehr damit gerechnet hatte.

»Hast du irgendwelche Gipfel gemacht?«, fragte Berti.

Raimund füllte die Tasse mit kaltem Tee, musterte den Fragesteller und trank in einem Zug aus. »Es gab viel zu tun auf der Hütte. Auch die Pizzini, die Schaubach und einige andere Hütten halte ich bis zur nächsten Saison in Schuss. Wenn dazwischen Zeit bleibt, kann man ... bei Bedarf ... auch einige Gipfel *machen*.« Das letzte Wort spuckte er fast aus.

»Unterkriegen halt«, korrigierte sich Berti, was den Einzelgänger erst so richtig in Rage brachte:

»Berge wie diese kriegt man nicht unter!«, fauchte er. »Sie gewähren euch die Gnade des Zutritts oder klopfen euch wie Staub ab. Oder seid ihr von der Sorte, die einen stolzen, unzugänglichen Gipfel in heldenhafter Besteigung besiegt und sich am höchsten Punkt mit Demütigungen brüstet, statt dankbar auf die Knie zu fallen?«

»Machen ... unterkriegen ... Das sind übliche Begriffe im Bergsteigerjargon«, verteidigte sich Berti. »Außerdem: Je schwerer ich mir einen Gipfel erkämpft habe, desto stärker die Freude und innere Befreiung. In diesen Glücksmomenten liegt mir jede Demütigung fern.«

Raimund, sichtlich beeindruckt, lehnte sich zurück und verschränkte die Arme. »Ich wollte nur ergründen, was euch hierher trieb.« Der Mate-Tee hatte ihn in eine leicht berauschte Stimmung versetzt. »Selten kommen Leute ins Lager, wenn draußen bereits der Herbstschnee wirbelt. Seit Jahren verbringe ich hier viel Zeit zwischen Oktober und Dezember, bis die Tourenskifahrer das Kommando übernehmen. Ein paar Grüppchen nur, die sich bei schönem Wetter an Königspitze oder Cevedale versuchen. Neben jenen, die wissen, was sie tun, gibt es leider immer wieder regelrechte Blindgänger, denen nicht zu helfen ist.«

»Und du willst herausfinden, ob wir Blindgänger sind«, folgerte Nick. Raimund bleckte seine Vorzeigezähne: »So ist es. In gewisser Weise sehe ich mich als Hausherr und trage folglich auch Verantwortung für meine Gäste. Ihr könnt mich zum Teufel wünschen – trotzdem muss ich helfen, wenn ein Unglück passiert. Es sind zwei Mädchen in deiner Gruppe.«

»Gleichwertig in Ausdauer und Können«, stellte Berti sofort klar. »Lass mich deine Bedenken zerstreuen, Raimund!«

»Dein Eifer in Ehren«, wehrte Raimund mit dem Wink einer Hand ab. »Nur wollen wir damit bis später warten, wenn ich euch alle kennengelernt habe.«

Als gegen 17 Uhr auch die säumigen Proviantschlepper endlich die Pizzini-Hütte erreicht hatten, blieb der Schnee schon wie Löschschaum am Boden haften. Sanft wehte noch der Wind und verwirbelte die kleiner gewordenen Flocken. Das Wasser in den Pfützen bekam eine glänzende Haut. Nick hatte in den vergangenen drei Stunden mehrere Luftdruck- und Temperaturmessungen durchgeführt und festgestellt, dass sich beide Werte reziprok verhielten. Es wurde kälter mit der Aussicht auf besseres Wetter.

Nun war es Zeit, das Abendessen zuzubereiten. Sie wollten ein leckeres Nudelgericht aus den Töpfen zaubern: Spagetti und Tunfisch-Tomatensoße, gewürzt mit frischem Knoblauch aus Nicks Vorräten. Judith steuerte ein großes Stück von ihren Beständen an Käse bei. Dafür bekam sie als Vegetarierin eine Extraportion Soße ohne Fisch zugesprochen. Ganz nach dem Motto »Viele Köche verderben den Brei«, überließ man Mary und Raimund die Zubereitung. Die beiden hatten dabei Gelegenheit, sich näher bekannt zu machen. Tschiko ging dem »alten Mann« aus dem Weg und ließ sich von Berti über ihn aufklären.

Es dauerte gar nicht lange, da ploppte schon der erste Korken und vollmundiger Südtiroler Rotwein ergoss sich in die Blechtassen. Etwas zu kühl, aber doch wohlschmeckend. Drei Liter Edelvernatsch hatten Mary und Tschiko mitgebracht, zwei Flaschen waren noch vom Vorabend übrig, eine hatte Raimund spendiert.

Seine Meinung über Alkohol fasste dieser nach dem üppigen Essen in treffende Worte: »Der Wein ist das Blut der Berge. Nach einem harten Aufstieg entschädigt er uns für die Mühen des Schleppens. Er nimmt das Zittern aus den Gliedern und gleicht den Kreislauf der neuen Umgebung an. Er schafft ein Wohlgefühl, das unser Gespür für die uns umgebende Natur schärft, gibt neuen Mut für kommende Taten, bringt schnellen Schlaf in unbequemen Lagern und verbindet – was wichtig ist – Menschen unterschiedlicher Prägung, aber gleicher Gesinnung. Wenn ich trinke – ob allein auf einer sturmumtobten Hütte, ob in Gesellschaft mit Kameraden wie euch –, wird mir wohl ums Herz. Schöne Erinnerungen drängen sich hinzu, Glücksgefühle, die für Stunden andauern, während das Spektrum der äußeren Reize zusammenschrumpft und mich von allen Ablenkungen abschottet. So erheben wir die Becher und trinken auf den Berg, damit er uns wohl gesonnen ist!«

Sieben Leute, dicht um den kleinen Tisch gedrängt, stießen an, als wollten sie eine Verschwörung besiegeln. Sie sahen sich nicht in die Augen dabei, sondern achteten darauf, dass nichts überschwappte. Einen Moment lang wähnten sie sich wieder zu Hause in der beheizten Stube.

»Klingt ja fast mystisch«, bemerkte Mary schließlich. »Der personifizierte Berg, dem man zuprostet, um ihn gut Freund zu machen. Wollen wir ihn beschwören und unsere Seelen an ihn verkaufen?« Dieter und Tschiko lachten, denn Mary hatte bekanntermaßen ein Faible für Esoterik.

Raimund missverstand als einziger ihre Worte und wurde schlagartig bitter: »Hüte dich vor Blasphemie gegen die Natur!«, rief er. »Du bist jetzt ein Teil dieses Gebirges, ein winziger Teil, mehr Eindringling als Gast.«

»Das ist deine Philosophie, die in Selbstgesprächen entstanden ist«, warf Nick ein.

Raimund musterte ihn, als habe er etwas Verbotenes gesagt. »Ich habe meine Gründe, so zu leben. Die Freiheit, tun und lassen zu können, was ich nur mir gegenüber verantworten muss, kostet Überwindung und einen entbehrungsreichen Lebenswandel. Aber man gewinnt die Achtung vor sich selbst zurück. Ich bin nicht mehr erpressbar durch Menschen, die am Ruder sitzen. Was ich vom Leben verlange, sind Gesundheit und ein voller Magen, manchmal etwas Wärme, manchmal ein Glas Wein. Aber würde ich nur in der Einsamkeit existieren können, hätte ich mich gesputet, von hier weg zu kommen. Ihr seid Leute, denen ich in gewisser Weise Achtung zolle. Ihr nehmt Unannehmlichkeiten wie Kälte, Entbehrungen und widriges Wetter gern in Kauf für ein Abenteuer. Wir wollen uns nicht feindlich sein, sondern gemeinsam trinken, voneinander erzählen und vergessen, was morgen kommt.«

Diese letzten Worte fassten alle als Trinkspruch auf und hoben erneut die Tassen. Aber nicht alle hatten dem schrulligen Einzelgänger so aufmerksam zugehört wie Nick und Judith. Nur gelegentlich stand jemand auf, um einen Klotz Holz nachzulegen. Behagliche Wärme machte sich langsam im Lager breit und lähmte die Glieder. Die Stimmung im Kerzenlicht erinnerte ein wenig an besinnliche Adventsfeiern mit Gebäck, Glühwein und Geschichten. Letztere steuerte Raimund bei, indem er über seinen Werdegang berichtete.

Er war als jüngerer von zwei Söhnen auf einem Bauernhof aufgewachsen. Ein kleines Dorf im Allgäu war seine Heimat. »Eigentlich hätte ich nie aufs Gymnasium gehen wollen, aber ich war zu intelligent, um es zu verhindern. Arzt sollte ich später werden. Irgendwie bildete ich mir ein, das sei meine Berufung. Ich hab also strebsam gelernt, bis ich in der zehnten Klasse den pubertären Einbruch bekam. An den Numerus Clausus für Medizin war gar nicht zu denken, aber immerhin schaffte ich das Abi und durfte studieren.

Zuvor rief Vater Staat nach mir. Ich sollte als wackerer Soldat für eventuelle Notfälle ausgebildet werden. Der Bund versprach mir reizvolle Einsätze, Abenteuer, Kameradschaft, Umgang mit Waffen und technischem Gerät, Überlebenstraining und eine grundsolide soziale Absicherung. Letztlich bewog mich ein Lob meines Kompaniechefs und die Aussicht, bald selbst Befehle erteilen zu dürfen, zu der Dummheit, mich für acht Jahre zu verpflichten. Ich brachte es dabei bis zum Feldwebel.

Als ich mich um Einvernehmen mit den niederen Dienstgraden bemühte, auf Goodwill mit ihnen machte, fiel ich bei meinen Vorgesetzten in Ungnade. Sie warfen mir Kumpelei vor, Wehrkraftzersetzung. Ich wurde gegängelt und ständig zu Wochenenddiensten verdonnert. Ich zählte wieder meine Tage, denn eine Zurückstufung gab es für mich nicht. Heute weiß ich, wie geduldig Fleisch sein kann. Acht Jahre Gefangenschaft ohne Freunde, Freundin oder Frau, ohne Beziehung nach draußen. Aber am Leben.

Dieses Leben erschien mir nun wie das kostbarste Gut auf Erden. Ich hatte gelernt zu kämpfen, was mir einen unschätzbaren Vorteil gegenüber den verweichlichten Zivilisten verschaffte. Was brachte ich noch in mein neues Leben mit? Neben den abendlichen Saufgelagen und Kartenspielen hatte ich in der Freizeit viel gelesen: Bücher über Psychologie, Esoterik, Philosophie, später auch Geschichte und Religion. Deshalb schrieb ich mich an der Universität Heidelberg in Theologie und Philosophie ein, bezog ein billiges kleines Zimmer in der Altstadt und genoss die sogenannte studentische Freiheit. Als Ältester meines Jahrganges wollte ich die jungen Grünschnäbel an die

Hand nehmen. Ich setzte auf Gruppendynamik und Erfahrungsaustausch, was sich schnell als Irrtum entpuppte. Überall stieß ich auf Arroganz und Überheblichkeit. Lauter hochintelligente Plappermäuler mit verschissenem Hirn, die keine echten menschlichen Beziehungen aufbauen konnten.

Erst suchte ich Zutritt zu ihren erlauchten Kreisen, weil ich mir dadurch Vorteile erhoffte. Später rutschte ich in die hinteren Reihen des Hörsaals, vergrub mich in Privatstudien und grenzte mich vom Treiben am Campus ganz ab. Wie ein Kranker vegetierte ich in meiner stickigen Bude, quälte mich nächtelang durch unverständliche Abhandlungen, bis mir irgendwann die Laterne auf den Kopf knallte und ich das ganze Philosophengelaber als das erkannte, was es wirklich ist: Mampf für den Ofen.

Zeitverschwendung, sagte ich mir, brach das Studium ab und wollte etwas Neues beginnen. Der Job fürs Leben sprang dabei nicht heraus, aber ich verdiente mir in verschiedenen Studentenkneipen als Bedienung ein hübsches Sümmchen. Ich hatte auch ein paar Freundinnen und so. Leider hingen sie alle viel zu sehr an ihrer Karriere oder an meinem Geldbeutel, als dass echte Gefühle eine Chance gehabt hätten.

Sei's drum, ich kehrte der Stadt den Rücken zu und ging in die Berge. Mit meinem kleinen, wendigen Wohnmobil kam ich überall hin und hatte nie Übernachtungssorgen. Einen ganzen Sommer lang klapperte ich alles ab, was Rang und Namen hatte: vom Adamello bis zur Zugspitze. Spät im Herbst suchte ich Winterlager auf und genoss dort die Ruhe.

Was für ein Gefühl, wenn die Horden fanatischer Bergsteiger verschwinden und du plötzlich wie ein vergessenes Hemd alleine da oben herumhängst, wenn alle Gipfel und alle Wege dir gehören! Am Anfang freilich hätte mich die Einsamkeit fast verrückt gemacht, bis ich meinen Tagesablauf einigermaßen geregelt hatte. Ihr wisst ja gar nicht, wieviel Improvisation es bedarf, damit man einmal die Woche auf einer Hütte ohne fließend Wasser richtig sauber wird. Ganz zu schweigen vom täglichen Abspülen, Kleider waschen, von Toilettengängen und dem Zubereiten einigermaßen ausgewogener Kost. Da hab ich von meinen Erfahrungen beim Militär profitiert.

Wenn die Lebensmittel zu Ende gingen, stieg ich ins Tal und machte mit dem Wohnmobil eine Versorgungsfahrt. In den öffentlichen Waschsalons konnte ich dann meine ganze Kluft gründlich säubern. Manchmal übernachtete ich auf einem Zeltplatz, wo es Duschgelegenheiten gab.

Hatte ich mich irgendwo eingenistet und es blieb Zeit, wurden

Gipfelziele angesteuert. Ich lernte, das Wetter vorherzusehen, mich im Nebel zu orientieren und spaltenreiche Gletscher ohne Seilgefährten zu durchqueren. Als der Schnee mich schließlich in die Täler zwang, landete ich in Bozen und half den Winter über in einer Gastwirtschaft als Kellner aus, damit meine Ersparnisse etwas aufgestockt wurden. So lernte ich leidlich Italienisch, was sich als vorteilhaft herausstellte, denn der Wirt vermittelte mich weiter an einen Freund in Sulden. Dieser war für die Zayal-Hütte zuständig, dem Ausgangslager auf die Vertainspitze. So verbrachte ich als Mann für Alles den kommenden Sommer dort auf über 2700 Meter und lernte den Horror täglicher Massenanstürme kennen.

Ich heuerte in den folgenden Jahren auch in anderen Hütten an und wurde wegen meiner Tüchtigkeit überall geschätzt. Bei den Einheimischen rund um den Ortler bin ich inzwischen ein gern gesehener Gast. Sie freuen sich, wenn ich im Frühjahr und Herbst alle geschlossenen Hütten inspiziere und kleinere Schäden repariere. So darf ich es mir erlauben, wertvolles Holz zu verfeuern und randalierende Gäste aus dem Winterlager zu werfen. Wie dem auch sei, ich gehöre mittlerweile zum Inventar der Ortlergruppe und kann mir momentan kein anderes Leben vorstellen. Also stoßen wir noch einmal an.«

Und sie leerten die Becher bis zum letzten Tropfen. Raimund hatte sich als durchaus kuriose, außergewöhnliche Gestalt der Berge entpuppt. Insbesondere Tschiko belächelte ihn als Zivilversager und Tagträumer. Aber er prostete ihm wie ein Kumpel zu, während Mary ihre Abneigung gegen Raimund offen zeigte. Seine geilen Blicke auf ihren Körper waren kaum zu übersehen. Als Mann, der unter chronischem Liebesentzug litt, wirkte er in Marys Augen besonders gefährlich.

Mit fortschreitender Zeit brach Berti die gemütliche Stimmung und kam auf den nächsten Tag zu sprechen. Tschikos Taschenradio hatte kund getan, das Wetter werde sich im Laufe der Nacht beruhigen und Sonnenschein annehmbare Temperaturen bescheren. Da musste eine klare Marschroute festgelegt werden, weil man die Königspitze in Angriff nehmen wollte.

Der blondgelockte Student verschaffte sich Platz am Tisch und breitete die Landkarte aus. »Wie es aussieht, macht uns der Neuschnee einen Strich durch die Rechnung«, meinte er und fand in Dieter einen ersten interessierten Zuhörer. »Wir werden also die Königspitze mit einer Erkundung vorbereiten. Wir bahnen uns einen Weg durch den Zebrù-Gletscher, spüren alle gefährlichen Spalten auf und legen eine Spur, die uns anderntags das Fortkommen erleichtert. Mit etwas Glück finden wir eine ideale Route auf das Königsjoch, wo der Käse im Prinzip gegessen ist. Am exponierten Südosthang verbläst der Sturm den Neuschnee. Ich rechne mir gute Chancen aus, die 50 Grad steile Gipfelpassage hinauf zu kommen.«

»Brauchst du für diese Erkundung alle Leute?«, fragte Mary, die sich offenbar nicht mit halben Sachen begnügen wollte. »Ich und Tschiko haben schon eine andere Tour ausbaldowert: entlang der Skitourenroute zum Monte Pasquale. Das wär eine interessante Geschichte.« Sie klimperte dabei so aufreizend mit den Wimpern, dass Berti nicht Nein sagen konnte. Nur Raimund warnte vor den Tücken des Cedec-Gletschers, der zum Pasquale führte. Das nördliche Eisbecken sei mit zahlreichen Spalten bestückt.

»Wir nehmen das 20-Meter-Seil als Sicherung und spielen unsere Erfahrung aus«, konterte Mary sofort.

Das stellte Raimund soweit zufrieden, dass er ihr Vorhaben nicht weiter kritisierte. Dennoch wusste er zu berichten, wohin Selbstüberschätzung führen konnte. Viele tragische Unfälle hätten sich in diesem Gebiet schon ereignet, seit er hier weilte. Gemessen an der Zahl der Bergsteiger, die unterwegs waren, drohe im Spätherbst die größte Gefahr. »Oder im Frühjahr, wenn die fanatischen Bergnarren von Entzugserscheinungen geplagt werden und trotz widriger Schneelage hier einfallen. Entweder sie versumpfen und kehren geschlagenen Hauptes um, oder sie werden von einer Lawine begraben. Im Mai und Juni brennt die Sonne am stärksten auf den Schnee, macht ihn schon vor Mittag weich und sülzig und lässt die Schicht über den Spalten zur Todesfalle werden«, berichtete der Bärtige, ohne bei den Bewohnern, die gerade eine Tafel Schokolade teilten, Betroffenheit zu erwecken.

Er zögerte einen Augenblick und fuhr dann fort: »Leute, deren Vernunft ihnen im Alltag das Prädikat Spießer beschert, tollen hier herum wie aufgescheuchte Hühner. Sie pflügen durch den Tiefschnee und hangeln sich vereiste Grate ohne jede Sicherung hoch. Ich kenne Leute, die mit Turnschuhen über ausgeaperte Gletscher gestiegen sind. Ich kenne Leute, die hatten nur ein Hemd und eine kurze Hose an und wollten auf den Ortler. Ich kenne Leute, die haben sich auf der Hütte eine Nacht lang die Seele aus dem Leib gekotzt und sind anderntags wie die Feuerwehr 2000 Meter nach oben gespurtet. Aber denkt nicht, die Erfahrenen blieben vom Unglück verschont. Geht zur Bergwacht nach Bormio und lasst euch erzählen, welche Dramen sich in den vergangenen Jahren hier abgespielt haben, wie viele sie halb erfroren aus den Gletschern geflogen haben und wie Leute aussehen, die Hunderte von Metern in die Tiefe gestürzt sind. Die prallten so lange gegen Felskanten, bis sie ein feuchter Klumpen aus Knochensplittern und Fleisch wurden. Lasst euch erzählen, wie es denen erging, die lebend geborgen wurden und jetzt im Rollstuhl sitzen, die durch Kopfverletzungen einen Dachschaden davontrugen, die ihre besten Freunde verloren und sich deswegen vor die Eisenbahn geschmissen haben.«

»Willst du, dass uns der Wein hochkommt?«, ärgerte sich Judith voller Abscheu. Nur Tschiko schien sich köstlich zu amüsieren, denn er klatschte begeistert in die Hände. »Bravo! Unser Raimund weiß ausgezeichnete Gruselgeschichten zu erzählen.«

»Hältst du etwa alles für Bergmannsgarn?«, erwiderte der Einzelgänger feindlich. »Geht zur Bergwacht Bormio und nehmt Einblick in die Protokolle. Vor sechs Jahren ist eine ganze Viererseilschaft spurlos im Suldenferner verschwunden. Beim Aufstieg über die Nordflanke der Königspitze hat sie eine Lawine überrollt. Im gleichen Jahr mussten zwei junge Burschen – durchaus erfahrene Bergsteiger – ein Notbiwak am Zebrùpass machen. Ihre Ausrüstung wurde später gefunden. Sie selbst blieben wie vom Erdboden verschluckt. Vor fünf Jahren sind in der Westflanke des Palón de la Mare drei befreundete Paare abgerutscht und von einer gigantischen Spalte gefressen worden. Vor vier Jahren: Ein junger Bursche wollte mit seiner Freundin hoch zur Königspitze. Beide hingen am Seil, als das Mädchen ausglitt und auch ihren Freund nach unten riss. Sie rutschte in eine tiefe Spalte, während er sich gerade noch abfangen konnte. Wollte er überleben, musste er das Seil durchtrennen, wozu ihn seine Liebste sogar ermutigte. Er tat es und wird wahrscheinlich seines Lebens nicht mehr froh.

Vor drei Jahren im Frühsommer: Eine Gruppe junger Leute aus Süddeutschland wollte den gesamten Kamm von der Casati-Hütte bis zum Pizzo Tresero überschreiten. Körperliche Beschwerden zwangen ein Mädchen, umzukehren. Einer der Jungs blieb bei ihr. Beim Abstieg vom Cevedale verirrten sie sich im Nebel und das Mädchen wurde Opfer einer Spalte.

Alles das könnt ihr in Protokollen der Bergwacht nachlesen, wenn ihr Italienisch versteht. Ich wollte euch beileibe nicht den Magen verderben, sondern eure Vorsicht stärken.«

Berti nickte Raimund anerkennend zu. Dieter schien diese Aufzählung sehr zu beeindrucken, wie sein ernster Blick, der keinen Fixpunkt mehr fand, verriet. Mit säuerlich verzogenen Mundwinkeln würdigte Mary das Gehörte. Tschiko gab sich gewohnt lässig, Nick und Judith schließlich lehnten sich grübelnd zurück. An ihrem Vorhaben wollten trotzdem alle festhalten.

Stöbern gehen

Nick lauschte noch, was am Tisch weiter besprochen wurde. Gern hätte ihn Berti für die Erkundung gewonnen, aber Nick zog es vor, einen Ruhetag einzulegen und die Hütte auf Vordermann zu bringen. Auch Raimund hatte keine Lust auf »halbe Sachen« und wollte Nick beim Aufräumen helfen.

Schaurig schönes Gruseln beherrschte den Raum. Nur eine Kerze sorgte für Licht und warf zappelnde Schattenspiele an die Wände. Raimund schürte ein letztes Mal das Feuer und trat nach draußen, wo er das Wetter begutachtete. Eine flaumige Schneeschicht bedeckte den Boden. Oben rissen die Wolken auf und gaben den Sternenhimmel frei. Dadurch sank im Laufe der Nacht die Temperatur bis weit in die Minusbereiche.

Stunden später: Das Aufstehen wurde zur gewohnt mühsamen Zeremonie. Eifer aufs Marschieren erwachte erst, als die Bewohner blauen Himmel durch die Fensterscheibe sahen. Doch langsam, fast schmerzhaft, kämpften sie sich in die klammen Kleider, schüttelten den Alkohol aus ihren Köpfen und gierten nach einer heißen Tasse Kaffee.

Aus Raimunds Schlafsack schaute nur ein Berg Haare heraus. Er hatte zum Leidwesen der Übrigen laut geschnarcht und döste jetzt im Halbschlaf dahin. Auch Nick genoss es, liegenbleiben zu dürfen und den anderen beim Packen zuzuhören.

Mary verzichtete diesmal sogar auf ihre gewohnte »Morgengymnastik« mit Tschiko und drängte auf einen schnellen Abmarsch. »Ich möchte den Gipfel erreichen, bevor die Sonne den Schnee aufweicht«, meinte sie. Deshalb schlürften die beiden nur eine Tasse Milch mit Zucker und löffelten ihr kaltes Müsli, bevor sie Gurtzeug und Gamaschen anlegten. Dann stürmten sie mit schnellen Schritten und leichtem Gepäck davon.

Fast wortlos genossen Berti, Judith und Dieter ihr Frühstück mit Tee und Instantkaffee. Judith wirkte etwas zerknittert und strahlte wenig Tatendrang aus. Dieter kaute lange an einer Scheibe Brot, die ihm wie Gummi vorkam. Schließlich packten die drei ebenfalls ihre Sachen. Nick hörte noch das Poltern ihrer Stiefel im Vorraum, bis die Metalltür schepperte.

Wenig später machte es sich der hagere E-Technik-Student mit dem urwüchsigen Berg-Eremiten auf der Sonnenterrasse vor dem Hauptgebäude bequem. Ein paar Federwolken standen noch regungslos im

Westen, sonst aber herrschte klares Spätherbstwetter. Bald hatte die Sonne den spärlichen Schnee um das Haus weggefressen und würde auch die Hänge bis hinauf zu den Gletschern schnell vom weißen Überzug befreien.

Die beiden Männer behandelten sich wie Freunde, die schon seit ewigen Zeiten gemeinsam durch die Berge zogen. So bedurfte es keiner langen Vorreden für Nick, als er ein Gesprächsthema vom Vorabend aufgriff:

»Kennst du die geschilderten Unglücksfälle nur vom Hörensagen oder warst du Mitglied der Suchmannschaften?«, fragte Nick.

»Manchmal schließe ich mich den Rettern an und leite sie durch gefährliches Gelände, solange berechtigte Chancen auf Bergung Überlebender bestehen. Für Tote riskiere ich nichts. Wer in den Bergen stirbt, soll den Bergen erhalten bleiben, sag ich. Tief unten im Gletscher finden sie eine Ruhe, um die sie andere, die im Mief der Zivilisation eingebuddelt wurden, beneiden würden: Keine winselnden oder scheinheiligen Trauergäste trampeln über sie hinweg, keine Bagger buddeln sie wieder aus, wenn Platz für frische Leichen geschaffen werden muss. Keine sülzigen Reden, kein Beileid, kein Nachruf, kein Weihwasser und keine Würmer.«

»Was bezeichnest du als *berechtigte Chancen*?«, hakte Nick nach. »Nehmen wir als Beispiel den Fall vor dreieinhalb Jahren, als dieses Mädchen im Zufallferner verschwand: Wie hättest du da gehandelt?«

Raimund überlegte einen Moment, wobei er sich die Stirn kratzte. »Damals war ich auf der Zayal-Hütte und half bei den Vorbereitungen für die Sommersaison. Der Wirt hat über Funk vom Einsatz der Bergwacht am Cevedale gehört. Es hieß, ein sehr junges Mädchen sei in eine Gletscherspalte gerutscht. Ich kann mich noch gut erinnern, wie wütend ich auf diese Nachricht reagierte. Nach einer Warmwetterphase Anfang Mai blieb es bis in den Juni hinein unbeständig – um nicht zu sagen winterlich. Gar kein Gedanke an eine Hochtour in Regionen über 3000 Meter. Ich hätte ihnen allen den Hintern versohlt, wären sie mir in die Hände gekommen.«

»Bestand deiner Meinung nach Chance auf Rettung?«

Der Bärtige schüttelte mit leichenblasser Miene den Kopf.

»Kannst du mir mehr darüber erzählen?«

»Warum willst du das wissen?«, entgegnete er mit einem argwöhnischen Blick. Nick, verwirrt über den scharfen Ton, brauchte einige Sekunden für die Antwort: »Ich habe beiläufig mitgekriegt, was die fünf jungen Leute neben der Königspitze noch vorhaben: Sie wollen ebenfalls den ganzen Grat bis zum Pizzo Tresero ablatschen.«

»Aber du musst zugeben, dass sie einen erfahrenen Eindruck machen«, erwiderte Raimund und erhob sich. »Wir sollten das Thema beenden. Es ist nicht gut, vom Tod zu sprechen, während die anderen unterwegs sind. Bereiten wir ihnen lieber ein kräftiges Mittagessen.«

Früher als erwartet kehrten die Turteltäubchen Mary und Tschiko zurück – nass bis zu den Hüften und sichtlich unzufrieden. Auch der Duft von Tunfisch-Tomatensoße vermochte ihre Stimmung nicht zu heben. Mit einem lustlosen »Hallo« entledigten sie sich der Schuhe und trotteten zum Umkleiden ins Lager. Als sie wieder in die Diele kamen und ihre Gamaschen und Steigeisen zum Trocknen über den Ofen hängen wollten, konnte sich der militärisch gekleidete Einzelgänger eine Bemerkung nicht länger verkneifen:

»Wie war die Aussicht am Monte Pasquale?«

Rotköpfchen Tschiko wäre ihm vor Zorn fast ins Gesicht gesprungen, denn diese Niederlage hätte er mit etwas Verstand voraussehen können. Und das wurmte ihn. Mary bekannte selbstkritisch: »Dreihundert Meter unter dem Gipfel haben wir's abgebrochen. Die Nordflanke ist ein Sammelbecken für Neuschnee. Ich als Hochtouristin hätt's wissen müssen.« Jetzt – so tröstete sie sich – bleibe zumindest Zeit für ein Sonnenbad. Selbstverständlich hatte das Pärchen auf der Terrasse für landschaftliche Aspekte wenig übrig und widmete sich mehr der Landschaft ihrer Körper.

Als zum Mittagessen gerufen wurde, wischte Tschiko den Lippenstift aus seinem Gesicht und präsentierte wieder eine etwas freundlichere Miene. Das Mahl wurde schweigend eingenommen. Doch auch nachher, beim Genuss angenehmen Kräutertees, kam schwer eine Verständigung zwischen den Vieren in Gang.

Judith, Berti und Dieter – mit Sonnenbrillen und dick eingecremt – hatten inzwischen den unteren Rand des Zebrù-Gletschers auf 2950 Meter erreicht. An der ersten Eisflanke, die sich wie ein mächtiger Wall vor ihnen auftürmte, legten sie Steigeisen, Gamaschen und Klettergurte an. Dann stapften sie los.

Der Neuschnee erreichte bald eine Höhe von 30 Zentimetern. Wegen seiner pulvrigen Substanz erschwerte er das Fortkommen nur unwesentlich und hielt alle gefährlichen Spalten offen. Handbreite Sprünge im Eis sorgten anfangs für etwas Unruhe. Mit sicheren Schritten, schwer wie ein Ross atmend, führte Berti seinen kleinen Trupp schnell in höhere Regionen. Als Gewichtigster gewährleistete er bei jeder Überquerung einer Schneebrücke, dass diese auch den

Nachfolgenden standhalten würde. Breite Spalten ohne Brücken erforderten Umwege, und so eine Spalte begegnete den Dreien am Bergschrund vor dem Felsaufschwung zum Königsjoch.

Sie erkundeten eine brauchbare Passage durch mittelschweres Geröll, verließen den Gletscher, wo er sich dicht an den Fels schmiegte, und legten an einer Terrasse die Steigeisen ab.

Kurze Zeit später erreichten sie das Joch und konnten auf die andere Seite blicken, wobei sie fast eine Gänsehaut bekamen. Senkrecht unter ihnen klaffte ein Spaltenmeer. »Wie auf einem Hochseil zwischen Himmel und Hölle«, bemerkte Dieter respektvoll. Hinter ihm hob sich die Kreilspitze 100 Meter empor, vor ihm versperrten unangenehme Felsen den Weg zur Oberen Schulter.

Berti kniff die Augen im gleißenden Sonnenlicht zu und entdeckte eine Steinpyramide. Demnach befand man sich noch am Weg. »Ich seh keine vernünftige Passage. Ihr vielleicht?«, ärgerte sich Berti, während die anderen schon schlotterten und gerne weitergeklettert wären. Ein kühles Lüftchen zog den Nordhang hoch.

»Wir könnten zumindest einen Versuch riskieren. Laut Führer muss es hier weitergehen«, bemerkte Dieter.

»Kein Risiko!«, warnte Judith. Sie hätte es nicht als Schande empfunden, die Aktion abzubrechen. Ungeachtet dessen versuchten ihre Kameraden, einen steilen Felszacken zu umklettern.

In Bertis Begleitung sprühte Dieter vor Ehrgeiz, obwohl der etwas schwerfällig wirkende Anführer unbeholfen nach Griffen und Tritten suchte, kaum Kraft für zwei Klimmzüge hatte und hektisch zu Werke ging. Für klettertechnische Zirkusnummern fehlten ihnen die nötigen Gerätschaften wie Haken, Bandschlingen oder Klemmkeile.

»Bei mir ist eine Sackgasse. Überall glatter Fels. Hast du den Durchstieg gefunden, Didi?«, rief Berti. Von Judiths Standplatz aus war er nicht mehr zu sehen. Dieter hingegen turnte im oberen Bereich des Zinkens herum und ächzte etwas in der Art von: »Wird schon gehen.«

Es ging eben nicht, wie Judith entsetzt feststellte, weshalb sie ihm eine deutliche Warnung zukommen ließ: »Lass den Quatsch! Das kann nie und nimmer der richtige Weg sein.«

Also Rückzug. Berti hatte sich Schürfwunden an den Händen zugezogen. Dieter klagte über ein angeschlagenes Knie, schnallte seinen Rucksack ab und setzte sich darauf. Nur zum Teil gelang es Judith, ihre Helden aufzumuntern: »Trinken wir etwas, und dann sehen wir uns die Sache noch einmal von unten an! Es muss eine andere Route auf die Schulter geben.«

Dieter schmollte, akzeptierte aber die Niederlage. Berti schob einen Müsliriegel in sich hinein, schneuzte und quengelte weiter.

Sie stiegen ab, querten dann den oberen Gletscherrand ein Stück in westlicher Richtung. So fand die Dreierseilschaft eine steile Schneerinne, die direkt auf die Obere Schulter führte. Garniert mit Felsbrocken unterschiedlicher Größe flößte sie nicht gerade Vertrauen ein, aber nach technischen Gesichtspunkten sollte sie problemlos zu durchsteigen sein. Dies gleich zu testen, dazu fehlte allen der Nerv. »Probieren wir es morgen früh! Wenn nicht dort, dann nirgendwo«, fasste Berti das Ergebnis ihrer Erkundung zusammen.

Um 13 Uhr erstatteten sie auf der Sonnenterrasse der dort versammelten Belegschaft Bericht. Ausführlich beschrieb Berti den Zustand des Gletschers und ihre Erfahrungen am Königsjoch, was Tschikos höchsten Unmut erregte. »Laut Routenbeschreibung muss es einen Weg durch die Felsen geben. Ihr habt vorschnell die Waffen gestreckt.«

Das wiederum brachte Judith in Rage. »Du kannst leicht reden mit deinen Kletterkünsten. Aber über einen Vierer scheuchst du uns ungesichert nicht hoch. Da haben wir vorher klare Abmachungen getroffen. Außerdem bleibt uns die Alternative durch die Eisrinne«, raunzte sie den bulligen Schnauzbartträger an. Der zog den Kopf ein, während Nick das Teleobjektiv aus der Gürteltasche holte. Als es am Gehäuse seiner Kamera montiert war, trat er ein paar Schritte um das Hauseck und lugte mit Brennweite 300 zum Königsjoch. Tschiko, Mary und Raimund waren ihm gefolgt.

»Fast senkrecht zieht sich die Rinne hoch. Es sieht aus, als münde sie direkt in die Obere Schulter.« Er reichte die Kamera weiter an Tschiko. Dieser verzog etwas den Mundwinkel, denn eine kernige Kletterpartie vom Joch zur Schulter hätte ihn mehr gereizt als der Trip durchs Geröll. »Oben wird sie schmäler. Durch den Neuschnee, würde ich sagen, geht es«, kommentierte er.

»Aber du, Raimund, du solltest doch wissen, wie der Weg vom Joch aus weitergeht«, erkundigte sich Mary. Jener musste passen: »Ich bin noch nie übers Königsjoch gestiegen. Man sagte mir, die Sache sei recht … knifflig.«

»Und was hältst du von der Rinne?«, erkundigte sich Tschiko.

»Es könnte Steine regnen. Seid ihr einmal mittendrin, gibt's kein Ausweichen vor ihnen. Kalkuliert das Risiko selbst, denn ich möchte mir nicht durch Vorschriften oder Verbote euren Unmut zuziehen!«

Mary nahm Tschiko bei der Hand und schnurrte: »Komm, gehen wir kalkulieren.«

Die anderen verschwanden im Lager, wärmten das Mittagessen, setzten sich zu Tisch und kalkulierten auf ihre Weise. Resultat des

Disputs: Morgen wollten sie einen ernsthaften Angriff auf den Gipfel starten.

Danach verstreute sich das Team für den Rest des Tages in der Umgebung. Dieter schlenderte mit Raimund ein Stück den Fahrweg hinab. Dort lud ein Aussichtsplatz mit Steintischen und Holzbänken zur Rast. Die ungleichen Männer ließen sich zu einer ausgedehnten Siesta nieder und philosophierten über das Leben in den Bergen.

Dieter gestand, dass ihn Raimunds Schilderung seines Eremitendaseins zutiefst fasziniert und innerlich aufgerüttelt hatte. Als Stadtmensch konnte er sich schwer vorstellen, wie man solche existentiellen Bedürfnisse wie Wärme, Liebe und Vergnügen im Stumpfsinn einsamer Hüttenhüter-Dienste kompensierte; wie es überhaupt möglich war, aus diesen bedrohlichen, eisigen Felsenfestungen tiefste innere Zufriedenheit zu schöpfen. Er hielt den »alten Mann« für einen Heuchler und Scharlatan und war begierig darauf, ihn zu entlarven.

Mary und Tschiko okkupierten die Sonnenterrasse; Judith zog sich zu einem Nachmittagsschläfchen ins Lager zurück. Beide Türen blieben offen, damit Frischluft den Schweißgeruch vertrieb.

Nick und Berti wanderten ein Stück entlang des Weges zur Casati-Hütte. Sie zogen durch einen flachen Moränenkessel und hatten kein spezielles Ziel im Sinn, obwohl jeder bewusst die Begleitung des anderen gesucht hatte. Berti wollte Nick abermals für den Angriff auf die Königspitze begeistern. Nach einem knappen Kilometer fanden die jungen Männer eine gemütliche Felsgruppe. Dort konnten sie sich zu einer längeren Rast niederlassen, denn die Steine speicherten in der prallen Sonne so viel Wärme, dass eine Unterlage entbehrlich wurde.

»Würdest du uns morgen begleiten?«, fragte Berti ohne Umschweife. Nick, darauf vorbereitet, zögerte kurz und akzeptierte die Einladung mit einem verschmitzten Lächeln.

»Mich wundert, dass sich fünf so grundverschiedene Leute wie ihr zu dieser verwegenen Unternehmung zusammenraufen konnten.«

Berti erzählte, die Idee zu dieser Tour sei einer Bierlaune entsprungen – im Juli, während der alljährlichen Biologen-Bergtour. »Irgendjemand hat vorgeschlagen, wir sollten einmal intensiv Höhenluft schnuppern. Da ich aus Erfahrung wusste, dass es nach der ersten Euphorie meistens bei Absichtserklärungen bleibt, hab ich die Organisation übernommen.«

»Biologen-Bergtour? Ist das so eine Art botanische Exkursion ins Gebirge?«, fragte Nick mit echtem Interesse. Berti musste ob dieses Missverständnisses kurz lachen:

»Gott bewahre! Das ist eine leichte Bergwanderung, von der Studentenvertretung der Biologie-Fakultät organisiert. Vor fünf Jahren trieben wir uns beispielsweise im Tennengebirge herum. Da machte ich übrigens Didi mit den Bergen bekannt. Leider schmiss der Kerl im nächsten Sommer sein Biologiestudium und ging für ein paar Jahre auf Tauchstation. Zwischenzeitlich hat er eine Ausbildung begonnen, aber auch nicht zu Ende gebracht. Jetzt versucht er es mit dem Lehramtsstudium.

Wir tranken öfter mal ein Glas Bier miteinander und schwatzten über alte Zeiten, wobei ich den Eindruck gewann, dass Didi etwas ... na, sagen wir mal, unausgelotet war. Er wirkte verdrossen, sinnentleert, weltfremd, irgendwie träge und lustlos. Um ihn auf andere Gedanken zu bringen, schlug ich vor, er solle auf die diesjährige Biologentour ins Steinerne Meer mitkommen. Es war ein spontaner Versuch, aber überraschender Weise biss Didi sofort an.«

Nick spitzte die Ohren, als er das hörte. »Inwiefern überraschend?«

Berti räusperte sich. »Nun, während unserer letzten gemeinsamen Bergtour, kurz nachdem er durchs Vordiplom geflogen war und ans Aufhören dachte, gab's kleinere, für ihn ganz gewichtige Probleme. Er hatte die Nase voll und wollte nur noch im Flachland wandern.«

»Welche Probleme?«

Berti überlegte lange, ob er dem neugierigen Nick nicht bereits zuviel erzählt hatte. »Da kam einiges zusammen: Die Route zu schwierig, die Etappen zu lang, dazu Regen, Wind und Nebel; die übrigen Begleiter waren zu stark und Didi litt an einer Erkältung. Unterwegs jammerte er über jede winzige Blessur, als müsse er daran zugrunde gehen, und wurde von uns deswegen ziemlich gehänselt. Als uns ein Gewitter ins Notbiwak zwang, wäre der Junge vor Angst fast ausgerastet. Wir hatten natürlich alles im Griff. Zu keiner Zeit bestand ernsthaft Gefahr um unser Leben, und wir brachten Didi auch heil nach unten. Aber danach hatte er die Nase gestrichen voll vom Bergsteigen. ›Nie mehr mit einem von euch!‹, sagte er nur.«

Nick wurde sehr nachdenklich und wartete lange, bis er die nächste Frage stellte: »Was hat Didis Leidenschaft neu entfacht?«

»Vielleicht die Scham über seine Schwäche. Jetzt wollte er mich sogar bei der Planung unterstützen. Ursprünglich hatte ich mir das Ötztal als Ziel ausgesucht, aber er brachte Landkarten anderer Gebiete zur Besprechung mit, darunter eine von hier. Weil einige der Interessenten bis Ende September noch Prüfungen oder Ferienkurse hatten, passte kein früherer Termin. Trotzdem hagelte es Absagen, was zuletzt auch Didi daran zweifeln ließ, ob aus der Sache noch was würde. Seltsam, dass ich seine Zusage wenige Tage vor der Abfahrt indirekt durch seinen Vater erhielt. Herr Reitmeier hatte mich angerufen und wollte sich über unseren Bergurlaub erkundigen, weil er sich Sorgen um die Sicherheit seines Filius mache. Er erzählte, Dieter sei heim gekommen, habe die Klettersachen eingepackt und sich ohne nähere Erklärungen aus dem Staub gemacht. Ich als alter Spezi von Didi könne Chef dieser dubiosen Unternehmung sein, vermutete er. Um seine Sorge zu lindern, erklärte ich, Didi befände sich in guter Gesellschaft. Wir würden im Ortlergebiet einige leichte Gipfel abklappern und keinen Stress aufkommen lassen.

Einen Tag später besuchte mich Didi und meldete sich an. Den Anruf seines Vaters wollte ich ihm verschweigen, damit er sich nicht bespitzelt vorkam. Am vergangenen Donnerstag gab's ein letztes Koordinationstreffen in meiner Stammkneipe. Ich hatte alle Teilnehmer eingeladen, damit sie sich etwas besser kennenlernen konnten.«

»Die fünf übrig Gebliebenen«, bemerkte Nick mit einem Schmunzeln.

Berti gestattete sich eine kleine Pause. Unterdessen verschwand auch das letzte Sonnenlicht, und die Schatten der westlichen Kämme färbten das Tal wieder grau. Gleichzeitig wurde es unangenehm kühl.

»Dir wird aufgefallen sein, dass Judith ein wenig ...« Er zögerte. »... lustlos wirkt. Sie hat kaum Bindung zur Gruppe. Kennengelernt habe ich sie bei einem Vortrag von Reinhold Messner im Audimax der Uni. Besser gesagt, sie wurde mir von einer guten Bekannten vorgestellt, die mit Judith im selben Semester Mathematik studiert. Diese Bekannte wollte eigentlich mitkommen, zog sich aber kurzfristig einen Bänderriss im Fuß zu. Da alle anderen Interessenten auch absagten, war ich Judith gar nicht böse, als sie vorschlug, die Tour ganz abzublasen. Ich hielt sie noch hin, indem ich sagte, Didi werde vielleicht mitkommen. Nein, sie hätte sich bestimmt nicht allein mit zwei fast fremden Männern in dieses Abenteuer gestürzt. Aber weil sie wusste, wie viel Arbeit ich in die Vorbereitung gesteckt hatte, überredete sie ihre acht Jahre jüngere Schwester zum Mitkommen. Klar, dass dann automatisch auch Tschiko mit von der Partie war. Er ist mir nicht sonderlich sympathisch, muss ich gestehen.«

»Du vermutest also, Judith ist nur aus Gefälligkeit mitgefahren?«

»Sieht so aus«, bemerkte Berti unterkühlt.

»Und wenn du offen mit ihr über alles sprechen würdest?«, schlug Nick vor.

Berti schloss seinen Anorak und schüttelte den Kopf. »Ich bin doch kein Seelenklempner. Wir ziehen unser Programm durch, Gipfel um Gipfel, alle an einem Strang. Das schweißt uns am Ende schon zusammen. Dort oben ...« Er deutete hinauf zum Cevedale, der rosarot im Abendlicht leuchtete. »... kommst du wieder auf das Wesentliche zurück.«

Ein Himmel wie der Nektar von Blutorangen spie seine üppige Farbenpracht über die zwei körperlich so verschiedenen Gesprächspartner. Unterhalb von ihnen röhrte der Cedec-Bach. Im schmalen Bett eingeschnürt bahnte er sich seinen Weg durch felsige Hindernisse. Raimunds wilde Gestik glich im glühenden Gegenlicht der eines Erdgeistes, den die grauen Moränen geboren hatten. Er hatte sich nach anfänglich schleppender Unterhaltung in Fahrt geredet.

»... Eines muss dir immer klar sein: dass die Welt auf dich scheißt!«, fauchte er beinahe in Ekstase. »Jeder ist entbehrlich. Keiner braucht dich, wenn du dir Geltung nicht erkaufst oder ergaunerst, wenn du nicht deine Ellenbogen einsetzt und deine Widersacher zerstampfst, bevor sie Selbiges mit dir tun. Du bist ein Eiskorn im Gletscher, eine Nadel im Wald. Im Grunde verschmutzt du mit deiner Existenz die Umwelt.«

Raimund hielt kurz inne und sah Dieters Entsetzen. Deshalb dämpfte er seine Stimme zu einem wie erstickenden Hauch: »Solche Gedanken sind mir durch den Kopf geschossen, nachdem ich mich erstmals in die Einsamkeit zurückgezogen hatte. Stunden, ja Tage verbrachte ich in einem dunklen Lager, unfähig zu essen und aufzustehen, und grübelte und grübelte und grübelte über Dies oder Jenes: meine sozialen Verflechtungen und Beziehungen, warum man mich so oder so behandelt hatte, meine Stellung in der Gesellschaft und die Stellung der Gesellschaft an sich, natürlich auch die Bedeutung von Werten, Normen, Moral und Pseudomoral, Ethik, Religion bis hin zu Fragen über Bewusstsein, Dasein, Sinn. Ich ließ mich treiben von meinen Gedanken, die mich ins Delirium schaukelten, und glaubte, langsam ein Licht am Ende des Tunnels zu entdecken. Dabei pendelte ich ständig zwischen Wahn und Logik, Irrwitz und Genialität. Wenn ich versuchte, Ordnung in meine Geistesblitze zu bringen, sie gleichsam auf eine eherne Grundlage zu stellen, entstanden schwankende Konstrukte. Die Ratio des klassischen Homo Sapiens war mir längst abhanden gekommen, als ich im luftleeren Raum philosophische Weltbilder aufzustellen versuchte. Nenne es eine Sinnkrise, nenne es Unzufriedenheit, Depression – es kam wohl alles zusammen.

Irgendwie hab ich bis zu dem Zeitpunkt bloß so vor mich hingelebt, mich durchgeboxt, wo es nötig war, vor menschlichen Abgründen die

Augen geschlossen, Missstände tatenlos bejammert. Lahmgelegt von der eigenen Trägheit drohte ich abzusacken in den Stumpfsinn, die Zufriedenheit des Fatalismus. Sollte ich versuchen, als Weltverbesserer aufzutreten? Einwegverpackungen verschmähen und ein Bäumchen pflanzen? Vom Beifahrersitz aus die Autofahrer verdammen? Ich hatte die Vernunft-Krakeeler durchschaut, die Schnittlauch-Querdenker, die Müsli-Apostel. Weder gerissene Krawattenträger noch Stammtisch-Realisten konnten mir etwas vormachen. Ich hatte den Filz entlarvt. Die propagandistischen Fettnäpfchentreter redeten bei mir gegen eine Wand. Es gab nur die Flucht nach vorne, ins Delirium, in den Suff und den Rauch.«

»Also hast du dich in einer Sackgasse wiedergefunden«, bemerkte Dieter, als Raimund eine dramaturgische Pause eingelegt hatte.

Ausgangspunkt dieses Gesprächs war gewesen, dass Dieter ihn fragte, wie er denn glücklich sein könne mit diesem Leben, ganz ohne Freunde, Frau und Familie, ohne jeden Fixpunkt. Und Dieter hatte noch die Dreistigkeit besessen, ihn, den Lebenskünstler, als unglücklichen Menschen zu bezeichnen.

»Die Entdeckung echter menschlicher Beziehungen wäre die größte Erkenntnis meines Lebens gewesen«, rief Raimund nun. »Doch solche Beziehungen zerronnen mir wie Staub zwischen den Fingern. All das Gefasel Verliebter, man könne ohne den anderen nicht mehr leben, ist pure Heuchelei.«

Genau hier fiel ihm Dieter erstmals ins Wort: »Wenn ihre Gefühle füreinander echt sind, kann es doch dem einen nicht egal sein, wenn der andere plötzlich … sagen wir mal … stirbt.«

Raimund legte seine Stirn in Falten. »Der Verlust wäre nur materieller Art. Emotional ist jeder ersetzbar«, entgegnete er unbarmherzig. Dieter, sichtlich geschockt, hakte abermals nach: »Du darfst nicht von dir auf andere schließen.«

»Natürlich leide ich, wenn ich fremdes Leid erfahre oder die Menschheit dem Untergang zusteuern sehe. Unter dem Strich ist es aber egal, ob wir gleich absaufen oder erst später. Es ist egal, ob wir mit Krebs dahinsiechen oder uns in die Schläfen schießen.«

»Siehst du denn alles negativ?«, wollte Dieter abschließend wissen. Die hereinbrechende Dunkelheit flößte ihm Angst ein. Er sehnte sich nach der Gesellschaft seiner Begleiter.

Raimund zögerte lange mit seiner Antwort. Er deutete zur Hütte, dann hinauf zu den umliegenden Gipfeln: »Es gibt auch Glücksmomente, die dem Leben Sinn einhauchen. Ich habe die Kraft gefunden, mein Leben grundlegend zu ändern und der gewohnten Welt zu entfliehen. Einsamkeit wurde zur Befreiung, ein enges Lager zur sichersten Trutzburg, ein Marsch über verlassene Gletscher zur Lustwanderung durchs Paradies. Dabei bin ich wieder zu jugendlicher Frische erblüht – obwohl mein Aussehen eher dagegen spricht. Alle positiven Erfahrungen, die plötzlich über mich hereinbrachen, haben den Verzicht auf Liebe und Luxus kompensiert. Greifbares, gegenwärtiges Glück, Bescheidenheit und die Bereitschaft, Leiden auf mich zu nehmen, haben mich wieder in einen zufriedenen, ausgeglichenen Menschen verwandelt. Ich spreche mit den Bergen und erhalte Antworten von ihnen. Werde ich dann von einem wohltuenden Schaudern befallen, bin ich ihnen ganz nah und spüre, was sie gespürt haben. Wir sind eine große Gemeinschaft, zusammengehalten durch wahre Treue.«

Dieter, beeindruckt und verwirrt zugleich, spürte ein Frösteln, das nicht von der zunehmenden Kälte herrührte.

Für diesen Abend hatten sich die Lagerbewohner selbst ein Alkoholverbot auferlegt. Zum einen wollten sie am nächsten Tag ausgeruht und ohne Brummschädel den Aufstieg angehen, zum anderen benötigten sie den restlichen Wein für ein Siegesgelage. Am Erfolg zweifelte nur Judith. Mary spöttelte ein wenig über die Besorgnis ihrer Schwester, wollte die Stimmung entkrampfen und erreichte genau das Gegenteil. Judith kapselte sich von ihr ab und saß stumm am Tisch, Nick zur einen, das Fenster zur anderen Seite. Sie verschränkte die Arme und bohrte ihren Blick immer wieder durch das Spiegelbild der Scheibe, als erwarte sie sehnsüchtig einen Gast.

Raimund spürte den Wetterumschwung, wollte aber die Stimmung nicht durch Hiobsbotschaften verderben. Neben ihm saß Dieter, dessen nachdenkliche Miene von seinen Begleitern falsch gedeutet wurde. Sie glaubten, Judith habe ihn mit ihren Bedenken angesteckt.

»Die Königspitze muss es sein. Das haben wir immer zur Bedingung gestellt«, warf Berti geschäftig ein, wofür ihm Tschiko lobend zunickte. »Wir sind akklimatisiert und konditionell fit.«

Raimund erhob sich und wanderte unruhig am Mittelgang auf und ab. »Entschuldigt, wenn ich eure Gesellschaft missbrauche.«

»Davon kann keine Rede sein«, lenkte Nick sofort ein. »Wir hatten doch gestern Abend eine Menge Spaß miteinander.«

»Eben«, fuhr ihm Raimund ins Wort. »Ergötzt habt ihr euch an meinen Erzählungen, als sei ich der Märchenonkel Fritz.«

Nick füllte die Tasse des Einzelgängers mit dem letzten, noch lauwarmen Tee aus dem Alu-Topf. »Als Kinder haben wir uns in solchen

Situationen oft schauerliche Geschichten erzählt. Deine Berichte tragischer Unglücksfälle haben das Gruseln zurück gebracht. Vielleicht sollten wir sämtliche Kerzen löschen und stumm zuhören – nicht aus Sensationsgier, sondern um zu lernen, was geschehen kann, wenn man nicht vorsichtig ist.«

Tschiko meldete Einspruch an, aber Mary hielt ihm schnell die Hand vor dem Mund und nickte zustimmend. Märchenonkel Fritz erinnerte auch sie an ihre frühe Kindheit. Nur Dieter stammelte ein genervtes »Muss das unbedingt sein?«

Raimund rückte mit seinem Stuhl so weit zurück, bis er in der Mitte des Raumes saß. Er warf sich eine Decke um die Schulter.

Als vollkommene Stille im Raum herrschte, fragte er mit trockener Stimme: »Und welche Geschichte wollt ihr hören?«

»Die Geschichte, die zu unserem Vorhaben den größten Bezug hat«, antwortete Nick mit mörderischer Ruhe. »Erzähl uns von der Gruppe, die vom Cevedale zum Pizzo Tresero gehen wollte.«

Sekundenlang erstarrte jeder im Raum, weil Raimund überhaupt nicht auf Nicks Bitte zu reagieren schien, ja, den Münchner regelrecht mit einem strafenden Blick fixierte. Doch wer genau aus seinen Gesichtszügen lesen konnte, erkannte, wie es in seinem Gehirn gärte und er langsam Gefallen an dieser Idee fand.

Niemand registrierte, dass Dieters Augen vor Angst flatterten. Kaum hatte der Lagerälteste zustimmend genickt, gab er erneut ein leises »Muss das sein?« von sich. Und als sei er Raimund eine vernünftige Begründung dafür schuldig, fügte er hinzu: »Das Schauermärchen ist kein Stoff, der uns heute gute Träume beschert. Und positiv für die Stimmung bei unserer weiteren Tour wäre es auch nicht.«

»Ich dräng mich nicht auf«, schmollte Raimund. »Es war Nicks Idee.«

»Erzähl! Ich höre gern zu«, sagte Judith, während ihr die anderen mit einem mehr oder weniger lautem Brummen beipflichteten.

»Also gut. Ich werd versuchen, möglichst sachlich zu bleiben«, äußerte der Einzelgänger. »Überdies kenne ich die Geschichte nur vom Hörensagen und habe auch die Namen aller Beteiligten vergessen. Das Mädchen, glaub ich, hieß Renate; ihr Begleiter wurde wegen seiner Marotte, alles vorher abzuchecken, nur Check genannt.«

Jetzt blies Nick die Kerze aus und die Lagerbewohner hörten von sechs Jugendlichen, die dem Anspruch ihrer Tour nicht gewachsen waren. Sie hörten von der Teilung der Gruppe, dem Scheitern und vorzeitigen Abstieg des Quartetts, ihrem Anruf in Bormio, der Suchaktion und dem Zusammentreffen der Retter mit Renates Begleiter –

schließlich das, was jener zu Protokoll gegeben hatte, sowie die weiteren vergeblichen Bemühungen, der Leiche der Verunglückten habhaft zu werden.

Nachdem Raimund nach Beendigung seiner Rede eine leichte Verbeugung angedeutet hatte, reichten die Kommentare von »Geil« bis »Entsetzlich«. Danach wurde es schnell still im Lager.

Rückzugsgefechte

Gegen halb sechs Uhr piepste der Wecker. Alle Ausflügler vollzogen ihre Handgriffe stumm und geschwind, denn im Laufe des Tages – so hatte es Tschikos Taschenradio angekündigt – würden neue Schlechtwetterwolken über das Gebiet hereinbrechen. Minusgrade hatten das Moos mit Reif überzogen. Selbst der Atem schien zu knistern, so kalt war es unter dem sternklaren Himmel geworden.

Jeder der sechs Gipfelstürmer sortierte aus, was er beim Aufstieg entbehren konnte. So wurden die Rucksäcke fast federleicht, denn Kleidung und Klettergerät legte man gleich komplett an. Eispickel ersetzten die Wanderstöcke. Lediglich Tschiko und Nick nahmen ihre Gehhilfen mit, um sie als Spaltensucher zu benutzen. Nick wollte sich bei Berti, Dieter und Judith ins Seil einklinken. Die eingespielte Zweierseilschaft Mary und Tschiko sollte als Vorkommando zuerst in die Rinne unter der Schulter steigen.

Während des kurzen Frühstücks – Tee stand seit dem Abend in zwei Thermoskannen bereit – erklärte Berti den Schlachtplan. Raimund lag wach in seinem Schlafsack und freute sich auf einen ruhigen Tag.

Kurz nach sechs Uhr machten sich Mary und Tschiko auf den Weg. Da es um diese Zeit noch dunkel war, trugen sie Stirnlampen. Einen halben Kilometer weit kamen sie auf dem breiten Pfad Richtung Casati Hütte flott vorwärts. Nach der Abzweigung zum Zebrù-Gletscher wurde die Orientierung trotz vieler Steinmännchen etwas heikel, denn Schneereste verbargen fast alle Markierungspunkte. Später überdeckten die weißen Teppiche einen Großteil des Bodens, und die Spuren des Erkundungstrupps traten besser zum Vorschein. Bald konnten die Lampen abgenommen werden. Der Himmel hellte sich schnell auf. Bei einem Blick zurück erkannten die beiden, dass ihre übrigen Reisebegleiter eben abmarschiert waren.

Schnell erreichten sie das Ende der Moränen, packten Steigeisen und Seil aus, vollzogen die Handgriffe beim Einbinden in die Gurte mit blinder Sicherheit und strebten in das Gletschereis. In den Spuren vom Vortag gelangten sie bequem durch den Tiefschnee, dessen tagsüber aufgeweichte Kruste über Nacht hart gefroren war.

Eineinhalb Stunden nach ihrem Aufbruch gelangten sie zum Ende der Spur. 200 Meter quälten sie sich mit wechselnder Führung im schweren Geläuf weiter, dann standen sie in Falllinie zur Eisrinne, die durch den Neuschnee um Einiges entschärft war. Nur an wenigen Stellen glänzte das gefrorene Wasser. Rotbraune Felsbrocken aus der Flanke hatten sich bis weit in den Gletscher hinein verirrt. Auch die Rinne war mit Schutt und Steinen gespickt, was Mary bedenklich stimmte.

»Das ist nichts mehr zum Schlittenfahren«, meinte sie und lugte nach oben zum Ausstieg. »Nick und Raimund hatten Recht, was den Steinschlag betrifft. Der Berg ist in Bewegung. Die Sonne leuchtet schon seit einer halben Stunde direkt hinein und betätigt sich als Sprengmeister.«

»Wenn wir uns beeilen, sind wir schnell oben. Uns trennen schätzungsweise hundertfünfzig Höhenmeter zur Schulter«, entgegnete Tschiko mit einem Lächeln.

Der Hang wurde Schritt für Schritt steiler. Passagen mit Weichschnee bis zu einem Meter Tiefe wechselten mit festem Firn, in dem nur die Zacken der Steigeisen Spuren hinterließen. Dann gelangten sie in den sonnenbeschienenen Teil, wo es ihnen den Schweiß aus den Poren trieb. Im Gurtzeug gefesselt konnten sie keine Kleider ablegen. Dafür gönnten sie sich Pausen zur Orientierung.

Indessen stapften etwa in der Mitte des Gletschers die vier Nachzügler näher. Sie hatten weitere Zeit beim Einseilen und beim Überqueren der Spalten verloren und wunderten sich, weshalb die schnell enteilte Vorhut jetzt so zögernd voran kam.

Mary wagte sich als erste in die Rinne, gut gesichert von Tschiko, der das Seil um einen Felsen geschwungen hatte. »Die Schnur ist eindeutig zu kurz, um einen vernünftigen Standplatz zu finden«, ächzte sie. Ein Klappern in den oberen Regionen trieb die Abiturientin wieder zurück unter den schützenden Überhang.

»Und was willst du jetzt machen?«

»Auf die anderen warten. Zusammen mit Nicks Seil sind wir in zwei Etappen durch.«

Nach einem Schluck Multivitaminsaft begann das lästige Warten. Aber sie saßen zumindest in der Sonne, die es gut mit ihnen meinte und angenehme Erinnerungen an den vergangenen Sommer wachrief. Deshalb sprachen sie erst wieder, als Berti – Seilerster seiner Gruppe – bei ihnen angekommen war.

»Gut gemacht bis hierher! Habt ihr irgendwelche Probleme?«, begrüßte er sie außer Atem, denn auf der letzten Strecke waren seine Kräfte gewaltig erlahmt. Aber auch Judith als Zweite und Dieter atmeten bei jedem Schritt mit hartem Stakkato. Nick, der die Gruppe hinten absicherte, wirkte frisch. Er trottete in den Spuren der anderen als spaziere er über eine Blumenwiese und pfiff bisweilen sogar die Melodie eines Wanderliedes. Judith konnte ihre Angst vor der Rinne nicht länger verbergen und weigerte sich, sie zu betreten.

»Da drin sind wir Kanonenfutter. Das sieht doch ein Blinder«, bemerkte sie trotzig und rollte notdürftig das Seil auf, damit es nicht von den Zacken ihrer Steigeisen beschädigt wurde. Der schmale Standplatz unter dem Überhang wurde mit Tritten erweitert, so dass alle ihre Rucksäcke ablegen konnten. Man hielt Kriegsrat.

»Wir könnten jemand am doppelten Seil hochschicken, damit er im Mittelteil eine Sicherung baut«, erklärte Nick, der die Rinne während des ganzen Aufstieges kaum eine Sekunde aus den Augen gelassen hatte. »Das schützt ihn aber nicht vor Steinschlag. Einziger Unterschied: Am einfachen Seil sind alle in Gefahr, wenn's scheppert.«

»Wir sollten es zumindest auf einen Versuch ankommen lassen«, beharrte Tschiko und fand Fürsprache bei Dieter und Berti. Mary blieb unentschieden, und Judith schloss sich dem Münchner an, dessen Stimme viel, aber nicht alles bewirkte. Deshalb musste er notgedrungen die beiden Seile zusammenknoten.

»Du sicherst uns an der günstigsten Stelle, die du finden kannst, Tschiko«, instruierte ihn Berti. »Wir kommen einzeln nach.«

Tschiko zeigte den aufrechten Daumen und stapfte los, während die anderen das Seil immer leicht gespannt hielten. Bald wurde das Gelände so steil, dass Tschiko auf allen Vieren robbte. In der einen Hand hielt er die Haue, mit der anderen stützte er sich im Schnee ab. So verschwand er aus ihrem Blickfeld.

Knifflig wurde es für Tschiko, als er das erste Eisfeld beschritt. Hier hatte die Sonne den Neuschnee vollständig herausgebrannt. Der Untergrund, mit Felssplittern übersät, bot auch den Zacken wenig Halt. Tschiko schlug mit dem Pickel ein paar Stufen und kratzte das Gestein weitgehend weg. Oberhalb dieser Passage verengte sich die Rinne. Ein Bächlein mit Schmelzwasser musste überquert werden. Von unterhalb des Eises klang ein Plätschern und Gurgeln. Tschiko erkundigte sich nach der verbleibenden Seillänge, weil er keinen Sicherungsplatz finden konnte.

»Was hast du gesagt? Wiederhole!«, trötete Berti nach oben, wobei Judith nörgelte: »Euer Geschrei passt mir ganz und gar nicht. Ihr bringt damit die ganze Wand zum Einsturz.«

Sekunden später wurde ihre Ahnung teilweise bestätigt: Lautes Donnergrollen hallte durch die Rinne. Mehrere Trümmer, groß wie Fußbälle, polterten von Vorsprung zu Vorsprung, schlugen weitere Teile los und ergossen sich wie ein Granatenhagel auf den schutzlosen Tschiko. Instinktiv beugte er den Rücken und benutzte den Rucksack als Schutzschild. Zwei faustgroße Klumpen prallten daran ab, ein anderer traf ihn am Unterschenkel, wieder einer verfehlte knapp den Kopf. Dann rollten zwei schwere Brocken direkt auf ihn zu und hätten ihn bestimmt wie einen Kegel umgenietet, wäre er nicht blitzschnell zur Seite gesprungen.

Nick und Berti spürten, wie das Seil schlaff wurde. Mary ließ einen Entsetzensschrei fahren. Kalter Schrecken lähmte die Übrigen. Nur Nick gab ein wütendes »Scheiße« von sich.

Erst kullerten die Steine neben ihrer Deckung vorbei und strandeten im flacheren Teil des Gletschers, dann hörten sie das Schaben und Kratzen von Metall auf Eis. Tschiko hatte den Halt verloren und bremste mit Steigeisen und Pickel, bis er zur Ruhe kam. Als er wieder weichen Untergrund spürte, drehte er sich um und ließ seinen Füßen in Manier eines Skifahrers freien Lauf. So rückte er ins Blickfeld seiner Freunde.

Mary schrie, diesmal in grenzenloser Erleichterung, denn der Geliebte lebte, keuchte heran und warf sich in ihre Arme. Sie schämte sich nicht ihrer Tränen.

Dieter kniff die Lippen zusammen, wandte den Blick ab. Den Kopf gesenkt und sehr nachdenklich hockte Judith auf ihrem Rucksack. Auch Nick, der sich ärgerte, dieses Unternehmen zugelassen zu haben, grübelte vor sich hin.

»Ich hab mich mit Mühe aus der Schusslinie bringen können«, berichtete der Bodybuilder. »Hat wenig Zweck, es jetzt zu versuchen.«

»Gar keinen!«, korrigierte Judith scharf. Berti schien ein stilles Gebet zu sprechen, schickte aber im Anschluss wohl noch die Bitte um göttlichen Rat zum Himmel: »Wenn nicht hier, wo dann?« Nick hoffte für einen kurzen Moment, die Gipfelstürmer würden nach diesem Vorfall resigniert umkehren. Allerdings hatte er nicht mit Tschikos Beharrlichkeit gerechnet.

»Lass den Quatsch! Um ein Haar hätten die Felsen Matsch aus dir gemacht«, schluchzte Mary mit immer noch feuchten Augen. »Schau dich an! Deine Hose ist zerrissen. Du blutest am Bein …«

»Alles halb so wild.«

Nick packte sein Erste-Hilfe-Schächtelchen aus und schnitt ein Pflaster in der richtigen Größe zurecht. Mit einem Papiertaschentuch wischte Tschiko die Wunde ab. Der Riss in der Hose resultierte vom Sturz, bei dem er über einen scharfen Stein geschrammt war. »Das nähen wir später auf der Hütte«, sagte Nick. Berti fragte ihn: »Was schlägst du vor? Gibt's einen anderen Weg zur Schulter?«

»Ihr müsstet über die Felsen hochklettern. Aber sie sehen verdammt brüchig aus.«

»Ach was! Hauptsache es geht«, trotzte Tschiko. »Es wär doch Quatsch, jetzt aufzugeben. Lasst mich die Sache zumindest testen!«, drängte er mit einem nach Verständnis flehenden Blick auf Mary.

Die Diskussion dauerte noch einige Zeit an, bis Nick ein Machtwort sprach: »Keiner geht. Wir warten das Ende der Steinschlaggefahr ab.«

»Arschloch!«, zischte Tschiko und fügte sich in sein Schicksal.

Alle sechs stiegen ein Stück in den flacheren Bereich des Gletschers ab und veranstalteten dort ein ausgedehntes Picknick. Am späten Vormittag hätten sie die Rinne erneut in Angriff nehmen können. Nur zogen jetzt aus allen Richtungen dichte Wolken auf, die sich erst im Val del Forno und dann im Val di Cedec einnisteten. Nick wusste, diese Gebilde mussten nicht zwingend Niederschläge bringen. Manchmal verzogen sie sich im Laufe des Tages wieder, manchmal aber lotsten sie im Schlepptau eine Schlechtwetterfront heran.

»Schon seit einer halben Stunde hört man keinen Stein mehr fallen«, sagte Tschiko gegen 11 Uhr und – welch Wunder! – gewann Mary als Begleiterin zurück. Vielleicht wollte sie ihn in der Gefahr einfach bei sich haben. Vielleicht war auch ihr Ehrgeiz neu erwacht. Und selbst Nick schätzte das Risiko in der Rinne jetzt als minimal ein. Dafür mäkelte er am Wetter herum, prophezeite Hagel, Blitz und Stürme innerhalb der nächsten zwei Stunden. »Wenn euch das Inferno in der Flanke zum Gipfel überrascht, seid ihr im Arsch. Da gibt es keinen Schutz, außer einigen netten Spalten«, versicherte er dem Pärchen, das sich bereits ins Seil klinkte. Mary und Tschiko waren fest entschlossen, so weit zu gehen, wie sie es mit ihrer Vernunft vertreten konnten.

»Wir reizen die Karten nicht aus«, versprach die schwarzhaarige Schönheit und stapfte los.

»Denen ist nicht zu helfen«, seufzte Judith.

Sie und der Rest blieben auf ihren Rucksäcken sitzen und schauten zu, wie es den beiden erging. Bei den momentanen Verhältnissen würden sie sechs Stunden bis hinauf und wieder zurück ins Lager benötigen. Dann wäre es dunkel. Was nach einem Wettersturz oberhalb der Schulter – Nick sprach sogar von der Todeszone – passieren würde, konnten sich alle lebhaft ausmalen.

Tatsächlich brachten die beiden Jüngsten den Weg durch die Rinne schadlos hinter sich. Zu ihrem Glück erkannten sie den Ernst der Lage gerade rechtzeitig: Vom Zebrù-Tal zog dichter Nebel herein. Und das graue Meer über dem Val di Cedec hatte bereits den unteren Gletscherrand erfasst. Oben am Kamm meldeten sich stramme Winde zurück. Die Temperatur sank fast im Minutentakt Grad um Grad. Nicks Höhenmesser hingegen stieg, was bedeutete, dass der Luftdruck sank. Erste Schneeflocken wirbelten um die Köpfe der vier Zurückgebliebenen. Im Nu hatte eine gespenstische Dunkelheit alles erfasst und den Sichtkreis auf wenige Meter eingeengt.

»Seht zu, dass ihr in die Hütte kommt! Ich bleibe hier und warte auf die beiden«, forderte Nick. So gelangten die drei noch leidlich trocken ins Winterlager der Pizzini-Hütte, wo sie ein besorgter Raimund empfing. Nick hielt sich mit gymnastischen Übungen warm, bis die beiden Nachzügler mit lautem Hallo aus dem Nebel heran stürmten. Begleitet von Hagelschauern und Sturmböen erreichten sie eine halbe Stunde nach Bertis Gruppe die Hütte.

Graupel, Schnee und Regen vollzogen ein buntes Wechselspiel. Ein kleines Inferno tobte sich um die Pizzini-Einöde aus. Auch innerhalb der schützenden Wände herrschte dunkle Tristesse, da sechs gescheiterte Hochtouristen und ein hochgescheiter Hüttentourist wieder zu zermürbendem Warten verdammt waren.

Doch längst nicht alle winselten über ihre verpasste Gelegenheit, haderten mit dem Schicksal wie Berti und der kreidebleiche Dieter, die sich verstockt an den lauschigen Ofen gesetzt hatten und mit Selbstmitleid überschütteten. Weniger Verbitterung zeigten Mary und Tschiko, weil sie zumindest behaupten konnten, alles versucht zu haben. In trockenen Kleidern gesellten sich jetzt auch diese beiden mit zwei Hockern ans Feuer.

Am Tisch blieben Raimund und Nick, die den missglückten Gipfelsturm analysierten. Mit nachdenklichem, verträumten Blick ließ Judith das Naturschauspiel hinter dem Fenster auf sich wirken und leistete ihnen Gesellschaft. Ihre pausbäckigen Wangen glühten purpurn und spiegelten sich an der Scheibe, die sie bisweilen mit einem Tuch abwischte, um freie Sicht zu haben. Offenbar verspürte sie keine Lust, am Gespräch teilzunehmen. Nur manchmal strich sie sich durch das ungekämmte Haar und wandte ihnen für Sekundenbruchteile das Gesicht zu.

Selbst der scharf beobachtende Nick vermochte die Gefühle der Studentin nicht zu deuten und spürte das leise Verlangen, sie mit ein paar aufmunternden Bemerkungen in Gesprächslaune zu bringen. Aber er hatte Angst, dass sie sich durch seine Bemühungen noch mehr verschloss.

»Ich geh zu den anderen und wärme mir die Flossen«, sagte Raimund, als er Nicks auffordernde Seitenblicke endlich richtig gedeutet hatte.

»Bestell beim Wirt zwei Tassen Schwarztee für uns«, scherzte dieser. Judith winkte schnell ab. »Für mich nichts, bitte!« Sie wurde sichtlich unruhig, behielt aber ihren Platz bei, weil sie glaubte, Nick werde sich ebenfalls gleich zu den Leuten am Ofen begeben. Er wäre dumm, die Wärme zu meiden, den angeregten Gesprächen zu fliehen und sich statt dessen von ihrer Lustlosigkeit den Tag verderben zu lassen.

Judith irrte: Nick blieb, wenngleich er seinen Platz verließ und ihr gegenüber Platz nahm. Anfangs verfolgte er ausschließlich das Geschehen jenseits der Scheibe. Das Spiel der Regentropfen am Fensterglas bot dem entspannten Genießer ein meditatives Programm. Schön zu sehen, wie sie einzeln daran haften blieben, bis sich so viele aneinander gedrängt hatten, dass sie miteinander verschmolzen. Mit steigender Masse verloren sie plötzlich den Halt und glitten als schmaler Wasserfaden abwärts, wobei sie andere, noch vereinsamte Tropfen mitrissen. Hinter dem getrübten Glas verbarg sich eine regendurchtränkte Landschaft, die schon nach wenigen Metern im grauen Wasserdampf abtauchte. Manchmal schepperten Hagelkörner gegen das Blech der Außenwände, und bösartige Windböen rissen wieder am Dachgebälk.

Aber Nick interessierte an der Scheibe nicht das Spiel der Tropfen, sondern Judiths verzerrtes Spiegelbild. Er konnte ihr in die Augen sehen, ohne Blickkontakt aufnehmen zu müssen. Als Judith ihrerseits das Gesicht des Spions in der Scheibe erkannte, hauchte sie fest dagegen, damit sie beschlug.

»Wenn zwei Leute, die sich gegenüber sitzen, einander belauern, ist was faul«, meinte sie trocken. Nick heftete seinen Blick wieder nach draußen und stimmte ihr zu. »Ist schlecht gelaufen heute«, sagte er. »Da habt ihr einen irren Aufwand betrieben und dürft die Gipfel doch nur von unten betrachten.«

»Ich bin gar nicht so traurig darüber«, entgegnete sie nach einer Pause. Nick trommelte nervös gegen das Fensterbrett und schwieg.

»Das selbe trifft wohl auf dich zu«, vermutete Judith.

»Was denn?«

»Dass dir der Misserfolg nicht unbedingt als Geschwür auf den Magen schlägt.«

»Schlau erkannt«, dachte Nick.

»Bist du auch ein so bescheidener Naturliebhaber wie Raimund?«, fragte sie.

Nick ertappte sich, mit Judiths Spiegelbild zu sprechen und wandte sich ihr erstmals bewusst zu. Im weichen Kerzenlicht sah sie hübscher aus – und deutlich jünger als 26. Ihre Hände ließen die leere Blechtasse verspielt auf der Tischplatte kreisen. Nick stocherte mit einem abgebrannten Streichholz in das flüssige Wachs des Teelichts, zog es heraus, ließ es erkalten und steckte es wieder hinein, bis sich ein dicker Klumpen an der Kuppe gebildet hatte.

»Mein Kumpel wird voraussichtlich morgen Abend hier eintreffen. Er ist kein … besonders guter Bergsteiger und …« Nick zögerte und tauchte das Holz wieder in die heiße Brühe. »… ich sehe momentan wenig Hoffnung, dass er hier auf seine Kosten kommt. So betrachtet hätte mich die Königspitze um Einiges entschädigt. Sei's drum, es kommen auch wieder bessere Tage.«

»Übrigens muss ich mich noch bei dir bedanken, Nick«, sagte sie plötzlich mit sanfter, ungewohnt freundlicher Stimme.

»Wofür?«

»Dass du die Jungs heute ein bisschen eingebremst hast. Wenn wir wie geplant die Obere Schulter erreicht hätten, wären wir knapp unter dem Gipfel in dieses Höllenwetter geraten. Eine schreckliche Vorstellung.«

»Sieht so aus, als ob du Angst hättest, Judith.«

Sie schüttelte zwar den Kopf, doch das sollte heißen: »Versuch nicht, mich in Verlegenheit zu bringen!«

»Ich könnte deine Angst verstehen. Nach alledem, was uns Raimund gestern aufgetischt hat.«

»Warum eigentlich wolltest du ausgerechnet *diesen* Unglücksbericht von Raimund hören? Warum nicht die schmalztriefende Geschichte mit dem Liebespaar auf der Königspitze?«

»Das wären keine guten Voraussetzungen für das heutige gefährliche Unternehmen gewesen, oder?« Judith unterdrückte ein Lachen und strich die Haare aus ihrem Gesicht. »Du sagst mir nicht die Wahrheit, Nick«, vermutete sie mit einem gefährlichen Unterton.

»Erklär mir das bitte genauer!«, forderte er sie auf.

»Berti hat mir gestern Abend erzählt, du hättest wie ein Detektiv jede Einzelheit aus dem Vorfeld unserer Tour recherchiert.«

»Nun, wir sind ins Schwatzen gekommen und es ergab sich so«, wand sich Nick, dessen innere Alarmglocken zu ohrenbetäubender Stärke anschwollen. »Klang ja alles sehr interessant und … ich wollte wirklich nicht in euren Privatangelegenheiten herumstochern, ehrlich.«

Judith schien zu überlegen und kniff misstrauisch die Augen zusammen. »Na gut. Es gibt von Natur aus neugierige Menschen. Vielleicht gehörst du dazu«, brummte sie etwas abschätzig. Danach neigte sie ihr Gesicht wieder dem Fenster zu.

Nick dachte scharf nach. Viel konnte ihr Berti nicht verraten haben. Eher hätte sich dieser an Dieter selbst gewandt und ihm Folgendes gesteckt: »Da ist einer, der zeigt verdächtiges Interesse an dir.« Doch es war zu spüren, dass Judith Nick misstraute. Trotzdem lief sie nicht vor ihm weg oder steckte den Kopf in ihren Schlafsack oder wünschte ihn zum Teufel. Und das stimmte Nick zuversichtlich, obgleich er ihr sein Geheimnis weiterhin verschweigen musste.

Raimund kehrte zurück und brachte Tee, den Nick dankbar entgegen nahm. Sie tranken stumm und lauschten den Regentropfen.

Das bequeme Plätzchen am Ofen wurde Dieter bald zu eng. Er konnte zusehen, wie Mary auf Tschikos Beinen saß und – ihm zugewandt – Hoppe-Reiter spielte, wobei sie in inniger Umarmung dahin schwelgte. Oder er konnte sich Raimunds Ausführungen anhören. Der beschrieb Berti gerade anhand seiner Karte einige Routen. Beides misshagte Dieter, um den sich seit geraumer Zeit keiner kümmerte. Gut ein dutzend Mal trat er vor die Tür und begutachtete das Wetter.

Als die Niederschläge gegen Abend sichtlich abebbten, entschloss er sich zu einem kleinen Ausflug in die Dunkelheit. »Ich vertrete mir kurz die Beine und schau, wie weit hinunter der Neuschnee liegengeblieben ist«, sagte er zu Berti, der nur mit einem Ohr hinhörte. »Wenn du unbedingt nass werden willst. Viel Vergnügen!«, brummte Raimund mit einem Grinsen.

Dieter schnappte seine Teleskop-Stöcke, stülpte die Kapuze über den Kopf und knüpfte alle Jackenknöpfe zu. Dann zog er die Schnüre am Kragen fest. Seine Taschenlampe schob er in die Brusttasche und stieg zum Schluss in die Plastik-Außenschuhe. Dass er Gamaschen mitnahm, fiel keinem auf. Nur Raimund bemerkte diesen sonderbaren Umstand, ohne eine Bemerkung darüber zu verlieren.

Die träge Stimmung im Lager wurde erst durch das Abendessen unterbrochen. Danach zog sich Raimund mit Stuhl und Kerze in den hinteren Winkel des Zimmers zurück und kritzelte private Bemerkungen in sein verschlissenes Notizbuch. Judith hatte sich im Schlafsack ausgebreitet: das Höchste an Bequemlichkeit in dieser eisigen Umgebung. Sie war nicht müde und schmökerte in Marys esoterischer Literatur, wobei sie ihre Augen im Halbdunkel über Gebühr strapzierte.

Nick drängte es nach einem Kartenspiel mit Berti, der zögernd einwilligte, denn weitere Niederlagen an diesem Tag wollte er sich eigentlich ersparen. Schließlich konnte der Münchner auch Tschiko und Mary an den Tisch locken. Das Mädchen sollte in die Geheimnisse des bayerischen Nationalspiels »Schafkopf« eingeweiht werden.

Zum Unmut der drei Männer, die sich für ausgefuchste Kartler hielten, bezahlte Mary kein Lehrgeld, sondern bat selbst zur Kasse. Judith konnte von ihrer erhöhten Pritsche aus die Karten dreier Spieler einsehen, was reizvoll genug war, um das Buch beiseite zu legen.

Gegen 20 Uhr bemerkte Nick als erster Dieters Fehlen. Seit zwei Stunden schlenderte jener schon durch die nasskalte Nacht, und man durfte jetzt gewiss nicht mehr von einem »kurzen Spaziergang« sprechen.

»Er kann sich hier wohl kaum verirren«, äußerte Raimund, der seinen Notizblock inzwischen weggesteckt hatte. »Wenn ihm nach Freilauf ist, soll man die Käfigtür offen lassen und warten, bis er wieder kommt.«

Eine weitere Stunde verstrich, bis auch Judith Besorgnis kund tat, denn draußen prasselte wieder heftiger Schneeregen nieder. Berti meinte vorsichtig, es sei nun allmählich an der Zeit, sich zu überlegen, was man unternehmen könne, wenn der Spaziergänger nicht bis … er blickte auf seine Armbanduhr … bis halb zehn zurück sei.

»Didi wird doch nicht Spaß daran finden, bei diesem Pisswetter umher zu ziehen wie ein Hund in der Gosse«, zischte Nick, der die letzten Partien allesamt hoch verloren hatte.

»Sicher kriegt er schnell nasse Füße und kehrt um«, wollte ihn Tschiko beruhigen, weil er ein Solo auf der Hand hatte. »Wie könnte er die Hütte denn verfehlen, wenn er bloß dem Bach zu folgen braucht? Macht euch keine Sorgen. Herz sticht.«

Judith öffnete den Reißverschluss ihres Schlafsacks. »Es gibt Sinn«, ächzte sie. »Alles gibt plötzlich Sinn. Ich war nur zu blöd, um es rechtzeitig zu erkennen.«

Als brenne im nächsten Moment die Hütte ab, warf sie sich in volle Montur: Pullover, Jacke, wasserdichte Berghose, Pudelmütze, Handschuhe und Schal. »Wenn ihr nicht mitkommt, suche ich ihn alleine.«

»Wozu die Aufregung?«, erwiderte Berti erstaunt über ihre plötzliche Eile. So impulsiv hatte er Judith noch nie erlebt. Und Nicks Hochachtung vor dieser Mathematikerin wurde einmal mehr bestätigt. Deshalb gab er ihr sofort die nötige Rückendeckung: »Ihm muss irgend etwas ziemlich zusetzt haben«, tönte er und warf seine Karten auf den Tisch. »Schnappt euch alle verfügbaren Lichter und zieht euch warm an!«

»Und vergesst die Gamaschen nicht! Vielleicht müssen wir durch Tiefschnee. Auch Didi hat Gamaschen mitgenommen, als er loszog«, erinnerte Raimund, worauf Nick einen lauten Ruf ausstieß:

»Das sagst du uns erst jetzt, du Ratte!«

Er sprang ihm fast an die Gurgel, so sehr erregte ihn diese verspätete Auskunft. »Dir hätte sofort klar sein müssen, was Didi wirklich vorhatte: einen Trip in höhere Regionen.«

»Bei diesem Wetter? Im Dunkeln? Nick, deine Fantasie spielt verrückt«, wehrte sich Raimund. Rüde stieß er Nick von sich weg. »Didi wollte vielleicht die Schneeverhältnisse nach dem Wetterumschwung erforschen, Erkundungen für den Aufstieg zur Casati-Hütte anstellen … Was weiß ich! Der Kerl ist ein viertel Jahrhundert alt und kann selbst auf sich achten. Der braucht keine Knechte, die ihm auf Schritt und Tritt in die Fersen treten.«

»Du kommst mit. Hast du verstanden, Raimund!«, tobte Nick mit drohendem Zeigefinger.

»Klar, was sonst«, brummte der Bärtige, gekränkt über die Zurechtweisung.

Wie ein Wirbelwind vollzog sich der Aufbruch. Als erste stürmten Judith und Nick außer Haus. Sie wollten dem Weg zur Casati-Hütte folgen, weil sie glaubten, Dieter habe spontan eine Erkundung unternommen. Nach der heutigen Pleite hielten sie ihn für besessen genug, ein Erfolgserlebnis zu erzwingen und in die verschneite Steilwand einzusteigen, solange der Weg irgendwie erkennbar war. Ihm wäre zuzutrauen, dass er zur Casati-Hütte keuchte, um hinterher mit dieser Leistung prahlen zu können.

Ohne Nebel hätten sie sein Licht sofort ausfindig gemacht. Jetzt aber half nur lautes Rufen. Judith vermutete, er habe sich verstiegen und könne nicht mehr zurück. War er verletzt, verringerte das garstige Wetter seine Überlebensfrist in eine gefährlich kurze Spanne. Die Retter behinderte es ebenso.

»Wenn er uns hört, muss er antworten«, ächzte Nick, der alle Hohlräume seines Körpers zum Schreien eingesetzt hatte. Das Echo schallte von den umliegenden Wänden.

Berti und Raimund wollten auf den Zebrù-Gletscher zuhalten, bis zur Schneegrenze laufen und dort den Moränenkessel in zwei Richtungen queren. Auf diese Weise mussten sie unweigerlich auf Dieters Spuren treffen, falls er tatsächlich höhere Ziele angestrebt hatte. Zu ihrem Unmut schneite es knapp oberhalb der Hütte inzwischen so heftig, dass sie im Minutentakt ihre Kleider abschütteln mussten. Jeder Stiefeltritt, der irgendwo sein Relief hinterlassen hatte, würde bald unauffindbar sein.

Gleiche Bedingungen herrschten für Nick und seine Begleiterin. Die konnte nur mühsam dem Irrsinnstempo folgen. Deshalb schonte sie ihre Stimme und sparte dabei zusätzlichen Atem, zumal der Münchner ohnehin fast pausenlos sein »Haaaaaloooo Didiiiii!« in die Dunkelheit grölte.

»Mein Gott, wie weit willst du denn noch laufen?«, fragte Judith, als sie wieder aufgeschlossen hatte.

»Mindestens bis zum Wandfuß. Dann werden wir ja sehen, ob er zur Casati-Hütte wollte.«

»Vielleicht sitzt er schlotternd in der verfallenen Talstation der früheren Materialseilbahn. Die Baracke hat noch ein stabiles Dach.«

»Ja, vielleicht hält er uns nur zum Narren.«

»Schön wär's«, seufzte Judith. Die Hatz ging weiter.

Natürlich mussten auch die übrigen zwei Hüttenbewohner ihren Beitrag zu dieser großen Suchaktion leisten. Und weil Nick sie recht lustlos einschätzte, hatte er angeordnet, sie mögen einen engeren Kreis um die Hütte abschreiten. Obwohl es außer dem Winterlager weit und breit kein vernünftiges Versteck gab, machte dieser Auftrag Sinn. Dieter konnte den beiden zufällig in die Arme laufen. Im Übrigen sollten Mary und Tschiko die Stellung halten und mit Blechtöpfen Trommelzeichen geben, sobald der Ausreißer sich bei ihnen zurückmeldete. Das Paar verrichtete seinen Dienst in fünf Minuten – bei Wahl eines sehr engen Kreises um den Wohnkomplex – und kehrte ins traute Heim zurück, das plötzlich ihnen allein gehörte.

»Welch seltene Gelegenheit«, dachte sich wohl das sinnliche Schätzchen. Und auch Romeo war alles andere als abgeneigt, nachdem er ihren Wunsch von den Augen abgelesen hatte: Sie hatte den Blick einer Heroinsüchtigen vor dem Schuss.

Ihre Vorgangsweise entbehrte nicht der Logik. Zuerst sicherten sie die nicht verschließbare Außentür von innen mit einem Eispickel als Keil. Wer in die Hütte wollte, musste heftiger als sonst dagegen drücken und hätte im Erfolgsfall großen Lärm erzeugt. Weil sich die Bewohner verpflichtet hatten, nie mit den Bergstiefeln übers Parkett zu trampeln, würde nach Rückkehr der Suchtrupps viel Zeit bis zum Eintritt in den Schlafraum verstreichen – genug jedenfalls, damit niemand Zeuge einer äußerst delikaten Darbietung wurde.

Zitternd vor Erregung vollzog das Paar die weiteren Vorbereitungen mit einer Zielstrebigkeit, als hätte es jeden Punkt schriftlich ausgearbeitet. Mary breitete eine Decke über der Matratze aus. Darüber legte sie zwei weitere Decken und schlug sie halb auf. Sie hatte die untere Etage im hintersten Dreiergestell für ihr Vorhaben gewählt. Im Nachbargestell rollte Tschiko seinen Schlafsack aus. Sein Fluchtpunkt. Mary warf ihr Schneckenhaus drei Hausnummern weiter in die mittlere Etage. Ihr Fluchtpunkt. Tschiko löschte alle Kerzen bis auf ein Teelicht, das er neben dem Liebesnest auf den Boden stellte.

Im Gegensatz zu sonst zog sich jeder selbst aus. Schon der Kälte wegen flogen die Kleider wie gesprengte Ketten vom Leib. Bibbernd sprangen die Enthemmten unter die Decke, erst er, dann sie.

Die folgenden Abläufe erlebte der stumme Beobachter jenseits der Tür zum rückwärtigen Raum nur lückenhaft. Zum einen umfasste der Blickwinkel durchs Schlüsselloch lediglich die halbe Matratze, zum anderen verbargen die Decken das eigentlich interessante Geschehen. Nur akustisch wurde Einiges geboten.

»So zart und so wild«, wunderte er sich, gönnte ihnen einen ersten Höhepunkt und schlich, während sie in eine neue Stellung wechselten, durch den Hinterausgang ins Freie.

Tschiko versuchte – einer dumpfen Ahnung folgend – die Sache mit heftigen Stößen zu beschleunigen, als plötzlich scheppernd die Tür zum Vorraum aufflog. Laut polterten Plastikbergstiefel in den Raum. Der Strahl einer Lampe verharrte ungeniert auf den beiden Körpern, die in ihrer Bewegung erstarrten. Es war, als habe man zwei Volltrunkene mit Eiswasser gelähmt.

»Was kostet die Vorstellung?«, schnauzte Dieter die beiden an. Er wirkte nicht sonderlich überrascht, sie in dieser geni(t)alen Position vorzufinden und brachte Mary mit seiner zynischen Begrüßung außer Rand und Band. Sie schrie: »Du Arschloch! Schleich dich nach draußen und zieh sofort deine dreckigen Schuhe aus, statt blöd zu glotzen!«

Während Dieter gar keine Anstalten machte, ihr zu gehorchen, huschte Tschiko beschämt aus dem Liebesnest und schlüpfte so gehetzt in seine Unterwäsche, dass er sich den Slip zerriss. Mit einem lauten »Scheiße« legte er noch die Jogginghose an, plumpste auf sein Lager, zog den Kopf ein und schwieg.

Selbstsicher hingegen Mary: Fast widerwillig angelte sie nach ihrem Unterhemd am Boden. »Mach das verdammte Licht aus und verschwinde, bevor ich handgreiflich werde«, zischte sie Dieter an. Der murmelte noch »Hure!« und trottete in den Vorraum.

»Scheiße, Scheiße, Scheiße!«, tönte es dumpf unter Tschikos Decke.

»Jetzt hab dich nicht so! Kommt in den besten Familien vor, dass man erwischt wird. *Ihm* muss die Affäre peinlich sein, nicht uns«, versuchte sie ihn zu beruhigen. »Steh auf, zieh dir ein paar warme Sachen an! Wir werden die Wogen gleich glätten.«

»Wir hätten doch das Scheppern des Eispickels hören müssen, als dieser Hund durch die Tür wollte«, wimmerte der geschwächte Bodybuilder, während er ihrer Aufforderung nachkam.

»Nun ja, es ging schon ganz schön zur Sache«, meinte Mary mit einem Lächeln. »Aber du hast Recht: Den Lärm an der Tür hätten wir hören müssen. Es sei denn …«

»Was?«

Mary sprach den Gedanken nicht aus. »Außerdem mussten wir jederzeit mit seinem Kommen rechnen«, entgegnete sie statt dessen. »Lass uns jetzt die Trommeln rühren, sonst laufen sich die anderen da oben im Schnee noch die Hacken ab.«

Dieter saß im Vorraum und versuchte, die schwache Glut im Ofen wieder in ein knisterndes Feuer zu verwandeln. Er wirkte äußerlich entspannt. Um an den großen Blechtopf fürs Klopfsignal heran zu kommen, musste sich Tschiko über den Studenten hinweg strecken, was ein wenig unbeholfen aussah. Er brachte nicht den Mut auf, ihn um Hilfe zu bitten.

Kaum war Tschiko vor die Hütte getreten, marschierte Mary auf Dieter los und packte ihn am Handgelenk, als wolle sie ihm den Arm abreißen: »So, mein Lieber, jetzt werden wir mal Tacheles reden.« Und ehe sich der Überrascher versah, hatte ihn das Mädchen schon an den Tisch gezerrt und auf einen Stuhl gestoßen. Sie nahm ihm gegenüber Platz, schnappte wieder sein Handgelenk und drückte wie ein Schraubstock zu. Dieters Blick zeigte einen Anflug von Angst, doch harrte er stumm der Dinge, die kommen würden.

»Dir dürfte klar sein, dass du gerade in eine ziemlich private Angelegenheit getappt bist«, begann sie mit eindringlichen Worten. »Glaub mir, Didi, wir wollten unsere Liebe nicht zur Schau stellen, weil ich das bei aller Freizügigkeit für schlechten Stil halte. Lass uns den Vorfall vergessen, ja?«

»Willst du dir mein Schweigen erkaufen?«, entgegnete Dieter argwöhnisch und schob seine Hand unter den Tisch, bevor Mary sie wieder greifen konnte.

»Tu, was du für richtig hältst, aber erpressen lasse ich mich nicht. Außerdem hast du durch dein Verschwinden unser Schäferstündchen erst ermöglicht.« Dieter nickte verständnisvoll.

Inzwischen hatte Tschiko seine Trommelzeichen, die im ganzen Gebirgskessel widerhallten, beendet. Mary ließ den Voyeur am Tisch zurück und bestürmte ihren Freund in der Diele:

»Hör mal, ich hab ihm gesagt, wir …«

»Ich muss mit dir reden, Schatz – jetzt, unter vier Augen! Mir ist eben einiges durch den Kopf gegangen«, ereiferte sich ihr Lover und schob sie zur Tür hinaus. Obwohl beide nur Hüttenschuhe trugen, führte er sie mit Unterstützung einer Taschenlampe an die Rückseite des länglichen Gebäudes.

»Winterlager 1 – da sind wir untergebracht. Winterlager 2 – der rückwärtige Raum – wird erst aufgesperrt, wenn die Tourenskifahrer hier in Scharen einfallen«, flüsterte er ihr verschwörerisch zu. »Die Zwischentür haben wir vorhin überprüft. Sie war verschlossen. Aber erinnere dich, Mary: Heute Nachmittag hat Raimund beiläufig erwähnt, er habe das schöne Wetter nach unserem Aufbruch genutzt, um die Bude gründlich zu säubern, zu lüften und auf Vordermann zu bringen – wohlgemerkt die ganze Bude, denn er besitzt einen Schlüssel für diesen direkten Zugang ins Lager 2. Haben wir bei unserer Suche nach Didi auch da drin nachgesehen? Nein.« Er richtete den Strahl der Lampe auf die schwere, mit einem Sicherheitsschloss versehene Stahltür.

»Wozu auch. Sie ist doch …« Mary stockte, und eine schlimme Ahnung blitzte durch ihr Gehirn. Tschiko fragte: »Ist sie? Oder war sie? Vielleicht hat Raimund vergessen, sie wieder abzuschließen. Die Tür hat eine Klinke und keinen Riegel, der offen bleibt, wenn jemand eintritt. Teste, ob du rein kommst, aber verhalte dich leise, damit uns die Ratte nebenan nicht hören kann!«

Anscheinend hatte Raimund gründliche Arbeit geleistet: Scharniere und Gelenke beider Eingangstüren waren geölt worden. Beim Öffnen gaben sie keinen Mucks von sich. Und die Ahnung des Pärchens wurde schreckliche Gewissheit, als sie Einlass in den bislang verborgenen Teil der Hütte fanden. Dort stapelten sich Bänke und Stühle auf einem großen Tisch. Sonst standen die üblichen Eisenbetten mit den durchhängenden Matratzen in Reih und Glied. An der Schwelle offenbarte der Lichtkegel mehrere nasse Flecken und zwei kleine Pfützen: Zeichen menschlicher Anwesenheit vor nicht allzu langer Zeit. An der Verbindungstür ins Lager 1 stand ein Stuhl für den Lausch- und Spähposten. Tschiko spürte den Drang, sich zu erbrechen, doch hob er sich jede Unmutsäußerung auf, bis sie wieder im Freien standen.

»Dieser Saukerl ist nicht zufällig in unsere Party geplatzt«, giftete er, während er die Regenkapuze über den Kopf stülpte. Mary tat es ihm gleich, denn es begann wieder stärker zu tropfen. »Kein Wunder, dass ihn die anderen nicht finden konnten. Kein Wunder, dass sie auf ihr Rufen keine Antwort bekamen. Er hat sie ausschwärmen lassen und uns währenddessen da drin genussvoll durchs Schlüsselloch zugesehen.«

»Vielleicht«, zweifelte Mary, die das Ungeheuerliche nicht glauben mochte. »Dieter muss einen Dachschaden haben, wenn er so etwas vorsätzlich tut.«

Doch für Tschiko lag der Fall klar: Dieter dürfte sie schon bei ihren Vorbereitungen beobachtet haben, sonst hätte er nichts vom Eispickel gewusst, den er schließlich geräuschlos entfernte. Nach knapp vier Stunden ziellosen Herumwanderns durch Wind und Regenschauer hätte Dieter nass wie ein Schwamm sein müssen. Statt dessen war er in die Stube getreten, als habe er nur kurz frische Luft geschnappt.

Das Tragische an Tschikos und Marys Entdeckung: Keiner der anderen würde ein Wort darüber erfahren, denn Mary wollte Tschiko nicht noch mehr in Verlegenheit bringen und Dieter würde sich kaum selbst als Spanner offenbaren. Was blieb, war ein äußerst beklommenes Gefühl, jemanden in den eigenen Reihen zu haben, der nicht richtig tickte.

Dass Dieter für sein nächtliches Versteckspiel einige gesalzene Worte seitens der Suchmannschaft zu hören bekam, versteht sich von selbst. Judith und Nick waren in ihrer Besorgnis bis zum Einstieg aufs Langenferner-Joch vorgedrungen, wo tiefer Neuschnee jedes weitere Fortkommen unmöglich machte. Fast bis zur Biwakschachtel am Zebr pass war Raimund marschiert, weil er den Nachtschwärmer dort oben vermutete. Berti war gerade im Begriff gewesen, die verfallene Liftstation zu inspizieren, als er die Trommelzeichen hörte. Zurück im Lager nahmen sie den verschüchterten Heimkehrer ins Kreuzverhör.

»Dir hätte da draußen wer weiß was passieren können«, fauchte Judith mit erhobenem Zeigefinger.

Dieter hob abwehrend die Hände und tat, als handle es sich um ein riesengroßes Missverständnis. »Ich hab Raimund und Berti gesagt, ich wolle die Schneeverhältnisse testen, damit wir keinen weiteren Tag mit Erkundungen vergeuden. Ich bin losgestiefelt, als der Regen nachgelassen hatte und hab mir viel Zeit genommen, weil ich dem Mief und der miesen Stimmung im Lager entfliehen wollte. Nach meinem Vorhaben ließ ich mich noch eine Weile einfach so treiben und kehrte dann zur Hütte zurück. Als ich eure Spielerrunde durch das Fenster sah, dachte ich mir: ›Da störst du doch bloß‹ und marschierte talwärts bis dorthin, wo der Weg zur Branca-Hütte abzweigt. Dann hat es wieder so heftig zu pissen angefangen, dass ich mir eine Deckung suchte und wartete, bis die Kälte unerträglich wurde. Am Rückmarsch gab die Taschenlampe ihren Geist auf. Da könnt ihr euch vorstellen, wie ich mich mühsam Schritt um Schritt den Weg entlang getastet habe. Irgendwann hab ich eure Stimmen gehört, wusste aber nicht, ob sie mir galten. Ich gab keine Antwort, weil ich mich meiner Hilflosigkeit wegen schämte.«

»Und auf die Idee, wir könnten uns Sorgen um dich machen, bist du wohl nicht gekommen?«, ärgerte sich Judith, die nach den Mühen dieses langen Tages schon dunkle Ränder um die Augen hatte.

»Ich dachte, ihr wärt wieder in die Hütte zurückgekehrt. Dass dort nur noch Mary und Tschiko ausharrten, hat mich überrascht. Entschuldigt, wenn ich euch Ärger gemacht habe.«

»Wir glaubten, du hättest Depressionen oder so etwas und wolltest dich verdrücken«, erklärte Berti mit etwas freundlicherer Stimmlage.

»Weshalb sollte ich mich verdrücken? Ist doch verständlich, wenn einen nach so vielen Pannen der Lagerkoller packt. Dann stört es nicht, ob's draußen Pech und Schwefel regnet. Dann musst du einfach fort für ein paar Stunden. Die Medizin hat gewirkt. Ich bin froh, wieder bei euch zu sein«, beteuerte Dieter. Sein strahlendes Lächeln täuschte sogar Nick. Nur Judith behielt ihre Zweifel und schlief mit ihnen ein.

Wer wirft den ersten Stein?

Die Temperatur war während der Nacht um sechs Grad gesunken und es schneite unentwegt bis hinunter zum Parkplatz. Ein Mann, dessen Auto am Vortag mit neuen Winterreifen und Allradantrieb mühsam über das Stilvser-Joch gekeucht war – wenige Stunden, bevor man die Passstraße der üppigen Schneefälle wegen gesperrt hatte – wärmte sich im hellen Frühstückszimmer einer gemütlichen Bormioer Pension und genoss in kleinen Schlucken seinen Kaffee. Noch trug er gepflegte Reisegarderobe, noch ruhten im Lederkoffer viele unbenutzte Gepäckstücke, die ihm sein Kollege auf die Einkaufsliste geschrieben hatte, noch genoss er alle Vorzüge der Zivilisation, die ihm aufgrund seiner Stellung und seines Einkommens auch zustanden.

Bald schon würde er die Halbschuhe mit unbequemen Bergstiefeln tauschen müssen, sein Gepäck nicht mehr von Hotelpagen tragen lassen oder im Kofferraum transportieren, sondern in einem schweren Sack am Rücken durch die ungastliche Landschaft schleppen. Er würde dem Warmwasser, der Elektrizität und Zentralheizung ade sagen und in eine schmutzige Notbehausung ziehen. Und dort schließlich würde er innerhalb kürzester Zeit zu einem stinkenden Schwein entarten.

Den Aufschub, der ihm gewährt wurde, hatte er mit nutzbringender Tätigkeit abgegolten. Jetzt musste er hier seinen Teil zum Gelingen des Auftrags beitragen. Der Kollege – oder »Freund«, wie er ihn fortan zu nennen hatte – wartete bereits sehnsüchtig auf seine Nachrichten.

Während der Reisende den lauwarmen Kaffee in kleinen Zügen auskostete, durchblätterte seine freie Hand die zerknitterten Seiten eines Notizblocks, auf denen er stichpunktartig alle wichtigen Fakten erfasst hatte. Sein neuer Name musste ihm noch in Fleisch und Blut übergehen: Ab jetzt hieß er Wilhelm Specht, unter Bekannten einfach »Willi«. Er prägte sich ein, dass er dort oben jeden Zweibeiner – egal welchen Alters – mit »du« anreden musste.

Alles Weitere würde Nick in die Hand nehmen, insbesondere den alpinistischen Part. Da konnte er überhaupt nicht mitreden. Und welche Gefahren brachte das nasskalte Herbstwetter mit sich? Bereits unlösbare Hindernisse am Aufstieg zur Hütte, den er leider würde allein bewältigen müssen? Knapp oberhalb von Bormio hatten sich die Wolken an den Waldhängen festgebissen. Hier unten regnete es in Strömen. Dort aber, wo sein Tagesziel lag, tobte laut Wetterbericht ein Schneesturm.

Er überlegte, ob er an der Rezeption für eine weitere Nacht bezahlen oder zumindest bis Mittag auf Besserung warten sollte. Einmal unverbindlich zum Parkplatz hochfahren konnte er ja, sich umsehen, überlegen und eine Entscheidung treffen. Deshalb trank er die Tasse jetzt aus, klappte den Block zusammen, schob ihn in die Manteltasche und erhob sich mit leicht verspanntem Oberkörper. Das Bett letzte Nacht war nicht sonderlich rückenfreundlich gewesen. Mit rasselnden Autoschlüsseln in einer Hand und dem schweren Reisekoffer in der anderen ging er zur Rezeption und legte ein Trinkgeld auf die Theke. Fünf Minuten später machte er sich auf den Weg nach Santa Caterina.

Der beschauliche Winterspaziergang hätte so manches Gemüt erfrischt. Nicht aber das von Judith Saller oder Dieter Reitmeier. Einträchtig strebten sie nebeneinander zu Tale, wechselten wenige Worte, während der Schnee in feinen Körnern dicht herunter rieselte und die Flocken am Boden bei jedem ihrer Tritte federleicht auseinanderstoben. Kein einziges Mal blickten sie sich in die Augen, wenngleich jeder den anderen stets an seiner Seite wissen wollte.

Berti hatte Dieter am Morgen beordert, er möge alle übrigen Lebensmittel aus dem Transporter holen, damit für die lange Gratüberschreitung ein größerer zeitlicher Spielraum geschaffen werde. Als Begleiterin hatte sich Judith gemeldet.

Während sie so dahintrotteten, herrschte jene dumpfe Stimmung zwischen Verständnis und Misstrauen, Einklang und Zwiespalt. Umso mehr freuten sich die Fußgänger, als unterhalb von ihnen plötzlich Bertis blauer Kombi aus dem Nebel tauchte. Sie fingen wie zwei Kinder zu laufen an und schlitterten gewandt über die Böschung. Nach Öffnen der Ladeluke packten sie alles ein und verschnürten die Deckeltaschen. Nun hätten sie die Rucksäcke schultern und wieder losstapfen können. Aber Judith hatte noch etwas auf dem Herzen:

»Dieter, du … ich …« Sie stockte und berührte kurz seinen Arm. »… ich muss mit dir reden. Es ist wichtig.«

»Willst du wegen gestern Abend nachkarten?«, argwöhnte Dieter und trat einen Schritt zurück. »Dann vergeudest du deine Zeit.« Judith reagierte fast beleidigt. »Wenn's mir nicht ein wirkliches Anliegen wäre, hätte ich gar nichts gesagt.«

Des dichten Schneefalls wegen bat sie ihn nach vorne auf die Beifahrerbank und verlangte, zumindest gehört zu werden. Dieter vermied böses Blut, indem er grummelnd neben ihr Platz nahm und die Arme verschränkte.

»Ich will gar nicht wissen, was dich ins Unwetter hinaus getrieben hat«, begann sie. »Das wirklich Entscheidende ist: Seit gestern bist du irgendwie anders, irgendwie … wie soll ich es ausdrücken? … einer eigenartigen Schwermütigkeit verfallen.«

»Du blickst auch manchmal ganz schön muffig drein«, entgegnete er ihr patzig.

Nun blieb Judith nichts anderes übrig, als die Katze aus dem Sack zu lassen: »Du bist nicht durch Zufall in unsere Gruppe gerutscht. Und der Plan, dieses Gebiet für unseren ausgedehnten Bergtrip anzusteuern, entstand auf deine Initiative hin. Angemeldet hast du dich erst, als die Ortlergruppe als Reiseziel feststand. Dann warst du eifrig dabei, Berti speziell die große Gratüberschreitung Cevedale-Tresero aufzuschwatzen. Berti hat mir erzählt, er wollte ursprünglich einige leichtere Gipfel abklappern, damit niemand überfordert werde. Im Klartext: Ab der Casati-Hütte deckt sich unsere Tour mit jener vor dreieinhalb Jahren, die ein junges Mädchen das Leben gekostet hat. Noch eins hat mir Berti vor der Abreise zugeflüstert: Du hättest dir gewünscht, die Gruppe dürfe nicht nur aus Männern bestehen.«

»Weil ich mit einer reinen Männergruppe schon mal üble Erfahrungen gemacht habe«, unterbrach er sie eifrig. »Berti kann's bestätigen, denn er war dabei.«

Judith winkte ab und ließ die Worte jetzt nur so sprudeln: »Tatsache: Wir sind eine gemischte Gruppe und die Unglücksgruppe war auch gemischt. Seitdem uns Raimund diese Geschichte erzählt hat, meidest zu ihn. Hast offenbar Angst, er könne sich erinnern, welcher Name sich hinter diesem Check verbirgt. Ja, es scheint sogar, als habe er ihn uns bewusst verschwiegen, um dich zu schützen, ebenso wie verhindert wurde, dass dein Name in den Zeitungen auftauchte. Wütende Vorwürfe wegen deines Versagens wären die Folge gewesen – wenn es denn Versagen war. Habe ich Recht oder fantasiere ich?«

Dieter antwortete nicht.

»Um mir Gewissheit zu verschaffen, müsste ich jetzt nur den Zündschlüssel umdrehen, nach Bormio fahren und im Archiv der Bergwacht den damaligen Bericht lesen.«

Sein Kopf lehnte an der Fensterscheibe, die Hände hingen schlaff im Schoß. Von Mitleid erweicht rückte Judith ein Stück näher und versicherte ihm, kein Wort von dem, was hier gesprochen werde, ins Lager zu tragen. »Ich bin selbst ein gebranntes Kind. Es liegt an dir, ob du willst, dass alles so bleibt wie bisher oder noch schlechter wird«, flüsterte sie ihm zu. Durch die schneebedeckten Scheiben drang kaum noch Licht, was der Stimmung im Inneren des Kombis intime Züge verlieh.

Dieter zitterte, schluckte, wischte eine Träne mit dem Handrücken ab und suchte irgendwo Halt.

»Ja«, stöhnte er nach einer langen, gequälten Pause, »ich war ihr Begleiter.«

Seine schwarzberandeten Fingernägel schabten gefährlich auf dem Bezug der Sitzbank, was Judith veranlasste, etwas auf Distanz zu gehen. Sie lehnte sich zurück, tat einen tiefen Seufzer und verschränkte die Hände hinter dem Kopf. Nach einem kurzen Moment der inneren Einkehr mit geschlossenen Augen nahm sie ihre Hände wieder nach vorne. Sie fanden Schutz zwischen ihren Beinen.

»Ich hör dir zu«, sagte sie mit einer schluckender Stimme, die das ganze Ausmaß ihrer Bestürzung verdeutlichte. Was Dieter nun berichtete, kam stoßweise, als würge er Stück um Stück dieser niederschmetternden Erlebnisse hervor.

»Pass gut auf sie auf – hat ihr Bruder gesagt – pass auf, dass meine Schwester wieder heil nach unten kommt! Es wird ihr bald besser gehen – Und sie hat wirklich nicht gut ausgesehen nach dieser Nacht – Ab jetzt trägst du die alleinige Verantwortung für sie, hat er gesagt. Er … er hätte mich auch mit den anderen wegschicken können. Nein, ich musste bei ihr bleiben und mich als Beschützer oder Babysitter oder sonstwas … Die waren doch verrückt, einfach weiterzugehen bei dem Sturm! – Ich kann die drei Kerle nicht alleine ziehen lassen. Das Pack hat keine Ahnung von Sicherung und all dem Zeug, sagte er – Schon klar, dass er ran musste. Bei seiner Erfahrung.

Aber sie war *seine* Schwester, nicht meine. *Ihn* hatten die Eltern zu ihrer Betreuung mitgeschickt, nicht mich. – Ihr kommt schon zurecht, hat er beim Abschied gesagt. Seid immer vorsichtig, hängt euch ans Seil, überstürzt nichts. Bald geht es ihr wieder besser. – War alles ein bisschen zuviel für sie: schneller Aufstieg, Höhenluft, Kälte, Angst und so. – Nehmt den kürzesten Weg! Es wird keine Probleme geben. – Erst hat er sich eingeschleimt bei mir, von wegen mir könne man voll vertrauen. Die alte Sau. Nachher machte er mir das Leben zur Hölle: Anrufe, Drohbriefe, Verleumdungen und blanker Hass. So hat er in meinen Wunden gestochert, bis ich nervlich zusammenbrach.

Einen feigen Simulanten schimpfte er mich, als sie mich in der Klapsmühle mit Zeug vollpumpten, um meinen Verstand zu retten. Warum hat er die drei Arschlöcher nicht einfach in ihr Verderben rennen lassen? Er tat so großkotzig, weil er der Älteste von uns war. Aber nichts dahinter! Seinen Rat, durch die Westflanke zu flüchten, hab sogar ich als Irrsinn erkannt. Wir wären beide krepiert, wären wir da hinunter gestiegen. Schwacher Trost.

Sie tauchte weg wie in ein Schwimmbecken. Alles kam mir so … irreal vor. Ich dachte: Das kann doch nicht wahr sein, dass sie jetzt tot da unten liegt. Schwupp, verschwunden für immer. Was hätte ich denn tun sollen, um den Sturz zu verhindern? Die Vorstellung, alleine ins Tal zu stapfen, wo die anderen auf uns warteten, ihnen in die Augen zu sehen und alles erklären zu müssen, sie versetzte mich in Panik. Aber wohin konnte ich fliehen? Gab es einen lausigen Fleck, an dem ich mich nicht für mein Versagen hätte verantworten müssen? Gab es einen Weg aus dem Dilemma – außer Selbstmord?

Eine Nacht lang rang ich um eine Entscheidung, bis ich mir sagte: Spiel Kopf oder Zahl! Lauf einfach los! Und wenn irgend eine höhere Macht will, dass du am Leben bleibst, wird sie es geschehen lassen. Wenn nicht, hast du wenigstens deinen Frieden.

Wenn ich mir überlege, was mir das Leben später gebracht hat, hätte ich den ewigen Frieden vorgezogen. Erst nach sechs Monaten Psychiatrie kam ich wieder halbwegs auf die Beine. Man hat die Geister aus meinem Gehirn nur verscheucht, nicht ausgemerzt, hat mich reanimiert, ohne die tiefen Wurzeln dieses Horrorerlebnisses auszureißen. Bis zuletzt drangen die verachtenden Stimmen Renates Angehöriger an mein Ohr – im Schlaf ebenso wie in Phasen höchster Konzentration: Du Mörder unserer lieben, kleinen, unschuldigen Maus! Du hast sie auf dem Gewissen! Nie in deinem ganzen gottverdammten verpfuschten Leben werden wir dir das verzeihen! Du sollst büßen für das, was du ihr angetan hast! Sie war so jung, hatte alles noch vor sich.

Ihr Bruder Roland lässt mich jetzt in Ruhe, aber jedes Mal, wenn ich meine Mönchszelle verlasse, erwarte ich, dass er mir ein Messer in den Rücken rammt. Ein alter Schulfreund, der meine Probleme kennt, hat einmal gesagt: Die Zeit heilt keine wuchernden Geschwüre. Du musst zurück an den Ausgangspunkt und dort alles neu abschreiten, bis du wieder zu dir selbst gefunden hast. Stell dich deiner Vergangenheit! Biete ihr die Stirn!

Anfangs hielt ich seine Worte für hohles Geschwätz. Aber ich verstand zumindest den Grundtenor: Tu genau das, wovor du dich am meisten fürchtest! Kehr an den Unglücksort zurück und verschaff dir durch eine erfolgreiche Wiederholung der damaligen Route echte Glücksmomente – auch wenn du anfangs große Schmerzen haben wirst.«

»Das scheint dir bislang gut gelungen zu sein«, versuchte ihn Judith etwas aufzumuntern. Er wirkte sichtbar erleichtert, sich alles von der Seele geredet und dabei eine so verständnisvolle Zuhörerin gefunden zu haben. Sie blickte ihm wieder bewusst in die Augen. »Geh nun einen Schritt weiter, leg die Karten offen auf den Tisch, lass uns über alles reden, schlag guten Rat nicht in den Wind und lerne erst wieder Gehen, bevor du zum Cevedale steigst.«

»Salbungsvolle Worte voller Naivität. Wenn ich den Leuten in der Hütte meine Geschichte erzählt habe, werden sie mich zum Teufel jagen. Sie werden sagen: Der Kerl ist ein Sicherheitsrisiko. Er könnte oben im Gletscher plötzlich einen Rappel kriegen und uns alle mit sich in den Abgrund reißen«, trotzte er mit gefährlicher Aggression in seiner Stimme.

»Ich halte mein Versprechen und schweige«, lenkte Judith schnell ein. »Aber ich werde nicht tatenlos zusehen, wie du blind in dein Unglück rennst. Du kannst nicht einfach die Vergangenheit wie einen misslungenen Aufsatz neu schreiben. Du verdrängst nur, was eines Tages wieder kommt und dich um so stärker piesackt. Irgendwann siehst du Renate erneut abtauchen. Das wiederholt sich so lange, bis du ihr endlich hinterher springst. Versteh mich bitte nicht falsch, Didi: Dein Mut, zurückzukehren, verdient höchste Anerkennung. Leider liegt das eigentliche Problem in deinen Schuldgefühlen, die du auch mit einem erfolgreichen Marsch von Gipfel zu Gipfel nicht los wirst.«

»Gefühle? Keine Schuld?«, fragte er sie.

»Logisch betrachtet war Renates Tod ein tragisches, unvermeidliches Unglück. Was die Moral betrifft, halte ich ihren Bruder Roland für den eigentlich Schuldigen. Letztendlich jedoch hattest du die alleinige Verantwortung für ihre Sicherheit und warst dieser Verantwortung nicht gewachsen.«

»Ich sehe, du verstehst mich nicht«, seufzte Dieter schließlich mit tief gesenktem Haupt. Die neckische Zipfelmütze saß ganz schief über seiner faltigen Stirn. »Wie sollte eine wie du auch verstehen, was Renates Tod aus mir gemacht hat: ein menschliches Wrack. Wie sollte eine wie du verstehen, zwischen welchen Gefühlen ich Tag und Nacht hin und her gerissen werde, zerrissen werde, bis ich heulend unter die Decke krieche oder wie ein Berserker durch einsame Wälder renne. Jeden Morgen werde ich wach und stehe vor einem Vakuum. Dann schaue ich mit Grauen den Stunden in der Uni entgegen, taumle im Halbschlaf von Hörsaal zu Hörsaal, irre durch die Gassen der Stadt, kehre mal da und mal dort ein, schwätze, trinke, rauche und verkomme immer mehr, während meine Eltern glauben, ich hätte mein Studium im Griff. Ein Gestrandeter wie ich kann nichts leisten.«

»Alles eine Sache der inneren Einstellung«, tönte sie.

Dieter schlug mit den Kopf fest gegen das Seitenfenster, um es vom

Schnee zu befreien. Unverändert heftig der Flockenwirbel. Knöcheltief lag die weiße Schicht schon über dem Split des Parkplatzes, und die Gräser an den Böschungen stießen nur noch mit den Spitzen ans Licht. Judith steckte den Zündschlüssel ein, drehte ihn halb um und betätigte die Scheibenwischer. Mit einem angestrengten Summen setzten sich die Blätter in Bewegung und schaufelten die Sicht nach vorne frei.

»Keiner soll etwas erfahren. Erzähl mir mehr!«, wandte sie sich wieder an ihn. »Ich will die damaligen Ereignisse im rechten Licht sehen. Vielleicht hilft dir das Urteil einer Unbeteiligten, die Dinge anders einzuschätzen.«

Man sah ihm an, wie schwer es ihm fiel, aber er wollte sich und Judith eine Chance auf gegenseitiges Verständnis geben. »Die ganze Tour war ein kompletter Schwachsinn«, begann er nach einer langen Pause. »Wir Lehrlinge – die drei Jungs, Renate und ich – hatten im Juni zwei Wochen Urlaub bekommen. Gemeinsam etwas Aufregendes in den Bergen wollten wir unternehmen. Klangvolle Gipfel schwebten uns vor, die wir abklappern wollten, um das übrige Personal der Bank zu beeindrucken. Die Idee war natürlich nicht auf meinem Mist gewachsen. Ich ging nur wegen des gesellschaftlichen Aspekts mit, denn was gibt es Schöneres, als nach vollbrachten Mühen und Abenteuern in einer sicheren Hütte gemütlich Wein zu trinken, zu scherzen oder angeregte Gespräche zu führen?

Wie du weißt, hab ich nach meinem Studienabbruch eine Lehre in der Stuttgarter Landesbank begonnen. In der Belegschaft gab's eine Gruppe begeisterter Hochtourengeher, die mich herzlich aufnahm. Zu ihnen gehörten drei Azubis. Reine Mitläufer, die nicht viel auf Theorie, Sicherung und Sicherheit gaben, doch jede Herausforderung annahmen: Bernd, Josef und Albert. Mit ihnen und Renate Litowski traf ich mich auch regelmäßig am sogenannten Jung-Banker-Stammtisch.

Renate war eine, die manchmal impulsiv und schrill, manchmal bedrückt und unnahbar sein konnte. Sie war gesellig und freundlich zu allen, die ihr begegneten, nahm das Leben leicht und andere gern auf den Arm. Trotz ihrer erst 17 Jahre hatte sie bereits alles Kindliche abgelegt. Etwas mollig wirkte sie, was aber auch an ihrer bescheidenen Größe lag. Und sie hatte ein hübsches Gesicht. Da wir nicht in der selben Abteilung arbeiteten, kam ich selten mit ihr zusammen. Einmal erzählten wir von unseren Hobbys, wobei ich ihre Leidenschaft für Pferde kennenlernte. Außerdem schwamm sie wie ein Fisch und ging fast jedes Wochenende mit ihrem älteren Bruder Roland zum Wandern. Ja, und Bücher verschlang sie.

Sie hatte keinen Freund oder so, dafür tausend Bekannte in der ganzen Stadt. Am meisten beeindruckte mich ihre unbekümmerte Art. Du konntest sie für jeden Scherz und Lausbubenstreich sofort begeistern. So war es nicht verwunderlich, dass sie die Ohren spitzte, als Bernd, Albert und Josef für ihr ›Projekt Cevedale‹ die Werbetrommel rührten. ›Zwölf Dreitausender, einfach so? Irgendwie hätte ich Lust, mitzukommen‹, hat sie gesagt.

Natürlich war mir klar, worauf wir uns da einließen, denn Renate hatte zwar schon verschiedene Klettersteige in den Allgäuer Alpen erfolgreich bewältigt und brachte eine passable Kondition mit, doch die Welt der Gletscher bedeutete absolutes Neuland für sie. Keiner konnte wissen, wie sie mit dem Tiefschnee und der Höhenluft zurecht kam oder wie sie die steilen Grate nervlich meistern würde. Wir Strohköpfe aber redeten alle Zweifel unter den Tisch, um Renate als Farbtupfer in der tristen Männerwelt kalter Biwakschachteln und Winterlager zu gewinnen.

Selbstverständlich benötigte Renate für so ein Wagnis die Erlaubnis ihrer Eltern. Die erhielt sie unter der Bedingung, dass uns Roland – ein Gletscherfuchs – begleitete. Im Wissen, was uns am Hochgrat erwartete, schlug er eine Verschiebung der Aktion in die Sommermonate vor. Ging nicht, denn wir waren mit unserem Urlaub leider auf den Juni fixiert. Trotzdem ließ sich Roland auf die Sache ein.

Den Rest der Geschichte hat Raimund schon erzählt. Renate fühlte sich furchtbar elend, als wir im Colombo-Biwak ankamen. Sie war entkräftet, vielleicht sogar höhenkrank, und schlotterte unentwegt, weil sie keine so zweckmäßige Kleidung wie die anderen trug. Bestimmt verfluchte sie ihre unbedachte Entscheidung, uns zu begleiten. Mir gegenüber hatte sie am Aufstieg zum Cevedale zugegeben, sich den Trip ganz anders vorgestellt zu haben, weniger verbissen, weniger auf Selbstgeißelung ausgerichtet. Später im engen Mausloch Colombo-Biwak, einem Kühlschrank zwischen Himmel und Hölle, gingen ihr die Augen erst richtig auf. Aber sie schämte sich, uns unerschrockenen Helden ihre verborgenen Ängste zu zeigen. Sie dachte, wir würden sie verspotten oder eine Spielverderberin nennen. Für die Rebellion ihres Körpers konnte sie nichts, doch in dieser Verfassung wurde sie den drei Azubis plötzlich zu einem lästigen Anhängsel. Statt die Jungs bei Laune zu halten, wimmerte sie winziger Wehwehchen wegen und brachte das ganze Unternehmen in Gefahr.

Die Kerle wollten gegen alle guten Ratschläge weiter. Und ich, als Mitläufer, wurde plötzlich Chef einer Zweier-Seilschaft, die glaubte, dass sie's auch ohne Seil schafft. Ich will nicht mehr darüber sprechen, denn es tut weh.«

Damit ließ es Judith auch bewenden. Sie versicherte ihm nur noch, er könne mit jedem Anliegen zu ihr kommen und sie um Rat bitten. Auch bot sie sich an, als Vermittlerin zwischen ihm und den übrigen Leuten im Lager aufzutreten, wenn er es wünsche. Bis dahin stehe sie zu ihrem Versprechen und werde über alles, was er ihr gerade anvertraut habe, schweigen. Im Gegenzug rang sie ihm das Versprechen ab, weitere nächtliche Alleingänge und ähnlich geartete Dummheiten zu unterlassen, stets bei der Gruppe zu bleiben sowie die Anordnungen der jeweiligen Führer kritiklos zu befolgen.

Währenddessen warf Judith interessierte Blicke aus dem linken Seitenfenster, weil ein Auto oben auf der Straße angehalten hatte. Der Fahrer, eingepackt in einen langen Wintermantel, tauchte zu Fuß an der Rampe auf, offenbar im Zweifel, ob er es wagen könne, dieses 30 Prozent steile Wegstück hinabzufahren. Immerhin hatte sich noch kein Räumdienst bequemt, es entsprechend zu präparieren.

Eine knappe Minute verharrte der seltsame Tourist bibbernd, bevor er sich entfernte. Er schaltete das Scheinwerferlicht und den Motor ab. Judith hörte eine Kofferraumtür knallen. Weitere fünf Minuten verstrichen, bis der Mann in veränderter Montur wieder an der Rampe auftauchte. Dieter, den die Kälte im Wageninneren gehörig beutelte, drängte auf einen schnellen Abmarsch.

»Lass uns erst abwarten, was der Kerl da oben will. Irgendwie macht er einen ziemlich unentschlossenen Eindruck«, sagte die Studentin und deutete auf den Fremdling, dessen Ankunft Dieter noch gar nicht registriert hatte. Der Mann trug jetzt eine blaue Gore-Tex Bergjacke, eine graue Wanderhose, Fingerhandschuhe, Skifahrermütze und Plastik-Bergstiefel. Mit diesem Schuhwerk – plus Unterstützung zweier Skistöcke – gelangte er schadlos über die Rampe und bemerkte nun die zwei Leute im Kombi. Eilig stapfte er darauf zu und klopfte gegen das Fahrerfenster. Judith öffnete es nur zur Hälfte. Gleich würde er fragen, ob hier noch ein Kiosk geöffnet habe, vermutete sie.

»Entschuldigung, wenn ich störe«, begann er etwas verlegen, als er die reservierten Gesichter der Insassen erblickt hatte. Er musste glauben, in eine ernste Unterredung zwischen Mann und Frau geplatzt zu sein. »Ich bin zum ersten Mal hier und weiß nicht, ob es ratsam ist, mit dem Wagen …«

»Oben können Sie nicht parken. Die Straße ist zu schmal«, unterbrach ihn Judith. Er mochte um die 30 Jahre alt sein, mittelgroß, mittelgewichtig – will heißen, er erweckte nicht unbedingt den sportlichsten Eindruck. Sein blasses Gesicht stempelte ihn als

Schreibtischtäter. Krankhafte Eitelkeit sprach aus seinen Zügen. Dem Antlitz entsprang eine unnatürlich lange Hakennase, wie sie bei hochintellektuellen Leuten oft auftritt. Unter der Mütze versteckte er eine angehende Glatze und kurz geschnittene, braune Haare, die an den Schläfen bereits ergrauten. Zwischen einem schwarzen Schnauz- und Kinnbart, welcher ihn ein wenig wie Lenin aussehen ließ, kam ein breites Lächeln zum Vorschein.

»Und Sie meinen, ich kann den Wagen …« Er korrigierte sich sofort: »… Ihr meint, ich kann meinen Wagen hier neben euch abstellen?«

»Abstellen schon«, entgegnete Judith schnell. »Fragt sich nur, ob Sie wieder wegkommen, wenn's so weiterschneit. Was haben Sie denn für ein Auto?«

»BMW mit Allrad und neuen Winterreifen.«

»Kein Problem. Planen Sie hier länger zu bleiben?«

»Im Prinzip ja. Ich will zur Pizzini-Hütte, wo ein Freund auf mich wartet.«

Nun begriff Judith: Dieser Herr in den nagelneuen Bergsteigerkleidern war Nicks lang ersehnter Kumpel. »Na, das trifft sich ja prächtig«, freute sie sich und öffnete die Fahrertür. »Kommen Sie … äh, komm doch herein! Wir haben zufällig den gleichen Weg. Ich bin Judith, das ist Dieter. Wir sind seit Montag oben im Winterlager und …«

»Bevor Sie … ich meine, bevor du weiter redest, lass mich erst den Wagen herunter fahren!« Er hatte Judith und ihren Partner mit einem kurzen Nicken begrüßt. Schnell stapfte er wieder zur Straße, klopfte die Kleider ab, stieg in den Wagen und parkte ihn links neben dem Kombi. Dieter gab einen lauten Pfiff von sich, als er die Nobelkarosse sah. »Der Knilch muss Moneten wie Hunde Läuse haben«, bemerkte er.

»Willi Specht ist mein Name«, stellte er sich vor, als er den Trekking-Rucksack schulterte. Um Willi nicht zu lange in der Kälte warten zu lassen, beeilten sich Dieter und Judith, ihre halb gefüllten Rucksäcke aufzunehmen. Als alle Schlösser an den Fahrzeugen kontrolliert waren, setzten sich die drei in Bewegung.

Je weiter sie nach oben kamen, desto höher türmte sich der luftig gepackte Pulverschnee am Weg auf. Die Spuren vom Abstieg waren nur mehr als flache Mulden erkennbar, und Willi meldete berechtigte Bedenken an, ob es in diesem Jahr überhaupt noch möglich sei, irgend ein Gipfelziel anzusteuern.

»Es soll demnächst wieder tauen. Sagt zumindest der Wetterbericht«, ächzte Dieter, der das Gewicht seiner Bürde unterschätzt hatte und sich arg plagte. Judith hingegen mied das Gespräch mit dem Neuankömmling und stapfte stets knapp hinter den Männern in deren Spur. Sie hatte erwartet, einen Studienkollegen von Nick zu treffen, jung, dynamisch, attraktiv. Statt dessen schlich ein behäbig wirkender Herr keuchend vor ihr her und fragte pausenlos, wie weit es denn noch sei.

Immerhin konnte ihm Dieter Weiteres zu seiner Person entlocken: Willi hatte Informatik in Karlsruhe studiert und entwickelte seit zwei Jahren bei einer Augsburger Computerfirma medizinische 3D-Simulationen. Über dieses Thema wollte er auch promovieren. Danach plante er einen Wechsel in die Vereinigten Staaten. Ein Karrieretyp also.

Am Ende des mehr als zweistündigen Marsches erreichten sie bei nachlassenden Niederschlägen die Pizzini-Hütte. Von weitem schon schillerte die olivgrüne Militärkluft des Einzelgängers, der um das Wintergebäude mit einer Schneeschippe die Zugänge freiräumte. Gut 30 Zentimeter hatten sich seit den Nachtstunden dort angesammelt. Nach einer kurzen Bekanntmachung empfing Nick seinen Freund im Vorraum mit einem herzlichen Handschlag.

»Hallo, du trübe Tasse! Ich hab schon gezweifelt, ob du überhaupt kommst«, tönte er lachend, während Willi seine Überschuhe auszog. Die Kleider hatte er gewissenhaft vor der Hütte abgeklopft. Nach einem Fußabstreifer blickte er sich vergeblich um, und auch die Garderobe hielt lediglich einen Haken für ihn frei.

»Das Stilvser-Joch ist doch für alle Fahrzeuge gesperrt?«, wunderte sich Raimund. Willi sah ihn überlegen lächelnd an. »Seit heute. Ich bin schon gestern Mittag von Augsburg losgefahren«, erklärte er und lüftete seine hohe Stirn.

»Die Bildschirmstrahlung kann nicht gesund sein«, dachte sich Judith und glaubte, in Willis Augen viereckige Pupillen zu erkennen. Mit einem kleinen Kamm streifte der Neuankömmling seine wirren Haare wieder in geordnete Bahnen. Als er die skeptischen Blicke der anderen sah, grinste er breitmaulig wie ein Frosch und ließ sich von Nick den Rest der Lagerbesatzung vorstellen. Dann, beim Betreten des Schlaf- und Wohnraums, rümpfte er die Nase. Er hatte sich dieses Appartement wesentlich rustikaler, insbesondere wärmer vorgestellt. Die Aussicht auf unzählige Stunden erbärmlichen Frierens, verbunden mit der Gefahr, sich dabei eine Lungenentzündung zu holen, drückte seine ohnehin reservierte Stimmung in den Zustand tiefster Frustration. Hatte er das nötig: quietschende Sträflingskojen, durchgeschwitzte, speckige Decken, feuchter Staub auf allen Möbeln, Fliegeralarm-Beleuchtung und eine Rumpelkammer-Ordnung? Willi wusste nicht, wann er sich zuletzt solchen Bedingungen ausgeliefert hatte. Zur Zeit seines Militärdienstes musste das gewesen sein, als er sich im Winterbiwak zwei Zehen abgefroren hatte. Seitdem stand er mit Schnee und Eis auf Kriegsfuß.

Aber Willi wollte gute Miene zum bösen Spiel machen, wählte eine mäßig müffelnde Matratze und rollte seinen Schlafsack darauf aus. Als ihm seine Mitbewohner eine heiße Tasse Tee kredenzten, wurde ihm wohler um die Brust. Umhüllt von drei Paar Socken und den wärmsten Hüttenschuhen, die es zu kaufen gab, blieben die übrigen Zehen auf Körpertemperatur.

Nick bemühte sich, seinen Freund gleich ins rechte Licht zu setzen. »Willi hat vor fünf Jahren ein paar sanfte Hochtouren mit mir unternommen«, erklärte er. »Seitdem hält er sich vorwiegend im Flachland auf. Wir wollen hier herbstliche Bergwanderungen genießen. Schade, dass es momentan eher nach einem Reinfall aussieht.«

Das sah auch der Rest so. Inzwischen ging es schon auf 14 Uhr zu. Jeder versuchte, den trostlosen Nachmittag möglichst sinnvoll über die Runden zu bringen. Der neue Bewohner hatte sich als distanziert und maulfaul herausgestellt, zumindest innerhalb der geschlossenen Gesellschaft. Seinen Bergkumpanen Nick hingegen wollte er mit interessanten Neuigkeiten überschütten, sobald sich eine passende Gelegenheit dazu ergab. Außerdem war er begierig zu wissen, was sich in den vergangenen Tagen im Lager abgespielt hatte. Deshalb lockte er Nick unter einem nichtigen Vorwand in den Eingangsraum und flüsterte ihm zu:

»Alles klar hier oben?«

»Wie die tägliche Suppe«, entgegnete Nick schnell.

»Schön. Wo können wir ungestört miteinander reden?«

»Warte, bis abgespült ist. Dann findet sich Zeit. Hast du alle Sachen bekommen?«

»Logisch.«

In diesem Moment mussten sie ihr Gespräch unterbrechen, weil Mary einen leeren Blechnapf brachte, den sie mit Schmelzwasser füllte. »He, ihr beiden! Wollt ihr etwa den Küchendienst übernehmen?«, schnauzte sie die Munkler missmutig an, denn heute hatte man sie für diese ungeliebte Aufgabe eingeteilt. Die beiden lehnten dankend ab und kehrten ins Lager zurück.

Wenig später schlug Raimund zum Zeitvertreib ein amüsantes Kartenspiel vor, das er selbst erfunden hatte: Watzmann-Poker. Judith sagte mangels Alternativen zu, ebenso Berti und Dieter. Diese Gelegenheit nutzten Nick und Willi zu einer Aussprache auf der Terrasse, die der tüchtige Eremit mittags vom Schnee befreit hatte.

Noch mochte sich der Nebelvorhang nicht heben, obwohl es inzwischen zu schneien aufgehört hatte. Nick und sein älterer Begleiter waren Mary und Tschiko im Vorraum noch beim Abtrocknen begegnet. Vermutlich würde Raimund versuchen, sie in die Spielrunde einzugliedern. Aber Nick irrte, denn die zwei zogen es vor, sich um das Feuer und ihre nicht weniger heißen Gefühle zu kümmern.

Während also in der Diele geküsst und in der Stube gepunktet wurde, fegte Nick die letzten flaumigen Flocken von der Aussichtsbank und ließ sich schließlich mit Willi dort nieder. Jener zog seine Stiefel aus und schlüpfte bis zur Hüfte in den Schlafsack. Beide wähnten sich unbeobachtet, aber nicht sicher, denn von ihrem Platz aus konnten sie nicht erkennen, ob jemand das Winterlager verließ.

Zur gleichen Zeit löste sich Mary aus Tschikos Griff und legte ihren Zeigefinger über seinen Mund, um jeden enttäuschten Protest im Keim zu ersticken. »Du bleibst still hier am Feuer sitzen und hältst den Ofen am Brennen. Fragt jemand, wo ich bin, dann sag: ›Auf der Toilette‹. Verstanden?«, flüsterte sie ihm zu.

»Ist doch kein Grund für solche Heimlichkeiten«, wunderte sich Tschiko, als Mary leise in ihre Stiefel schlüpfte. Wie in Zeitlupe zog sie den Reißverschluss der Jacke nach oben und beugte sich dicht an sein Ohr. »Ich möchte wissen, was die Kerle da draußen gerade aushecken. Muss ja unglaublich geheimnisvoll sein, wenn der verweichlichte Ersatz-Lenin freiwillig in die Kälte springt, statt sich im Lager mit Nick zu unterhalten.«

»Ich glaub, du kriegst langsam Verfolgungswahn hier oben«, zischte Tschiko. Insgeheim ärgerte es ihn, dass Maria allein auf die Pirsch ging und ihn Schmiere stehen ließ.

»Irgendwas ist gehörig am Dampfen, das spür ich. Bitte halte mir den Rücken frei!« Sie drückte ihm noch einen Kuss auf die Stirn und öffnete lautlos die frisch geölte Tür. Ein Blick talwärts, einer bergwärts und Mary ahnte, wo sich die beiden Verschwörer verschanzt hatten. Deshalb schlich sie entlang der Wand zur rückwärtigen Seite des Wohnhauses und huschte um die nächste Ecke. Die Terrasse mündete hier in einen kleinen, überdachten Gang zwischen Personaleingang und Vorratsschuppen. Auf dem trockenen Pflaster galt es, besonders vorsichtig zu schreiten. Leise Männerstimmen drangen vom Aussichtsplatz hierher, weshalb die Spionin versuchte, den Unterstand zu verlassen und weiter vor zu pirschen. Kniehoher Schnee erschwerte ihr Vorwärtskommen, dämpfte aber die Schritte. Jedesmal, wenn sie einen Fuß aufsetzte, knirschte der Untergrund und drohte sie zu verraten. Doch Nick und Willi hörten nichts davon.

»Wie steht die Lage?«, fragte Willi.

»Ein paar Querelen zwischenmenschlicher Art, dicke Luft, weil das Wetter so wunderbar mitspielt, ein sonderbarer Aussteiger, der die Stimmung anheizt und überall seinen Senf dazu gibt. Die fünf Extremurlauber haben in technischer Hinsicht einiges zu bieten, obwohl ich sie immer noch für leicht hirnverbrannte Hauruck-Bergfexe mit einem Hang zum Größenwahn halte. Andere Seilschaften hätten längst die Fahnen eingerollt und sich getrollt. Verdammt zähes und ehrgeiziges Pack.«

»Und nun?«

»Wir lassen die Dinge laufen, halten Augen und Ohren offen. Es gab erst eine knifflige Situation zu überstehen, als sie die Steinschlagrinne zur Königspitze hochkrabbeln wollten. Ja, und letzte Nacht hatten wir eine kleine Suchaktion, weil das Küken flügge geworden war. Hat sich als harmlos entpuppt. Aber man kann ja nie wissen.«

»Richtig, Nick. Deshalb solltest du dir anhören, was ich zwischenzeitlich …«

Mary, die knapp hinter der Hausecke in aufrechter Haltung an der Wand lehnte, trotzte der zunehmenden Kälte, denn obwohl sie nur die Hälfte der Worte akustisch verstand, erregte dieses merkwürdige Gespräch ihren höchsten Argwohn.

»Machen deine Erkenntnisse sofortige Aktionen erforderlich?«, unterbrach Nick.

»Das nicht, aber …«

»Gut, dann verschieben wir's auf morgen. Die anderen könnten Verdacht schöpfen, wenn wir länger als eine Viertelstunde freiwillig hier draußen sitzen.«

Willi erklärte sich einverstanden, hatte er doch trotz seiner dicken Verpackung bereits ein Frösteln auf den Lippen. Selbst die teure Daunenjacke mit dem bequemen Innenfutter bot keine ausreichende Isolierung.

Mary deutete die ersten Aufbruchsvorbereitungen der beiden ungleichen Freunde richtig und zog sich eilig in den Vorraum zurück. »Na, du schöne Agentin?«, feixte Tschiko, der wie ein folgsames Bübchen am Feuer saß und Däumchen drehte. Gleich drangen Nick und Willi keuchend ein und gebärdeten sich wie zwei, die gerade einen Marsch vom Nordpol bis hierher bewältigt hatten.

»Weltbewegende Neuigkeiten?«, nahm Tschiko den Faden wieder auf, als er mit Mary allein in der Diele war.

»Sie führen was im Schilde. Klang geheimnisvoll und irgendwie verschlagen«, berichtete sie hastig, während sie sich neben ihren Freund auf einen Schemel setzte. »Ich fürchte, sie stecken mit diesem Raimund unter einer Decke. Der wollte uns doch nur an den

Spieltisch nageln, damit die draußen ungestört quatschen können.«

»Hast du verstanden, worum es ging?«, fragte Tschiko verwirrt und erhielt als Antwort ein energisches Kopfschütteln. Mary erzählte, was ihr an Gesprächsfetzen in Erinnerung geblieben war, woraus sich auch intelligentere Köpfe keinen Reim hätten machen können. »Offenbar haben sie irgendetwas mit uns vor – eine Schweinerei, ein krummes Ding, wahrscheinlich Sabotage«, schlussfolgerte das Mädchen. »Dieser Willi scheint so eine Art Schnüffler und Informant von Nick zu sein. Sieht doch ein Blinder, dass er mit Bergsteigen nichts am Hut hat. Und Raimund arbeitet ihnen zu, indem er Unfrieden stiftet, wo er nur kann. Durch seinen schädlichen Einfluss auf Didi musste die Belegschaft gestern Nacht zur Suche ausschwärmen. Durch seine vielleicht bewusste Nachlässigkeit hatte Didi freie Bahn ins Hinterzimmer.«

»Und wie willst du der Dreierbande auf die Schliche kommen?«, raunte Tschiko, der einen glimmenden Holzspan vor seinen Augen kreisen ließ. Mary blies dagegen, was dem roten Punkt an der Spitze kurzzeitig kleine Funken entlockte. »Wir werben uns eine Gehilfin an.« Mary wusste, dass sich irgendwann die Gelegenheit ergeben würde, allein mit ihrer Schwester zu sprechen.

Gegen Abend hatte ihr Warten schließlich ein Ende. Raimund setzte wieder zu einer längeren Abhandlung an, und Judith beschloss, lieber gleich aus der Schusslinie zu flüchten, bevor der streitbare Besserwisser mit seiner ach-so-großen Lebenserfahrung und seinen wirren Thesen auf sie eindreschen konnte. Unter dem Vorwand, etwas frische Luft schnappen zu wollen, stahl sie sich davon. Im Vorraum schnürte sie die Stiefel für ein paar Runden um die Hütte. Und siehe da, Mary sprang auf und bot sich als Begleiterin an.

Tschiko gesellte sich freiwillig in die Stube. Zwar stutzte Nick ein wenig darüber, sah aber keinen Grund zur Besorgnis. Zwei Schwestern, seien sie noch so verschieden, mussten hin und wieder ihre Köpfe zusammenstecken. So blieb eine Männerrunde im Lager zurück, die sich selbstverständlich mit Männerthemen beschäftigte. Beiläufig hatte Nick das Kapitel »Bundeswehr« anklingen lassen und mehr im Scherz behauptet, Raimund habe während seiner achtjährigen Dienstzeit wohl einiges an Ausrüstung und Uniformteilen mitgehen lassen.

»Das Zeug ist praktisch!«, rief der Bärtige, auf den Tisch pochend. »Und es entschädigt ein wenig für all den Ärger.«

»Keiner hat dich gezwungen, Vorgesetzter zu werden«, stichelte der Münchner weiter.

Raimunds Augen zeigten wieder diesen Glanz innerer Erregung. »Ich hatte auch nach meinen Problemen wegen allzu kumpelhafter Umgangsformen gehofft, die Regeln zum Wohle aller etwas aufweichen zu können, aber ein paar Quertreiber unter den Jungfüchsen deuteten meine lockeren Zügel als Schwäche, gingen auf Konfrontation und bekamen folgerichtig Druck von mir, bevor ich wieder Druck von Oben bekam. Immerhin hatte ich acht Jahre zu überstehen. Letztendlich zerbrach ich an der Unmöglichkeit, die festgefahrenen Strukturen auch nur einen Deut zu verändern. Es war die Einsamkeit inmitten Gleichgesinnter, die Uneinigkeit der vereinigt Deprimierten, die Gefangenschaft inmitten einer freien Welt. Drill, Erniedrigungen, Demütigungen, Psychoterror. Dagegen kannst du dir nur irgendwie Luft verschaffen: durch schweinische Exzesse in den Kasernenstuben, orgienhafte Ersatzbefriedigungen, Alkohol, Drogen, Brutalität gegenüber schwächeren Kameraden, aber auch durch Wahnsinn bis hin zum Selbstmord.«

Als nach Raimunds Rede Stille einkehrte, würgte Dieter schlagartig einen Teil des Abendessens hoch. Es kam wie ein Anfall, doch die Vorzeichen waren lange anhand einer immer verzerrteren Grimasse sichtbar gewesen. Durch Anpressen beider Hände konnte er den sauren Brei im Mund behalten. Vergeblich suchte Nick nach einer Plastiktüte. Willi räumte schnell seinen Platz, damit sich der kreidebleiche Bursche draußen im Schnee entleeren konnte.

»Ist Didi etwa auch ein militärisch Geschädigter?«, fragte Raimund.

»Didi ist ausgemustert worden«, erklärte Berti stockend, was den Bärtigen zu einem überraschten Ausruf zwang: »Er, ein kerngesunder Kerl ohne Zeichen irgendwelcher Behinderungen? Welche Ärzte sind denn da bestochen worden?«

»Soweit ich weiß, waren Kreislaufprobleme der Grund – hat mir Didi zumindest gesagt. Er war früher ziemlich dick und …«

»Komm auf den Boden, Berti! Der Kerl steigt auf Dreitausender!«, unterbrach ihn Raimund noch lauter.

»Es gibt auch versteckte … Gebrechen«, versuchte Berti zu erklären.

»Linke krumme Touren«, zürnte Raimund, der nichts mehr verabscheute als Simulanten. »Mit Beziehungen lässt sich vieles deichseln. Gar keine Frage.«

»Ich erlaube nicht, dass du so von Didi sprichst, während er sich da draußen auskotzt!«, schnauzte Berti zurück. Er und der Einzelgänger standen jetzt Brust an Brust und spuckten sich schon den Geifer ins Gesicht. Gleich würden Fäuste fliegen.

»Didi kotzt nicht ohne Grund«, entgegnete Raimund ungemein gefasst und mit einem überlegenen Grinsen auf den Lippen. »Kann sein, dein Freundchen wurde durch mich an eine sehr … düstere und … unangenehme Zeit erinnert.«

Mary und ihre Schwester, verschluckt von der Dunkelheit im schützenden Windfang des Hauses, schreckten auf, als sie hörten, wie jemand zum Bach stürzte. Sie spähten um die Ecke und erkannten, dass dieser torkelnden Gestalt offensichtlich übel war. Begleitet von einem Gurgeln und Spucken ließ Dieter seinen Ergüssen freien Lauf, besudelte den Schnee und massierte noch lange den Magen, bevor ihn die Kälte wieder in die Baracke trieb. Die beiden Frauen beendeten nach dieser Vorstellung ihr Gespräch nicht nur der klammen Zehen wegen, denn was gesagt werden musste, war gesagt. Sie warteten noch einige Augenblicke, damit Dieter nicht den Eindruck bekam, ihm sei nachspioniert worden.

Als sie eintraten, saß er vor dem Ofen, dem begehrtesten Platz ihrer Behausung, und kramte planlos in der Holzkiste, wobei er ihnen bewusst das Gesicht abwandte. Sein kranker, beinahe irrer Gesichtsausdruck hätte maßloses Entsetzen hervorgerufen. Die Schwestern entledigten sich schnell ihrer Schuhe und meinten, nach diesem kalten Spaziergang könne eine Tasse Tee nicht schaden. Wie auf Kommando schob Dieter einen halb gefüllten Topf mit heißem Wasser von der Heizplatte. Judith erkannte sein sabberndes Profil und den ätzenden Geruch von Magensäure.

»Danke. Kommst du nicht mit nach drinnen?«, fragte sie.

»Hier ist's wärmer und … ruhiger«, stotterte Dieter mit schwacher Stimme. Mit ihrem Verschwinden taten ihm die Schwestern einen großen Dienst.

Lange blieb dem schmächtigen Burschen seine Ruhe jedoch nicht vergönnt, denn höflich anklopfend trat Minuten später der bärtige Auslöser der Übelkeit ins Vorzimmer. Wieder duckte sich Dieter, mehr aus Angst denn aus Scham. Er rutschte noch näher zur geöffneten Ofenklappe, verbrannte sich dabei fast die Knie und ächzte: »Lass mich in Frieden!« Vom Blick in die Glut tränten ihm schon die Augen, als Raimund langsam von hinten an ihn heran trat und ihm seine mächtige Pranke auf die Schulter legte.

»Ich bin wohl mit meinen Ausführungen eben in ein Fettnäpfchen getreten«, meinte er mit großväterlicher Stimme. Behutsam entfernte er seine Hand, rückte einen Hocker zurecht und nahm Platz neben dem Gekränkten.

»Hau ab!«, giftete Dieter erneut, verschränkte die Arme und klemmte die Beine tief unter seinen Stuhl. Der Ruß hatte ihm Stirn und Backen verschmiert. Raimund reichte ihm ein frisches Papiertaschentuch. Dieter schlug es erst aus, schmollte ein wenig, schnappte dann aber doch danach. Kaum abgewischt und ausgeschnieft, jammerte er, einem Kleinkind gleich:

»Ich will nur meine Ruhe, verstehst du!«

»Hör zumindest meine Entschuldigung«, begann Raimund einfühlsam. »Wenn ich … nun, wie soll ich sagen … üble Erinnerungen mit meinen Ausführungen über den Irrsinn des Militärdienstes in dir wachgerufen haben sollte …«

»Ach Quatsch! Hab mir den Magen verdorben. Es musste einfach mal raus«, erklärte Didi, ohne überzeugend zu wirken. Raimund sah ihn ernst an, wartete lange, als hoffe er auf ein Geständnis.

»Die anderen sagen, du wärst ausgemustert worden.«

»Bin ich auch. Es hat nichts mit …«

Raimund rutschte Stück zur Seite und blickte seinerseits zu Boden. »Keiner zwingt dich, zuzugeben, was du nicht zugeben willst. Keiner verlangt, dich für deine Schwäche irgendwie zu rechtfertigen. Aber ich fürchte, ich hab mir wieder einmal durch mein Geschwätz die Schnauze verbrannt. Wenn es so ist, tut's mit leid.«

»Ist schon in Ordnung«, grummelte Dieter, der sich unentwegt über die verklebten Bartstoppeln wischte.

»Nichts ist in Ordnung«, seufzte Raimund traurig. »Die haben dich zur Sau gemacht beim Militär, dich womöglich fast in den Selbstmord getrieben, weil du ihrer Willkür nicht gewachsen warst und weil du erkannt hast, dass du vor Ablauf der Dienstzeit in der Klapsmühle enden würdest. Hast sich wahrscheinlich schon nach der ersten Nacht in der Sechs-Mann-Stube wie ein Hund mit abgeschnittenem Schwanz gefühlt.«

»Woher weißt du das alles?«, entgegnete Dieter erschreckt und schielte kurz nach rechts zu dem die Zähne bleckenden Sonderling. Der antwortete, weiterhin ruhig: »Ich stelle mir nur vor, wie du in Uniform, mit einer Knarre in der Hand, eingereiht in eine strammstehende Front, vom Rotz schleudernden Kompaniefeldwebel wegen einer Lappalie zusammengestaucht wirst. Ich stelle mir vor, wie du dann – entschuldige, wenn ich so offen bin – in die Hose pinkelst. Egal, wie du dem Affenstall entkommen bist, wir wollen nicht weiter darüber sprechen.«

Dieter spürte einen Schwall der Erleichterung durch seinen Körper gleiten. Fast im Nu verschwanden sämtliche Übelgefühle und brachen Sekunden später wieder auf, als Raimund plötzlich sagte:

»Du hast Angst vor mir, nicht wahr?«

»Unsinn.«

»Mach mir nichts vor, Dieter! Seit vorgestern, als ich eine Geschichte erzählte, die dir den Mageninhalt verdarb, fürchtest du, ich könnte es ausplaudern, könne den Namen nennen, der für deine Freunde keine Bedeutung hätte, wäre es nicht …« Er zögerte lange. »… dein Name!«

Jetzt kippte Dieter fast von seinem Platz.

»Vielleicht hat dich der Gedanke an Renate am Brechen gehindert«, fuhr Raimund unbeirrt fort. »Es war ja nicht alles so grauenhaft wie ihr Ende, oder? Es gab sicher auch schöne Momente im Laufe dieser anrührenden Geschichte zweier junger Menschen in der eisigen Wildnis. Menschen, die von allen Freunden verlassen wurden und verzweifelt einer schützenden Behausung entgegen strebten. Aber statt gerechter Entlohnung aufrichtigen Kämpfens folgten bittere Tränen und eine immerwährende Sehnsucht, die dich hierher zurückgerufen hat.«

Er flüsterte nur noch, dass keiner draußen etwas hören konnte. Begleitet von Dieters stoßendem Atem sagte er: »Diese Sehnsucht hat deine Tränen getrocknet und der Erinnerung den Schrecken genommen. Sonst wärst du wohl vorgestern während meiner Erzählung schreiend davongestürmt oder hättest dich selbst verraten oder hättest dein halb verdautes Essen gleich durch das Zimmer gerülpst.«

Er unterbrach sich selbst, rückte dicht neben den stocksteifen Zuhörer und wisperte ihm ins Ohr: »Ich maße mir nicht an, ein Urteil abzugeben über das, was zwischen dir und Renate geschehen ist. Ich hätte dich vor deinen Freunden bloßstellen und sagen können: ›Seht ihn euch an – da sitzt er höchstpersönlich. Quetscht ihn aus wie eine Zitrone, wenn ihr mehr wissen wollt!‹ Ja, sie hätten dich ausgequetscht, bis du Schweiß, Pisse und Blut verspritzt hättest. Und dann hätten sie dich mit Vorwürfen und Schuldzuweisungen überhäuft, mit Fingern auf dich gezeigt und eine Litanei heruntergebetet, gegen welche Sicherheitsregeln du damals verstoßen hast. Nicht auszudenken für sie, wenn du dir gar etwas zu Leide tun würdest. Da müssten die ehrenwerten Herrschaften womöglich sogar umdisponieren … im schlimmsten Fall helfen. Helfen? Igittigitt! Kurz und gut: Ich werde mich hüten, ihnen mehr zu erzählen als bisher. Dafür verlange ich nur dein Vertrauen.«

Aber Dieter, der Rückkehrer, konnte seinen Argwohn gegen diesen

Mann, der so beschämend viel über ihn wusste, trotz alledem nur bedingt beilegen.

»Mir liegt daran, dir neue Deutungen und Denkweisen zu eröffnen«, redete er weiter leise auf Dieter ein. »Das kann ich erst, wenn du mich als Freund … na, zumindest als ehrlichen Kumpel akzeptierst. Für die anderen bist du ein unbedeutender Mitläufer, für mich ein tragischer, zart besaiteter Fall, den man mit Bedacht an sein großes Ziel heranführen muss.«

»Welches Ziel?«, wollte Dieter wissen.

»Das Ziel eines vollkommenen Neuanfangs, einer Öffnung der inneren Schleusen und Staumauern. So wie ich mein Leben mit einer weit reichenden Entscheidung neu geregelt habe, so wirst du die unverdaute Schlacke deines grausigen Erlebnisses hier … hochwürgen, wirst damit den Berg besudeln, aber gereinigt und als neuer Mensch mit wohltuender Zufriedenheit dorthin gehen, wo dein Platz ist. Lass uns den Bund besiegeln und schüttle meine Hand!«

Dieter tat es. Er fühlte sich schon viel besser.

Geheimnisse

Der Nebel machte sich wie ein ungebetener Gast in der Felsenwohnung breit, beanspruchte allen Platz von den Tälern bis in höchste Gipfelregionen und tauchte die Szenerie nach Tagesanbruch in geisterhaftes Licht. Selbst der zunächst so strahlende Neuschnee nahm einen modergrauen Farbton an, als habe es über Nacht Asche geregnet. Nur knapp unter null Grad lagen die Temperaturen an jenem Morgen des 4. Oktober, einem Sonntag, wie die Hüttenbewohner schnell feststellten, denn Berti als praktizierender Katholik wollte natürlich auch hier oben seiner Kirchenpflicht nachkommen, weshalb er früher als die anderen Schläfer aus seinem warmen Lager kletterte. Er holte das Neue Testament aus dem Gepäck und machte sich auf zu einem Wegekreuz nahe der Hütte.

Innerlich gereinigt kehrte er zehn Minuten später ins Lager zurück, um für die noch schlummernden Gefährten Teewasser zu kochen. Beim Einheizen des Ofens sinnierte der stämmige Organisator über die Chancen eines Aufstiegs zur Casati-Hütte. Die Massen an Neuschnee würden das Fortkommen zwar schwer behindern, doch nicht zwingend verhindern, weil sich eine große Seilschaft häufig in der Führungsarbeit ablösen konnte. Ortskundige Leute wie Raimund fanden den Weg auch ohne Markierungen.

Die Entscheidung jedoch musste im Kreise aller gefällt werden. Gegen Abend hatte Tschiko aus seinem Radiowalkman frohe Kunde vernommen: Ein Zwischenhoch versprach für Montag blauen Himmel und sommerliche Temperaturen, die den Schnee im Nu wegputzen würden. Schlechter die Prognose für den heutigen Tag: »Auffrischende Winde bis zu Orkanstärke in den Hochlagen. Gelegentlich noch Schneefälle.«

Berti ließ sich Zeit beim Abhobeln kleiner Späne von den Klötzen, wozu er sein Taschenmesser benutzte. Selbst als sich im Lager die ersten Stimmen mit dem üblichen Gewühle zwischen Aufstehen und Frühstück vermischten, nahm er nicht das handliche Beil zu Hilfe, sondern schnitt leise seinen Zunder zurecht. Trotz der klammen Kälte genoss er die Ruhe dieser Morgenstunde.

Tschiko betrat als erster das Vorzimmer, warm eingepackt in Pulli und Jogginghose, lugte in den Topf, ob schon Dampf hochstieg, sah dann enttäuscht ins dunkle Ofenrohr.

Das Häuflein mit den Spänen erschien Berti jetzt üppig genug und er schichtete einen Teil ins Brennfach. Unterdessen schob sich Tschiko einen Stuhl neben den Ofen und verfolgte dieses Verfahren mit skeptischen Augen. Als die ersten Flammen züngelten, legte Berti dickere Späne nach. Er wartete, bis sich alles voll entfacht hatte, und verbrannte sich fast den Finger, als er obenauf einen kleinen Scheit plazierte.

»Wie siehst du unsere Chance, heute die Casati-Hütte zu erreichen?«, wollte Tschiko wissen.

»Schlecht.«

»Die Leute werden langsam mürrisch.«

»Wir könnten uns sinnvoll beschäftigen, indem wir einen Teil der Strecke voraus spuren. Warten wir doch ab, was uns Raimund rät.«

»Kannst du dir sparen. Er hat vorhin wörtlich gesagt: ›Heute ist zugedreht.‹ Dabei ist er selbst daran interessiert, möglichst bald über das Langenferner-Joch zu steigen. Ihm gehen allmählich die Vorräte aus. Ich frage mich, weshalb er überhaupt hierher gekommen ist. Oben in der Casati-Hütte hätte keiner seine Einsamkeit getrübt«, bemerkte Tschiko und sah das Feuer im Ofen langsam zur Entfaltung kommen.

Der Bodybuilder hätte gerne seinen Unmut über den ältesten Hüttenbewohner kund getan, wäre dieser nicht plötzlich durch die Tür getreten – im kurzen Unterhemd, durch das seine behaarte Brust schimmerte. Mit polternden Schritten strebte er nach draußen. Er ließ die Tür sperrangelweit offen, streifte das Hemd ab und rieb sich mit Schnee ein, bis seine Haut krebsrot leuchtete. Dann entleerte er die Blase in einiger Entfernung zur Hütte, wobei er gleich die Verhältnisse am Berg beurteilte. Bei seiner Rückkehr grummelte er wieder: »Heute ist zugedreht.«

Zuletzt erschien Nick in der Zwischentür. Er hatte sich in Marschmontur geworfen. »Radio Südtirol meldet, morgen gäb's vorzügliches Spätherbstwetter«, berichtete er. »Also verschieben wir den Aufbruch um einen Tag.«

Während des anschließenden Frühstücks wurden die Interessen aller klar abgesteckt. Mary und Tschiko hätten es reizvoll gefunden, den widrigen Umständen zu trotzen, wollten sich aber der Mehrheit beugen. Sie erklärten sich sogar bereit, bis zum Wandfuß unterhalb des Langenferner-Jochs eine Spur in den Weg zu stampfen. Auf diesem zwei Kilometer langen Stück lag der Schnee durch Verwehungen teilweise mannshoch. Bei ihrer Arbeit sollte ihnen der handliche Gärtnerspaten aus der Hütte gute Dienste tun.

Nick gab an, mit Willi eine Anpassungstour zu unternehmen. Sie würden Richtung Zebrùpass marschieren. »Mal sehen, wie weit wir kommen. Vielleicht helfen wir anschließend Mary und Tschiko beim

Planieren der Spur«, sagte er, begleitet von Willis affektiertem Kopfnicken.

Dieser hätte lieber entlang des Weges zum Parkplatz seine Aussprache mit Nick gehalten, aber dort wollten Berti und Judith spazieren gehen. Das vierte Paar, Dieter und Raimund, bewachte die Ausrüstung in der Hütte. Dieter fühlte weiterhin leichtes Rumoren im Magen und plante einen längeren Aufenthalt im Schlafsack.

Um 9 Uhr verschwanden Mary und Tschiko aus der Hütte. Eine halbe Stunde später folgten Judith und Berti, der verwundert war, dass sich das sonst so distanzierte Wesen gerade ihm angeschlossen hatte. Im Endeffekt gestaltete sich ihre Winterwanderung alles andere als romantisch, denn Judith sprach kaum ein Wort. Fast abweisend machte sie ihrem Begleiter nach wenigen Metern klar, sie habe plötzlich keine Lust mehr.

»Dann lass uns Mary und Tschiko helfen«, schlug er vor. »Die werden schneller nass, als ihnen lieb ist.«

»Mal sehen. Gehen wir erst mal zurück zur Hütte, ja?«

Mit Erleichterung registrierte Judith nicht ein Zeichen von Enttäuschung über ihre Zurückweisung. Als Verantwortlicher dieser Tour war es Bertis erste Pflicht, die Vorbereitungen für den kommenden Tag zu unterstützen, nicht eine Frau spazieren zu führen, die ganz gut auch alleine klar kam. Er vorneweg, sie einige Meter hinterdrein, so stapften sie zurück zur Pizzini-Hütte.

Dort befanden sich nur noch Raimund und Dieter. Der eine räumte Schnee, der andere träumte mit geschlossenen Augen in den Tag hinein und genoss das warme Luftpolster im Inneren seiner »Penntüte«. Berti lieferte Judith vor der Haustüre ab und folgte der Spur des eifrigen Pärchens. Raimund nickte Judith kurz zu, bevor er mit gesteigertem Elan Ladung um Ladung des lästig gewordenen weißen Pulvers übers Geländer schleuderte.

Judith sah, dass er kein Interesse an ihr zeigte und einige Zeit beschäftigt sein würde. Drinnen hörte sie Dieters Matratzenrost quietschen. Leise blieb sie im Vorraum stehen, bis Bertis Umrisse ganz vom Nebel verschluckt waren.

Als sie den Sichtkreis der Hütte verlassen hatten, stoppte Nick und öffnete den Hüftgurt seines Rucksacks. Die Stöcke rammte er in den Schnee, bis sie festen Halt fanden. »Genug gelatscht. Mach's dir bequem, Willi!«, bat er seinen Begleiter.

»Nenn mich wenigstens jetzt bei meinem richtigen Namen«, murrte Willi und schnallte ebenfalls seinen Rucksack ab. Nick breitete eine Plastikfolie am Boden aus und schichtete das Gepäck darüber. »Bitte Platz zu nehmen!«

Bequemere Sitzgelegenheiten fanden sie auch in der Hütte nicht, und die empfindliche Kälte würde nach dem erhitzenden Marsch erst langsam unter ihren Kleidern Einzug halten. Nick in seiner Gier nach Informationen beging indessen einen taktischen Fehler, der einem erfahrenen Einzelkämpfer nie unterlaufen wären. Er hatte sich neben Willi, nicht ihm gegenüber gesetzt, und sein Blick zeigte in die den Spuren abgewandte Richtung.

»Interessant, was ich über Dieter Reitmeier spitz kriegte«, begann der Informatiker. »Unser Küken ist ein Fall für den Seelenklempner. Einer seiner Kumpanen, mit denen er nächtelang durch die Spelunken der Altstadt gezogen ist, hat mir Hintergründe und Abgründe aufgedeckt. Dieter bekommt sein Leben nicht in den Griff, weil er sich der Welt verschließt. Selbst einfache Behördengänge werden zum Horrortrip für ihn. Dem gegenüber steht seine Neigung, das gesamte soziale Gefüge philosophisch zu ergründen und sich in wirre Theorien hineinzusteigern. Er flüchtet in den Suff und traktiert seine Zuhörer mit weinerlichen Monologen. Gut, ich hab erst vermutet, das seien alles Nachwehen der unsäglichen Geschichte, die sich in seine Seele gefressen hat. Stimmt nicht. Dieters Verhalten wurde bereits durch weiter zurückliegende Erlebnisse entscheidend geprägt, wie mir sein Vater offenbarte. Innere Verbitterung, grenzenloses Selbstmitleid, Depressionen, Flucht in Ersatzbefriedigungen, Liebesentzug und eine vollkommene Beziehungslosigkeit zu seinem Umfeld wirken da ineinander, kommen aber selten offen zum Vorschein, weil Dieter eine Gabe besitzt, die vielen von uns fehlt: Er kann sich und sein Leiden vollkommen nach außen abschotten – wenn er will. Sein Zechgefährte jedenfalls kennt ihn als weinerlichen Kränkler, der kein Blatt vor den Mund nimmt. Den meisten Leuten jedoch misstraut Dieter und gibt sich ihnen gegenüber kaum eine Blöße – so auch hier im Lager. Lass mich, um das Gesagte zu begründen, kurz Dieters Lebensgeschichte erzählen:

Als kleiner Junge, wacklig auf den Beinen, ist er mit seiner Mutter oft in einem Waldstück nahe der Wohnung spazieren gegangen. Manchmal blieben die beiden dort, bis es dunkel wurde. Eines Abends folgte ihnen ein Unbekannter und fiel über die Frau her. Niemand hörte ihre Hilfeschreie und das Kreischen ihres Kindes. Das musste mit ansehen, wie seine Mutter von einem Triebtäter vergewaltigt wurde. Immerhin verbarg der Wüstling sein Gesicht mit einer Strumpfhose und ließ seine Opfer am Leben.

Dieses Erlebnis muss dem vierjährigen Knaben erste psychische Schäden zugefügt haben, auch wenn ihm die Mutter später einredete, es sei gar nicht schlimm gewesen, was der böse Mann getan habe. ›Weil Pappi schimpft, wenn er das erfährt, darfst du nichts davon erzählen!‹, trichterte sie ihm ein. Didilein war folgsam und schwieg.

Zwei Jahre später starb seine kleine Schwester, wodurch er zum Einzelkind wurde. Er hatte mit ihr am Balkon gespielt. Beide schichteten aus großen Bauklötzen Türme auf und stellten sich drauf. Jeder wollte den anderen in der Höhe übertreffen. Nachbarn hörten, wie sich die Geschwister laut zankten. Aber kleine Kinder streiten oft und vertragen sich dann wieder. Also sahen die Leute keinen Grund zur Beunruhigung. Bis heute ist unklar, wie das dreijährige Mädchen über das Geländer stürzen konnte. Es landete zehn Meter tiefer auf dem Asphalt und war sofort tot. Als Dieter, der nachher wimmernd unter seinem Bett gefunden wurde, über den genauen Hergang befragt wurde, stammelte er nur wirres Zeug. Er war übrigens von der Mutter beauftragt worden, auf sein Schwesterchen achtzugeben, während sie einkaufen ging. Dies konnte man nicht von einem sechsjährigen Knaben verlangen, wurde der Mutter nun bewusst. So schrieb sie sich alle Schuld am Tod ihrer Tochter selbst zu. Damit begann ihr geistiger und körperlicher Verfall.

Dann kam Dieter in die Schule, wo er sich von den Klassenkameraden absonderte. Er ging eigene Wege, wurde erst belächelt, dann verhöhnt, dann getriezt und gepiesackt, schließlich geschlagen, bis er eines Tages selbst die Fäuste benutzte und einem seiner Peiniger mit einem Stein das Kinn zertrümmerte.

Nach dem Abitur sollte er in die Uniform schlüpfen. Er ging den Job motiviert an, bis er dem Druck des Vollkommen-ausgeliefert-Seins nicht länger standhalten konnte. Hinter dem Kasernenzaun kam er sich wie in einem Konzentrationslager vor. Nicht verwunderlich, dass er während einer Exerzier-Schikane plötzlich ausscherte, in seine Stube lief und die Koffer packte. Nach Verbüßen seiner Diszi blieb er dem Dienst fern und musste dafür jedes Wochenende in der Kaserne bleiben. Immer tiefer wurde Dieter in den Strudel aus Strafe und Trotz hinabgezogen. Am Schießplatz nahm seine Laufbahn als Soldat ein unrühmliches Ende: Dort rannte er mit dem geladenen Gewehr Amok und schoss wild um sich, wobei er gottlob niemanden verletzte. Anschließend kreischte er wie ein entsprungener Irrer und musste in Zwangsjacke abtransportiert werden. Ergebnis des psychologischen Gutachtens: wehruntauglich. Einige Zeit bekam der Bursche Medikamente gegen seine Aggressionen.

Sein Vater verlangte, er solle sich um eine Berufsausbildung kümmern. Aber Dieter erbat sich Bedenkzeit. Viele Freiheiten gewährte ihm seine Mutter, sie war jedoch selbst nicht mehr zurechnungsfähig und sollte entmündigt werden. Den Rest dürftest du bereits kennen: Dieter begann ein Biologiestudium, scheiterte, lernte Bankkaufmann, lockte meine Schwester auf den Gletscher, scheiterte, nahm wieder Bedenkzeit, begann ein neues Studium und kehrte hierher zurück. Um wieder zu scheitern? Ich fürchte fast, der Kreis schließt sich ein weiteres Mal.«

Nick ordnete die Zusammenhänge und versuchte sie mit seinem persönlichen Bild von Dieter in Einklang zu bringen. Unterdessen massierte Willi seine klammen Hände und klopfte die Stiefel gegeneinander.

»Wir sollten allmählich aktiv werden, Nick.«

»War es nicht deine Idee, das Spiel auszureizen, um hinter sein Geheimnis zu kommen?«

»Welches Geheimnis?«, bellte plötzlich jemand hinter ihnen.

Die beiden Intriganten schreckten hoch, als seien sie im Schlaf aus dem Bett geplumpst. Der Münchner erkannte Judiths ungewöhnlich schrille Stimme zuerst, verfluchte Sekundenbruchteile später seine stümperhafte Unachtsamkeit und fuhr herum. Willi hingegen murmelte »Oh weh!«, bevor er sich von seinem Platz erhob.

Die junge Frau war hinter einem mannshohen Felsbrocken hervorgesprungen, zitternd vor Kälte und Wut und bis über die Oberschenkel nass vom Schnee, weil sie sich abseits der Spur langsam von Deckung zu Deckung näher gepirscht hatte. Der leichte Wind aus Marschrichtung und Willis Redeschwall hatten ihr Vorhaben begünstigt.

»Wie lange hat sie uns zugehört?«, ächzte Nick in Gedanken und konnte die Zeit von Judiths Augen ablesen. Tiefe Verachtung blickte ihm entgegen.

»Von welchem Geheimnis wird hier gesprochen?«, herrschte sie die beiden Verschwörer an. Als Nick sich ihr mit vorgehaltenem Teleskopstock langsam näherte, blieb sie mutig stehen. »Glaub ja nicht, du könntest mich dadurch beeindrucken!« Sie streckte beide Arme zur Seite und bot ihm ihren Körper zum Stich an. »Interessante Dinge, die ihr da über den lieben, netten Didi herausgefunden habt. Wirklich sehr interessant«, provozierte sie Nick, der entnervt den Stock in den Boden rammte.

»Sehr mutig, dein Auftritt«, bekundete er respektvoll. »Wir hätten ja auch Bösewichte sein können, die eine lästige Zeugin einfach abmurksen.«

»Für Bösewichte halte ich euch nach wie vor. Und solltet ihr verhindern wollen, dass ich den anderen etwas von diesem Gespräch flüstere, müsst ihr mir einiges erklären«, tönte Judith, die ohne Gepäck gekommen war. Sie deutete Nick an, er solle auf den Rucksäcken Platz für sie schaffen.

Als sie zwischen den beiden Männern saß, erzählte sie: »Sogar Mary, die in Gegenwart ihres Schnuckiputzi alles um sich herum ausblendet, hat geschnallt, dass ihr nicht zum Bergsteigen hierher gekommen seid. Gestern hat sie euch belauscht und mich als Späher angeworben.«

»Wer weiß noch von eurem Verdacht?«, fragte Willi.

»Tschiko. Die anderen glauben, ich wollte alleine spazierengehen. Es liegt an euch, ob die Sache unter uns bleibt oder zur Bombe wird.« Damit hatte Judith ihr Ziel erreicht, denn Nick blieb nichts anderes übrig, als sie über seine und Willis Rolle aufzuklären.

Nachdem Willi den Beginn seines Berichtes noch einmal für Judith wiederholt hatte, durfte er gehen, denn er schlotterte bereits heftig. Nun saßen sich der Techniker und die Mathematikerin wie bei einem Picknick im Grünen gegenüber, obwohl es um sie herum nur hässlich grau schimmerte. Sie hauchten ihren Atem in den Wind, pressten die Hände in ihre tiefen Jackentaschen und musterten sich mit Argwohn.

»Didi hat lange mit seiner Anmeldung gewartet«, begann Nick. »Vielleicht missfiel ihm die ursprüngliche Zusammenstellung der Gruppe. Jedenfalls hat er seinem Vater am …« Er holte einen ledergebundenen Notizblock aus seiner Brusttasche und schlug die erste Seite auf. »… am 19. September erzählt, er werde Ende des Monats auf eine längere Bergtour fahren. Zögernd war Didi mit dieser Information herausgerückt, während er seine Sachen packte und Pappis Argwohn erregte. ›Um die Jahreszeit?‹, hatte sich Pappi gewundert. Didi meinte, er werde mit ein paar Studienkollegen unterwegs sein. Erfahrene Bergsteiger. Also kein Grund zur Besorgnis.

Nun, der alte Reitmeier sorgte sich nicht wegen alpinistischer Gefahren, sondern aufgrund der labilen Psyche des Sohnes. Bei Dieters Teilnahme an der Biologen-Tour im Frühsommer hatte er weitaus mehr Angst gehabt, weil es die erste Tour seit dem Unglück drei Jahre zuvor war. Der alte Reitmeier hatte es versäumt, Organisator Berti von dem Ereignis zu erzählen. Keiner aus Didis bescheidenem Bekanntenkreis in Regensburg wusste davon. Dass diese Biologentour letztlich sogar fördernd auf Didis Befinden verlaufen war, minderte die Sorgen des Vaters. Er freute sich, wenn sein verschlossener Sohn wieder die Gesellschaft anderer suchte. Reitmeier bohrte also nicht länger nach Einzelheiten, wollte aber wissen, in welches Gebirge die

Reise führte. Didi gab an, er werde ein paar harmlose Höhenwanderungen in den Ötztaler Alpen machen. Was den Vater letztlich stutzig machte, waren die Steigeisen und der Eispickel im Gepäck des Buben. Demnach beschloss er, nähere Erkundungen einzuholen und traf gleich ins Schwarze, als er Tags darauf mit Berti telefonierte. Berti nannte ihm beiläufig das wirkliche Ziel der Reise. Entsetzen beim Vater, wie du dir denken kannst. Aber er verschwieg, dass ihn Didi angelogen hatte, und bat Berti, den Anruf zu verschweigen, weil er nicht als Schnüffler in Misskredit kommen wollte. Berti versicherte ihm, sie würden jedes Risiko meiden und bei zweifelhaftem Wetter in der Hütte bleiben.

Am 21. September erkundigte sich Reitmeier bei der Hochtourengruppe des Alpenvereins, Sektion München, nach fähigen jungen Bergsteigern, die er kurzfristig als Führer anheuern könne. Für die Dauer des Einsatzes – er sprach von etwa zwei Wochen – ließ sich niemand finden. Irgendwer muss dann mich empfohlen haben. Bei meinem Diavortrag zum Thema Spaltenbergung mischte sich Herr Reitmeier unter die Gäste und kam am Ende der Vorstellung auf mich zu. Als alle den Saal verlassen hatten, bat er um ein vertrauliches Gespräch, trug sein Problem vor und bot ein vierstelliges Entgelt für meine Dienste als heimlicher Leibwächter seines Sohnes. Ich erfuhr die wesentlichen Fakten: in Grundzügen Didis Erlebnis mit Renate, seine labile Psyche, Bertis Adresse und den wahrscheinlichen Abreisetag. Der Vater fürchtete, sein Sorgenkind könne hier oben von der Erinnerung übermannt werden und irgendwelche Dummheiten anstellen, durch die er sich und euch in Lebensgefahr bringt.

Übertriebene Bedenken? Didi ist bislang kühl und beherrscht geblieben. Nur wer ihn genau beobachtet, sieht, wie es in ihm gärt und wie er dem Marsch zum Cevedale entgegen fiebert. Sein Vater tat gut daran, mich einzuschalten. ›Aber vermassle ihm nicht ohne zwingenden Grund das Vergnügen!‹, schärfte er mir noch ein und ließ mir ansonsten freie Hand. Doch ohne zusätzliche Informationen über Didis Beweggründe, hierher zurückzukehren, blieb vieles dem Zufall überlassen.

Am 22. September führte ich ein längeres Telefonat mit der Bergwacht Bormio über die damaligen Vorfälle. Die Signori erzählten mir, Renates ältester Bruder Karsten Litowski sei knapp zwei Wochen nach Abbruch der Suchaktion zu ihnen gekommen und habe versucht, privat eine Mannschaft zusammenzustellen, die noch einmal den Gletscher nach Renate abkämmen sollte. Als das Unglück geschah, war Karsten Gaststudent in den USA. Zur Trauerfeier kam er heim und wollte danach Licht in den Fall bringen. Didi lernte er erst gestern persönlich kennen.

Am 23. September besuchte ich die Familie Litowski und nannte meinen Auftrag. Obwohl die Leute gegen Didi keinen Groll mehr hegen, blieben sie mir gegenüber doch sehr reserviert. Ich hatte den Eindruck, sie wollten die leidige Sache für immer vergessen. Nur Karsten, mit dem ich am gleichen Abend ein Treffen in Augsburg vereinbart hatte, bemühte sich, meinen Wissensdurst zu löschen, obgleich er wenig Neues beisteuern konnte. Leidenschaftlich waren seine Erörterungen über die Schuldfrage. Als ich ihm sagte, ich benötige seine Hilfe, hob es ihn aus seinem Sessel und er schüttelte dankbar meine Hand. Ich sollte erst später erfahren, weshalb er mit so feuriger Begeisterung seinen prallen Terminkalender umwarf: nicht aus christlicher Nächstenliebe, sondern weil er an Didis Bericht über Renates Tod zweifelte. Er witterte eine seltene Chance, die Wahrheit zu finden. Ich sagte ihm klipp und klar, ich würde mich auf keinen Rachefeldzug einlassen. Oberstes Prinzip sei die Sicherheit von Didi und seiner Gruppe.

Am 24. September fuhr ich nach Regensburg und ließ eure Abschlussbesprechung bespitzeln. Ein Freund von mir folgte euch in das Lokal und hörte, wann und wo ihr starten wolltet. Mehrmals sei das Wort ›Pizzini-Hütte‹ gefallen, sagte er mir.

Am folgenden Tag erörterte ich mit Karsten den Schlachtplan. Er sollte weitere Erkundungen über Didi einholen und dann nachkommen. Am Montag tuckerte ich hinter eurem Kombi bis zum Reschensee. Dort seid ihr mir dann abhanden gekommen, weil ihr seitwärts im Wald ein Nachtlager aufgeschlagen habt. Ich fuhr noch in der gleichen Nacht bis Santa Caterina und suchte mir eine trockene Unterkunft. Anderntags fand ich den Kombi am Parkplatz und beschloss des schlechten Wetters wegen, mit dem Aufstieg zu warten. Als es nachts immer noch regnete, stiefelte ich los.«

»Da hat man dir ja ein ziemlich großes Baby übertragen«, scherzte Judith und blickte wieder etwas freundlicher drein.

»Was hast du vermutet? Dass ich ein bezahlter Killer bin?«, wollte Nick wissen.

»So ähnlich«, schmunzelte sie. Dann, wieder mit straffer Miene: »Gehört Raimund auch zu deinen Helfern?«

»Ich hab ihn nicht engagiert.«

»Aber er arbeitet dir zu?«

»In gewisser Weise schon. Erst war er mir ein lästiger Widersacher, weil er die Leute mit seinen Belehrungen und Stänkereien auf die Palme brachte. Aber er hat schnell spitzgekriegt, weshalb ich hier bin. Seitdem liest er mir jeden Wunsch von den Augen ab.«

»Du hast ihn gebeten, das Unglück als Schlummermärchen vorzutragen. Warum eigentlich?«

»Ich durfte die Geschichte selbst nicht erwähnen«, erklärte Nick eifrig. »Aber es war wichtig, zu sehen, wie Didi darauf reagierte. Raimund hatte den Fall im Zusammenhang mit anderen, ebenso tragischen Fällen bereits kurz skizziert. Ich konnte mich also darauf beziehen, ohne Verdacht zu erregen. Raimund aber kapierte sofort, dass ich bewusst auf diese Geschichte zusteuerte und vielleicht sogar mit ihr in Verbindung stand. Inzwischen weiß er, weshalb ich und Willi hierher gekommen sind. Er hat mir versprochen, sich des Kükens anzunehmen – was immer das auch heißen mag.«

»Wenn er dir da mal nicht die Wurst vom Brot nimmt«, warnte Judith.

»Zweifelst du an seinen guten Absichten? Er wollte Didi schützen, hat ihn nicht verraten, gibt sich mit ihm ab ...«

»Als Psychologe taugt er nichts«, platzte Judith dazwischen. »Sollte es ihm gelingen, Didi mit seinen wirren Thesen vollzukleistern und damit auf andere Gedanken zu bringen, mag mir das Recht sein. Trotzdem ist er mir irgendwie suspekt.«

»Hältst dich also selbst für eine Psychologin«, trieb Nick sie in die Enge. Doch Judith wollte ihm nur verdeutlichen, dass sie genug Menschenkenntnis besaß, sich solche Urteile erlauben zu dürfen.

»Wie ist dein Experiment mit Didi ausgefallen?«, wechselte sie das Thema.

»Anders als erwartet«, bekannte Nick. »Ich dachte, er würde im Laufe von Raimunds Bericht die Nerven verlieren, ihn anflehen zu schweigen, aus dem Haus stürmen oder sich offenbaren. Nichts dergleichen. In sich hineingefressen hat er alles und schwelgt jetzt vielleicht in wehmütigen Erinnerungen.«

»Umso vorsichtiger sollten wir uns verhalten. Dir kann ich ja vertrauen, aber ...« Sie zögerte ein wenig, weil sie Nick nicht verärgern wollte. »... aber Karsten macht mir Angst. Hast du nicht gesagt, er hält Didi für einen Lügner?«

»Du musst zugeben, dass Renates Verschwinden äußerst mysteriös ist. Solange ihre Leiche nicht geborgen ist, bleibt ... na, sagen wir mal ein dickes Fragezeichen im Raum stehen. Alles stützt sich auf Didis Aussage, die man weder widerlegen noch bestätigen kann.«

»Und wenn Karsten, wie ehedem sein jüngerer Bruder Roland Litowski, danach trachtet, Didi für sein Versagen zu strafen?«

»Er wird nichts gegen meine Anweisungen unternehmen«, versicherte ihr Nick und stand auf, um mit einigen Schritten etwas Wärme zu tanken. Judith indessen blieb regungslos sitzen.

»Eine bodenlose Frechheit, Didi nur den Schimmer von Unwahrheit zu unterstellen«, ärgerte sie sich. »Sein Leben lang wird er unter diesem Unglück zu leiden haben.«

»Hat er es dir erzählt?«, fragte Nick. Sie bejahte, stand auf und schaute durch den sich öffnenden Nebelschleier zur Pizzini-Hütte, die 150 Meter unterhalb von ihnen bereits im Sonnenlicht glänzte. »Es wird Zeit, zurückzukehren, bevor die anderen Gerüchte über uns in die Welt setzen«, sagte sie.

Als sie gemeinsam die Hütte betraten, verrichteten Raimund und Dieter gerade den Abwasch. Mary war eine halbe Stunde zuvor zurückgekommen, während Berti und Tschiko sich noch ein Stück durch den Tiefschnee graben wollten. Jetzt brannte die rassige Abiturientin darauf, Neuigkeiten von ihrer enttarnten Geheimagentin zu erfahren. Sie verabredeten sich zu einem Plausch auf der Veranda und blieben dort ungestört. Judith berichtete ihrer Schwester eine falsche Mär von friedliebenden Leuten, deren seltsame Äußerungen zu Missverständnissen geführt hätten.

»Nick hat uns bespitzelt, weil er uns für leichtsinnige Draufgänger hielt. Er befürchtete, in eine Rettungsaktion verwickelt zu werden und nachher für alle Pannen geradestehen zu müssen. Andererseits zieht er selbst mit diesem unerfahrenen Willi herum, was ich ihm eben auch vehement vorgehalten habe. Nick sah schließlich ein, dass er sich etwas überheblich benommen hat und versprach, nicht mehr an unseren Entscheidungen herumzumäkeln.«

So die Essenz von Judiths Report. Da Mary keinen Grund sah, angelogen zu werden, nahm sie die Informationen widerspruchlos zur Kenntnis und dankte der großen Schwester für ihre Hilfe. Nicks selbstherrliche Art, den Oberaufseher zu spielen, hatte Mary hingegen tief in ihrer Würde verletzt. Deshalb behandelte sie ihn nun noch distanzierter als zuvor.

Dank der Wetterbesserung packte die frustrierten Abenteurer erneut das Gipfelfieber. Sollte sich das angekündigte Zwischenhoch zum Bleiben entschließen, stand ein glücklicher Fortgang ihrer Bemühungen in Aussicht. Schon wurden eifrig Pläne für den Aufstieg zur Casati-Hütte geschmiedet, in die sich Berti und Tschiko nach ihrer Rückkehr einklinkten. Tschiko steckte sich einen Knopf ins Ohr und hörte Radio

Südtirol: »Voraussichtlich bis Dienstag Sonnenschein und Plusgrade. Weitere Aussichten: Heiter bis wolkig, steigende Temperaturen.«

Ein letztes Mal versammelten sich alle dicht gedrängt um den Tisch in der Stube, deckten diesen mit ihren Landkarten, zückten Stifte als Zeigestäbe und steckten die einzelnen Etappen ab. Ein letztes Mal übten sie Geschlossenheit, ließen die Vernunft sprechen und lieferten konstruktive Beiträge zur Planung.

Wegen der kritischen Schneelage wollte man in zwei Gruppen agieren, wobei der Voraustrupp mit den kräftigen Leuten eine Spur für die Nachhut ziehen sollte. »Homogenisierung« nannte Berti dieses Prinzip.

Anhand von Führerangaben hatte der Bio-Student die gesamte Gratüberschreitung wie folgt ausgetüftelt: »Das Gelände von hier zur Casati-Hütte wird als mittelschwer bezeichnet, was ich für übertrieben halte. Trotzdem müssen wir bei diesen Verhältnissen etwa vier Stunden veranschlagen. Dann kommt ein relativ flaches, vier Kilometer langes Gletscherstück bis zum Steilaufschwung des Cevedale. Dort erwartet uns vermutlich fürchterlich tiefer Neuschnee. Rechnen wir mit viereinhalb Stunden für diese Etappe. Ab dem Cevedale wird der Weg als Grattour für Geübte beschrieben. Wenn der Wind Räumdienst verrichtet hat, dürften es weitere eineinhalb Stunden bis zur Colombo-Biwakschachtel sein. Pausen eingerechnet, ist das an einem Tag nicht zu schaffen, weshalb wir in der Casati übernachten werden. Bleibt noch Zeit, spurt die erste Gruppe ein Stück den Gletscher hoch und kämpft sich am zweiten Tag zum Colombo-Biwak durch. Die anderen haben die Wahl, nach verzögertem Abmarsch aufzuschließen oder dem Voraustrupp eine Etappe Vorsprung zu lassen. Weiter zur Viòz-Hütte rechne ich mit einem Tagesmarsch. Der nächste Abschnitt zum Meneghello-Biwak ist selbst im Sommer nicht unter fünf Stunden drin. Haben wir's geschafft, steht es uns frei, anderntags direkt zur Branca-Hütte und weiter zum Parkplatz abzusteigen oder noch die restlichen Gipfel bis zum Pizzo Tresero abzuklappern. Das würde bedeuten, wir bleiben im Zeitplan und kommen mit den Vorräten gerade so über die Runden.«

»Falls alles klappt«, korrigierte Judith, die Bertis Vorhaben für utopisch hielt, denn er ging dabei von fünf Schönwettertagen aus.

Nun wurden die Marschgruppen eingeteilt. Berti bildete gemeinsam mit Mary und Tschiko das Vorauskommando. Raimund, der über den Eisseepass ins Suldental zurückkehren wollte, würde bis zur Casati-Hütte bei ihnen bleiben. Nick sollte die zweite Gruppe zum Joch bringen, bei guten Bedingungen sogar bis auf den Cevedale – jedoch nur, wenn Willi mitkam.

Auf Nicks Anweisung hin hatte der Computerfachmann zwei kleine Funkgeräte mitgenommen, da Handys hier nur bedingt funktionierten. Es waren handliche Geräte, die in einer Jackentasche Platz fanden. »Für Notfälle, falls wir uns plötzlich trennen müssen«, erklärte Willi den Sinn dieser Mitbringsel. Ein Gerät sollte Berti übernehmen, damit er gleich die Lage am Gletscher schildern und auf Gefahrenpunkte hinweisen konnte. Was an Proviant nicht in ihren Rucksäcken Platz fand, durfte konsumiert werden. Einen Teil schenkten sie Raimund, dessen Vorräte auf ein Säckchen Müsli und zwei Schokoladenriegel geschrumpft waren.

Am frühen Abend schon verpackten die Nestschlüpfer, was sie für den Rest ihres Aufenthaltes nicht mehr benötigten, und legten sich sehr früh zur Ruhe. Sie wollten gegen fünf Uhr aufbrechen, um auf gefrorenem, griffigem Schnee marschieren zu können. Aber in dieser Nacht hielten sich die Temperaturen bis 3000 Meter über null Grad.

Kurz vor Einbruch der Dunkelheit gelang es Judith endlich, Willi Specht aus dem Haus zu locken. Er hätte sich lieber im Schlafsack neben dem glühenden Ofen zur Ruhe gebettet. Jetzt trottete er neben der Studentin die Fahrstraße abwärts, so weit die Spur es zuließ, und wartete ungeduldig, was sie ihm Wichtiges zu sagen hatte.

»Entschuldige, wenn ich dich weiterhin Willi nenne. Das sitzt mir schon auf der Zunge«, begann sie und versuchte, ein wenig Herzlichkeit zu verbreiten. »Nick konnte mich von seinen … euren guten Absichten überzeugen.« Sie zögerte für die Dauer einiger Schritte, wartete vergeblich auf Widerspruch und entschied sich dann, das heikle Thema sofort aufzutischen: »Aber Nick sagt, du hättest Zweifel an Didis Aussagen.«

Daraufhin holte Willi erst tief Luft. »Musste dir der Kerl das unbedingt unter die Nase reiben?«, knurrte er.

»Es ehrt ihn, dass er es tat. Begründe bitte deine Zweifel!«

Willi sortierte in Gedanken die Fakten und wiederholte, was er beim ersten Besuch in dieser Gegend bereits mit seinem Bruder Roland erörtert hatte. Im Gegensatz zu ihm leuchteten Judith die Argumente nicht ein. »Auch andere Verunglückte sind nie gefunden worden«, setzte sie schroff dagegen. »Bedenke, sie hatten Nebel. Es gibt dort Hunderte von Spalten und der Wind hat viele wieder mit Schnee verschlossen.«

»Weshalb aber verzichtete der als Sicherheitsfanatiker verschriene Dieter auf Seilsicherung?«

»Weil sie es eilig hatten.«

Judith wusste, dass es zwecklos war, Willi von seinen fixen Ideen abzubringen, so wie er wusste, dass seine Beweisführung nicht ausreichte, um ernste Zweifel in ihr zu entfachen. Aber die Mathematikstudentin wollte sich zumindest alles durch den Kopf gehen lassen.

»Ich wäre sogar glücklich, wenn man mich des Irrtums überführen könnte«, gestand Willi nun mit ungewohnt freundlicher Stimme. »Sollte ich aber Recht behalten, wird Dieter spätestens auf der Casati-Hütte von seiner Vergangenheit eingeholt, wird aufplatzen wie ein Cocon und sein verfaultes Inneres zum Vorschein bringen. Kein Mensch besitzt die Kraft, sich ewig zu verstellen.«

»Du vergisst, dass er freiwillig zurückgekehrt ist. Würde er sich wissentlich der Gefahr einer Enthüllung aussetzen?«, bemerkte sie, und der Mann an ihrer Seite nickte zustimmend: »Das macht mich ein wenig stutzig. Aber vielleicht empfindet Dieter alles, was hier geschehen ist, als Traum.«

»Ich glaube eher, das trotzige Jetzt-erst-recht-Gefühl hat ihn zurückgetrieben.«

Fast hatten die beiden das Winterlager erreicht, als Willi seine Begleiterin mit einer Bemerkung überraschte: »Ihm geht es doch gar nicht um die bergsteigerische Herausforderung. Weißt du, dass Dieter sich euch erst anschloss, als deine Zusage fix war?«

Judith zuckte kurz zusammen. »Vielleicht benötigt er eine, die er notfalls ins Vertrauen ziehen kann. Immerhin hat er mir ganz offenherzig erzählt, was ...«

»... weil du ihn dazu gezwungen hast«, unterbrach er sie mit einem überlegenen Grinsen. »Verdammt, ja!« herrschte ihn Judith an.

Fast im Laufschritt entfernte sie sich von Willi, der ihr noch zurief: »Ich hoffe, du denkst sehr genau über unser Gespräch nach.«

Höhenluft schnuppern

Am Morgen des 5. Oktober herrschte die gewohnte Nebelsuppe im Val di Cedec, aber ein strammer Wind mühte sich, sie über die Grate zu blasen. Um die Pizzini-Hütte fächelte er noch moderat und schien die versprochene Schönwetterperiode einzuleiten. Der Luftzug äußerte sich durch gelegentliches Poltern im Gebälk.

Gegen vier Uhr klingelte der Wecker des Vorauskommandos. Ausgeschlafene, tatendurstige Gestalten griffen schnell nach den bereitgelegten Klamotten. Wie Schwerterklingen kreuzten sich die Lichtkegel zweier Taschenlampen und erhellten die in Dunkel getauchte Behausung. Raimund verschaffte sich mit einer Kerze aus Bienenwachs den nötigen Durchblick. Nick schreckte kurz hoch, bis ihm die angenehme Erkenntnis kam: Er gehörte ja zu den Auserwählten, die noch zwei Stunden liegenbleiben durften. Auch Dieter öffnete kurz die Augen, sah dem Treiben eine Weile zu und aalte sich in Wohlbehagen.

»Verhaltet euch ruhig! Da wollen noch Leute schlafen«, mahnte Raimund. Mary genoss die klamme Frische, reckte und streckte sich und schulterte ihre Toilettentasche. Während sie sich am Waschplatz mit eiskaltem Wasser säuberte, verstaute Berti Kompass, Höhenmesser und Landkarte in seiner Deckeltasche. Dann rüttelte er Nick wach. Dieser hatte sich schlafend gestellt, weil er wusste, was nun folgte:

»Auf zum Funkgerätetest!«, forderte Berti. Der E-Technik-Student schnurrte wie ein heiserer Kater, holte sein Walkie-Talkie mit einem blinden Griff von der oberen Matratze und blies hinein. »Geht.«

»Schalt erst mal auf ON! Ich verschwinde schnell hinter der Hütte. Welchen Kanal wählen wir?«

»Es gibt nur einen«, erklärte Nick lustlos.

Im übrigen fiel der Test positiv aus. Raimund vertilgte zwei Scheiben Zwieback und schluckte kalten Schwarztee mit einer Multivitamin-Tablette. Dieses Kraftfutter brachte ihn so in Schwung, dass er unverzüglich aufbrechen wollte. »Da kann ich gleich die Spur ein Stück weiter ziehen und euer Fortkommen erleichtern«, begründete er sein Vorhaben und verabschiedete sich von Nick per Handschlag. Mit erhobenem Daumen salutierte er Dieter, der ihm ein leises »Servus« zuflüsterte. Dann verschwand Raimund ohne Unterstützung einer Lampe im Dunkeln.

»Ein bescheidener Abgang für den Mann starker Worte«, murmelte Nick und gab Berti Anweisungen: »Du meldest dich zu jeder vollen

Stunde mit einem genauen Lagebericht. Fünf Minuten zuvor bis fünf Minuten danach bin ich empfangsbereit. Spätestens um neun Uhr erwarte ich euch auf der Casati-Hütte. Dort testet ihr gleich die Schneelage am Gletscher und gebt Bescheid, ob wir nachkommen können.«

Eine halbe Stunde später – pünktlich um fünf Uhr – zogen die Drei des Vorauskommandos von dannen und leuchteten mit ihren Funzeln wie Bergmänner im Schacht durch die Nacht. Der Morgen würde erst grauen, wenn sie schon im Tiefschnee badeten.

Nick war aufgeblieben und fand Zeit für seine Vorbereitungen. Als Schocktherapie zum Ankurbeln des Kreislaufs planschte er im Cedec-Bach. Als er sich einen Schwall Wasser über Brust und Rücken gespült, kurz die Arme benetzt und mit Schnee die Müdigkeit aus dem Gesicht gerieben hatte, fühlte er sich erfrischt wie schon lange nicht mehr. Ein Blick nach oben hob die Stimmung des Münchners erneut, denn zwischen den Nebelschwaden kamen plötzlich Sterne zum Vorschein.

Den Rest der nächsten Stunde verbrachte er mit Einheizen und Teekochen. Er brühte eine kleine Portion für den eigenen Bedarf auf. Fünf Minuten vor sechs Uhr fuhr er die Antenne des Funkgerätes aus, knipste das Gerät auf ON und hielt es dicht an sein Ohr. Vier Minuten später meldete sich eine krächzende, aber gut verständliche Stimme aus dem kleinen Lautsprecher.

»Berti an Nick, Berti an Nick, bitte melden! Kommen.«

Nick betätigte die Sprechtaste und antwortete in gemäßigter Lautstärke: »Nick an Berti. Ich hab's angenehm warm hier. Wie geht's euch? Kommen.«

»Sind jetzt am Ende der gestern gezogenen Spur angelangt. Der Schnee ist ziemlich pampig. Raimund wühlt knapp 100 Meter über uns und macht keinen besonders glücklichen Eindruck. Zumindest haben wir ihn mehrmals laut fluchen hören. Kommen.«

»Er wollte ja unbedingt den Vorreiter spielen. Grabt ihn aus und meldet euch um sieben Uhr wieder. Alles klar? Kommen.«

»Klar. Kommen und Ende.«

Die Dinge waren in Bewegung gekommen und rollten nach Nicks Pfeife, was ihn mehr erwärmte als der heiße Tee. Mit dem Hocker vor dem Ofen wippend meditierte er lange vor sich hin, bis sich Schritte der Zwischentür näherten.

»Morgen, Nick!«, begrüßte ihn Judith, die ihren schwarzen Jogging-Dress angezogen hatte und ein wenig zerknittert aussah. Auf den jetzt fast farblosen Backen der Frau gruben sich deutliche Falten ein. Nick erwiderte ihren müden Gruß ebenso müde und nahm die Füße vom Ofen, weil er sich seiner flegelhaften Haltung bewusst war.

»Wird ja schon richtig warm hier«, lobte sie ihn.

Er deutete auf den freien Platz neben sich. »Willst du Tee? Ein halber Napf voll ist noch übrig«, bot er ihr an und zeigte mit seiner Nase auf den dampfenden Topf.

»Gerne.« Aber statt zum Topf griff sie nach Nicks Tasse und trank daraus, was er mit einem emotionslosen »Passt schon« quittierte. Den Platz an seiner Seite hingegen schlug sie aus.

»Bin extra früher aus den Federn gekrochen, um mal ungestört mit dir quatschen zu können«, sagte sie. »Komm mit auf die Terrasse!«

»Sooo wichtig?«

Sie nahm ihre Bergjacke vom Haken und schlüpfte hinein. Nick, der seine Ausgehtracht ebenfalls griffbereit hatte, folgte ihrem Beispiel und ihren Fersen. Bald kauerten beide im beginnenden Morgengrauen auf der Holzbank. Doch ihre traute Zweisamkeit währte nicht lange, denn Judith steuerte gleich auf das Wesentliche zu und erzählte von ihrem Gespräch mit Willi.

»Ich bin an der Wahrheit genauso interessiert wie er«, endete sie, »und bin gerne bereit, deinen Gefährten nach besten Kräften zu unterstützen. Dafür verlange ich, dass er ab jetzt seine Finger aus dem Spiel lässt.«

»Das ist kein Spiel, sondern ein hochexplosiver Job, bei dem es einzig um Didis Sicherheit geht«, stellte Nick klar. »Willi wird unser Küken in keiner Weise bedrängen oder belästigen.«

»Auch ich will nur euer Küken hüten. Zu mir hat es Vertrauen.«

Währenddessen deutete sie zum Wintergebäude. »Willi darf auf keinen Fall zur Casati-Hütte mitkommen. Falls er dort oben anfängt, Didi ins Kreuzverhör zu nehmen, bringt er ihn wahrscheinlich ins Grab.«

»Er wird hier die Stellung halten«, versicherte Nick.

Jetzt lächelte Judith wieder. Gerne hätte sie mit ihm am Aussichtsplatz den hereinbrechenden Tag bis zum ersten Sonnenstrahl abgewartet. Doch konnte Dieter jeden Augenblick zum »Frühsport« um die Ecke biegen und ein Komplott gegen ihn vermuten, wenn er sie hier so einträchtig sitzen sah. Deshalb kehrten sie unverzüglich in den Vorraum der Hütte zurück, um sich mit nützlichen Tätigkeiten die Zeit zu vertreiben.

Willi fühlte sich an diesem Morgen fiebrig und geschwächt. Im Hals schien ein Korken zu stecken. Vielleicht täuschte er den Schnupfen auch nur vor, als er seine Stofftaschentücher nässte, keuchende Laute von sich trötete, mit belegter Stimme näselte und bei jedem Atemzug schniefte und schnupfte. Fröstelnd schlich er durch den Raum, obwohl er eine doppelte Lage Kleider angezogen hatte. Nick meinte, wenn es denn wirklich so schlimm sei, müsse Willi das Lager verlassen und in Bormio einen Arzt aufsuchen. Der schwerfällige Programmierer zauberte daraufhin allerlei Pillen und Säftchen aus seiner Bergsteiger-Apotheke und pumpte sich mit brühend heißem Tee voll. Sogar die Zipfelmütze behielt er auf und nahm den Platz am Ofen in Beschlag. Hin und wieder ein Scheit ins Feuer zu schieben, dazu reichte seine Kraft gerade noch.

»Wenn ich mich warm halte und gut kuriere, wage ich morgen den Aufstieg zur Casati-Hütte«, sagte er in einem unbeobachteten Moment zu Nick.

Jener brachte seinem Partner bei, er werde notgedrungen weiter die Rolle des Kranken spielen müssen. »Der Weg ist zu beschwerlich für dich. Trotz der hilfreichen Spur unserer Vorgänger kann ich es nicht verantworten, dich mitzunehmen«, versuchte er ihm einzureden.

»Pah! Das sagst du bloß so, weil dich diese Dirne …«

»Nun mal halblang.«

Nick nahm neben Willi Platz und schloss die Ofenklappe, denn die Hose des Kranken wurde an den Knien bereits angesengt.

»Erstens heißt sie immer noch Judith, zweitens hat mir Berti vorhin einen ziemlich ernüchternden Lagebericht über Funk durchgegeben, drittens würdest du dem Küken auf der Casati-Hütte kaum die Zunge lockern.« Der Münchner konnte so offen sprechen, weil Dieter und Judith im Lager mit einer Putz- und Aufräumaktion beschäftigt waren.

Ihm war es ganz lieb, dass die Uhr auf neun zuschritt, weil sich der eifrige Berti bald wieder melden musste. Kaum hatte er die Antenne ausgefahren und das Gerät eingeschaltet, kündigte schon ein schriller Dauerton aus dem Plastikgehäuse den Funkspruch an.

»Berti an Nick, bitte melden! Kommen.«

»Hier Basislager. Gib Informationen! Kommen.«

Während des folgenden Berichts verstummte auch Willis Husten, da die Nachrichten keinerlei Grund zu Freudentänzen gaben. Auch Judith und Dieter postierten sich in Lauschpose hinter Nick.

»Wir sind seit etwa 20 Minuten oben auf der Casati-Hütte«, begann Berti. »Das Winterlager besteht aus einem kleinen Nebengebäude – unten Gaststube, Trockenraum und Küche, im Dachgeschoß etwa 25 bequeme Schlafplätze. Holz ist reichlich vorhanden. Aber ohne Raimunds Universalschlüssel wären wir ziemlich belämmert dagestanden, weil das Hauptgebäude und unsere Behausung rundherum wie eine Festung verriegelt waren.«

»Wer blind darauf vertraut, was in seinen veralteten Hüttenbüchern steht, braucht sich nicht zu wundern«, redete Nick dazwischen, ohne ein »Kommen« anzufügen. Als Folge gab's Verständigungsprobleme, die erst Raimund als erfahrener Funksoldat beheben konnte: Er knallte den Leuten im Basislager einen penetranten Rufton um die Ohren und brüllte dann die Aufforderung zum Sprechen ins Mikrophon.

»Hier Nick. Kommen«, meldete sich der Münchner.

»Hier Raimund. Entschuldige. Ich hab vergessen zu sagen, dass ich das Winterlager selbst abgeschlossen hatte. Bis Dezember kommt da gewöhnlich keiner mehr rein. Kommen.«

»Schon gut. Wie war der Aufstieg?«

»Wir mussten teilweise gewaltig buddeln. Oft sind wir nicht einmal an das Sicherungsseil herangekommen. An den steilsten Stellen haben wir euch Stufen getreten und zur Orientierung Schneehäufchen errichtet. Die Spur wird – sofern der Wind in der Flanke nicht gravierend anschwillt – bis morgen halten. Leider hat's hier oben in den vergangenen Tagen etwa einen Meter Neuschnee hingedonnert, was euch jeden Schritt zur Qual macht. Und die tückischen mittelgroßen Spalten sind verdeckt. Also Vorsicht! Wir haben freie Sicht und Sonnenschein bei Temperaturen um minus drei Grad. Dazu pfeift ein strammer Ostwind, der uns die eigentlichen Probleme beschert, denn es würde nichts nützen, euch eine Spur im Gletscher zu ziehen. Sie wäre im Nu wieder zugepustet. Kommen.«

»Wir müssten also direkt hinter euch marschieren, um Vorteile zu haben? Kommen.«

»So ist es. Kommen.«

Nun gab der Einzelgänger die aktuelle Wettervorhersage durch. Demzufolge sollte der Sturmwind, der das Tiefdruckgebiet fortgeschoben hatte, im Laufe der kommenden Nacht auch in den Hochlagen vollständig abklingen. »Ab morgen macht der Altweibersommer seine Aufwartung. Zwei bis drei Tage gibt's bombastische Fernsicht und 20 Grad in der Sonne als Belohnung für euer geduldiges Ausharren. Maria und Tschiko wollten eigentlich gleich weiterziehen, aber ich konnte sie zum Bleiben bewegen, da sie heute allenfalls bis zum Cevedale kämen. Sie machen gerade die Probe aufs Exempel und robben ein Stück den Gletscher hoch, um ihre Geschwindigkeit zu ermitteln. Kommen.«

»Also bleibt ihr diese Nacht auf der Casati-Hütte? Kommen.«

»Was die drei jungen Leute betrifft, ja. Ihr könnt morgen früh nachkommen und findet dann eine griffige, weil angeeiste Aufstiegsspur vor. Ich hingegen zieh heute noch über den Eisseepass zur Schaubach-Hütte. Den Schlüssel zum Wintergebäude der Casati könnt ihr später bei der Bergwacht Bormio für mich hinterlegen. Kommen.«

»Dann wird dein Kommen also ein Gehen, Raimund«, seufzte Nick mit etwas Wehmut.

Raimund übergab das Gerät wieder an Berti, der sich nach der Stimmung im Lager erkundigte.

»Bedrückt, weil wir einen weiteren Tag warten müssen«, sagte Nick. Plötzlich riss ihm Dieter das Kästchen aus der Hand: »Wir könnten gleich zu euch hochkommen und morgen eine gemütliche zweite Etappe folgen lassen. Wie wäre das?«

»Jetzt ist die Aufstiegsspur zu weich. Und gegen Mittag drohen sogar Lawinen, sagt Raimund. Ihr bleibt besser unten. Kommen.«

Nick, der dem Küken das Funkgerät wieder entriss, würgte das Gespräch ab: »Melde dich in drei Stunden wieder. Ende.«

»Du kannst uns doch hochführen«, beharrte Dieter, dessen Laune zu einer Beerdigung gepasst hätte. Nick erinnerte an Willis angeschlagene Gesundheit: »Ich darf ihn nicht alleine hier zurücklassen. Vielleicht kommt er bis morgen soweit auf die Beine, dass er uns begleiten kann.«

»Das wäre auch in meinem Interesse«, bekräftigte Willi, der gleich etwas munterer wirkte. »Schließlich hat mich Nick zum Bergwandern eingeladen. Normalerweise müsste er euch den Laufpass geben, statt sich auf dieses Wahnsinnsmanöver einzulassen.«

»Es war ausgemacht, dass er mit uns hochlatscht!«, grollte Dieter. Nick beruhigte den Giftzwerg, indem er klarstellte, er werde sein Versprechen halten und die Nachhut am nächsten Morgen zur Casati-Hütte führen. »Sollte Willi krankheitsbedingt ausfallen, bleib ich auch für den Rest der Tour bei euch.«

Lange kaute Dieter an dieser Abfuhr, zog sich demgemäß wie ein bockiger Lausebengel in sein privates Eck zurück, schwieg ein Weilchen, strafte alle mit Nichtbeachtung, grübelte, flüsterte mit sich selbst, trommelte den Staub aus der Matratze und spielte Karten mit einem imaginären Gegner. So weckte er Appetit auf ein kärgliches Mittagsmahl, betätigte sich danach als Höhlenforscher im Schlafsack und fand letztlich zwei Stunden Ruhe.

Auch Willi verschwand nach dem Essen in seiner Koje, während Nick im beheizten Vorzimmer Fachliteratur schmökerte. Einzig Judith nutzte das freundliche Wetter zu ausgiebigen Spaziergängen in die nahe Umgebung.

Berti fühlte sich alles andere als wohl, seit Raimund weitergezogen war. Der uniformierte Sonderling hatte ihm mit seiner Pranke beim

Abschiedshandschlag beinahe die Finger zermalmt und einen leidenschaftslosen Rat hinzugefügt: »Passt gut auf euch auf, denn der Berg lässt nicht mit sich scherzen.« Selbst als er den Schnee durchpflügte und sicher unterhalb der Ostflanke zur Suldenspitze dem Eisseepass zustrebte, wirkte er wie ein Fels im reißenden Gebirgsbach. Bei jedem seiner kraftgeballten Schritte spritzte das weiße Pulver in die Höhe.

Hinter dem Nebengebäude blickte ihm Berti lange nach. Ihn beschlichten Zweifel an der Richtigkeit seiner Entscheidung, die Gruppe zu teilen. Er sog die dünner gewordene Luft in sich ein und rieb sich mit Schnee das Salz von der Stirn. Aus dem Rest in seiner Faust presste er einen eisigen Ballen, bis das Schmelzwasser zwischen den Fingern tropfte. Die kräftigen Sonnenstrahlen erzeugten schon kleine Rinnsale am Dach der Hütte. Überall, wo er und Raimund den Schnee weggeschaufelt hatten, glänzten Pfützen.

Mit polternden Schritten kehrte Berti in die Gaststube zurück und blickte sich um. Zwei mit Stühlen beladene Tische hatte das Vorauskommando abgeräumt. Weitere überzählige Sitzgelegenheiten stapelten sich entlang der Rückwand, was viel Platz im sonst sehr beengten Raum schaffte. Utensilien aus ihren Rucksäcken bedeckten einen der beiden Holztische; auf dem anderen standen Teller und Besteck für die Mahlzeit bereit. Eine spartanische Sitzbank bot warme Plätze direkt vor dem Ofen, wenn er denn schon eingeheizt wäre. Auch Axt, Schürhaken, Papierabfälle, Kartonagen und dürre Äste fanden sich dort. Zum Feuern hatte Raimund bereits ausreichend Holz in einer Kiste hereingebracht. Für Selbstversorger gab es Töpfe und Pfannen, Blechbesteck, Kerzen und weitere für die Küche unentbehrliche Gerätschaften. Als Sitzkissen dienten Decken aus dem Lager. Alpenländische Gemälde und Fotografien zierten die holzvertäfelten Wände der Gaststube und verliehen ihr diese rustikale Gemütlichkeit, wie man sie in vielen Berghütten vorfindet. An einem Fenster mit Blick zum Monte Cevedale waren die Läden geöffnet worden. Das genügte, um den Raum ausreichend zu beleuchten. Die abgeschlossene Verbindungstür zur Küche war mit einer Theke gekoppelt. Raimund hatte strikte Order gegeben, diesen Raum, der nur den Wirtsleuten zur Verfügung stand, nicht zu betreten.

Eine schmale, steile Holztreppe führte unter das Dach, wo zwei Schlafräume zehn und fünfzehn Plätze bereithielten. Wer an den Wolldecken schnupperte, konnte sich von deren Frische und Sauberkeit überzeugen. Sie waren offenbar nach Saisonende ausgetauscht oder gewaschen worden. Ohne zusätzliche Schlafsäcke boten die Decken jedoch keinen ausreichenden Schutz vor der enormen Kälte, die sich nachts hier drinnen breitmachen würde – es sei denn, man wickelte sich in ein halbes Dutzend von ihnen. Nach einem Liegetest auf den Matratzen nickte Berti zufrieden. Er öffnete die Läden der kleinen Fenster in beiden Räumen, ließ einen Schwall von Sonne erwärmter Luft herein und stieg dann wieder ins Parterre, um nach den beiden »Schneefressern« Ausschau zu halten.

Die waren, nachdem sie sich knapp einen Kilometer weit dem Cevedale entgegen gewühlt hatten, erschöpft und trotz guter Beinkleider bis an die Hüften durchnässt umgekehrt. Mit finsteren Mienen schwankten sie in ihrer schmalen Spur. Diese hatte der böige Wind nahe der Casati-Hütte bereits wieder eingeebnet.

Berti – aufs Geländer der Sonnenterrasse gestützt – schaute ihnen zu, wie sie sich mühten. »Hast du den Ofen inzwischen flott gemacht?«, fragten sie ihn auf den letzten Metern. Er verneinte. »Würdest du das bitte erledigen? Wir machen uns schnell ein wenig im Schnee frisch und helfen dir dann beim Kochen, ja?«

Was blieb ihm anderes übrig, als ihrem Wunsch nachzukommen? Müßig, sich zu erkundigen, wie der Test im Gletscher verlaufen war, müßig auch, letzte Grüße und Ratschläge des Einzelgängers zu übermitteln. Berti gewann die Gunst der beiden nur, wenn er sie alleine ließ und den verständnisvollen Kameraden mimte. Also begab er sich zum Nutzen der Gemeinschaft in die Wohnstube und verrichtete seinen Dienst.

Unterdessen rissen sich Mary und Tschiko hinter dem Haus die Kleider vom Leib und schwammen eine kleine Runde durch den »Schneepool«, bis sie gellende Schreie ausstießen. Aber erst, als der eisige Puder an ihrer krebsroten Haut zu Wassertropfen mutierte, rubbelten sie sich mit den Handtüchern trocken und schlüpften schnell in frische Kleider.

Gemeinsam brachten sie den Ofen innerhalb einer Stunde zum Glühen, denn an Holz brauchten sie auch hier nicht zu sparen. Raimund hatte mehrere Kisten mit Brennmaterial in der Diele aufgetürmt.

Bald entspannte sich das Verhältnis der drei ungleichen Bewohner. Die Liebenden beschränkten sich auf Hände halten und leichte Streicheleinheiten. Bis der Raum auf erträgliche Temperatur gebracht war, saßen sie Schulter an Schulter vor dem Ofen. Sie erörterten den weiteren Weg am Grat, schwätzten über Raimunds Eigenheiten und ließen die Zeit beinahe ungenutzt verstreichen, denn der Abend war noch weit.

Berti schickte über Funk einen Lagebericht zur Pizzini-Hütte und schaffte rechtzeitig vor Einbruch der Dunkelheit seine Habseligkeiten in das kleinere der beiden Schlafzimmer, welches er für das gemütlichere und wärmere hielt. Er wählte den Platz an der Innenwand und breitete seinen Schlafsack darauf aus, nachdem er ihn heftig geschüttelt hatte, damit sich die Daunen lockerten. Kaum war er zurück in der Stube, folgten Mary und Tschiko seinem Beispiel, zogen jedoch ins andere Zimmer ein. Besorgt untersuchte Berti später die Dicke der Zwischenwand und schätzte sie als sehr hellhörig ein. Sogar aus der Stube drangen die Gespräche noch dumpf zu ihm herauf.

Er hatte keinen Hunger und zwang sich, seinen Mitbewohnern am Tisch Gesellschaft zu leisten. Die fütterten sich gegenseitig mit Käsebrot-Häppchen und tranken Tee aus einer gemeinsamen Tasse. Später kuschelten sie sich auf eine Bank in der Ecke – der Junge mit aufrechtem Oberkörper, in seinem Schoß Marys Kopf. Berti wandte ihnen den Rücken zu und suchte einen Vorwand, sich verdrücken zu können. Schließlich empfahl er sich mit den Worten, er wolle ein wenig »Gassi gehen«.

Ihn wunderte, dass der Wind auch zur Abendstunde noch anhielt. Zwar pfiff er nicht in Orkanstärke, hatte aber seit dem Vormittag kaum nachgelassen. Wer die Ohren spitzte, hörte sogar den feinkörnigen Schnee auf dem Untergrund entlang rieseln. Der Gletscher heilte seine Wunden, die ihm an diesem Tag zugefügt worden waren. Die Spur hatte sich längst geschlossen.

»Morgen wird es still sein«, sprach Berti mit sich selbst. Er roch den Eiswind und starrte zu den kleinen Zapfen an der Dachrinne hoch. Selbst die Pfützen am Pflaster waren zu harten Fliesen erstarrt. »Morgen bahnt uns die Sonne einen Weg, und wir werden wieder ein Team.«

Nach einem Gang rund um das gut 300 Gäste fassende Hauptgebäude kehrte der blonde Recke zurück ins Haus, wobei er bewusst laut mit den Schuhen polterte und die Eingangstür fast mit Gewalt schloss. Er ließ sich viel Zeit, bevor er die Türklinke zur Gaststube in die Hand nahm. Wären drinnen nicht noch Utensilien gelegen, die er im Matratzenlager benötigte, er hätte gleich den Weg nach oben eingeschlagen.

Mary und Tschiko lagen weiterhin so einträchtig da, wie er sie verlassen hatte, tief versunken in ihren sanften Regungen, die nichts Anstößiges hatten und dennoch so verletzend auf den Biologiestudenten wirkten. Er murmelte »Hallo« und sammelte seine Gerätschaften. »Habt ihr seit Mittag noch einmal Nachrichten gehört?«, wollte er wissen. Tschiko verneinte.

»Der Wind macht mir Sorgen«, raunte Berti mit einem prüfenden

Blick zum Ofen, der wieder gefüttert werden wollte. »Ich würde gern zur nächsten vollen Stunde die Nachrichten hören, wenn's genehm ist. Sagt mir nur, wo der Walkman steckt. Ich hol ihn mir selbst.« Tschiko erwiderte, er wolle noch Musik mit seiner Kleinen lauschen und werde pünktlich den aktuellen Wetterbericht abhören. »Wenn was anderes als heute Mittag gemeldet wird, geb ich dir Bescheid«, versprach er.

Berti konnte sich damit abfinden, zumal die Entscheidung bereits gefallen war: Nick hatte auf den vorgezogenen Abmarsch verzichtet – vermutlich seinem kränkelnden Freund zuliebe. Also würde Berti die Nacht im Einzelzimmer verbringen, verschont von Schnarchern und dem Gestank feuchter Socken. Er bettete sich so bequem wie möglich, schloss die Augen und wartete vergeblich auf Schlaf. Länger als drei Minuten ertrug er es in keiner Position, wälzte sich nach links, nach rechts, auf den Bauch, auf den Rücken und wusste dabei nie, wohin mit den Armen. Mal wurde ihm heiß und er öffnete den Reißverschluss, mal zog es ihn tief in die Höhle, mal pochte das Herz im doppelten Takt, mal bekam er kaum Luft, mal zwang ihn der Durst an die Flasche, mal gärte es im Bauch. Lippen und Stirn begannen zu brennen, denn er hatte tagsüber vergessen, sie einzucremen.

Gegen 21 Uhr hörte er, wie seine Mitbewohner leise die Treppe hochstapften und sich flüsternd unterhielten. Marys Kichern schmerzte in seinen Ohren. Durch das kleine Fenster drang das am Gletscher reflektierte Mondlicht herein. Vielleicht ein Tausendstel von dem, was die Sonne zu geben imstande war, aber hell genug, um alles im Lager erkennen zu können. Ihm widerstrebte es, zu lauschen. Ebenso widerstrebte es ihm, sich seiner Zimmernachbarn wegen die ganze Nacht ein Kopfkissen ans Ohr zu pressen.

Je mehr er versuchte, sich innerlich abzuschotten, umso heftiger drängten die Fantasiebilder jener Vorgänge, die keine drei Meter entfernt abliefen, in seinen Kopf. »Sie wären ja blöd«, sagte ihm seine Vernunft, »blöd, auf mich Rücksicht zu nehmen.« Jede Bewegung, jeden Laut, jedes Wort verfolgte er als unfreiwilliger Gast jenseits der zu einem Blatt Zeitungspapier gewordenen Zwischenwand.

Kurz nach Einbruch der Dunkelheit hatte sich Dieter erneut ans Pakken gemacht. Getrieben von einer beinahe krankhaften Ungeduld sehnte er den kommenden Morgen entgegen, wollte den Wecker sogar auf drei Uhr stellen, damit er pünktlich zum Abmarsch des Voraustrupps auf der Casati-Hütte wäre. Sein Motto »Je schneller, desto besser« verpuffte an Nick, der jetzt den Lagerkommandanten spielte und keinen Widerspruch duldete. Jeden Ansatz einer Diskussion würgte er sofort ab. Dabei stützte ihn der absolute Gehorsam seiner Mitverschwörer Judith und Willi. In diesem Fall sagte ihnen schon der gesunde Menschenverstand, wie gefährlich es sei, bei Dunkelheit durch die Steilflanke zu stapfen. Obgleich die Strecke zum Joch gespurt war, erhöhten sie damit nur unnötig ihr Risiko. So stellte Nick unmissverständlich klar: »Es genügt, wenn wir um sechs Uhr aufstehen. Drei Uhr ist Quatsch.«

Das hinderte Dieter jedoch nicht, schon zur frühen Abendstunde in seinen Schlafsack zu schlüpfen und dem verschnupften Gefährten Willi im Nebenbett eine gesegnete Nachtruhe zu wünschen. Obwohl: beide blieben noch lange wach. Der eine haderte mit dem Schicksal und sehnte sich zurück an den beheizten Arbeitsplatz mit dem geliebten Computer. Der andere grübelte nach den Gründen seiner Schwermut. Letztlich begriff er wie auf das Fingerschnippen eines Hypnotiseurs alle Zusammenhänge: Wann immer Nick und Judith gemeinsam die Hütte verließen, um sich – wie sie ihm einreden wollten – ein wenig die Beine zu vertreten, war er in diese Stimmung verfallen. Jetzt entlarvte er sie als simple Eifersucht.

Währenddessen schlenderten Judith und Nick entlang der Aufstiegsspur und erwärmten sich am Glanz der Sterne. Jedenfalls zeigte Nick als Hobbyastronom aufrichtige Teilnahme an der Lokalisierung der verschiedenen Sternzeichen, die Judith ihm beschrieb. Sie wirkte dennoch ein wenig unterkühlt dabei, zumindest sehr reserviert, als müsse sie achtgeben, ihm nicht zu nahe zu treten. Manch große Leidenschaft begann mit einem romantischem Gang unter dem Sternenzelt. Aber Nicks Interesse an den Wundern der Natur war rein wissenschaftlicher Art.

Nichtsdestotrotz wusste die Mathe-Studentin nach scharfer Beobachtung, dass sie schon seit Tagen eine spürbare Wirkung auf ihren Begleiter ausübte. War es, weil er ihre Hilfe zur Erfüllung seines Auftrags benötigte? Diente sie ihm als taktische Waffe? Sie verwarf diesen Gedanken, bevor ihre Stimmung umschlug, und fragte Nick nach dem eigentlichen Grund ihres Rendezvous.

»Du hast doch bereits einen fertigen Schlachtplan, den du mir verschweigst«, antwortete er gerade heraus. Sie lächelte ihn verschmitzt an, was er nicht sehen konnte, denn ihr Gesicht lag im Schatten des Mondlichts. »Du wirst es wissen, sobald wir oben sind. Du wirst als schlauer Taktiker herausfinden, was dann zu tun ist«, entgegnete sie mit orakelhafter Stimme.

»Das ist kein faires Spiel, Judith.«

»Sicher willst du deinen Auftrag nicht gefährden, aber nachdem sich Didi mir anvertraut hat, fühle ich mich für ihn genauso verantwortlich wie du. Er setzt einen Großteil seiner Hoffnungen in mich – auch wenn er meine Nähe jetzt meidet. Mag sein, er wartet, dass ich noch ein Stück auf ihn zutrete.«

»Weshalb tust du das alles für ihn?«, wollte Nick wissen. Judiths Antwort folgte prompt: »Grob gesprochen aus reiner Menschenfreundlichkeit. Ich bemühe mich, ihn zu verstehen, während andere einzig seine Schuld abschätzen. Selbst du siehst nur den Täter in Didi – wenn auch weniger verbissen, als Willi es tut. Und deshalb kennt mein Vertrauen dir gegenüber Grenzen.«

»Deine guten Absichten hab ich nie bestritten«, stellte Nick klar. »Was mich so verwundert, ist dein selbstloser Einsatz für den Buben. Jeder Mensch mit etwas Grips im Kopf muss zwangsläufig annehmen, dass mehr als reine Fürsorge hinter deinem Eifer steckt.«

»Das hängt mit meiner eigenen leidvollen Vergangenheit zusammen.«

»Du musst nicht darüber sprechen, wenn ...«

»Ich muss wohl, um zu beweisen, dass ich nicht in Didi verknallt bin.«

Nick gefiel sich nicht in der Rolle des Inquisitors, doch Judith begann aus freien Stücken zu erzählen: »Du wirst bemerkt haben, wie sehr ich in Marys Schatten stehe, die von Mutter Natur mit allen Gaben geradezu verschwenderisch ausgestattet wurde: Schönheit, Selbstbewusstsein, Erfolg, Autorität, Willensstärke, Kraft, Geschicklichkeit, Intelligenz, Macht und Glück. Wir lebten im eigenen Haus mit einem großen Garten, nicht im Reichtum, aber finanziell sorgenfrei. Nie drang ein Streit nach draußen, obwohl die Ehe meiner Eltern selten harmonisch verlief.

Nach zwei Jahren am Gymnasium ging ich von der zehnten Klasse ab und verspürte plötzlich den Drang, Gutes zu tun. Also begann ich eine Lehre als Altenpflegerin. Schnell freundete ich mich mit den anderen Pflegeschülerinnen an. Sie rissen mich aus meiner Isolation, mitten hinein ins pralle Leben. Viele der Mädchen hatten schon einen festen Freund und plauderten offen über ihr Liebesleben, während ich mit meinen 17 Jahren noch ungeküsst war. Es lag wohl auch daran, dass ich als junges Ding ein paar Pfunde mehr als heute mit mir herum schleppte und wenig Wert auf gutes Aussehen legte. Aber meine Clique half mir schnell auf die Sprünge und verkuppelte mich mit schüchternen, ebenfalls ungeküssten Jungs.

Ohne mir bewusst zu werden, wie ich immer tiefer in den Schlund der Gosse hinabgezogen wurde, ließ ich mich in meiner Leidenschaft treiben, sprengte die Fesseln vergangener Tabus und lebte mich völlig aus. Klar blieb das nicht ohne Folgen. Erst hielt ich mich mit Tabletten in der Arbeit fit, dann putschten mich härtere Sachen auf. Ein raubeiniger Typ aus dem Kneipenmilieu behandelte mich, nachdem er mich auf schmerzhafte Weise zur Frau gemacht hatte, als persönliches Eigentum. Ich Närrin fühlte mich ihm auch noch verpflichtet, obwohl er mich stets schlug, wenn er betrunken war. Und betrunken war er oft. Als ich schwanger wurde, jagte er mich mit Fausthieben davon.

Nach der Scheidung meiner Eltern entwickelte sich Mary zu Mutters Liebling. Ein Gutes hatte es, denn Vater konnte ich meine anderen Umstände anvertrauen. Doch statt mir zu helfen, sagte er: ›Bade selbst aus, was du dir eingebrockt hast!‹ Er war gar nicht mal wütend oder so, weil er meinen Absturz Mutters schlechter Erziehung zuschrieb.

Was sollte ich nun tun mit der Brut im Leib? Einen Freund suchen, der diese Hypothek übernahm? Aussichtslos. Wer mir schöne Augen machte, wollte ein paar Gramm Rauschgift an die werdende Mutter verschachern. Ich nahm das Heroin gern und pumpte mich damit auf. Nein, den unerwünschten Gast in meinem Bauch zu töten, war nicht meine Absicht. Ich war einfach zu verzweifelt, um auf die teuflischen Glücksbringer verzichten zu können. Eine Laune des Schicksals hielt mich am Leben, während der Kleine – es soll ein Junge gewesen sein – vorzeitig Lebewohl sagte.

Nach einer Therapie kehrte ich wieder in den Schoß der Familie zurück. Stiefvater bemühte sich nach besten Kräften, meine inneren Wunden zu kitten. Er zahlte ein Heidengeld, damit ich das Abitur an der Volkshochschule nachholen konnte.

Am Neubeginn meines Lebens war ich 20 Jahre alt und aller Illusionen enthoben. Ich hatte die Regeln dieser Gesellschaft erkannt und akzeptiert. Also dankte ich für meine Rettung mit Strebsamkeit. Mit 23 bekam ich einen Studienplatz. Klotzen statt Kleckern, lautete die Devise, weshalb ich mich in Mathematik einschrieb. Sie war mir als Königin der Wissenschaften angepriesen worden. Trotz fehlender Begabung schaffte ich die ersten Pflichtscheine, grübelte nächtelang vor unlösbaren Beweisen, versäumte keine Vorlesung und keine Übung und hungerte in der Bibliothek, bis ich alles begriffen hatte, was mir nicht in den Kopf wollte. Auch an den Wochenenden büffelte ich ohne Unterlass und präsentierte nach vier Semestern stolz mein Vordiplom.

Sturm und Drang der Jugend waren für immer dahin. So lebte ich nur für die Arbeit, mit dem Ziel, am Ende einen gutbezahlten Beruf zu haben, der mir die lang ersehnte Unabhängigkeit brachte und neue Möglichkeiten eröffnete. Nebenbei wollte ich auch meinen Marktwert durch ein attraktiveres Aussehen steigern. Vor allem in den Semesterferien spulte ich deshalb tägliche Trainingseinheiten herunter. Ich ging mit den Eltern in die Berge, trat dann auf Drängen Marys dem Alpenverein bei und löste in ganz kleinen Schritten meine Isolation. In Gegenden wie dieser lernte ich ein völlig anderes Lebensgefühl kennen. Hier fand ich den Ausgleich zum grauen Alltag, Werte und Wertschätzung, wie ich sie schon verloren glaubte.

Verstehst du jetzt, Nick, weshalb mir Didis Leiden so nahe gehen, weshalb ich ihm ein bisschen von meiner Hoffnung schenken möchte und Wege aus seiner verzweifelten Situation suche?«

Er verstand und war doch unzufrieden, weil Judith weiterhin verschwieg, *wie* sie dem Küken helfen wollte. Er wusste nur, dass es bestimmt nicht in seinem Sinne war.

Berti schreckte hoch. Das Pochen gegen seine Tür hatte ihn aus dem Schlaf gerissen. Im ersten Moment wähnte er sich von einer Räuberbande übertölpelt, tastete verzweifelt nach Waffen ähnlichen Gegenständen, fand zum Glück seine Taschenlampe und kam langsam zu Besinnung.

»Wach auf, Berti!«, schallte es von draußen.

Während Mary und Tschiko den Raum betraten, schnappte Berti die Armbanduhr von der Ablage und zweifelte an seinen Sinnen. »Erst Vier! Was wollt ihr denn schon so früh?«, brummte er mit verkniffenen Augen. Zwei Stirnlampen leuchteten geradewegs in sein Gesicht, bis die Besucher seine Not erkannten und abblendeten. Beide trugen bereits ihre wasserfesten Jacken und Berghosen.

»Wir wollten nur Bescheid geben, dass wir jetzt verschwinden«, antwortete das Mädchen entschlossen.

»Lasst euch Zeit, bis es hell ist!«, riet ihnen ihr Reiseleiter, der diese Eile nicht verstehen konnte. Wie es aussah, waren die Frühaufsteher schon einige Zeit aus den Federn. Nach Verzehr einer Tafel Schokolade und etwas Trockenobst, nach zwei Tassen Tee, den sie sich am Abend in Thermoskannen abgefüllt hatten, brauchten sie bloß noch in die Gurte zu steigen, Stiefel und Gamaschen anzulegen, die Stöcke auszufahren und alles aufzuladen, um vom Hof zu reiten.

»Wozu länger warten? Wir wissen nicht, was uns hinter dem Cevedale erwartet und wollen auf Nummer Sicher gehen. Bleib ruhig liegen und schlaf weiter! Die anderen tanzen bestimmt erst um neun Uhr hier an«, versuchte Tschiko Berti zu besänftigen.

Dieser roch plötzlich den Duft von Verrat. Irgend eine Bedeutsamkeit versuchten ihm die beiden zu unterschlagen. Berti schärfte demnach Sinne und Verstand und bemerkte schließlich, was ihm entgangen war. Das laute Rascheln der Kleider seiner Zimmergäste überdeckte beinahe den Wind, welcher weiterhin munter um die Hausekken pfiff.

»Seid ihr schon mal vor die Tür getreten?«, schnauzte er das Pärchen an. »Der Wind hält an, scheint sogar stärker zu werden. Fällt euch dazu nichts ein?« Sie haderten, sahen sich fragend an und stammelten, die Meteorologen hätten wohl etwas daneben getippt. »Damit müssen wir uns abfinden«, schlussfolgerte Mary kalt.

Außerhalb des Schlafsacks wäre Berti jetzt wie eine Silvesterrakete hochgegangen. »Das würde euch so passen!«, schnauzte er. »Ihr habt verhindert, dass ich den Wetterbericht selbst abhöre, weil er uns Wind angekündigt hätte. Stimmt's? Dann nämlich wäre ich gezwungen gewesen, die anderen unverzüglich hierher zu beordern, damit wir gemeinsam starten können. So aber hattet ihr ein großes Schlafzimmer ganz für euch allein.«

Dann schlüpfte der Tourenleiter in seinen Pullover und besann sich, dass es besser sei, jetzt Verständnis zu zeigen. »Sehen wir die Falschmeldung als Laune der Natur«, sagte er deshalb. »Doch euch ist hoffentlich klar: Bei diesem Sturm müsst ihr wohl oder übel auf das Eintreffen der Nachhut warten.«

»Sturm nennst du das laue Lüftchen?«, versuchte Tschiko zu scherzen.

Berti beschloss, vor dem Haus die Verhältnisse eingehend zu besichtigen. Er zog seine Freizeithose an, stieg in die Hüttenschuhe und polterte im Schein der Taschenlampe ins Parterre. Sofort nach Öffnen der Eingangstür hätte er sich jeden weiteren Schritt sparen können: Schneeverwehungen versperrten den Weg zur Sonnenterrasse. Trotz der Kälte und seiner Pantoffel stapfte er zum Geländer der breiten Terrasse, wo ihm gleich ein Schwung Eiskörner über die Wange geschleudert wurde. Selbst fest ausgetretene Spuren würde dieser Wind innerhalb weniger Minuten glätten.

Demnach wiederholte er nach seiner Rückkehr in die Diele: »Ihr wartet auf Nick und seine Gruppe.«

»Nein!«, stießen Mary und Tschiko gleichzeitig ins Horn und führten ihre Vorbereitungen zum Aufbruch zügig fort – ungeachtet der sich fast überschlagenden Stimme ihres Führers, welcher sie der Meuterei bezichtigte.

»Ihr wolltet nicht nur freies Bett, sondern auch freie Bahn«, geiferte er. »Eure ersten Alleingänge hätten mir schon die Augen öffnen müssen.«

»Deine Einsicht kommt leider zu spät«, gab Mary unverblümt zu und konnte Berti dabei gefasst in die Augen sehen. »Wir haben beschlossen zu gehen. Also gehen wir. Außerdem: Was verpflichtet uns eigentlich, für euch Schwächlinge den Schneepflug zu spielen? Erfolge müsst ihr euch selbst erkämpfen, wenn ihr schon so hoch hinaus wollt.«

Berti sandte ihnen als Abschiedsgruß ein »Fahrt zur Hölle, ihr Verräter!« hinterdrein und versuchte, Nick über Funk zu erreichen. Dessen Gerät aber war noch nicht empfangsbereit.

Auf der Pizzini-Hütte spürte man nichts vom Wind in den Hochlagen. Bei Tageslicht wären die Staubfahnen am Grat sichtbar gewesen, doch hier fächerte die Luft nur leicht über den Schnee, welcher an der Oberfläche mit einer dünnen Eiskruste überzogen war. Dieter, der lange wach gelegen hatte, rüttelte die anderen kurz vor sechs Uhr aus dem Schlaf. Er erntete ein Brummen von Nick, ein katzenhaftes Fauchen von Judith und ein erbärmliches Ächzen von Willi, bevor er sich schnell aus ihrer Reichweite entfernte, um gegen eventuelle Attacken gefeit zu sein.

Als erster bemerkte Nick, dass ihn der ungeduldige Gipfelstürmer um eine Viertelstunde erquickenden Schlummers betrogen hatte. Auch Judith schloss sich den scheltenden Worten an. Aus Trotz blieben sie unter ihren Decken, bis Nicks Digitaluhr zu piepsen begann. Dieter verzettelte sich in Ausflüchten, machte die Ungenauigkeit seines Weckers für den Lapsus verantwortlich und simulierte Reue, indem er am Bach, der jetzt wieder fröhlich sprudelte, sämtliche Wasserflaschen füllte.

Nick dachte erst an den verabredeten Funkspruch, als er sich angezogen hatte. Unterdessen kam Willi schwer auf die Beine. Er krümmte sich wie ein verwundeter Soldat, zitterte frostig, als habe er Krämpfe am ganzen Körper, und gab klägliche Laute von sich. Schmerzverzerrt verzog er sein Lenin-Gesicht, bevor er eine Handvoll Schleim in ein Tempotaschentuch spuckte.

Kaum hatte Nick das Funkgerät auf Empfangsbereitschaft gestellt, erschallte schon der Alarm-Rufton. »Berti an Nick. Melde dich endlich! Kommen!«, krächzte ein Mensch in grausiger Erregung. Nick befürchtete Schlimmstes, als er unverzüglich antwortete: »Hier Nick. Was gibt's? Kommen.«

»Mary und Tschiko sind seit zwei Stunden auf Achse. Und der Wind pfeift sein Lied dazu.«

Nun berichtete Berti in abgehackten Sätzen vom Verrat der beiden Nestflüchter, worauf Nick mit einem Stirnrunzeln reagierte. Er hatte zwar erwartet, dass die Unzertrennlichen irgendwann abspringen würden, doch nicht in dieser niederträchtigen Weise. »Hält denn ihre Spur, bis wir oben sind?«, fragte er ohne viel Hoffnung. Berti meinte, sie sei kaum noch sichtbar.

Verbitterung und Wut standen in Nicks und Judiths Gesichtern geschrieben. Dieter hingegen posierte wie ein Pfau und protzte wiederholt, man hätte eben auf ihn hören sollen. »Lag ich nicht instinktiv richtig mit meiner Forderung, früher aufzubrechen? Die zwei bis drei Stunden fehlen uns am Ende.« Da konnten Nick und Judith nur stumm zustimmen. Der Münchner hätte bei einer verlässlichen Wettervorhersage ohnehin für einen sofortigen Abmarsch plädiert. Jetzt kostete ihnen das Versäumnis womöglich einen ganzen Tag.

»Wir kommen wie besprochen zu dir hoch und entscheiden dann, was zu tun ist. Bis dahin unternimmst du nichts. Kommen«, führte Nick das Funkgespräch fort.

»Verstanden. Kommen.«

»Ab jetzt kontaktieren wir uns zu jeder vollen Stunde. Ende.«

Das »Ende« wurde bestätigt und Nick konnte sich wieder seinen Schützlingen widmen. Er stellte die alles entscheidende Frage: »Seid ihr noch motiviert für dieses Abenteuer? Ohne den Vorteil einer Spur am Gletscher wird es verteufelt hart.«

»Wo ein Wille ist, ist auch ein Weg!«, tönte Dieter mit neuem Selbstbewusstsein. Er schien regelrecht aufzuleben, seit er vom Verschwinden des Pärchens gehört hatte.

»Wo ein Willi ist, endet der Weg. Ich seh mich in meiner gesundheitlichen Verfassung außer Stande, da hinauf zu stapfen. Ihr könnt mich von der Liste streichen«, ächzte Willi. Bedauern über diese Tatsache – wenn auch gespielt – sprach aus Nicks Gesicht. Judith konnte sich eines verstohlenen Zwinkerns in Richtung ihres Mitverschwörers nicht erwehren, nahm ansonsten aber die Absage ungerührt zur Kenntnis. Hart kämpfen gegen ein ungezügeltes Juchzen musste hingegen Dieter, der es als weitere Fügung des Schicksals sah, dass der etwas eigenartige Lagerälteste die Segel strich.

Darauf drückte Nick seinem kranken Begleiter das Funkgerät in die Hände. »Halte hier die Stellung, solange du es mit deiner Gesundheit verantworten kannst«, beorderte er ihn. »Jetzt muss ich leider mein Versprechen einlösen und den kärglichen Rest der Truppe zu ihrem Anführer bringen.« Der bedauernswerte Informatiker nickte tapfer und sprach Nick volles Verständnis aus. Er werde hier seine Pflicht tun, bis ihn das Fieber hinweg raffe.

Eine halbe Stunde später stand Karsten Litowski allein im kalten Winterlager, während es draußen langsam hell wurde.

Der Aufstieg gestaltete sich einfacher als erwartet, was an der gut erhaltenen Spur des Voraustrupps lag. Vier Paar Schuhe hatten den Weg auch für weniger versierte Winterwanderer, zu denen man Judith und Dieter zählen musste, geebnet. Die Studentin hielt sich zwar wacker, stand aber an kniffligen Passagen recht unsicher auf den Beinen, wobei sie mehrmals Bekanntschaft mit dem kalten Untergrund machte. Immerhin dämpfte der Schnee die Stürze und gab guten Halt auf dem sonst rutschigen Schotter. Andere Stellen wiederum konnten nur mit Einsatz der Hände überwunden werden. Vorsorglich hatte Nick seine beiden Schützlinge ins Seil eingebunden.

Dieter bildete den letzten Waggon des Zugs und trachtete stets danach, die Lok zu überholen, wobei er Judith einmal fast zum Stolpern brachte. Nachdem sie ihrem Unmut Luft verschafft hatte, verhielt er sich diszipliniert, zumal das Gelände mit zunehmender Dauer steiler und die Spur schlechter wurde. Hier auf 3100 Meter Höhe – wie Nick genau von seinem Höhenmesser ablesen konnte – hatte der Wind schon Arbeit geleistet. Trotzdem orientierten sie sich problemlos, da die Geländeform fast zwingend den Verlauf der Aufstiegsroute vorgab. Schleierwolken sponnen in großer Höhe ihr Netz, sonst blieb der Himmel an diesem Tag tiefblau. Sonnencreme erübrigte sich, denn die Westflanke würde bis Mittag im Schatten liegen.

»Machen wir eine kurze Rast am nächsten Flachstück«, schlug der hagere Münchner vor. Judith hatte ihm durch zunehmendes Stöhnen angedeutet, dass sie bei diesem forschem Marschtempo bald schlapp machen würde. Der Platz eignete sich wohl auch im Sommer vorzüglich für eine ausgedehnte Brotzeit, gesegnet mit einem grandiosen Panorama nach Westen und Süden, wo bereits die Gipfelkette zwischen Monte Cevedale und Monte Viòz heraus ragte. Rosarot leuchtete sie in der Morgensonne.

Judith erlebte diesen Ausblick mit gemischten Gefühlen, weil sie seit einigen Minuten von Knieschmerzen geplagt wurde. Das war der eigentliche Grund ihrer unterdrückten Klagelaute gewesen. Nick genehmigte sich eine kleine Stärkung aus der Campingbüchse und reichte Traubenzucker an seine Begleiter weiter. »Ein Schluck kalten Tee?«, bot Dieter der jungen Frau an, die lieber zur eigenen Flasche griff. Anschließend setzte sich Judith auf ihren Rucksack und massierte beide Knie.

»Probleme?«, fragte Nick. Judith meinte, es sei wieder diese »alte Gelenkgeschichte«, die ihr schon auf vielen Wanderungen Schwierigkeiten bereitet habe. »Fühlt sich an, als hätte ich Scheuerpulver zwischen den Knochen. Eine schmerzhafte Entzündung, kommt von Kälte und Nässe. Meine Schuld. Hätte mir vorbeugend Bandagen anlegen sollen.«

»Wie schlimm ist es?«, erkundigte sich Dieter, der bedauernd auf sie herab blickte. Nick rätselte, ob ihr Schmerz nur gespielt war, weshalb er sie fortan genau beobachtete.

Da ihre Hosen seitlich mit Reißverschlüssen versehen waren, konnte Judith bequem die elastischen Bandagen anlegen. Danach erst beantwortete sie Dieters Frage: »Bis zur Hütte schaff ich's allemal. Dort muss ich eine spezielle Salbe auftragen und ein paar Stunden ruhen. Das hat jedenfalls schon oft geholfen. Lasst euch wegen mir bitte keine grauen Haare wachsen!«

Nick aber wusste, was dies zu bedeuten hatte: Judith würde heute unmöglich zum Colombo-Biwak gehen können. So blieb ihnen anderntags zwar mehr Zeit, die Etappe zu bewältigen, leider hätte der Trupp aber dann einen gewaltigen Rückstand auf die zwei Saboteure.

Nach einer Pause von 15 Minuten kletterte die Nachhut weiter, bedeutend langsamer jetzt, mit Bedacht auf die Verletzung Judiths, die wacker durchhielt und kaum klagte. Nur wenn steile Stufen zu bewältigen waren, stöhnte sie bemitleidenswert. So hechelten sie dem Etappenziel entgegen, nass bis über die Knie, sprachen sich gegenseitig Mut zu und erblickten kurz nach 9 Uhr das Licht der Sonne am Langenferner-Joch. Derart geblendet erkannten sie nur mühsam, dass ihnen Berti vor dem kleineren der zwei Gebäude stürmisch winkte. Er hatte inzwischen die Eingangsterrasse vom Schnee befreit und drei Funksprüche mit Willi geführt. Die Temperatur gestaltete sich angenehm. An vielen Stellen wurde der Schnee schon plump und somit gefeit gegen Windverfrachtung.

Mit verkniffener Miene schüttelte Berti zuerst Nick als Seilerstem, dann Judith und Dieter die Hand. »Endlich seid ihr hier«, begrüßte er den Trupp und hatte eine schlimme Ahnung, denn ihm war nicht entgangen, dass Judith nur noch mit kleinen, behutsamen Schritten voran kam. Während sie im Haus verschwand, ging Nick kurz auf ihre Verletzung ein.

Dieters Blick führte unterdessen hinauf zum Cevedale, dessen breiter Gipfelkamm wie eine Wand vor einer anderen Welt wirkte. Fast konnte man die Hand nach ihr ausstrecken; und doch trennten den Wanderer Stunden vom kleinen Gipfelkreuz in fast 3800 Meter

Höhe. Nichts Bedrohliches mehr lastete dem frisch überzuckerten Gletscher an. Milliarden von Diamanten schienen ihn mit diesem einzigartigen Funkeln zu versehen. Zur Linken der vorgelagerten Zufallspitze neigte sich der Zufallferner in die Spaltenregion, den Ort jenes grauenhaften Ereignisses.

Nick schielte während seines Gesprächs unentwegt zum »Rückkehrer«, dessen Gesicht keine Gefühle preisgab. Lag es am freundlichen Panorama, welches alles Bedrohliche aus dieser Zone genommen hatte? Dass Dieter so gefasst blieb, sah Nick als Zeichen einer gefestigten Psyche. Löste sich gar alles in Wohlgefallen auf?

Er war Realist genug, solche Illusionen zu verscheuchen, denn Dieter suchte den Gletscher Richtung Cevedale nicht nach alten Erinnerungen ab, sondern hielt Ausschau nach den Verrätern, die als kleine Punkte knapp unterhalb des Gipfelaufschwunges erkennbar waren. Nick schraubte das Teleobjektiv ans Gehäuse seiner Kamera. »Fünf Stunden im Tiefschnee zu robben ist wahrlich eine feine Leistung. Jetzt haben sie das Gröbste fast geschafft, wenngleich ab dem Gipfel die alpinistischen Schwierigkeiten zunehmen«, kommentierte er seine Eindrücke.

»Wie weit reicht ihre Spur zurück?«, wollte Berti wissen, denn der Wind hatte jetzt deutlich nachgelassen.

»Sie wird etwa ab halber Strecke sichtbar – eine fast gerade Linie. Das bedeutet, sie mussten keine Umwege wegen Spalten machen.«

»Dann hätten wir die Chance, den Rückstand zu verkleinern?«

Statt einer Antwort gab Nick dem ungeduldigen Reiseleiter ein Rechenexempel: »Im nassen Schnee brauchen auch wir fünf Stunden bis zum Cevedale. Zum Monte Rosole mit dem Colombo-Biwak sind's weitere zwei oder drei Stunden. Gesetzt den Fall, wir brechen um zehn Uhr auf, schaffen wir's nicht vor Einbruch der Dunkelheit.«

»Aber kaum später«, ergänzte Berti, der plötzlich neue Hoffnung schöpfte.

»Ich will ehrlich sein, Berti«, sagte Nick und wandte sich ihm zu. »Wir haben eine Verletzte, die selbst auf trockener Autobahn den Gipfel nicht erreichen würde. Wenn wir Glück haben, sind ihre Schmerzen morgen früh abgeklungen. Aber im Vergleich zu den kommenden Etappen war der Weg hierher ein Witz. Du kennst Judith besser als ich. Also sag mir: Treten diese Beschwerden öfter bei ihr auf?«

»Früher haben ihr Abstiege auf steilen Schotterpfaden schwer zu schaffen gemacht. Aber seit sie Teleskopstöcke benutzt, ist das Problem behoben«, informierte Berti mit einem argwöhnischen Unterton. Er ließ sich von Nick den Fotoapparat geben und linste selbst zum Cevedale.

Jetzt hatten die beiden Kämpfer schon die Querspalte unterhalb des Gipfels überwunden und würden bald vom höchsten Punkt aus jubeln: »He, ihr Flaschen! Kommt doch, wenn ihr könnt! Kommt und holt uns!«

Trockener Brechreiz füllte Bertis Rachen, denn er hatte an diesem Tag noch keinen Bissen zu sich genommen. »Glaubst du, Judith kneift nur?«, fragte er Nick, als Dieter ins Haus verschwunden war.

»Sie wusste doch, was auf sie zukommen würde. Oder wusste sie das nicht?«

Der Biologiestudent hob sofort beschwichtigend die Hände. »Gott behüte! Ich will ihr nichts unterstellen. Mich ärgert nur, dass ...« Er stockte.

»Sprich es aus! Dass wir wieder einen Tag verlieren, den entscheidenden Tag möglicherweise, denn dieses schöne Wetter wird nicht lange halten. Und du willst mindestens so weit kommen wie unsere Jüngsten, die dich für einen Schwächling halten. Du willst ihnen zeigen, wo der Hammer hängt, nicht wahr, Berti?« Dessen entschlossener Blick bestätigte die Vermutung des Münchners.

»Das wäre eine unendliche Genugtuung für mich«, schwärmte Berti mit glänzenden Augen. »Ich will diesem Weib ins Gesicht spucken und ihr sagen, was für eine Kröte sie ist. Also lass uns bald aufbrechen!«

Nick spürte, dass er sich diesem Drängen schwer würde entziehen können. Er appellierte an den Teamgeist und Bertis Pflicht zur christlichen Nächstenliebe. »Bedeutet dir Judith denn so wenig? Wir können sie hier nicht zurücklassen, das siehst du hoffentlich ein!« Berti trommelte wütend gegen das Geländer der Terrasse. »Ja doch!«, keuchte er.

»Folglich muss jemand bei ihr bleiben und sich opfern. Wer verschmerzt es am ehesten, auf ein Dutzend Gipfel in seiner Sammlung zu verzichten? Ich.«

Berti erschrak, obwohl er diese Entwicklung schon vorausgesehen hatte, als ihm Judiths unsicherer Schritt aufgefallen war. Nick hingegen glaubte, sie habe taktiert. Ihre eventuell vorgetäuschte Verletzung hielt die kleine, durchaus harmonische Gruppe in der sicheren Casati-Hütte fest. Auch er tendierte dazu, Dieters Vorwärtsdrang zu bremsen, statt mit dem Marsch zum Colombo-Biwak unnötiges Risiko einzugehen. Hier hatten sie ihn noch unter Kontrolle. Ja, und mit etwas Glück schlug das Wetter um und vereitelte weitere Vorstöße. Oder Judith überredete Dieter, mit ihr abzusteigen. Dann wäre er sinnvoll beschäftigt und konnte keine Dummheiten machen. Nicks Auftrag würde zum Wohle fast aller Beteiligten enden – noch dazu ohne großes Zutun seinerseits.

Doch Nick irrte.

Judith nämlich schlug sich auf Bertis Seite und erinnerte den Münchner an sein Versprechen:

»Du wolltest die Gruppe wieder zusammenführen.«

»Ich bin auch Willi verpflichtet.«

Alle vier hatten sich inzwischen am Tisch in der Gaststube zu einer »Krisensitzung« versammelt, wobei Judith am nächsten zum Ofen saß und ihre Knie wärmte, die nicht schmerzen, solange sie nur wenige Schritte tat. Berti verschlang zwei Scheiben Vollkornbrot mit Nussnougatcreme – weniger aus Hunger, sondern um dem Körper für den mühevollen Aufstieg Brennmaterial zuzuführen. Einmal mehr richtete er einen flammenden Appell an Nick, mit ihm loszuziehen. Ansonsten werde er es eben allein versuchen.

»Kommt mir nicht in die Tüte!«, tönte Judith. »Müssen wir uns denn um Willi kümmern, als wäre er ein kleines Kind? Selbst mit einer Grippe schafft er den Rückweg zum Parkplatz ohne fremde Hilfe. Ich spreche Nick nicht die Verpflichtung ab, seinem Freund näher als uns zu sein. Hier aber geht es um unsere Ehre.«

»Um Bertis Ehre«, korrigierte Nick.

»Gut, um Bertis Ehre. Ich kenne ihn als zuverlässigen Bergkameraden, der gern für Schwächere zurücksteckt. Er wird der Verantwortung für seine Gruppe immer gerecht. Was also meine Schwester und ihr Gigolo mit ihm getrieben haben, ist mehr als simpler Verrat. Es ist ein Akt tiefster Menschenverachtung, eine Tat, die Raimund als Verbrechen bezeichnet hätte. Ich schäme mich für Mary und bin ebenso daran interessiert, ihr die Quittung zu verpassen. Versucht alles, um sie noch heute einzuholen! Dann verschmerze ich meine Verletzung leichter.«

»Und wer bleibt bei dir?«, fragte Nick mit zittriger Stimme, denn jetzt hatte er ihr Spiel durchschaut. Ein kurzer Blick in ihre Augen genügte als Bestätigung.

»Ich komme auch allein zurecht.«

»Das lasse ich nicht zu«, erwiderte Berti und nährte damit Nicks Befürchtungen. Auch Dieter erhob nach langem Schweigen das Wort. »Wo liegt eigentlich das Problem?«, posaunte er los. »Fragt erst, ob jemand freiwillig bleiben würde! Mir beispielsweise macht es keinen Spaß, bei diesen gefährlichen Verhältnissen am Grat herumzuturnen, statt hier zu helfen. Ich verzichte gern auf jeden weiteren Gipfel, sofern Nick mit Berti unverzüglich loszieht und die Verräter stellt. Auch ich hab eine Scheißwut auf sie. Tut euren Job und ich bleibe bei Judith, bis sie wieder beschwerdefrei laufen kann. Damit ist allen Seiten gedient.«

»Oh weh«, dachte Nick, »da hat er den günstigsten Augenblick abgewartet.«

Fürwahr hielt Dieter plötzlich alle Trümpfe in der Hand. Judith begrüßte seinen Antrag, den sie selbst provoziert hatte, Berti lobte seine Kameradschaft, und Nick hätte alle Geheimnisse aufdecken müssen, um den Plan der Studentin noch zu vereiteln. Aber was konnte der Rückkehrer ihr schon antun? Im schlimmsten Fall bekam er einen Nervenzusammenbruch und weinte sich an ihrer Brust aus.

Nick hätte seine mulmigen Gefühle nie verständlich machen können. Er wusste selbst nicht, worin sie gründeten. Zum einen kam es daher, dass ihm Judith seinen Auftrag so elegant entrissen hatte und ihm dafür die Rolle des Bergführers übertrug, zum anderen schwang wohl auch ein wenig Eifersucht in seiner Angst mit. Letztlich standen da noch Willis Verdächtigungen im Raum. Und was Judith davon hielt, wusste Nick. Wenn er jetzt nicht mit Berti loszog, brachte er gewaltigen Streit in die Gruppe. Die Entscheidung war ihm aufgezwungen.

»Gut«, seufzte er mit einem vorwurfsvollen, fast feindlichen Blick auf die vermeintliche Simulantin, »ich akzeptiere Didis Entscheidung. Seid euch aber im Klaren, dass der Zug Richtung Gipfel damit abgefahren ist. Ihr bekommt das übrige 20-Meter-Seil für den Abstieg. Außerdem bekommt ihr mein Funkgerät und meldet euch täglich dreimal bei Willi. Keine Alleingänge! Keine Experimente! Ist das klar?« Judith nickte folgsam, womit sie ihm allerdings wenig Zuversicht einflößte.

Während Berti einpackte und die anderen auspackten, um sich häuslich niederzulassen, fand Nick Gelegenheit, unweit der Hütte ein letztes Funkgespräch mit seinem letzten Getreuen zu führen. Er schilderte in kurzen Zügen die veränderte Lage und gab dann folgende Anweisung:

»Du musst so schnell wie möglich zur Casati-Hütte kommen. Es riecht verdammt nach Ärger. Wann kannst du aufbrechen?«

»Heute auf keinen Fall. Ich wende Mütterchens Hausmittel an, um den Schnupfen zu kurieren. Morgen früh könnt's gehen.«

»Wer weiß, was bis dahin geschieht.«

»Ist denn der Aufstieg für mich allein überhaupt zu schaffen?«, sträubte sich Willi.

»Das Risiko musst du auf dich nehmen.«

»Ich versuch mein Bestes.«

»Gut. Judith und Didi rufen dreimal täglich an. Falls sie sich nicht mehr melden, alarmierst du die Bergwacht! Bleib immer auf Empfangsbereitschaft! Ab jetzt liegt es allein an dir, was weiter geschieht.«

»Zuviel der Ehre. Nur hab ich keine Lust, deswegen meinen Arsch zu riskieren.«

»Dann tust du es ohne Lust!«, entgegnete Nick scharf und verabschiedete sich.

Wenig später fräste er sich mit Berti durch tiefen Nassschnee höheren Regionen entgegen. Dieter stand lange vor der Eingangstür und sah ihnen bei ihren Bemühungen zu, ganz so, als wolle er sich letzte Gewissheit verschaffen. Gewissheit, dass sie für immer verschwinden würden.

Vor der Entscheidung

Dieter Reitmeier verharrte am Geländer, auf das er sich mit verschränkten Armen stützte. Voll wohliger Gelassenheit beobachtete er die Fortschritte der zwei Seilpartner, die teilweise bis weit über die Knie im klumpigen Nassschneebrei versanken. Schnell entledigten sich die Bergsteiger ihrer Jacken und Pullover und wechselten häufig in der Führungsarbeit. Nur Nick warf regelmäßig einen Blick zurück, wenn er als Seilzweiter agierte, was Dieter stets ein Lächeln entlockte. Er zwinkerte durch seine getönte Brille gegen die Sonne, die den Wanderern voraus eilte, inhalierte die klare Gletscherluft wie heilsamen Duft einer Kräuteressenz und lockerte seine verspannte Beinmuskulatur. Jeder Schritt der scheidenden Kollegen kam einer kleinen Befreiung für ihn gleich. Die Erinnerung an diesen bedeutungsvollen Ort blieb dennoch bestehen, wenngleich vieles versöhnlicher stimmte. Rundum war die Hütte renoviert und besser eingerichtet als damals. Alles im weiten Umkreis schien Willkommensgrüße auszustrahlen.

Dieter wusste, warum ihm die erwartete Seelenmarter erspart geblieben war: Er hatte wieder eine verantwortungsvolle Aufgabe übertragen bekommen. Da Judith sein Schicksal kannte, gewann diese Aufgabe noch an Gewicht. Er und sie hatten einander besser kennengelernt, gut genug jedenfalls, dass er sich nicht vor ihr zu verstecken brauchte.

Beim Gedanken an Judith schweifte sein Blick sogar von Nick und Berti ab. Er sah statt dessen ein lachendes Gesicht voller Schönheit, ein kindliches, zerbrechliches Gesicht. Geblendet fuhr er flugs mit den Fingern unter die Brille. Weg war das Wesen, als der Blick sich klärte.

»Finde dich mit deinem Schicksal endlich ab!«, flüsterte er in den Wind. »Siehst du nicht, dass ich keine Angst mehr habe? Ich bin zurückgekommen, ohne einmal schwach geworden zu sein. Es geht mir gut, denn man hat mich mit einer zweiten Chance belohnt. Und wenn es irgendwo so etwas wie Gerechtigkeit gibt, nenne ich bald das mein Eigen, was du mir verwehrt hast. Mein Recht auf Leben ist bestätigt worden. Mein Recht auf Glück leitet sich daraus zwingend ab. Ich bin nicht bereit, länger zu verzichten, hörst du? Deinetwillen schon gar nicht. Ich habe bezahlt und jetzt ist es vorbei.«

Die letzten Worte sprach er wie ein Gebet. Ein warmer Lufthauch, der seine Backen umspülte, brachte ihn in die Normalität zurück. Wieder sah er mit Wohlgefallen zu, wie die anderen sich plagten.

»Geht nur, damit ihr dem Hurenweib alles heimzahlen könnt!«, feuerte er sie an und ballte die Fäuste.

Darin hätte ihm auch Raimund beigepflichtet, der mittlerweile die Ortschaft Innersulden erreicht haben musste.

Raimund war das Stichwort, bei dem sich das Küken – wie ihn Nick und Willi geringschätzig zu nennen pflegten – plötzlich wieder an etwas erinnerte. Hatte Raimund ihnen nicht sämtliche Schlüssel für das Wintergebäude überlassen? Ja, sie hingen noch an der Eingangstür, wie sich Dieter mit einem schnellen Blick überzeugen konnte. Einer inneren Eingebung folgend zog er den Bund ab und verwahrte ihn in seiner Jackentasche. Nun war er der Hausmeister. »Als solcher bin ich für das Wohlergehen meiner Mieter verantwortlich«, dachte er mit einem verschmitzten Lächeln. Jetzt, nach langem Ausharren im Freien, durfte er Judith gewiss seine Aufwartung machen und ihr den einen oder anderen Wunsch von den Lippen ablesen, ohne dass es gleich als Zudringlichkeit gedeutet wurde.

Forsch polterte er also in die Diele, entledigte sich seiner Überschuhe, hing die Jacke an einen Haken und betrat würdevoll die Gaststube. Sofort tauchte er in ein Bad stickig warmer Luft. Der Ofen erwies sich als überaus leistungsfähig, zumal die Bewohnerin schon seit einer halben Stunde kein Holz nachgelegt hatte.

»Puuuuh! Fenster auf!«, ächzte Dieter. Schon stürmte er los, die Läden zu öffnen, als ihn Judith mit entschlossener Stimme zurückpfiff: »He! Du kommst grad von draußen und bist andere Temperaturen gewöhnt. Ich find's recht angenehm so. Und kälter wird's von selbst.«

»Entschuldige!«

Er nahm Platz am Tisch, auf dem sein Beutel mit Proviant lag. Daneben stand die große Trinkflasche. »Wir müssen Wasser abkochen«, sagte er und schwenkte demonstrativ den leeren Behälter.

»Das hat später noch Zeit.«

»Keinen Durst?«

»Im Topf ist heißes Teewasser.«

Dieter schöpfte sich eine Tasse ab und schickte einen Beutel mit Pfefferminz-Blättern auf Tauchstation.

»Ich hab mich noch gar nicht bei dir bedankt«, murmelte Judith fast ein wenig schüchtern.

»Weswegen?«

»Na, du verzichtet mir zuliebe auf eine abenteuerliche Gratwanderung.«

»Das war nicht Ziel der Reise.«

»Ich weiß. Vielleicht sind dir viele schmerzliche Erinnerungen im

Colombo-Biwak erspart geblieben. Du warst schließlich zwei Nächte allein mit Renate da oben.«

Dieter zuckte beim Klang dieses Namens zusammen und schwappte etwas Tee über den Tassenrand, da er gerade zum ersten Schluck angesetzt hatte. »Sprich bitte nicht mehr von ihr!«, bat er Judith, die Verständnis haschend nickte. Sie blieb dabei ruhig, fast schläfrig auf ihrer mit Decken gepolsterten Eckbank sitzen, verschränkte die Hände und rieb ihre Daumen aneinander. Dieter erklärte: »Es ändert sich ja doch nichts. Kausalitätsprinzip nennen das die Physiker. Auf deutsch: Eine Umkehrung der Zeit ist ausgeschlossen. So habe ich längst akzeptiert, was geschehen ist, und versuche zumindest aus den Fehlern des misslungenen Experiments zu lernen.«

»Durch eine Wiederholung?«

»Die Situation ist fast identisch. Ich gebe zu, dass ich gehörig nachgeholfen habe, bis sich alles so fügte und doch kein Verdacht auf mich fiel. Nun zu den Lehren aus alten Fehlern: Erstens – Gehe mit erfahrenen Leuten! Zweitens – Setz dich nicht unter Erfolgszwang! Drittens – Übernehme keine Pflichten, denen du nicht gewachsen bist! Leider ist es mir nicht immer gelungen, diese Grundsätze einzuhalten.«

»Letztlich haben dir einige Leute gehörig dazwischengefunkt: Raimund, ich …«

»Euch beiden habe ich nichts nachzutragen. Der Bergvagabund hat geschwiegen, obwohl er herausbekommen hat, wer ich war. Mehr noch: Er richtete mich moralisch wieder auf und kräftigte mein negatives Weltbild.«

»Weißt du sicher, dass er nicht gequatscht hat?«

»So sicher ich weiß, ob du mit Nick über mich gequatscht hast.«

»Wäre er dann mit Berti weiter gegangen?«, entgegnete sie und richtete sich etwas auf: »Genug der Verdächtigungen. Wir bereinigen hier keine Fehler und reden sie auch nicht schön, sondern wollen eine Vertrauensbasis schaffen. Das hab ich dir bei unserer ersten Aussprache im Kombi bereits angeboten, bin aber offenbar auf taube Ohren gestoßen. Sieh die nackten Fakten …« Ihre Stimme nahm einen gefährlichen Unterton an. »… Ich sitze allein mit einem flüchtig Bekannten auf dieser einsamen Gletscherhütte, werde mit ihm ein Lager teilen und Stunde um Stunde gezwungen sein, ihm Gesellschaft zu leisten, ohne zu wissen, was er von mir will.«

Er lächelte sie gezwungen an, während sie auf ihre Knie deutete. »Schau: Ich kann nicht mehr marschieren, bin gewarnt durch das Schicksal meiner Vorgängerin, die in eine ähnlich hilflose Lage geraten war.«

»Ach sooo«, pustete Dieter erleichtert und ließ endlich seine Tasse los, die er schon zu zerdrücken drohte, »daher weht der Wind! Hab ich dir nicht vorhin erklärt, was es mit der ›identischen Situation‹ auf sich hat?«

»Dann bin ich Renates Ersatz«, folgerte Judith, »bin exakt das, was sie damals für dich war, obgleich du in dieser Sache bislang wenig konkret geworden bist. Das hat mich neugierig, betroffen und sogar ein wenig ängstlich gemacht.«

»Du glaubst, ich … ich hatte eine Affäre mit ihr?«, stotterte Dieter, der sich erneut in die Enge getrieben sah. Am liebsten hätte er sofort den Raum verlassen.

»Hattest du denn? Wenn ja, trifft das Selbe auf mich zu, oder?«, versetzte sie ihm mit heißer Stimme.

»Grundlose Unterstellungen!«, rief er, ohne sie damit zu beeindrucken.

»Das kannst du doch problemlos zugeben, Dieter«, bohrte sie weiter. »Angst vor der eigenen Courage? Um innere Mauern abzureißen, sind wir der Zivilisation entflohen.« Dieter, wieder gemäßigt: »Ich hatte keine Affäre mit ihr.«

»Auch gut. So trägt sich der Verlust ein wenig leichter. Und ich …« Sie begab sich wieder in ihre vorherige, gemütliche Lage. »… darf ganz unbesorgt sein.«

Innerlich gebrochen krümmte er sich über die Tischplatte und wühlte in seinen krausen Haaren.

»Dieses Spiel gefällt mir nicht, Judith.«

»Es ist kein Spiel.«

»Du willst mich fertig machen«, jammerte er und erregte damit Judiths Zorn, denn sie drangsalierte ihn mit besten Absichten.

»Mag sein, ich war ein wenig unsensibel«, gestand sie sich ein. »Der Tag verstreicht elend langsam, wenn man zum Nichtstun verdammt ist. Gern hätte ich dir draußen Gesellschaft geleistet.«

Dieter meinte, sie könnten Stühle auf die Terrasse tragen und den »Schneefressern« bei der Arbeit zusehen. Die Sonne würde noch ein paar Stunden Wärme spenden. Doch Judith wollte ihre Beine lieber am Herdfeuer wärmen. »Würdest du mich bitte stützen?« Etwas gehemmt trat Dieter hinzu und fasste ihre ausgestreckten Hände. Ihr weicher, zärtlicher Griff ließ ihn schaudern, was sie zu spüren schien, denn gleich packte sie ihn fester und glitt von der Bank. Unsicher, mit leicht durchgedrückten Knien, stand sie für einen Moment still und hoffte, dass er sie entschlossen unter den Achseln fasste. Weil er aber zögerte, klammerte sie sich um seine Schultern und zog sich daran hoch.

»Reine Vorsichtsmaßnahme«, ächzte sie. »Die Schmerzen sind schon abgeklungen.«

»Du hättest auch liegen bleiben können«, meinte er wenig liebevoll und führte sie trotzdem geduldig durch den Raum zum Ofen, vor dem eine schmale Holzbank stand. Judiths unmittelbare Nähe jagte ihm anfangs einen Schauder durch das Blut. Erst ihr Haar, das seine Wange streifte, brachte ihn wieder ins Gleichgewicht, obgleich die Beklemmung blieb. Es war – soweit er sich erinnern konnte – das erste Mal, dass sie ihn so berührt hatte, und es war seit unendlich langer Zeit die erste Hand einer Frau, die er nicht nur zur Begrüßung schütteln durfte.

Judith bedankte sich artig, nachdem sie auf der Bank Platz genommen hatte. Nur wurde es ihr dort bald ungemütlich, weil eine Rükkenlehne fehlte. Was lag näher, als Dieter ein Drittel der Sitzfläche anzubieten, damit sie sich beide Rücken an Rücken stützen konnten? Dem Wunsch kam er gerne nach, denn in dieser Stellung musste er ihr nicht in die forschenden Augen sehen und hatte doch das Gefühl, mit ihr zu verwachsen.

So verbrachten sie eine halbe Stunde beinahe schweigend miteinander, bis er sich empfahl. Er wollte seine Sachen ins Lager bringen. »Sei so lieb und nimm meinen Rucksack auch mit!«, bat sie ihn. »Tu den Kleidersack und die Toilettentasche heraus und leg sie aufs Bett. Den Schlafsack rollst du am besten gleich aus und schüttelst ihn kräftig durch. Danke.«

Kaum war er mit den beiden wuchtigen Gepäckstücken aus dem Zimmer gekeucht, schob die Mathematik-Studentin drei Holzklötze in den Ofen, um die Hitze im Raum bis zur Unerträglichkeit zu steigern. Tief im Schlund glühte es noch blutrot. Da genügte ein kräftiges Hineinpusten, damit sofort neue Flammen hochzüngelten. »Brenne! Brenne bis die Hitze ihn schmelzen lässt und seine Erinnerung zum Brodeln bringt!«, sagte sie leise zu sich. »Bald wird er sprechen, wie ich es will.«

Unterdessen tat Dieter, wie ihm aufgetragen wurde. Er betrat das kleinere der beiden Lager mit respektvoller Beklemmung. Schon der Duft, welcher nach Öffnen der Tür in seine Nase drang, trieb ihn fast in die Flucht. Es roch, als sei der Raum mit Menschen überfüllt. Schweiß und andere Essenzen, die man weniger auf Berghütten schnuppert, setzten ihm penetrant zu. Fast glaubte er, Mary und Tschiko aufeinander liegend unter dem Berg zerknitterter Decken zu erkennen. Tatsächlich waren es ihre Decken, die sie in aller Eile nicht mehr zusammengelegt hatten. Nach Öffnen des Fensters verflüchtigte sich auch die Aura der beiden.

Dann begann er, die benutzten Decken auszuschütteln und sorgfältig zu falten. Unbenutzte Exemplare breitete er fürs Nachtlager aus: zwei als Unterlage auf den arg verschmutzten Matratzen, zwei – halb gefaltet – über die kleinen Kopfkissen. Nun ergab sich für den Rückkehrer ein delikates Problem: Bevorzugte Judith einen Platz am Fenster oder näher bei der Tür, wo es sicher wärmer war? Durfte er sich neben sie legen oder erwartete sie, dass er von ihr Abstand nahm? Sicherheitshalber ließ er zwischen seiner und ihrer Decke eine Matratze frei.

Jetzt galt es, die gewünschten Sachen auszupacken. Obenauf im Gepäck lag der Kleidersack. Nach Judiths Toilettentasche wühlte er etwas länger, wobei ihm andere Dinge in die Hände fielen, die er im Bergsteigergepäck einer Frau nie zu finden geglaubt hätte: schwarze Reizwäsche aus hauchdünner Seide. Als er sich vorstellte, wie Judith in diesem einteiligen Dessous aussehen würde, brach er in Schweiß aus. »Wozu hat sie den Fummel bloß mitgenommen?«, fragte er sich und verstaute das erotische Kleidungsstück, welches mehr aus Löchern, denn aus Stoff bestand, schnell wieder im Rucksack. Dabei fand er ein Buch, das er zuerst für Marys parapsychologische Abhandlung hielt. Ein Blick auf den Umschlag ließ ihn abermals erstarren. »100 Wege zur vollkommenen Lust« – so der vielsagende Titel. Unter der Schrift zwei artistisch ineinander verkeilte nackte Menschen. Das Buch enthielt eine Vielzahl pornographischer Bilder, die Dieter erregt überflog, bevor er es zurücksteckte.

Er musste sich gestehen, Judith völlig falsch eingeschätzt zu haben, hielt er sie doch bislang für ein eher stilles Wasser, das im Vergleich zu ihrer Schwester prüde, unschuldig, ja, jungfräulich war. Aber, so redete er sich ein, vielleicht dienten ihr die Gegenstände nur als Ersatzbefriedigung.

Zuletzt überwand sich Dieter, auch Judiths Toilettentasche zu öffnen. Neben den üblichen Utensilien wie Kamm und Zahnpasta barg sie einen Erotik-Deostift, der betörende Düfte von sich gab, und … eine Auswahl Kondome. Nun gab's keinen Zweifel mehr: Judith hatte sich für den Fall der Fälle ausgestattet.

Doch wen gedachte sie zu vernaschen? Hatte sie ein geheimes Verhältnis mit Berti, der bereits auf zwei oder drei Bergtouren ihr Begleiter gewesen war? Quatsch, denn in diesem Fall wäre er bestimmt bei ihr geblieben. Vielleicht, so vermutete Dieter, war es auch eine reine Präventivmaßnahme der Studentin, die delikaten Gegenstände mitzunehmen. Sollte er mit ihr darüber reden? Damit hätte er sich aber als Schnüffler enttarnt. Judith hätte andererseits wissen müssen, dass er die Sachen finden würde, wenn er nach der Toilettentasche suchte.

Na gut, ihre Lektüre und Unterwäsche ging ihn, gelinde gesagt, einen Dreck an. Es sollte ja – hatte er einmal gelesen – gerade hässliche Frauen gefallen, solche Reizmittel bei sich tragen, um zu zeigen, dass auch sie Spaß haben können. Aber Judith war weder hässlich, noch hatte sie es nötig, sich mit schmutzigen Büchern und anderen Erregern in Stimmung zu bringen. Oder etwa doch? Schließlich lebte sie zurzeit in Enthaltsamkeit.

Fest stand: Sie hatte ihm ihr wahres Gesicht bislang verborgen. Und er mochte es nicht, wenn sie immer wieder auf … er wollte den Namen selbst in Gedanken nicht aussprechen … auf … SIE zu sprechen kam und sich sogar mit ihr verglich. Was für ein Sakrileg! Dieter wusste allerdings, dass Judith so handeln musste, meinte sie es ernst mit ihrer Hilfe.

Beinahe zur gleichen Zeit bezogen Mary und Tschiko die Colombo-Biwakschachtel knapp unterhalb des Monte Rosole. Gerade ihrer Beengtheit wegen vermittelte diese Behausung eine beinahe himmlische Gemütlichkeit. Rechts und links bäumten sich Monte Cevedale und Palòn de la Mare auf. Nach Osten öffnete sich der Blick ins Val di Mare und reichte über die nächste Bergkette hinweg weit in die Südtiroler Weinanbaugebiete hinein. An diesem glasklaren Spätherbsttag mussten sich auch hartgesottene Herzen hier oben wie im Paradies fühlen. Zwar klirrte der Frost in der Flanke, die der untergehenden Sonne abgewandt lag, zwar ballte sich schon der Dunst in den Tälern, doch reizte das orangefarbene Leuchten der frisch verschneiten Gipfel zu melancholischen Träumereien.

Bevor sich das Paar ein liebliches Plätzchen auf den sonnenbeschienenen Felsen oberhalb der Hütte suchte, wollte jeder seine Habseligkeiten auspacken und auf Vollständigkeit überprüfen. Neun Stunden Marsch durch teilweise hüfthohen Schnee lagen hinter ihnen – nur unterbrochen durch die halbstündige Pause am Cevedale. Nach Erreichen des Gipfels waren umfangreiche Sicherungsmaßnahmen nötig gewesen. Gewaltige Wächten hatten sie gezwungen, unterhalb des Grates steiles Gelände zu queren. Dabei waren sie ständig Gefahr gelaufen, Lawinen auszulösen.

So zogen sie sich jetzt, nach Erreichen ihrer Zuflucht, trockene Hosen an. Die Wände in der Aluminiumbehausung waren feucht und würden sich nachts mit einer dünnen Eisschicht überziehen. Nur der hintere Teil ihrer Höhle war mit Brettern verkleidet. Dort befanden sich drei Etagen mit je drei Matratzen. Keine von ihnen hoch genug, um aufrecht sitzen zu können. Platz zum Sortieren ihres Gepäcks blieb dennoch genug. Auch der kümmerliche Tisch diente als Ablagefläche. Dank Tschikos kleinem Benzinkocher waren sie in der Lage, eine warme Mahlzeit zu bereiten. Nach einem Ofen suchten sie nämlich vergeblich. Wer fror, konnte sich in die zahlreichen Decken hüllen, deren leicht muffiger Geruch hier niemanden mehr störte.

Noch aber waren die beiden Jugendlichen von den zurückliegenden Anstrengungen derart erhitzt, dass sie sogar die Pullover abstreiften. Mary hatte für ihre Sachen den Tisch in Beschlag genommen, Tschiko verteilte den Inhalt seines Rucksacks auf den unteren Matratzen. Der Grund dieser Aktion lag nicht in einem peniblen Ordnungswahn, sondern beide hofften auf diese Weise zu finden, was Schlamperei verborgen zu haben schien. Ihre Hoffnung erfüllte sich nicht.

»Ich krieg gleich einen Schreikrampf. Der Fetzen ist weg«, knurrte Mary, nachdem sie am liebsten in den Rucksack gekrochen wäre, um in kleinsten Winkeln das Gesuchte doch noch hervor zu zaubern. »Was für ein Fetzen?«, fragte ihr Freund genervt, während er zum x-ten Mal seinen Rucksack umstülpte. Nur ein paar Brotkrümel und etwas Staub rieselten heraus.

»Das heiße Dessous, mit dem ich dich immer so angemacht habe … du weißt schon. Extra wegen dir hab ich's eingepackt.«

»Bist du dir sicher?«, entgegnete Tschiko geistesabwesend.

»Hältst du mich für blöd? Auf der Pizzini-Hütte hab ich's noch unter der Ersatzwäsche gesehen.«

»Ist es in der Eile auf der Casati-Hütte geblieben?«

»Da hab ich's schon vermisst. Ich dachte, es läge irgendwo unter dem anderen Krempel.«

»Tja.«

»Außerdem fehlt mein Intim-Deostift.«

»Mir fehlt auch was«, gestand Tschiko schließlich. Wäre ihm die Anhäufung mysteriöser Verluste nicht höchst suspekt gewesen, er hätte seiner Freundin verschwiegen, dass sich ein auf dem Index stehendes Buch und die Grundausstattung an Kondomen verflüchtigt hatten. »Jemand hat uns beklaut«, folgerte er.

»Ach komm! Wer von den anderen hätte schon Verwendung für das Zeug? Bestimmt nicht mein großes Schwesterlein«, feixte Mary. Tschiko half ihr auf die Sprünge: »Wohl aber der perverse Spanner. Er hatte mehrfach Gelegenheit, unsere Sachen zu durchwühlen.«

»Das sieht ihm verdammt ähnlich«, knurrte sie wie eine Raubkatze. »Wehe! Wehe er war's! Ich reiß ihm den Schwanz ab, wenn er mir noch einmal unter die Augen kommt!«

»Nun mach mal halblang, Mary!«, versuchte Tschiko zu schlichten.

Sie aber steigerte sich in einen Tobsuchtsanfall und begann, ihre Sachen durch den Raum zu schleudern. »Die Ratte wird das Zeug frech grinsend präsentieren und Witze über uns reißen.«

»Und wozu braucht er die Pariser?«, fragte Tschiko, womit er Mary ins Grübeln brachte. »Will er sie selbst benutzen?«

Das Mädchen schüttelte energisch den Kopf. »Der doch nicht. So wie der aussieht, hat er noch nie eine Frau gehabt.«

Sie akzeptierten den Verlust und verstauten einen Teil des Gepäcks wieder in ihren Rucksäcken. Die Lust nach einem romantischen Picknick am Gipfelfelsen aber war ihnen gründlich vergangen.

Judith hatte ihr Sweatshirt ausgezogen, weil es ihr am Ofen offenbar doch zu heiß geworden war. Ihre Knie mussten unter den Bandagen längst glühen, kam es Dieter vor. Er hatte sie noch nie in dieser elastischen, eng anliegenden Unterwäsche, welche die Rundungen ihres Oberkörpers so eindrucksvoll betonte, gesehen. Sonst trug sie immer farblose T-Shirts in Übergröße, die wie Lumpen an ihr hingen. Dieses weit ausgeschnittene Oberteil aber ließ Dieters Blick für einen Moment regelrecht erstarren. Die fehlenden Ärmel brachten endlich auch Judiths glatte, mit zarter Haut umspannten Oberarme bis zu den Schultern ans Licht. Zum ersten Mal übte sie eine erotische Anziehungskraft auf ihn aus, der er sich schwer erwehren konnte. Im matten Schimmer des Kerzenlichts verschwanden auch die Flecken. Sie war wie eine marmorne griechische Skulptur.

Dieter bemerkte bei alledem nicht, dass sie gespannt zusah, wie er sie eindringlich musterte. Es schien ihr zu gefallen. »Was schaust du mich so an?«, fragte sie schließlich. »Ist irgendetwas nicht in Ordnung.« Dieter zuckte, errötete und stammelte eine Entschuldigung.

»Lass nur! Ich wollte dich mit meiner luftigen Kleidung nicht anmachen. Wenn es dich stört, zieh ich noch etwas drüber.«

»Nein, nein, stört mich keineswegs. Du siehst … gut aus«, gab er verlegen zu.

»Gefalle ich dir? Das freut mich.« Sie rutschte ein Stück zur Seite, damit auf der Bank ein Platz frei wurde, und forderte ihn auf, sich zu ihr zu setzen. In Erinnerung des Erotik-Deostiftes bequemte sich Dieter lieber in sicherer Entfernung an den Tisch. Er sah langsam die Kontrolle über seine Reaktionen schwinden.

»So mit Anfang 20 galt ich bei allen Bekannten als hässliches Entlein«, erzählte Judith freiweg. »Dicke Waden, Popeye-Arme, fette Hamsterbacken und ein ballonförmiger Hintern kamen von meiner unbändigen Fresssucht. Ich hab meinen Frust einfach zugefuttert, bis mir der Brei oben wieder rauskam: Schokolade, Chips, Pommes, Eis mit Sahne, Berge von Kuchen, dazu Fleisch und Wurst für drei ausgewachsene Männer. Ich hatte immer ein etwas plumpes, bäuerliches Aussehen und dachte: ›So gewöhnlich wie du bist, musst du froh sein, wenn dich jemand zum Tanz auffordert. Und wenn jemand sagt, er will mit dir gehen, dann sag Ja, denn so eine Chance kommt nie wieder.‹ Es gab später freilich Leute, die meinten, ich sei schön. Aber ich musste ihnen den Beweis dazu im Bett liefern. Und da war es ihnen egal, wie ich aussah. Hauptsache organisch stimmte alles mit mir. Aber ich bildete mir ein, dass es immer so läuft. Mary hat mir sogar einmal geraten, meine Basketbälle operativ verkleinern zu lassen. Findest du sie zu groß?«

Dieter murmelte eine unverständliche Antwort. Das Thema war ihm mehr als peinlich.

»Manchmal stören sie gewaltig: beim Joggen beispielsweise. Auch den Brustriemen am Rucksack kann ich kaum schließen. Na, und was musste ich jedesmal erdulden, wenn ich mit Mary unterwegs war. ›Die ist ja unglaublich schön! Ist das wirklich deine Schwester?‹, sagten die Jungs zu mir. Wenn ich nicht Marys Nase hätte, man würde mich für ein Adoptivkind halten. Trotzdem hab ich keine Lust, mich mit Schminke und Deo aufzumotzen.«

Wieder musste Dieter an den Erotik-Stift denken.

»Sogar der prüde Berti bekam Stielaugen, als ich ihm Mary vorstellte. Bei jedem freundlichen Wort, das sie mit ihm sprach, hat sich seine Miene sichtbar aufgeheitert. Selbst wenn er äußerlich so tut, als sei ihm Mary gleichgültig, selbst wenn er jetzt über sie flucht: Er wäre nicht abgeneigt gewesen gegen ein Abenteuer.«

Der Rückkehrer knautschte ein wenig herum und fragte schließlich: »Hat er mangels Erfolgsaussichten mit dir Vorlieb genommen?«

»Er ist nett, aber nicht mein Typ. Und er hat noch nie um meine Hand angehalten, wenn es das ist, was du wissen willst.« Im gleichen Atemzug entspannte sich ihre Miene wieder. »Nun zu dir: Dich hatte ich in Verdacht, einzig wegen Mary mitgekommen zu sein, bis mir Schwesterherz beiläufig gestand, es sei meinetwegen gewesen … wegen der kurzfristigen Zusage und so, und weil sie ja in festen Händen ist, während ich … wie dem auch sei, ich hielt es für einen schlechten Scherz meiner Schwester, der sich auch zu bestätigen schien. Du hast mich in den ersten Tagen äußerst distanziert behandelt und bist stets um Berti herumgeschwänzelt, damit um Gottes Willen keiner bemerkte, was du für mich empfindest. Jedenfalls freut es mich, dass du gesagt hast, ich sähe gut aus. Und es freut mich, dass du Mary aus dem Weg gegangen bist.«

»Mary hat mich nie interessiert«, meinte Dieter gelassen. »Statt Schokolade schaufelt sie Liebe in sich hinein, bis sie eines Tages daran erstickt. Dann geht sie entweder ins Kloster oder heiratet einen Mann, der sie nie schlägt und genug Geld nach Hause bringt, um ihre eitlen Wünsche zu befriedigen. Nach dem ersten Baby bricht sie das Studium ab, trifft sich in der Mutter-Kind-Gruppe zum Erfahrungsaustausch und rackert wie eine Blöde im Haushalt, damit sie sich nicht vor den Gästen schämen muss. Vielleicht auch macht sie Karriere und wird Frau Generaldirektor. Was letztlich auch geschieht: Ich hätte bei Mary keine Chance, denn mit mir an ihrer Seite würde sie nur Hohn und Spott ernten. Selbst mit ein paar Millionen Mäusen am Sparkonto wär ich nicht ihr Typ.«

Dieter war in Sprechlaune gekommen. Er gestand seiner Zuhörerin, dass er nie irgendjemandes Typ gewesen sei. »Der Mensch kann nicht aus seiner Haut. Gut, manchmal versuchte ich, meine Prinzipien zu ändern. Ich kam denen, die ich gern hatte, weitgehend entgegen und gab dabei ungewollt die eigene Persönlichkeit preis. Es endete stets in vollkommener Hilflosigkeit, in dem Gefühl, neben sich zu stehen, keine Seele mehr zu haben, kein Gesicht, keine Aura. Immerzu sah ich mich mit einer Erwartungshaltung konfrontiert. Die Pforte in eine erfüllte Beziehung forderte Wegezoll, den ich nicht entrichten konnte. Zuneigung und Treue war den umworbenen Wesen als Angebot zu gering. Gerade in jungen Jahren, wenn Gefühle noch tief dringen, wollen Mädchen das Leben in vollen Zügen auskosten. Ich, abseits stehend, in mich gekehrt, fand da keinen Zugang. Es lag nicht allein an mir. Nie spürte ich so etwas wie Entgegenkommen. Schmachten ließen sie mich, zappeln wie einen Fisch an der Angel, mich in meinem Leid suhlen. Ist ja nur der kleine Didi, der ständig Bücher liest und nachts allein spazieren geht.«

»Warst du oft verliebt?«, fragte Judith, ohne ihn anzusehen.

Dieter zögerte einige Sekunden. »Du meinst so, dass es weh tut? Vier-, fünfmal schätze ich. Es war nicht immer gleich schlimm, aber am Ende stand ich jeweils ein Stück ärmer da, ärmer an Hoffnung, ärmer an Selbstwertgefühl. Wenn ich in den Spiegel schaue, glaube ich selbst nicht, dass mich jemand lieben könnte.«

»Männer müssen nicht schön sein«, bemerkte Judith verschmitzt und stützte mit einer Hand ihr Kinn, wobei sie unablässig den Zeigefinger über die feuchte Unterlippe strich, so als habe dieses Gespräch ihren Appetit erregt, »und sie dürfen ruhig einige Jahre älter sein.«

Dieter stutzte. Spielte sie etwa auf Renate und ihn an? Er war damals knapp 22, sie erst 17.

»Was ich sagen will«, fuhr sie fort, »viele fruchtbare Beziehungen sind schon verschenkt worden, weil man sich von schlichten Äußerlichkeiten hat lenken lassen. Ich finde das sehr traurig.«

»Es gibt genug Gegenbeispiele. Blick dich nur um in der Welt«, erinnerte Dieter.

Judith nickte betrübt. »Ja«, sagte sie, »und das stimmt mich noch trauriger, weil einem das Glück nicht in den Schoß fällt, sondern hart erkämpft werden muss.«

»Und wie stellst du dir deine Zukunft vor?«, wollte er wissen.

Das Gespräch behagte ihm mittlerweile, zumal jetzt Judith ihr interessantes Innenleben preisgab, statt ihn über ein unangenehmes Thema auszuhorchen. Sie verschränkte die Arme, hob den Kopf und erzählte, sie wolle erst einmal ihr Studium beenden, eine feste Anstellung suchen, sich unabhängig von Zuhause machen und sehen, was sich so ergebe. »Natürlich möchte ich irgendwann Kinder haben, wenn sich der Richtige für mich findet. Das hat keine Eile, obwohl ich dann schon 30 sein werde. Ich versuche weiterhin, das zu tun, was mir gefällt, und mir einen Rest an Unabhängigkeit zu bewahren – ein Stück von dem, was Raimund glücklich macht. Ich will gesund leben, weil ich mich dann besser fühle, will mir Ziele setzen, die mich anspornen. Ich will helfen, ohne mich zu opfern. Ich will vernünftig sein, ohne pedantisch zu werden. Ich will bescheiden sein und die kleinen Freuden des Lebens mehr beachten.«

»Das klingt, als hätte ein Guru Seelenmassage mit dir betrieben«, frotzelte Dieter, der Judiths Rede etwas gekünstelt fand.

Eifrig antwortete sie ihm: »Hast du einmal intensiv über dein Leben nachgedacht, alle Dünkel beiseite geschoben und dich gefragt: ›Was will ich? Was kann ich? Welche Perspektiven habe ich? Welche Konsequenzen sind daraus zu ziehen?‹ Da brauchst du keinen hochgeistigen Berater, der dir Weisheit einimpft. Wir müssen uns nur von positiven Gedanken leiten lassen.«

»Sofern vorhanden.«

»Dann musst du deinen Gram beiseite schieben, damit sie wieder zum Vorschein kommen. Schon die Tatsache, dass du nicht im Krankenbett liegst und langsam dahinsiechst, ist positiv – selbst wenn sonst alles in die Brüche zu gehen scheint. Ich hatte einmal eine Phase, da stand ich morgens mit dem Wunsch auf, abends tot zu sein, so wertlos kam mir mein Leben vor. In einer Welt voller Egoismus und Boshaftigkeit fühlte ich mich hilflos jeder Willkür ausgeliefert. Mir blieb die Wahl, einfach Schluss zu machen oder positiv zu denken.«

»Schön für dich«, erwiderte der bleiche Student resigniert. »Bei mir würde das nicht fruchten. Ich habe keine besonderen Talente und werde deshalb immer ein unentschlossener Versager bleiben oder ein Leben lang das tun, was mich ankotzt.«

»Das redest du dir ein. Jeder hat Talente. Mach dein Lehramtsstudium fertig und bring Bildung unters Volk! Deutsch und Geschichte sind eine gute Kombination«, versuchte sie ihn aufzumuntern. Da kam sie bei Dieter gerade an den Richtigen. »80 Prozent landen hinterher auf der Warteliste«, schnauzte er sie an und hackte mit seinen langen Fingernägeln in das weiche Holz der Tischplatte. »Und falls doch eine Stelle frei wird: Stell dir vor, ich stehe vor einer Klasse und muss mir Respekt verschaffen. Ich krieg schon nasse Hosen, wenn ich im Didaktik-Seminar vor Mitstudenten sprechen muss, die kein Interesse daran haben, mich fertig zu machen. Außerdem würde ich ständig gegen den Lehrplan verstoßen und den Leuten das verklikkern, was ich für richtig halte – keine Lügen aus schlauen Büchern, die über Generationen hinweg das System gestützt haben.«

»Warum hast du dich dann fürs Lehramt entschieden?«

»Weil Vater mir dazu geraten hat. Er hielt es für eine … gute Idee.«

Judith musste lachen. »Eigene Entscheidungen sind gefordert, sonst wirst du immer unzufrieden sein«, stachelte sie ihn an.

»Sag, welche Entscheidungen?«, ärgerte er sich und rammte seine Nägel tiefer ins Holz. »Ich bin ja schon froh, dass ich nach meinem Klinikaufenthalt wieder auf die Beine gekommen bin. Zum Stehen reicht's. Ansonsten schwanke ich von Trübsal zu Trübsal, ersäufe meinen Frust mit viel Bier, schlage mir in den verrauchten Kneipen die Nächte um die Ohren und langweile mich zu Tode, während meine Kumpels nicht müde werden, stupides Zeug daherzubrabbeln: Urlaubsgeschichten, Anekdoten, die schon jeder kennt, Schwärmereien von früher, Klatsch über Mitstudenten oder Professoren. Ein paar Alternative, die ich kenne, politisieren unentwegt und beweihräuchern sich in ihrer umfassenden Vernunft. Alles haben sie durchschaut – die ganze Dekadenz der Menschheit, die sich und ihre Umwelt im Konsumrausch zu Grunde richtet. Sie führen nicht nur ein besseres Leben, sondern gebärden sich anderen gegenüber als Moralapostel. Wehe, du lässt dich mit einer Einwegflasche erwischen, schlabberst Joghurt aus dem Plastikbecher oder trinkst Ausbeuterkaffee aus dem Supermarkt! Da werden sie gleich patzig und machen dich nieder. Also schnorr ich mir Zigaretten, bis ich benebelt umkippe. So muss ich nichts Schlaues sagen und ertrage das Zuhören leichter. Du hast natürlich Recht, Judith: Irgendwann treibt's mich so tief in den Sumpf, dass auch der Kopf abtaucht. Dann kann ich den Deckel schließen. Ende der Vorstellung.«

»Du solltest in anderen Kreisen verkehren, wo du Berührungspunkte findest – unter Bergsteigern etwa. Halte dich mehr an Leute wie Berti«, riet sie ihm und erntete schallendes Lachen: »Berti gleicht doch einer durchgebrannten Glühbirne. Außer Oberflächlichkeiten hat er nur verbrauchte Luft zu bieten. Nein, mit ihm könnte ich nicht über ernsthafte Probleme reden, nicht so offen wie jetzt mit dir, weil ich für ihn bloß ein Kumpel, kein Vertrauter bin.«

»Weil er dir nicht sein Privatleben ausbreitet«, hakte Judith ein, denn das Stichwort war gefallen: Vertrauen. »Du bist keinen Deut besser, Didi. Blockst auch ab, wenn ich dich auf Renate anspreche. Gut, die Geschichte deiner verpassten Romanzen klang ehrlich und verdient mein Mitgefühl, aber das, was dir mehr als alle früheren Enttäuschungen zusetzt, hast du mit keiner Silbe erwähnt. Bedenke: Auch ich möchte aus deinen Erfahrungen lernen. Mit der Zeit ödet es mich nämlich an, dein Gewinsel von der Schlechtigkeit der Menschen zu hören. Die hält doch als Alibi für deine Selbstzweifel her. Jetzt entscheide, ob du mich brauchst! Meine Hand ist ausgestreckt, du musst sie nur noch greifen.«

Bewusst hielt sie ihre Arme verschränkt, als sie das sagte. Es sollte nicht missdeutet werden. Dieter haderte wieder mit seinem Schicksal, schien aber ihr Angebot ernsthaft zu überdenken. »Alles wäre viel erträglicher, wenn wir ein wenig höflicher miteinander umgehen würden«, murrte er.

»Bin ich etwa nicht höflich zu dir?«

»Ich meine das allgemein. Jeder denkt nur an sich und tritt die einfachsten Regeln des Anstandes mit Füßen. Dabei könnte schon eine herzliche Begrüßung am Morgen den ganzen Tag positiv beeinflussen. Die Menschen sind von einer entsetzlichen Gefühlskälte umgeben, weil alles, was sie tun, nach Zweck und Nutzen ausgerichtet ist. Statt sich für ihre Freunde Zeit zu nehmen, lassen sie sich von Terminplänen knechten. Im Vordergrund steht bei ihnen das Kennenlernen von Leuten, nicht der Umgang mit ihnen. Also weshalb sollten sie sich bemühen, höflich miteinander zu sein? Wenn wir hingegen alle die Regeln des Anstandes beachten würden, gäb's keinen Streit, keine Verbrechen, Kriege, Ausbeutung oder Umweltverschmutzung. Wir würden keine machthungrigen Politiker mehr benötigen, keine Ämter und Verwaltungen, keine Vorschriften und Paragraphen …«

»Was wirfst du mir konkret vor?«, unterbrach ihn Judith.

»Gleichgültigkeit«, antwortete er nach einem Zögern, worauf sie beinahe erzürnt aufgesprungen wäre.

»Das ist ja wohl der Gipfel an Undankbarkeit! Und so einer fühlt sich unhöflich behandelt. Gleichgültigkeit? Ich mache mir Sorgen um deinen Gemütszustand wie sonst keine, zerreiße mich fast, dein Vertrauen zu gewinnen, zerbreche mir den Kopf über Wege aus deiner Krise und … und du nennst mich gleichgültig.«

»Pure Neugier oder Sensationslust, die hinter deinem Interesse steckt. Bist ganz scharf darauf, zu wissen, was im Kopf eines Irren vorgeht, oder?«, schnauzte Dieter und fasste Mut, ihr dabei trotzig in die Augen zu sehen. »Vor unserem Gespräch am Parkplatz war ich dir persönlich piepegal. Gibst du das wenigstens zu?«

»Was hast du erwartet? Wir kannten uns kaum. Und du darfst nicht erwarten, das …«

»Egal«, unterbrach er sie, »es war so. Später hast du diesem Besserwisser Nick schöne Augen gemacht.«

»Hab ich nicht!«

»Oder er dir. Ihr seid jedenfalls ziemlich oft miteinander herumgezogen.«

»Unser gutes Recht.«

»Auch nachts im Mondschein.«

»Bist du etwa eifersüchtig auf uns?«

»Ich begründe meine anfängliche Behauptung. Nick war dir als Fremder offenbar nicht gleichgültig. Tja, so sind eben die kleinen Unterschiede.«

»Gleichgültig genug, ihn mit Berti ziehen zu lassen. Eifersucht macht also nicht nur blind, sondern auch blöd.«

An diesem Happen hatte Dieter erst einmal lange zu kauen, während Judith fieberhaft überlegte, wie sie die Stimmung nach diesem ungewollten Streit entspannen könnte.

Lag es an der dünnen Luft oder den unter die null Grad sinkenden Temperaturen, dass Mary und Tschiko plötzlich so ernüchtert waren? Draußen verfinsterte sich der Himmel. Eine fast beklemmende Stimmung stülpte sich über die Gipfelregion und erweckte den Eindruck, feindliche Mächte würden nachts ihr Unwesen trieben. Die Bewohner spürten dieses Alpdrücken bis in die Tiefen ihrer Seele und hielten demnach auch das kleine Fenster verschlossen.

Die Ereignisse des vergangenen Tages hatten Spuren hinterlassen. Jetzt bedauerten beide den Verrat. »War's das wert?«, fragte sich Tschiko. »Mussten wir wirklich wie Strafgefangene flüchten, um in diesem Rattenloch ungestört zu sein?«

Lange lagen die zwei nur stumm auf dem Rücken und beobachteten das lebhafte Flackern der Kerze am Tisch.

»Hier haben sie also übernachtet«, murmelte Tschiko schließlich.

»Wer?«, fragte Mary fast unhörbar.

»Dieses Mädchen und ihr Beschützer, von denen uns Raimund erzählt hat.«

Tschikos Freundin wurde hellhörig. »Erst wird er sie wahrscheinlich getröstet und mit Samthandschuhen angefasst haben«, malte sie sich aus. »Aber nach dem misslungenen Versuch, anderntags im Sturm von hier wegzukommen, ist die Kleine bestimmt ausgerastet. ›Ich will noch nicht sterben‹, wird sie gebrüllt haben, ›bin doch noch sooo jung und hab kaum etwas gehabt von den schönen Dingen des Lebens‹. Alles freilich konnte ihr der Begleiter in der kurzen Zeit nicht geben, aber ich nehme an, er nutzte die Gunst der Stunde.«

Plötzlich mischten sich in das leise Surren des Windes um ihre Aluminiumbehausung befremdende Geräusche. Es klang wie knirschende Schritte im Schnee. Dann, auf den Felsen, das »Tack Tack« von Wanderstöcken. Karabiner klapperten, vermischt mit schnellen Atemstößen.

»Wahnsinn! Die haben sich tatsächlich bis hierher durchgekämpft und müssen deutlich schneller als wir gewesen sein«, ärgerte sich Tschiko.

»Keine Kunst in unserer Spur, die ab dem Cevedale erhalten geblieben ist«, klärte Mary und beugte sich so weit vor, bis sie die Tür im Blickfeld hatte. Insgeheim hoffte sie, es seien Bergsteiger, die von der Viòz-Hütte gekommen waren und ihnen somit eine vorzügliche Fährte gelegt hatten. Dass ihre Schwester oder Dieter den gewaltigen Weg von der Pizzini-Hütte bis hierher an einem Tag bewältigten, hätte schon an ein Wunder gegrenzt.

Wenige Sekunden später sah sie sich in ihrer Einschätzung auch bestätigt, denn herein zwängten sich nur Nick und Berti. Der Münchner hatte etwa drei Viertel der Führungsarbeit bestritten und den Wettlauf gegen die Dunkelheit so zu ihren Gunsten entschieden. Dabei war er oft bis an die Grenze seines Leistungsvermögens gegangen und zeigte jetzt deutliche Zeichen der Erschöpfung. Schwer atmend entledigte er sich des Gepäcks, warf es einfach zu Boden und taumelte wie im Delirium auf den nächsten Sitzplatz.

Kurz hatte er die Bewohner dieser »Sardinendose« zur Kenntnis genommen. Die flüsterten ihm ein schüchternes »Hallo Nick« zu, auf das er mit einer flüchtigen Geste antwortete. Nicht Hass oder Verachtung standen hinter seiner Verbitterung; er dankte vielmehr allen Mächten der Berge, dass seine Hinterbacken diesen Stuhl, welcher ihm wie ein bequemer Polstersessel vorkam, küssen durften.

Berti, der noch entkräfteter als sein Führer wirkte, hatte inzwischen das Seil zusammengelegt. Er fand beim Betreten der Biwakschachtel kaum Platz für sich und den Rucksack, denn die Bewohner hatten sich in der Meinung, diese Nacht gehöre ihnen allein, recht breit gemacht. Nun mussten sie mit ansehen, wie ihre Gerätschaften rüde auf einen Haufen geworfen wurden.

Auch der entmachtete Reiseleiter verkniff sich jede Begrüßung. Seine Wut war unterwegs deutlich abgekühlt – insbesondere an der gefährlichen Querpassage und anderen pikanten Stellen, die ihn nervlich und körperlich an die Grenze gebracht, ja, mehrmals sogar das Wort »Rückkehr« provoziert hatten. Jetzt, da er die Verräter wieder vor Augen hatte, kehrte der ganze Hass über ihr niederträchtiges Verhalten wie neu entfacht zurück. Einem Gewitterregen gleich wollte er die in Gedanken präzise ausgearbeitete Moralpredigt auf sie prasseln lassen.

Mary wich seinem Blick schon aus, und Tschikos Gesicht lag ganz im Dunkeln. Bis Berti seine Taschenlampe gefunden hatte, stammelte das Mädchen etwas wie eine Entschuldigung. Nick entspannte die Lage, indem er von Judiths Verletzung berichtete.

»Sieht Didi gar nicht ähnlich, dass er sich für Judith opfert«, bemerkte Tschiko.

»Was blieb ihm anderes übrig – nach eurem Verrat?«, fauchte Berti. »Besser für ihn.«

Nick gab zu, die Schwierigkeiten dieser Gratüberschreitung bei Tiefschnee unterschätzt zu haben, rügte aber den Alleingang, der die ganze Gruppe gefährdet habe. »Hier muss man wie Pech und Schwefel zusammenhalten«, tönte er belehrend.

Im Folgenden versuchte er, zwischen den zerstrittenen Parteien zu vermitteln, wobei zumindest so etwas wie ein Zweckbündnis zu Stande kam. Die große Aussprache sollte zu Hause im Beisein aller Beteiligten stattfinden.

Danach kehrte wieder Ruhe ins Colombo-Biwak ein, wenngleich Mary noch lange hellwach in ihrem Schlafsack lag und schaudernd daran dachte, dass der lüsterne Rucksackschnüffler diese Nacht allein mit ihrer Schwester verbrachte. Noch scheute sie sich, Nick ihre Befürchtungen mitzuteilen. Er war ein unentbehrlicher Führer für die weitere Strecke.

Nach Ausklingen eines trübseligen Nachmittags schien sich beim Abendessen die Stimmung zwischen den beiden ungleichen Partnern in der Casati-Hütte etwas aufzuhellen. Die Studentin fühlte nachlassenden Schmerz in den Knien und konnte schon wieder flott in der Wohnstube herumspazieren, was Dieter unbeeindruckt zur Kenntnis nahm. Einerseits entband ihn ihre Genesung von einer schweren Verantwortung, andererseits beschlich ihn erneut der Verdacht, sie könne die Verletzung vorgetäuscht haben, um ihn am Weitergehen zu hindern. Beim Stand ihrer Erkenntnisse musste es ihr Ziel sein, ihn von einer Rückkehr ins Colombo-Biwak abzuhalten.

»Mach doch die Probe aufs Exempel, ob die Knie dich wieder mögen«, riet er ihr. »Steig die Treppe hoch!« Doch schon nach zwei Stufen schossen ihr neue Stiche in die Gelenke. Sie begann erstmals mit ihrem Schicksal zu hadern und nahm Dieters etwas unbeholfenen Trost dankbar zur Kenntnis. Diesmal stützte er sie gern und geleitete sie zu ihrem Eckplatz in der Stube, wo sie sich bettete, bis es Zeit zum Schlafengehen wurde.

Er nahm sittsam am Tisch Platz und wünschte sich nichts sehnlicher als eine Flasche Wein und eine Schachtel Zigaretten. Sein Schweigen wurde ihr unerträglich, konnte es doch in krankhafte Grübelei ausarten.

»Es redet sich schlecht auf diese Distanz, Didi«, sagte sie deshalb. »Komm zu mir und vergiss deine schlechten Erfahrungen zumindest heute Abend!« Er wandte sich kurz um und ließ einen traurigen Blick über sie huschen. »Ich hab mir den Aufenthalt mit dir auch anders vorgestellt«, sagte er, »ungezwungener und ehrlicher.«

»Ehrlich war bislang nur ich zu dir«, gab sie kalt zurück.

Dieter zögerte einen Moment, dann ließ er es raus: »Wenn sich hier jemand verstellt, dann du. Damit dir keiner zu nahe tritt, mimst du die unnahbare Heilige, gibst dich keusch wie eine alte Nonne. Du erzählst jedem, der es wissen soll, dass du Liebe und Triebe einfach beiseite schieben kannst, bis sie in deine weit gesteckte Zukunftsplanung passen. In Wirklichkeit hast du nur Angst vor echten Gefühlen. Sie könnten dich aus dem Tritt bringen. Fast wäre ich auf dein falsches Spiel hereingefallen. Aber mir sind die Augen über deinen wahren Charakter geöffnet worden: Selbst auf dieser Reise in die Wildnis hast du Vorsorge getroffen und deine Grundausstattung für erotische Abenteuer mitgenommen.«

»Du hast in meinen Sachen herumgekramt!«, schrie sie ihn bestürzt an.

Dieter grinste und fuhr in seiner Attacke fort. Nun hatte er Oberwasser: »Das ließ sich kaum verhindern. Auf wen hattest du's denn abgesehen, hä? Bleibt ja nur der plumpe Berti ... Männer müssen schließlich nicht schön sein. Bist wohl auf Grundeis gestoßen bei ihm. So ein Pech aber auch! Oder hast du gehofft, auf einer verträumten Berghütte würde dir dein Märchenprinz begegnen, einer vom Schlage eines Nikolaus Grum – mannhaft, mutig, stark?«

»Quatsch! Alles Quatsch!«, verteidigte sie sich vehement und beglückwünschte sich innerlich, Tschiko und Mary bestohlen zu haben. »Der Ratgeber gehört Mary. Sie hat ihn mir als Bettlektüre mitgegeben und gesagt: ›Wenn du da durch bist, weißt du, was abgeht in der Liebe.‹ Ich dachte: ›Nimm's und schaust mal rein.‹ Was die Verhüterli betrifft: So Dinger gehören heutzutage in die Toilettentasche jeder verantwortungsbewussten Frau – ob man konkret was plant oder nicht. Mit den anderen beiden Gegenständen hast du insofern Recht, dass ich mir die Gelegenheit für ein Abenteuer offen hielt. Was ist daran so verwerflich?«

Darauf wusste Dieter keine Antwort.

»Bist du jetzt enttäuscht von mir?«, fragte Judith nach einer Pause.

»Weswegen?«

»Weil ich nicht mehr deinen Wünschen entspreche.«

»Weißt du denn, wie meine Wünsche aussehen?«

»Du hättest mir gerne das Wasser gereicht, stimmt's? Dachtest, ich sei unerfahren, naiv, kuschelig und anhänglich, am besten noch unberührt und natürlich ohne feste Bindung. Dann hättest du den Mut aufgebracht, mich das zu fragen, was du dir jetzt mühsam verkneifst: Ob ich deine Freundin werden möchte.«

Dieser letzte Satz wirkte wie ein Schock auf den Rückkehrer, der sich durchschaut sah, denn sie hatte es erfasst. So wie er Judith noch vor wenigen Stunden gekannt hatte, hielt er sie für eine leichte Beute, wenngleich er als gebranntes Kind das Feuer scheute und sich bislang sehr zurückhaltend ihr gegenüber verhalten hatte. Nun aber musste er Angst haben, von Judiths Reife ins Abseits gestellt zu werden.

»Du dachtest, ich sei so wie Renate«, nahm sie den Faden wieder auf. »Die Illusion wurde perfekt, als ich mich verletzt hatte und in deine Obhut begab. Klar sah ich, dass sich da eine neue Chance für dich auftat, die Scharte von damals zumindest teilweise auszuwetzen. Ich dachte, du würdest förmlich aufblühen in meiner Gegenwart, dich freuen, mir helfen zu dürfen und dadurch Ballast von deiner Seele werfen. Statt dessen bist du immer verschlossener geworden und verletzt mich mit grundloser Eifersucht. Beweis dafür ist, wie du auf die Entdeckung meiner intimen Utensilien reagiert hast.«

»Dann war das bloß Teil deiner großartigen Strategie, mich an deinen Fäden zappeln zu lassen«, argwöhnte Dieter mit einem gefährlichen Beben in seiner Stimme und sprang auf. »Ein mieser Trick, um mich in die Zwickmühle zu bringen. Sieht so deine ehrliche Hilfe aus? Du bist keinen Strich besser als alle anderen Weibsbilder, die ich kennengelernt habe: eitel und eiskalt.«

»Moment doch! Lass mich erklären«, bremste sie ihn mit einer beschwichtigenden Geste. »Ich wollte dir nie was vorgaukeln, sonst hätte ich die Sachen besser versteckt oder dich nicht zum Auspacken nach oben geschickt. Ich hab während dieser Reise Distanz zu euch Männern gewahrt, damit wir ohne Konflikte miteinander auskommen. Nicht zuletzt wollte ich keine falschen Hoffnungen in dir wekken – besonders seit ich weiß, was dich hierher getrieben hat. Es würde mich freuen, wenn wir aus dieser misslichen Situation das Beste für uns herausholen könnten. Lass mich also für eine Nacht in Renates Rolle schlüpfen! Nenn mich bei ihrem Namen und stell dir ruhig vor, ich sei erst 17 und noch unberührt! Dann brauchst du keiner Judith, wie sie einzig in deiner Vorstellung existiert, nachzutrauern.«

Dieter nahm wieder Platz. Gleichsam in Zeitlupe vollzog er die Bewegungen, bis er den Kopf in die Hände stützte und in sich versank. Judith schwieg. Sie hoffte auf einen Gefühlsausbruch und befreiende Tränen, ebenso wie sie gehofft hatte, ihn mit den Erotik-Produkten zu intimen Geständnissen zu verleiten. Dieter zitterte, als habe ihn der Schüttelfrost gepackt. Immerhin, sie hatte ihn endlich weich gekocht – wenn auch durch ein äußerst waghalsiges Spiel.

»Kein Mädchen kann sich mit ihr vergleichen, denn sie war einzigartig«, murmelte er mit gesenktem Kopf.

»Jeder Mensch ist einzigartig. Du sollst deiner Fantasie freien Lauf lassen und dir vorstellen, ich sei dieses Mädchen. Wie nach einer utopischen Zeitreise sitze ich hier vor dir in Fleisch und Blut. Das wolltest du doch erreichen mit deiner Rückkehr. Wie muss ich sein? Wie muss ich mich verhalten? Was waren Renates Eigenheiten? Erzähl's mir!«, drängte sie ihn mit beschwörender Stimme.

Dieter begann wie mechanisch zu sprechen: »Sie war wunderschön in meinen Augen, ein Engel, eine Märchengestalt, makellos, rein, durchdrungen von Sehnsüchten und Leidenschaft, aufreizend in ihrer molligen Weiblichkeit und gleichzeitig von kindlichem Charme«, beschrieb er sie, wobei er Judith, die weiterhin auf der Bank saß, den Rücken zukehrte. Mit seinen wie zum Gebet erhobenen Händen schien er Renates Bild aus der Luft formen zu wollen.

»Ihre Lebensfreude, getränkt mit jugendlichem Elan und einer fast sträflichen Unbekümmertheit, haben mich von Beginn an tief beeindruckt, aber auch sehr traurig gemacht, denn ich hatte gerade eine schlimme Lebenskrise hinter mir: unerfüllte Liebe, Bruch der Freundschaft mit Berti, Versagen im Studium, unlösbare Sinnfragen, Alkoholprobleme, Orientierungslosigkeit.

Wie dem auch sei, aus anfänglichem Neid wurde bald inniges Verlangen und der Wunsch, von ihr gerettet zu werden. Ich sah sie als göttliche Heilsbringerin, die ungeduldig darauf wartete, mich von ihrem Glück kosten zu lassen. Sie war eine Quelle in meinem ausgedörrten Weltbild, der letzte Strohhalm, an den ich mich klammern konnte, ein Blasebalg, der meine Gefühle wieder entfachte, ein Wirbelwind, der den Nebel aus meinem Hirn wegpusten sollte. Bei ihrem Anblick wurden romantische Träume wach, die seit der Pubertät verschwunden waren. Ich durchlebte Empfindungen von solcher Tiefe, dass ich glaubte, in einem warmen Bad zu schwimmen. In ihrer Gegenwart drohten mir die Sinne zu schwinden, ich bekam Gänsehaut und sah mich zwei Meter über dem Boden schweben. Wie im Rausch erlebte ich die ersten Tage nach der Einstandsparty bei unserem gemeinsamen Arbeitsantritt. Dabei hatte ich lediglich ein paar belanglose Worte mit ihr gewechselt.

Nachts lag ich lange wach und malte mir aus, wie schön es wäre, wenn wir uns irgendwo verabreden könnten, ganz allein, ohne Wissen der Kollegen; wenn wir dann allmählich, in behutsamen Schritten, unsere Herzen öffneten und mit vielsagenden Gesten die Scheu voreinander ablegten. Ich schlenderte oft durch verträumte Parks und einsame Wälder und stellte mir vor, sie halte meine Hand und blicke mir verliebt in die Augen. Ich stellte mir vor, wie es mir gelang, ihr meine Gefühle zu vermitteln. Jeder Satz, den ich ihr sagen wollte, stand schon im Gedächtnis festgeschrieben als Teil einer wunderbaren Strategie, die zwangsläufig damit enden musste, dass Renate mit geöffneten Armen auf mich zutrat und sagte: ›Lass es uns also gemeinsam versuchen‹. Warum zwangsläufig? Weil meine Gefühle für sie ehrlich waren – stärker als die Zuneigung oder Liebe, die sie durch andere Menschen empfing. Falls tatsächlich so etwas wie überirdische Gerechtigkeit existierte, musste meine Liebe erwidert werden. Daran bestand für mich kein Zweifel.

Nach anfänglicher Euphorie kehrte ich schnell in die düstere Realität mit all ihren Unwägbarkeiten zurück. Für mich sprach, dass Renate mit ziemlicher Sicherheit noch keinen festen Freund hatte und gewiss sehnsüchtig ihrer ersten Liebe entgegen fieberte. Gegen mich sprach, dass ich keiner bin, der einfach sein Herz ausschüttet und die entscheidende Frage stellt. Die Angst vor einer neuerlichen Abfuhr lähmte mich. Andererseits war es gut, gleich reinen Tisch zu machen, um den Nebenbuhlern keine Chance zu geben. So grübelte ich eingedenk vergangener Fehler, wie es mir gelingen konnte, irgendwie in engeren Kontakt mit ihr zu treten.

Da sie nicht in meiner Abteilung arbeitete, kamen wir dienstlich selten zusammen. In der Berufsschule gab sie sich vorwiegend mit ihren ehemaligen Klassenkameradinnen ab. Blieb also noch der Azubi-Stammtisch. Das war ein Fest für die Seele, wenn ich neben ihr sitzen durfte. Natürlich galt auch hier Vorsicht als oberstes Gebot, denn meine verzweifelten Bemühungen um das Mädchen sollten nicht von den Kollegen erkannt werden.

Vielleicht hätte ich mit ihr in die Disko gehen sollen, aber ich verabscheute diese Krachtempel, in denen jede Konversation unmöglich wird. Blieb also nur, sie zu einem gepflegten Essen bei Kerzenlicht einzuladen.

Einmal konnte ich sie tatsächlich überreden, mit mir auszugehen. Ich wollte schreien vor Glück und tat zwei Nächte lang kein Auge zu. Als der Tag endlich gekommen war, warf ich mich in Schale und studierte einen Ratgeber über gute Tischsitten, um ihr jede Peinlichkeit zu ersparen. Doch was hat sie getan in ihrer Unwissenheit? Du kannst es dir denken: Ihre ganze Clique hat sie zum Rendezvous mitgebracht und geglaubt, sie täte mir damit einen Gefallen.

Im Nachhinein betrachtet war's ein taktischer Fehler: Ich hatte Renate nicht ausdrücklich gesagt, dass ich mit ihr allein ausgehen wolle. Aber mit etwas Weitsicht hätte sie sofort erkennen müssen, was ich mit der Verabredung bezweckte. Ich war ihr deswegen nicht böse und kämpfte noch verbissener um sie, denn diese Affäre hatte inzwischen universelle Bedeutung für mich erlangt. Sie oder keine, lautete die Devise.

Ich hab dann versucht, Renate eines Abends nach Hause zu begleiten, doch sie ließ sich immer von Roland chauffieren. Der hielt offenbar ein Auge auf sein Schwesterherz, damit es nicht in schlechte Gesellschaft geriet oder verführt wurde. Wie dem auch sei, kurz nach Ostern begannen die Planungen zur Bergtour. Obwohl mir auch hier ihr Bruder als Aufpasser in die Quere kam, dachte ich: ›Fahr mit und schau, was sich ergibt.‹ Zum Heulen, dass es ausgerechnet so kommen musste …«

»Es muss dir wie ein Sechser im Lotto vorgekommen sein, als dich die Gruppe mit Renate allein in der Biwakschachtel zurückließ«, sinnierte Judith verträumt. »Keine Widersacher weit und breit, keine hämisch tuschelnden Kollegen. Endlich hattest du Zeit und Gelegenheit, ihr deine Geheimnisse zu offenbaren und deine Zuneigung durch entschlossenen, mutigen Beistand zu bestätigen. Für sie wärst du zum Retter aus der Not erwachsen, ein Vorbild, dem Dank und … Liebe gebührte.«

Dieter war in sich versunken. Sein glasiger Blick drang durch Judith hindurch. Er zitterte, während sie noch einmal die Rolle wechselte: »Du hast ihr hoffentlich gleich deine Liebe gestanden, oder?«

Entnervt winkte er ab. »Glaubst du etwa, wir wären dort oben Arm in Arm ins Paradies entschwebt? Glaubst du, wir hätten harmonisch im Kerzenlicht turteln oder einfach gemütlich über Dies und Jenes quatschen können, womöglich noch vor einem lauschigen Ofenfeuer, hm? Nein, durch die Hölle sind wir gegangen in dieser engen Schachtel, während draußen der Sturm tobte und uns in die Tiefe zu reißen drohte. Renate ist fast gestorben vor Angst. Wimmernd hat sie sich unter einem Berg Decken vergraben und grässlich geplärrt, wann immer eine Bö gegen das Blech donnerte. Aber auch ich wollte mir manchmal vor Angst in die Hose pissen. Aufmunternde Worte blieben im Halse stecken. Gar nicht zu denken an ein Liebesgeständnis! Sie hätte mir ein Messer zwischen die Rippen gestoßen, wäre ich mit Gefühlsduseleien gekommen. Erst galt es, Beschützerpflichten zu erfüllen. Wenn sie hinterher Grund hatte, dankbar zu sein, umso besser. Und ich zweifelte nicht, dass es so sein werde.«

»Woher Renates plötzliche Angst?«, rätselte Judith. »Am Wetter lag es bestimmt nicht. Immerhin erreichten deine Kollegen unbeschadet die Viòz-Hütte.«

»Viele Faktoren kamen zusammen. Vor allem die Übelkeit und ihre Magenschmerzen setzten ihr gewaltig zu. Sie glaubte, sie habe sich vergiftet und müsse ohne Medikamente qualvoll sterben. Sie fürchtete die Kälte, die ihr eine Lungenentzündung bescheren konnte. Sie fürchtete die Einsamkeit, die Hilflosigkeit, das Warten auf die Launen den Schicksals. Sie fürchtete mich, als würde ich jeden Augenblick über sie herfallen. Und was half es, ihr pflichtbewusst Beistand zu leisten, wenn ich am Ende mit ihr unterging? Später veränderten sich ihre Empfindungen: Irgend eine grausige Ahnung des bevorstehenden Unglücks brach über sie herein. Renate hörte Stimmen von Bergdämonen, die ihr unheilvolle Dinge zuflüsterten. Die Geister konnte ich ihr ausreden, doch weiterhin glaubte sie, in eine Falle getappt zu sein. Bauchweh und Schwindelanfälle taten ihr Übriges. Mehrmals musste sie sich übergeben. Dann heulte sie stundenlang vor sich hin.

Natürlich wollte ich sie in meine Arme nehmen und trösten. Aber sie stieß mich weg. ›Du hast mir das eingebrockt‹, schrie sie. Schwach und schäbig kam ich mir da vor und erinnerte mich an die Worte ihres Bruders: ›Ihr schafft das schon!‹ Für ihn lag der Fall klar. Er hätte sie eine ›hysterische Ziege‹ genannt und notfalls mit Ohrfeigen ruhig gestellt. Ich hingegen litt mit ihr.«

»Dann wäre es falsch, wenn ich mich jetzt wie sie benehmen würde«, schlussfolgerte Judith. »Soll ich dir statt dessen als Renate gegenübertreten, wie sie deinen Wünschen entsprochen *hätte*?« Dieter nickte. »Also nenne mich bei ihrem Namen, wenn du mit mir sprichst! Und behalte im Hinterkopf: Es ist nur ein Spiel.«

Doch für Dieter war es längst kein Spiel mehr.

Eine Stunde später musste er ihr über die Stiegen hinauf ins Schlafgemach helfen. Dort waren die Düfte der Vorbewohner inzwischen verflogen. Mit einem Blick konnte sich die Studentin überzeugen, dass Dieter alles zu ihrer Zufriedenheit erledigt hatte – bis auf eine Kleinigkeit: Ihre beiden Plätze lagen zu weit auseinander.

»In Person von Judith hätte ich vielleicht sogar auf einem eigenen Zimmer bestanden«, erklärte sie mit einem Lächeln. »Als Renate wünsche ich meinen Beschützer nahe bei mir. Draußen braut sich etwas zusammen. Schlimme Nebel, die das Haus mit Eissplittern bombardieren, ziehen auf. Dämonen kratzen an Fenstern und Türen und versuchen, mich mit ihren Lockrufen irre zu machen. Der Berg fordert ein Opfer. Ich fühle mich hilflos. Zieh deine Decken ganz dicht gegen meine, denn ich will dich in dieser Nacht immer bei mir wissen!«

Sie platzierte ihre Taschenlampe griffbereit auf der schmalen Ablagefläche über ihrer Schlafstelle und forderte Dieter auf, eine Kerze aus der Stube zu holen. »Kerzenlicht ist viel natürlicher und angenehmer für die Augen«, meinte sie. Insgeheim ging es ihr darum, eine anheimelnde Stimmung im Raum zu erzeugen. Als ihr »Patient« zurückkehrte, bedankte sie sich fast ergeben. Sie hatte bereits ihren Pullover ausgezogen und wollte gerade das körperbetonende Oberteil über den Kopf streifen, als sie Dieters stechende Augen bemerkte.

»Was hast du?«

»Nichts … soll … soll ich mich umdrehen, bis du …?«

»Wozu? Mein Körper ist doch kein Geheimnis. Ich zieh nur meine Nachtwäsche an. Es tut wohl, das verschwitzte Zeug auszuziehen und sich ins warme Lager kuscheln zu können.« Schon stand sie ihm mit nacktem Oberkörper gegenüber und registrierte erfreut, wie sehr er von ihrem Anblick gebannt war. Sein Blick zeigte Verlangen, dieses Fleisch zu berühren und an sich zu pressen. Nicht oft stellte sich Judith so zur Schau. Aber es war nichts, wofür sie sich schämte. Das nicht. Bevor sie sich auch unterhalb der Taille entblößte, schlüpfte sie schnell in ihr überlanges Schlafhemd.

Mit Blick zum Fenster, die intimen Teile deutlich abgewendet, flog

Dieter nun förmlich aus den Kleidern und bedeckte sein Fleisch mit einem schlichten Baumwoll-Schlafanzug.

»Komm schon!«, lockte ihn Judith mit aufreizendem Blinzeln. Sie war erst halb in ihrem Schlafsack verschwunden und zog Dieters Decken noch näher zu sich, bis sie zwischen ihm und der Wand förmlich eingekeilt war. Aber sie empfand es als angenehm, sich gegenseitig zu spüren und Wärme auszutauschen, sofern dies durch zwei Daunenschichten hindurch möglich war. Sie wiederholte ihre Aufforderung und wischte sich mit beiden Händen durchs Haar. Jetzt glich sie einer Katze, die zum Biss auf die Maus ansetzte. Und einer Maus gleich wisperte er:

»Gleich, Renate.«

Unbewusst hatte er sie Renate genannt. Sie leckte ihre Lippen und sah ihn erwartungsvoll an. Schließlich zwängte er sich auch halb in den kalten Sack. Ihre Nähe stimmte ihn ängstlich, was sie sofort bemerkte. »Gib dich ganz ungezwungen, Dieter! Judith war nicht in dich verliebt und wird es nie sein. Sie war nur eine Bergkameradin, die dir helfen wollte, deine Probleme zu meistern. Sie war eine Bekanntschaft, die dir nach dieser Reise noch ohne Schmerzen in die Augen blicken will. Ich aber bin Renate, und du liebst mich genauso, wie du vielleicht Judith geliebt hast, bevor sie anfing, unangenehme Fragen zu stellen. Bis zu einer gewissen Grenze gebe ich mich dir hin. Du weißt, was ich damit meine. Versprich mir, diese Grenze nicht zu überschreiten, sonst war alles umsonst!«

Der Lagergefährte gab ihr dieses Versprechen.

»Breite jetzt die Decken über uns aus! Wir finden beide unter ihnen Platz und brauchen dann die Schlafsäcke nicht ganz zu schließen. Du darfst mich umarmen, wenn du willst, und meine Hand halten, bis ich schlafe.«

Schüchtern beugte sich der Rückkehrer über sie. Weil er etwas ungeschickt bei seiner Umarmung zu Werke gegangen war, machte es ihm Judith anschließend auf ihre Art vor: Fest umschlang sie Kopf und Nacken, presste ihre Wange gegen seine und stöhnte leidenschaftlich. Dieter übermannten ungeahnte Glücksgefühle. Lange nachdem sie ihn losgelassen hatte, rang er noch mit seiner Beherrschung und suchte schließlich ihre Hand – die Hand einer wiedererweckten Toten.

»Wie fühlst du dich jetzt?«, fragte Judith, als es ihr nach mehreren Versuchen gelungen war, die Kerze aus einem Meter Entfernung auszublasen. »Besser, viel besser«, antwortete Dieter voll Glückseligkeit. Er hielt ihre Hand weiterhin fest umschlossen, als sei er mit ihr verwachsen.

Judith überlegte, ob sie nicht einen Schritt zu weit gegangen war. Wenn sie eine zu große Lust in ihm entfachte, konnte der Schuss nach hinten losgehen. Aber sie spürte, dass sie dem Geheimnis um Renate dicht auf der Spur war.

»Jetzt liegen wir im engen Colombo-Biwak«, flüsterte sie, »drängen uns fest aneinander, um allen bösen Mächten draußen zu trotzen. Die Tür ist verriegelt. Auch die Kälte schafft es nicht durch unsere Decken. Deine Hand leitet deine Wärme in meinen schlaffen Körper. Deine Nähe beseelt mich mit neuem Mut und neuer Energie. Immer noch höre ich die Geister meinen Namen rufen: ›Komm zu uns, Renate! Wir warten im ewigen Eis auf dich.‹ Warum bleiben deine Ohren vor diesen Rufen verschlossen, Dieter?«

»Ich höre sie auch«, flüsterte er mit zitternder Stimme, »diese Bestien, die ein Opfer wollen. Von Anfang an haben sie einen Keil zwischen uns getrieben, Angst gesät und Wahnsinn geerntet. Ich lass dich nicht los, Renate. Niemand soll uns trennen. Niemand.«

Er drückte ihre Hand fester, was ihr einen leisen Schmerzenslaut entlockte. Draußen leuchtete das Sternenzelt und kein Lufthauch störte den Frieden. Dennoch glaubte Dieter, vom Sturm hin und her gerüttelt zu werden. Judiths Stöhnen, das er anfangs als lustvoll empfunden hatte, schreckte ihn hoch.

»Was fehlt dir?«, fragte er sie.

»Du hast mir noch nicht deinen Preis genannt. Was bin ich dir schuldig für meine Rettung?«

»Ach, sprich doch nicht von Schuld, als sei das Ganze ein Geschäft!«, brummte er ein wenig verdrossen.

Judith neigte ihren Kopf gegen seine Schulter und stöhnte voller Dankbarkeit: »Du bist keiner von denen, die eine solche Situation schamlos ausgenutzt hätten. Deine Absichten sind ehrlich. Jetzt kann ich beruhigt einschlafen.«

Sie konnte, aber er lag lange wach und dachte über ihre letzten Worte nach. Mehrmals verspürte er den Drang, einfach über sie herzufallen und dem ganzen Irrsinn damit ein jähes Ende zu bereiten. Aber noch setzte er Hoffnung in Judith und Renate. Noch konnte es sein, dass eine von beiden den entscheidenden Schritt zu seiner Rettung wagte, bevor es für alle zu spät war.

Am Abgrund

Mittwoch, 7. Oktober. Der Himmel zeigte sich bedeckt. Trotzdem sah es aus, als sollte das Wetter den Bergsteigern weiterhin gewogen bleiben. Tschiko hatte mit seinem »Radioknopf« im Ohr gute Prognosen aus den Sechs-Uhr-Nachrichten erfahren. Die Gruppe wollte zeitig aufbrechen und nach einer Rast auf der Viòz-Hütte das Meneghello-Biwak in Angriff nehmen. Vor allem drängte Nick auf ein schnelles Fortkommen. Seine Angst um Judith wuchs von Stunde zu Stunde. Er wusste, dass sie ihn zum Gehen gedrängt hatte, weil sie dem Küken eine Spezialbehandlung angedeihen lassen wollte. Er, Nick, hätte diese Behandlung bestimmt nicht gutgeheißen.

Nun, immerhin hielten Judith und Dieter Funkkontakt mit dem Tal, und Willi würde ihnen bald Gesellschaft leisten – glaubte Nick. Im günstigsten Fall käme Judith zu einer wundersamen Genesung und bewog das Küken, mit ihr abzusteigen. Oder konnte Dieter sie überreden, den Marsch gipfelwärts fortzusetzen? Nein, denn gerade das wollte die Frau doch verhindern.

Nick spürte, er hätte sich die Sache nicht aus der Hand nehmen lassen dürfen. Schließlich hatte er für ein erkleckliches Honorar den Auftrag als Leibwächter übernommen. Sollte er scheitern, würde ihn Herr Reitmeier für alles zur Verantwortung ziehen. Deshalb reflektierte er, ob es möglich sei, Berti allein mit Mary und Tschiko ziehen zu lassen. Noch hielt der Waffenstillstand, aber ein Streit zwischen den Dreien konnte tödliche Auswirkungen haben.

Nick rechnete sich aus, dass er mit seinem Trupp bis gegen Abend zum Meneghello-Biwak kommen konnte, sofern längere Tiefschnee-Passagen ausblieben. Von dort würde er mindestens zwei Tage zurück zur Casati-Hütte benötigen. Als sich Tschiko und Berti beim Frühstück wegen belangloser Dinge zankten, entschloss er sich zähneknirschend, bei der Gruppe zu bleiben.

Judith war über Willis befohlenen Aufstieg zur Casati-Hütte im Unklaren belassen worden. Sie hätte ihm ohnedies nicht zugetraut, ohne fremde Hilfe hierher zu kommen, obwohl er bestimmt stärker auf den Beinen war, als er bislang gezeigt hatte. Sie, deren Name jetzt Renate war, die eine Verjüngungskur um fast zehn Jahre hinter sich hatte, wollte ihr Spiel heute zu einem positiven Ende bringen. Es gab nur einen Knackpunkt bei der Sache: Sie war nicht in Dieter verliebt, obwohl sie ihn förmlich an sich gerissen und mit erotischen Lockungen in einen Rausch des Verlangens versetzt hatte. Verlangen nach Lust, Hingabe, Zärtlichkeit. Gier nach mehr, weit über ihr Angebot hinaus. Mehr als sie ihm geben durfte.

Judith spürte die Gefahr. Schon während der Nacht war ihr bewusst geworden, dass sie Dieter in einen Konflikt getrieben hatte. Er hatte laut gestöhnt, sich herumgewälzt, als wolle er die Decken durchscheuern, und mehrmals Renates Namen ausgestoßen. Es war ihr immerhin gelungen, ihn ein Stück von sich wegzuschieben, während er schlief. Ihre Hand hatte er längst freigegeben, als er schwitzend und keuchend den Mond anheulte und von abscheulichen Träumen gerädert wurde. Mehrere Decken, die er in der Hitze seiner Ekstase weggerissen hatte, hatte Judith als Schutzwall zwischen sich und ihm aufgetürmt.

Gegen sechs Uhr wurde er wach, schüttelte sich wie ein struppiger Hund nach dem Baden und fingerte schlaftrunken seine Trinkflasche von der Ablage. Die mineralhaltige Flüssigkeit kühlte ihn sichtlich ab, brachte ihn zurück in die Wirklichkeit, welche sich schemenhaft auftat: Da lag sie noch – getrennt von ihm, friedlich schlummernd.

»Wie kann sie ruhig schlafen, wenn es mir so schlecht geht?«, fragte er sich, ohne zu wissen, dass sie erst vor zwei Stunden eingenickt war und das ganze Ausmaß seiner Leiden miterlebt hatte. Er sah ihr Gesicht entspannt auf dem Kissen ruhen, hörte ihre gleichmäßigen Atemzüge und spürte ein unbändiges Drängen nach ihrer Nähe. Hastig entfernte er die Decken und schmiegte sich an das Geschöpf. Dabei öffnete es die Augen.

»Renatekind, ich hab dich vermisst«, wisperte er ihr ins Ohr.

»Schlechte Träume, Didi?«, fragte sie und versuchte, ihr Schaudern zu verbergen. Er war jetzt abstoßend und stank aus dem Mund. Seine Haut klebte vor Schweiß und Schmutz. Hässlich seine ehemals freundliche Visage, stechend jede seiner Berührungen. Dieters zärtliches Streicheln endete als schmerzhaftes Kratzen. Aber sie durfte ihn nicht zurückweisen und ließ es zu, dass er ihre Hand packte und auf seine Brust legte.

»Ich hab dein Gesicht gesehen im Traum, wollte dich festhalten. Aber du hast geschrien und bist vor mir weggelaufen, als sei ich ein Monster. Sag, bin ich ein Monster?«, ächzte er.

»Nein, natürlich nicht. Außerdem liege ich immer noch neben dir«, entgegnete sie sanft.

Dieter fröstelte und schob Judiths Hand unter sein Hemd. »Spürst du mein Herz? Es rennt Amok. Wie aus Fontänen will das Blut nach draußen. Renate ist fort. Geschrien, gefleht, gebettelt hab ich, damit sie bleibt. Vor ihr auf die Knie gefallen bin ich, hab mich als Opfertier angeboten, ihr mein Leben, meine Seele, einfach alles versprochen, wenn sie nur bei mir bleibt.«

»Wir stehen das gemeinsam durch, Dieter«, versprach sie ihm und nützte sein entspanntes Aufatmen, um ihre Hand zurückzuziehen. Er hatte ihr weh getan.

»Denk an deinen Auftrag, mich in Sicherheit zu bringen«, erinnerte sie ihn. »Wir werden jetzt unsere Sachen packen und diesen unglückseligen Ort verlassen. Wenn wir heil nach unten kommen, wird man zu Hause deinen Namen mit Achtung aussprechen.«

Dieter zuckte zurück. »Was habe ich von einer Rehabilitation, wenn ich wieder einsam bin? Sobald wir die Heimreise antreten, ist der Spuk vorbei und mir bleiben Trübsal, Frust und Unverständnis in einer lieblosen Welt. Hab ich mich durch die Vergangenheit gequält, um zu erleben, dass sich nichts geändert hat oder je ändern wird? Raimund hatte schon Recht. Wir sind alle entbehrlich.«

»So ein Unsinn!«, entfuhr es ihr.

Jetzt sammelte Dieter allen Mut und legte seinen Arm auf Judiths Brust, die darüber so verschreckt war, dass sie jede Abwehrreaktion unterließ. »Falls du mich wirklich brauchst, würdest du mich jetzt bitten, dir unters Nachthemd zu greifen. Du würdest jedenfalls nicht so steif daliegen und warten, bis ich mich enttäuscht zur Seite rolle. Oh, ich hab dich durchschaut, Renate. Wolltest mich nur bei Laune halten, wolltest den guten Didi ein wenig aufmöbeln, damit er dir weiterhin treue Dienste tut: ›Braver Didi, kriegst ein Knochi! Aber Frauchen spielt lieber mit anderen Jungs.‹ Eins hast du vergessen: Hier kannst du mich nicht so leicht herumschubsen wie anderswo. Nicht du bist es, die gerettet werden soll, sondern ich! Und es ist furchtbar einfach, das zu bewerkstelligen. Kostet bloß etwas Überwindung. Den ersten Schritt leiste ich, indem ich dich bitte, meine Freundin zu werden und mit mir zu schlafen.«

Jetzt war es raus. Judith nahm seine Pranke vorsichtig von ihrer Brust. Aber sogleich klatschte sie wieder auf eine der butterweichen Rundungen und krallte sich diesmal fest. Im ersten Schmerz spannte sich der Körper der Studentin. Ihre Hände vermochten nicht, den Griff zu lösen.

»Das tut weh! Hör auf, bitte!«

Nun endlich ließ er von ihr ab. »Verzeih«, sagte er ohne jede Reue. »Es kam über mich. Seit gestern Abend denke ich an nichts anderes mehr.«

»Es war ein Spiel, verdammt nochmal!«

»Dann lass es Wirklichkeit werden, Renate!« Er starrte sie mit treuen Augen an und erwartete eine ehrliche Antwort.

»Nächstes mal kratze ich dir die Augen aus.«

Auf sein bestialisches Grinsen hin wäre Judith am liebsten ganz in ihrem Schlafsack verschwunden. Doch Dieter packte sie bei den Haaren und wartete.

»Wir können doch auch ohne das andere Freunde sein«, stöhnte sie.

»Können wir nicht! Das *andere* besiegelt den Bund. Das *andere* ist dein Einsatz. Du hast gestern gefragt, was ich dir schuldig bin, und ich habe dich belogen. Jetzt weißt du, was ich fordere.« Seine Spucke benetzte ihr schweißüberströmtes Gesicht. »Ich will sehen, ob du es ernst meinst mit deinem Hilfsangebot. Erst dann fühle ich mich berechtigt, Mensch zu sein und einen Platz auf dieser Welt in Anspruch zu nehmen.«

Sie wollte schreien, auf ihn einschlagen, davonlaufen. Aber er riss an ihren Haaren, dass ihr Kopf zur Seite flog. »Das war keine Bitte, sondern ein Befehl!«, knurrte er. »Didilein ist gnädig und gibt dir Zeit, darüber nachzudenken.«

»Vorher steigen wir zur Pizzini-Hütte ab«, beharrte Judith mit einer schlimmen Ahnung, obwohl sie ihm nicht zutraute, sie hier längere Zeit festhalten zu können.

»Ob wir gehen, hängt allein von dir ab, denn gibst du mir weiterhin das Gefühl, ein Nichts zu sein, zeig ich dir, dass auch du nichts bist.«

»Gut, geh ich eben allein«, trotzte sie und öffnete den Reißverschluss ihres Schlafsacks. Die warme Luft aus dem Inneren heizte Dieter erneut an. Diesen kritischen Moment überstand Judith schadlos, indem sie flink von der Matratze sprang und zur Tür stürmte.

»Brauchst doch keine Angst vor mir zu haben«, rief ihr Dieter zu und zeigte als Zeichen des Friedens beide Handflächen. »Wir melden uns noch einmal bei Willi, damit er uns sicher weiß. Mittags brechen wir auf. Mein Ehrenwort.«

»Mittags, sagtest du?«, nagelte sie ihn fest. Er wiederholte sein Friedenszeichen und nickte. »Na gut, aber wir stehen jetzt trotzdem auf. Ich will mich draußen im Schnee auswaschen, und dir täte etwas Abkühlung auch gut«, meinte sie, packte ihren Toilettensack, schlüpfte in die Hüttenschuhe und verschwand. Dieter fiel auf, dass sie nicht mehr humpelte.

Er wartete, bis er die Haustür scheppern hörte, grinste dann wie ein Lausbub vor dem großen Streich und begann, wieder in Judiths Rucksack zu wühlen. Aus dem Brotzeitbeutel entnahm er Gabel und Messer, die er sofort in seinen Rucksack steckte. Nicht anders erging es der Nagelfeile, der kleinen Schere und anderen spitzen Gegenständen. Er bemächtigte sich ebenso der Reizwäsche und des Intimstiftes. Schließlich öffnete er das Fenster und spähte nach unten, was seine Angebetete trieb. Ihr lautes Frösteln drang an sein Ohr, sehen aber konnte er sie nicht. Sie gurgelte Teewasser und ließ die Zahnbürste flitzen.

Mit einem zufriedenen Nicken schlurfte Dieter zur Lagertür und zog den Schlüssel ab. Er wog ihn in den Händen und fand ein sicheres Versteck dafür in seiner Geldbörse. Als nächstes nahm er das Funkgerät, suchte den Deckel vom Batteriefach und griff mit seinen langen Fingernägeln in die Schieberillen. Nach einigen Mühen fand er den richtigen Dreh und gelangte an die vier »Tönnchen«. Zur Sicherheit klemmte er noch einen Kontaktdraht ab. Nun war die Verbindung zur Außenwelt abgeschnitten.

Am Abend hatte er Willi bereits erzählt, die Batterien würden langsam schwach werden, alle Ersatzbatterien hätte Nick versehentlich mitgenommen, und Judiths Verletzung habe sich verschlimmert. Er wolle kein Risiko durch einen verfrühten Abstieg eingehen und einen weiteren Tag hier mit ihr ausharren – notfalls noch länger. Spätestens nach Rückkehr der Gipfelstürmer könne man sich überlegen, wie die Verletzte zu bergen sei. Willi hatte ihm – so schien es – die Geschichte abgenommen und darauf verzichtet, mit Judith selbst zu sprechen.

»Wenn die anderen bei ihrem Grat-Trip Probleme bekommen, bleibt mir Zeit bis Freitag oder Samstag«, redete Dieter zu sich selbst und spürte, wie das Fieber in seinem Kopf stieg. Die Batterien wollte er im Schnee verbuddeln, während Judith ihr Frühstück einnahm. Bevor er das Zimmer verließ, überlegte er, ob es ratsam sei, gleich den Rest ihrer Sachen mitzunehmen. Anorak und Bergschuhe verschnürte er in einer Decke und deponierte diese im kleinen Privatzimmer hinter der Küche, das er wieder verschloss.

Dann nahm er ungeachtet der Kälte am Tisch Platz, zog den Reißverschluss seiner Jacke bis über das Kinn hoch, verschränkte die Arme und senkte den Kopf, bis seine Stirn die hölzerne Platte berührte. Die Ruhe in der Stube ließ sein aufgewühltes Inneres auch zur Ruhe kommen. Sanft trieb er in Gedanken fort von diesem ungastlichen Ort.

Erst das Gepolter in der Diele brachte ihn in die Wirklichkeit zurück. Als Judith Minuten später die Stube betrat, hatte sie den Verlust noch nicht bemerkt, war aber inzwischen im Lager gewesen, um ihren Proviantbeutel zu holen. Im bequemen Freizeitanzug stahl sie sich schüchtern durch die Tür und beobachtete, was Dieter am Ofen zu schaffen hatte. Jener mühte sich, ein Feuer in Gang zu bringen.

»Wieder frisch?«, begrüßte er sie brummig.

»Das sollte ich eigentlich dich fragen.«

Sie huschte an ihm vorbei zum Tisch, der schon für sie gedeckt war: ein stumpfes Streichmesser aus den Beständen der Hütte, ein Löffel, ein Plastikteller. Der Stuhl, gepolstert mit einer Decke, stand einladend bereit. Judith rückte ihn so zurecht, dass sie ihren Patienten jederzeit im Auge behielt. Der zeigte scheinbar kein Interesse an ihr und kämpfte gegen den Überlebenswillen der Holzscheite.

Ohne rechten Appetit packte sie die Vorräte aus, denn ein ausgedehntes Mahl schaffte dankenswerte Ablenkung. Nach ihrem Messer suchte Judith vergebens, vermutete es aber irgendwo im Rucksack.

Als Dieter endlich das Feuer unter Kontrolle hatte, setzte er Wasser auf die Platte. »Wenn's kocht, nimm dir so viel du willst«, bot er ihr an. »Ich geh inzwischen nach oben und pack meine Sachen.«

Dagegen hatte die Mathematikstudentin überhaupt nichts einzuwenden. Insgeheim glaubte sie sogar, er sei zur Besinnung gekommen und wolle jetzt Distanz wahren, damit sie über das, was hier geschehen war, großzügig hinwegsah. Mit Bitternis dachte sie an Willis Verdacht, den sie so selbstgefällig ignoriert hatte. Jetzt zweifelte auch sie nicht mehr: Renate war auf andere Weise verschwunden, als Dieter der Welt glauben machte. Nur wie? Plötzlich fürchtete sich Judith vor der Wahrheit, die sie hier zu finden gehofft hatte. Möge Dieter doch zur Einsicht kommen und von ihrem Körper Abstand nehmen, flehte sie innerlich. Möge sein Geheimnis doch für ewige Zeit diesem Berg gehören, wenn er nur sein Versprechen hielt und mittags von hier verschwand.

Unterdessen entfernte Dieter weitere Teile aus ihrem Gepäck: den dunkelgrauen Bergsteigerpullover, die Hochtourenhose, Überziehhandschuhe und Thermo-Mütze, Biwaksack und Gamaschen, ihren Kombigurt, selbstverständlich den Eispickel, sämtliche Klettergeräte wie Karabiner, Eisschraube und Steigklemme, Steigeisen und Stirnlampe – Letztere deshalb, weil sich darin für das Funkgerät passende Batterien befanden. Notizblock und Stift mussten weg, damit sie keine geheimen Aufzeichnungen hinterließ. Dann verpackte er auch seine eigenen Mitbringsel und schaffte alles in den anderen Schlafraum, den er nun für sich in Beschlag genommen hatte. Die Tür besaß ein solides Schloss. »Jetzt sieh zu, wie du mit deinen Hausschlappen und in luftiger Jogging-Kluft zu Tal kommen willst!«, flüsterte er mit Genugtuung.

Als er in die Gaststube zurückkehrte, hantierte Judith gerade am Funkgerät herum. »Was machst du da?«, schnauzte er sie an und wollte es ihr entreißen.

»Warum hast du die Batterien rausgenommen?«, schnauzte sie zurück und stellte das Kästchen auf den Tisch.

»Sie waren leer.«

»Ich hab noch welche in meinem Gepäck.«

»Kannst du vergessen.« Er schnappte sich das Funkgerät, klopfte dagegen. »Defekt. Billiges Spielzeug aus dem Supermarkt. Außerdem brauchen wir Willi nicht mehr anzurufen, weil wir bald verschwinden.«

»Er macht sich bestimmt Sorgen.«

»Na wenn schon!«

»Ich will mit ihm sprechen – jetzt!«, beharrte Judith, doch Dieter schmetterte das Sprachrohr zur Außenwelt mit voller Wucht auf den Boden. Teile des Plastikgehäuses splitterten ab.

»Versuch's doch!«, geiferte er sie an.

»Du bist ein Scheusal!«, wagte Judith zu erwidern und erntete grauenvolles Hohngelächter: »Sauf deinen Tee und mach gute Miene zum bösen Spiel, Renate! Streit gibt es unten in den Tälern genug. Hier oben sollten wir das Zwischenmenschliche hoch achten.« Er schlenderte zur Ofenbank und redete ununterbrochen weiter: »Leider wirst du deine prüden Prinzipien einfach nicht los. Dass dir ja keiner zu nahe kommt und dich bei der Ehre packt! Jeder kriegt ein Häppchen Herzlichkeit, damit keiner meckern kann, er sei bei dir zu kurz gekommen. Aber wehe, jemand fordert mehr! Wehe, jemand wagt es, dich in seine Lebenspläne einzubeziehen! Dann ziehst du ganz schnell die Titten ein und spielst die gekränkte Prinzessin. Weshalb hast du dich gestern so ins Zeug gelegt, mir den Kopf zu verdrehen und mich scharf auf dich zu machen? Ich hätte mich bemüht, dass zwischen uns alles so bleibt, wie es seit Beginn der Reise war, hätte dich zurückhaltend, aber korrekt behandelt. Warum das ganze Theater, Judith?«

Als er sie beim richtigen Namen nannte, keimte Hoffnung in ihr auf, doch jetzt war sie ihm eine ehrliche Antwort schuldig.

»Es stimmt«, gab sie kleinlaut zu. »Meine Verletzung war nur vorgetäuscht. Ich hab Nick und Berti weggeschickt, damit wir in Ruhe miteinander sprechen können. Ich hatte Angst, du würdest dir in der Biwakschachtel die Pulsadern aufschneiden. In meiner Obhut wähnte ich dich sicher. Ich dachte auch, es sei die beste Therapie, dich die damaligen Ereignisse in positiver Form ein zweites Mal erleben zu lassen. Positiv bedeutet, dass du deine Anvertraute diesmal sicher vom Berg bringst und die gemeinsamen Stunden mit ihr in schöner Erinnerung behältst. Dazu hab ich ähnliche Begleitumstände wie vor dreieinhalb Jahren geschaffen: Ich ließ zu, dass sich deine Kameraden absonderten, um ihren ehrgeizigen Plan zu Ende zu bringen; ich gab dir eine Aufgabe, in der du dich bestätigen konntest; dazu würzte ich unsere Zweisamkeit mit etwas Hüttenromantik und viel Gefühl.

Gleichzeitig musste ich natürlich wissen, wie es damals zwischen dir und Renate gelaufen ist, um deine Probleme an den Wurzeln packen zu können. Es hat mich nicht überrascht, dass du hoffnungslos verliebt in sie warst und an dieser Liebe zerbrochen bist. Ich dachte, Renate hätte sich zumindest dankbar für dein Bemühen gezeigt. Dankbar bis zu einer Grenze, die nicht überschritten werden durfte. In meinem Eifer hab ich ihre Rolle angenommen und das Spiel überreizt. Entschuldige, wenn ich dir damit weh tat.«

Dieter starrte Judith nachdenklich an und legte die Stirn in tiefe Falten.

»Komm schon, lass uns wie zwei vernünftige Menschen die Hände schütteln und den Zwist begraben«, offerierte sie ihm mit zwanghaft zuversichtlicher Miene. »Keiner wird ein Sterbenswörtchen erfahren.«

»Jeder wird, wenn wir erst einmal unten sind«, zischte er und sprang auf. »Du wirst ihnen sagen, was für ein Psychopath ich bin. Gehöre ich nicht in eine Anstalt? Ich bin krank im Kopf. Es wird täglich schlimmer. Der ganze Frust hat mir das Hirn zerfressen. Ich bin ein irrer Spanner und ernähre mich von Pornos. Ich hab gesehen, wie meine Mutter vergewaltigt wurde, hab gesehen, wie sie Spaß mit Vater hatte, bin fremden Paaren in die Büsche hinterher geschlichen oder ins Stroh, hab mein Ohr an ihre Schlafzimmerfenster gelegt oder durch die Vorhänge gelugt. Mit jeder Enttäuschung in der Liebe drängte es mich mehr in die Rolle des Beobachters. Der Reiz, die intimste Sphäre zweier Menschen zu verletzen, schaffte ein Stück Befriedigung. Aber damit noch nicht genug: Ich bin nicht nur pervers, sondern auch gewalttätig. In einem Anfall von Jähzorn hab ich als Sechsjähriger meine kleine Schwester vom Balkon gestoßen und mich gefreut, dass ihre Spielsachen nun mir gehörten. Später ersäufte ich streunende Katzen.

Man muss mich aus dem Verkehr ziehen, bevor ich Schlimmeres anstelle, muss mich einschläfern oder mir das Gehirn aus dem Schädel entfernen. So steht's wirklich um den armen, kleinen Dieter Reitmeier, der so leidet, weil ihn keine will. Auch du willst mich nicht, Renate! Deshalb möchte ich dir die schlimmsten Schmerzen zufügen. Allein meine Feigheit hat mich bislang davon abgehalten. Aber der Druck im Kopf steigt mit jeder Minute.«

»Ich bin Judith!«, ächzte sie verzweifelt, während er mit geballten Fäusten langsam näher trat.

»Bist du nicht. Du bist Renate, weil du ihr Wesen verkörperst. Du willst mit deinem Gesabber nur Zeit gewinnen.« Plötzlich blieb er stehen und zog seine Lippen breit.

»Gut, wir haben Zeit – außerordentlich viel Zeit, Renate.«

»Du hast mir dein Versprechen gegeben!«, schrie sie ihn haltlos an. Eine Träne verirrte sich auf ihrer Wange, denn sie wusste jetzt, was er mit ihr vorhatte.

»Geh doch!« Er hob beide Hände. »Ich halte dich nicht auf.«

Judith huschte an ihm vorbei, bevor er es sich anders überlegte. Wenig später, beim Blick auf die ihr verbliebenen Utensilien, folgte die furchtbare Erkenntnis: Sie war seine Geisel. Ohne festes Schuhwerk und Anorak konnte sie diesen Ort nicht verlassen. Diese Form von Gewalt schmerzte mehr, als hätte er sie halbtot geprügelt. Ihm gehörten die Schlüssel, ihm gehörte die Macht.

Die Flanke zum Palòn de la Mare hatte sich als besonders reizvoller Anstieg entpuppt. Tiefschnee lag nur in wenigen Mulden, die unschwer umgangen werden konnten. Die Steigung blieb gemäßigt und brachte doch Glücksgefühle, denn allmählich rückte jede Erhebung ringsum unter das Blickfeld der vier jungen Leute. Einzig der mächtige Cevedale grüßte noch mit seinem überragenden Doppelgipfel.

Angeführt von Nick erreichte die Viererseilschaft bereits eine Stunde nach ihrem Aufbruch den Palòn. Nun mussten sie durch ein Kletterstück von etwa einem Kilometer Länge, welches einen schmalen Felsgrat steil hinab zum 300 Meter tiefer gelegenen Passo di Vedretta Rossa führte – das wohl gefährlichste Wegstück der gesamten Unternehmung. Durch den Neuschnee waren die spärlichen Sicherungen kaum von Nutzen, und die exakte Route ließ sich oft nur erahnen. Die Vier blieben am Seil und montierten ihre Steigeisen ab. Tschiko als Kletterkünstler übernahm die Führung, während Nick jetzt hinten sicherte. Nach Erreichen des Jochs genehmigten sie sich eine längere Pause.

Von den Felsen plätscherte Schmelzwasser, welches in den Tälern Bäche anschwellen ließ. Leider vermochte das friedliche Miteinander der am Vortag fast tödlich zerstrittenen Hochtouristen Nicks Stimmung nicht zu heben. Jeder Schritt, der ihn weiter von Judith forttrieb, verstärkte seinen Wunsch, sich einfach aus dem Seil zu klinken und umzukehren. Dennoch hielt er wacker durch bis zum Monte Viòz, den sie eine Stunde nach Durchschreiten des Passes erreichten.

100 Meter tiefer lag ihr Etappenziel, die Rifugio Mantova al Viòz – kurz Viòz-Hütte genannt.

Diese in den Sommermonaten bewirtschaftete Bergsteigerzuflucht besaß einen geräumigen Winterraum, der bereits mit drei älteren Männern aus Österreich belegt war. Noch in den Nachtstunden hatten sie sich von der Rifugio Scoiattolo oberhalb des Talortes Péio hierher aufgemacht. Nun wollten sie sich den Rest des Tages akklimatisieren, um morgen zum Meneghello-Biwak weiter zu ziehen. Dort, so meinten sie, würde es äußerst unbequem werden, weil die enge Schachtel nur sechs Schlafplätze bot. Tschiko fragte, ob es möglich sei, das Biwak noch heute zu erreichen, was von den erfahrenen Österreichern entschieden verneint wurde. Sie kannten die Begebenheiten bei Neuschnee und hatten die gleiche Tour schon einmal unternommen.

»An Höhenmetern kriegt ihr insgesamt 500 zusammen«, erklärte einer der Männer, den Nick auf deutlich über 40 Jahre schätzte; die anderen mochten schon die 50 überschritten haben. »Es sind mehrere heikle Stellen zu überwinden«, fuhr er fort. »Bei der Schneelage zur Zeit dürft ihr mit mindestens sieben Stunden rechnen, inklusive Pausen acht.«

Diese eintägige Verzögerung schmeckte Nick ganz und gar nicht. Und das noch mehr, als ihm Maria im Waschraum – von Gewissensbissen getrieben – ein Geheimnis anvertraute. »Sag's nicht weiter, aber ich und Tschiko hatten da ein paar delikate Gegenstände im Gepäck, die uns Dieter wahrscheinlich gestohlen hat«, begann sie. »Erst dachte ich, er wolle uns nur eins auswischen oder sei ein wenig verklemmt, aber jetzt sitzt er mit meiner Schwester allein in der Casati-Hütte.« Dann nannte sie die delikaten Gegenstände beim Namen, was Nick in helle Aufregung versetzte.

Statt aber Mary zu schelten, dass sie nicht bereits am Vorabend darüber gesprochen hatte, schluckte er seinen Ärger hinunter und verhandelte wenig später mit den Österreichern. Er bat sie, Berti in ihre Obhut zu nehmen. Ihm sei klar, sagte er, dass er ihnen eine Last aufbürde, könne sich aber um seinen Gefährten nicht weiter kümmern, denn er habe im Colombo-Biwak wertvolle Ausrüstung liegen lassen. Die müsse er nun unbedingt holen.

»Du hast die Wahl, dich bei den Männern ins Seil einzubinden oder weiter die Turteltäubchen zu begleiten«, klärte er Berti auf, als sie unter vier Augen vor der Hütte eine Aussprache hielten. Die Sonne erlaubte ihnen, leicht bekleidet den Talblick zu genießen. Ein zweifelhafter Genuss für den Biologiestudenten.

»Höhenmesser und Lawinenpiepser haben zusammen über 1000

Mark gekostet. Die geb ich nicht so einfach preis. Ich muss sofort zurück.«

»Wie konntest du sie vergessen!«, ärgerte sich der Student, weil er in Nick einen hervorragenden Bergführer gefunden hatte. Dieser klopfte sich mit dem Handballen an die Stirn: »Durch Hektik und Schussligkeit. Erst als ich hier den Höhenmesser eichen wollte, ist mir der Verlust aufgefallen. Dumme Geschichte.«

Wie wahr! Also schlug Berti vor, er werde auf Nicks Rückkehr warten: »Du brichst morgen ganz früh auf und marschierst hier mit mir weiter. In den Spuren der anderen sind wir bestimmt viel schneller und …«

»Vergiss es!«, unterbrach ihn Nick rüde. »Ich habe schon zu viele Zugeständnisse an dich oder deine Gruppe gemacht und dabei meine eigenen Ziele sträflich vernachlässigt. Ich gehe morgen zur Casati-Hütte, kümmere mich um die verletzte Judith, um Didi und meinen Freund Willi. Du ziehst die Grattour mit einer der beiden erfahrenen Seilschaften durch oder kehrst ebenfalls um.«

So blieb Berti nichts anderes übrig, als sich mit den Österreichern zu einigen, was – das darf man vorwegnehmen – nur zu seinen Gunsten war, denn die Männer aus dem Alpenland passten sich seinem Marschtempo exakt an und geleiteten ihn sicher zur Meneghello-Biwakschachtel.

Wenig später stürmte Nick voller Tatendrang davon, nur sich selbst verantwortlich, weshalb er fast im Laufschritt durch den Schnee stob und jede Vorsicht vermissen ließ. Er glaubte allen Ernstes, noch vor Einbruch der Dunkelheit den Gipfel des Cevedale zu erreichen, um dann mit dem Licht der Stirnlampe die Casati-Hütte ansteuern zu können. Er wusste, Judith brauchte ihn jetzt dringender denn je. Oder steckte hinter seiner Hast nur die Sehnsucht nach ihrer Nähe? Kaum kam der Münchner darüber ins Grübeln, ereilte ihn der erste Fehltritt, welcher gottlob folgenlos blieb.

In den Vormittagsstunden ließ Dieter seine Gefangene keine Sekunde aus den Augen, denn er befürchtete, sie könne in seiner Abwesenheit irgendwelche Gegenstände finden, die ihr als Waffe dienten. Ebenso fürchtete er, dass ihm das Weib heimtückische Fallen stellte. Ja, in ihrer Panik könne sie sogar vor einem Mord nicht zurückschrecken.

Demnach blieb Dieter bei ihr in der Stube, deren Fenster er verriegelt hielt, spielte mit einem langen Brotmesser und sah zu, wie sie sich am Ofen ihrem Leid ergab. Manchmal starrte Judith ausdruckslos in die Glut und sog die Wärme in sich auf, manchmal weinte sie leise, aber nie versuchte sie, ihn mit Bitten, Bettelei oder flehendem Gejammer umzustimmen. Sie hatte eingesehen, dass er sich an ihrem bedauernswerten Zustand ergötzte und ihr zähes Ringen um Einsicht dazu benutzte, das Verlangen nach ihr zu steigern und noch unnachgiebiger seinen Wegezoll von ihr einzufordern. Meistens saß er am Tisch und durchbohrte sie mit schmachtenden Blicken, was ihr mehr zusetzte, als hätte er pausenlos Hasstiraden von sich gegeben.

Judith überlegte ernsthaft, ob sie nicht einfach aus dem Haus stürmen und ohne Rücksicht auf ihre unzureichende Kleidung versuchen sollte, die Pizzini-Hütte zu erreichen. Mit profillosen Hüttenschuhen würde sie in der Steilflanke zwar mehrfach stürzen, doch bestand vielleicht die Möglichkeit, auf allen Vieren die Spur abwärts zu rutschen. Und wenn sie immer in Bewegung blieb, sich sozusagen bis zur völligen Erschöpfung verausgabte, würde ihr schon warm werden, redete sie sich ein. Logisch betrachtet hatte sie keine Chance, in dieser Aufmachung lebend nach unten zu kommen. Das wurde ihr bewusst, je länger sie darüber nachdachte. Zumindest festes Schuhwerk und zwei Stöcke wären unbedingt vonnöten gewesen.

Trotzdem rechnete Dieter mit einer solchen Kurzschlusshandlung. Er scheuchte sie vom Ofen weg, als er sah, wie sie einen langen Span ansengte und so zu einer glühenden Stichwaffe machte. »Du bleibst auf der Eckbank und rührst dich nicht!«, befahl er ihr.

Nun wagte sie eine Kraftprobe, denn körperlich fühlte sie sich durchaus in der Lage, dem Kerl Paroli zu bieten. »Dort ist es zu kalt. Du kannst mich nicht zwingen«, sagte sie und blieb mit verschränkten Armen vor ihm stehen. Dieter trat schnell einen Schritt zurück, streckte ihr ängstlich das Messer entgegen.

»Zwing mich nicht, dir Gewalt anzutun, Renate! Ich möchte dich nicht mit diesem Werkzeug verunstalten.«

»Könntest du das wirklich tun, Dieter?«, fragte sie, genau auf jede Regung ihres Gegners achtend.

Dieser verharrte mit zitternder Klinge und wiederholte seine Forderung: »Geh zur Eckbank, rühr dich nicht mehr von der Stelle, sonst schieb ich dir die Klinge zwischen die Rippen.«

»Ich bleib hier stehen, bis du mir meine Kleider zurückgegeben hast.«

»Wenn du weiter Zicken machst, fessle ich dich«, drohte er, knallrot im Gesicht.

»Du mich fesseln! Hast doch eine Scheißangst vor mir!«, schrie sie ihn an und hatte durchaus Recht mit ihrer Einschätzung. Nur trieb diese »Scheißangst« den sonst so friedlichen Studenten zu einer Verzweiflungstat, denn er glaubte, sie wolle es auf einen Kampf mit ihm ankommen lassen. Als Siegerin würde sie ihn wieder in die Anstalt bringen. Und er hatte sich geschworen: »Eher geh ich freiwillig ein Leben lang ins Gefängnis oder lass mich an den elektrischen Stuhl schnallen, statt diese psychischen Foltern erneut ertragen zu müssen.«

Unversehens sprang er vor und zielte mit der Klinge gegen Judiths Arm, wobei er den Hemdsärmel streifte. Der nächste Streich sauste wie Edgar Allan Poes Pendel dicht an ihrem Bauchnabel vorbei. Sie schrie, taumelte zur Tür, kam aber nicht weit, weil er ihr in die Beine grätschte und sie zu Fall brachte.

»Hör auf! Tu mir nichts!«, kreischte sie, während er mit dem Messer näher trat. Außerhalb der Reichweite ihrer Arme blieb er stehen. Er wollte verhindern, dass sie ihn an den Beinen packte, zu Boden riss und in einen Ringkampf verwickelte.

»Ich tu dir nichts, wenn du meinen Anweisungen folgst«, brummte er halbherzig. Das Messer jagte Judith Höllenängste ein, weshalb sie sich vorsichtig aufrappelte und den Weg zur Eckbank einschlug.

»Nein!«, bremste er sie scharf. »Kommando zurück! Ich will dich hier nicht mehr sehen. Geh auf dein Lager!« Er dirigierte sie mit seiner Waffe über die Treppe und folgte ihr, wobei er stets zwei Schritte zurück blieb. Kaum waren beide in ihrem tristen Schlafraum, schloss er mit einem breiten Grinsen hinter sich ab.

»Zieh den Trainingsanzug aus und verschwinde im Schlafsack!«, wies er sie an. Judith wusste, worauf er abzielte und schüttelte energisch den Kopf. »Ich bin keine Stripperin. Außerdem hast du mir schon genug Wäsche gestohlen.« Doch ihr Peiniger, der sein Messer wie einen Degen von sich streckte, verhöhnte sie mit einem dreckigen Lachen und meinte, wenn ihr das lieber sei, werde er eben alle Decken und den Schlafsack mitnehmen. So entledigte sich Judith notgedrungen der letzten warmen Kleider und huschte verlegen in den Schlafsack, der ihr jetzt wie eine Zwangsjacke vorkam. Erwartungsgemäß schnappte Dieter schnell den Jogginganzug, klemmte ihn sich unter die Achsel, wünschte angenehme Träume und schloss die Studentin ein.

Judith fühlte sich plötzlich nackt. Sollte sie ihren Abscheu überwinden und mit dem Irren schlafen, um ihre Freiheit wieder zu erlangen? Sie wusste, darauf zielten Dieters Diebstähle ab. Stück für Stück brachte er sie in seine Abhängigkeit. Und gab sie sich ihm freiwillig hin, hatte sie später kein Recht, ihm alles heimzuzahlen. Jeder Richter würde ihre Klage abschmettern: »Es war Ihr freier Wille, Fräulein Saller. Da haben wir leider keine Handhabe.«

Ihr wurde übel. Sie wusste, es waren ihre Lockungen und Verlokkungen, die Dieter scharf gemacht hatten. Auch das würde vor Gericht gegen sie sprechen. Deutlich hörte sie die Zeugen sagen: »Dieter war ein verlässlicher Bergkamerad. Nichts deutete darauf hin, dass er etwas von Judith wollte. Sie war ihm ziemlich gleichgültig … ich korrigiere, Herr Richter: vollkommen gleichgültig. Wahrscheinlich hat sie ihn in der Casati-Hütte verführt. Judith war ja auch früher nie wählerisch mit ihren Bekanntschaften. Warum sie Dieter jetzt beschuldigt? Die dumme Gans hatte vergessen, dass sie seit Jahren keine Pille mehr nimmt. Sie will ihm die Verantwortung für das Versäumnis in die Schuhe schieben. Ausgerechnet ihm. Jeder weiß doch, wie wenig Erfahrung Didi auf diesem Gebiet hat.«

Judith blieben im Grunde zwei Möglichkeiten: Entweder sie gab Dieter ihr Einverständnis und ließ ihn damit ungeschoren davonkommen, oder sie versuchte, Zeit zu gewinnen.

Jetzt lag sie in ihrem Schlafsack und atmete schwer. Eingesperrt zu sein hatte zu Beginn so etwas wie Sicherheit vermittelt – Schutz vor der Willkür des Irren. Wenn er doch für immer weg bliebe und sie in diesem Gefängnis allein ließ, wünschte sie sich. Aber dieser Wunsch schmolz dahin wie der Schnee vor dem Haus, denn zum Nichtstun verdammt, beschlich Judith Todesangst. »Warum habe ich Nick fortgeschickt?«, jammerte sie leise. »In grenzenloser Überheblichkeit hab ich mir eingebildet, er sei hinderlich. Nun bekomme ich die Quittung.«

Dieter nutzte inzwischen seine Bewegungsfreiheit, kontrollierte alle Türen auf Verschluss, suchte nach weiteren Waffen, die er entfernen musste, lüftete die Gaststube und verschwand schließlich nach draußen, um Dreierlei zu erledigen: Wasser lassen, Brennholz holen, Ausschau halten.

Durch den leichten Wolkenschleier konnte die Sonne ihre Kraft nicht entfalten, obgleich sie dem Späher ermöglichte, hemdsärmelig und ohne Jacke um das Wintergebäude zu spazieren. Ein Rundgang ohne Hast. Der Schnee wirkte grau und schmutzig, wie eine stinkende Schlacke. Dafür hob sich Nicks und Bertis Spur mit deutlichem Kontrast ab. Einem langen Haar gleich zog sie sich in leichten Wellenlinien bis an den höchsten Punkt. Auch ohne Fernglas und Teleobjektiv sah Dieter, dass sich entlang dieser Fährte nichts bewegte. Von vierzehn Schuhen breit ausgetreten war der Pfad zum Langenferner-Joch, ihre Aufstiegsspur. Da Dieter von der Hütte aus nicht über den etwas höher gelegenen Grat zur Pizzini-Hütte schauen konnte, verstaute er noch zwei Kisten Holz und wanderte dann los.

Am Joch wehte ihm eine sanfte Brise um die Ohren. Seine Augen folgten der verwinkelten, nur in kurzen Abschnitten sichtbaren Spur, die 400 Meter tiefer in einen gewaltigen Moränenkessel mündete. Auch dort, wo der Neuschnee der Sonne gelegentlich noch standgehalten hatte, tummelten sich keine Menschen. Bei der Pizzini-Hütte glaubte Dieter eine einzelne Person zu erkennen, die zwischen Waschplatz und Winterraum stand. Willi weiterhin in Warteposition zu wissen, beruhigte ihn und stärkte seine Entschlossenheit, der Geisel keine Zugeständnisse mehr zu machen und geduldig auszuharren, bis sie seinem Drängen nachgab. Er fühlte sich schäbig, Judith – die er immer noch mit Renate identifizierte – Gewalt antun zu müssen und in der Zelle schmachten zu lassen.

»Diesmal bleibst du bei mir, bis du begreifst«, sprach er, als hocke sie neben ihm am Aussichtsfelsen. »Wir stehen das gemeinsam durch. Kein Zurück mehr. Alle sind ganz ganz weit weg und lassen uns in Frieden.« Zur Bekräftigung des Gesagten starrte er abermals den Steilhang hinab, ob vielleicht doch jemand empor klettere. Nichts. Selbst der Wind schien respektvoll vor dem tapferen Rückkehrer zu schweigen.

So machte er sich nach etwa einer Viertelstunde auf den Weg zur Hütte, innerlich gestärkt, erwartungsfroh und fest entschlossen, alle Brücken hinter sich abzubrechen. Er bemerkte erst jetzt die einsamen Fußspuren, welche am Grat von der breiten Fährte abzweigten und sich im Felsengewirr verloren. Das ließ ihn stutzen, denn gemeinsam mit Nick, Berti und Judith war er doch am Vortag auf direktem Weg zur Hütte marschiert. Hatte einer vom Vorauskommando diesen Abstecher gemacht, um zwischen den Steinklötzen Darm oder Blase zu entleeren? Dagegen sprach, dass die Abdrücke allenfalls wenige Stunden alt sein konnten, wie das ausgeprägte Profil der Bergstiefel belegte.

Dieter suchte krampfhaft nach einer plausiblen Erklärung. Womöglich war jemand in den frühen Morgenstunden hierher gekommen und gleich weiter zum Cevedale marschiert, ohne das Haus zu betreten. Vielleicht wähnte er es verlassen. Trotz der zahlreichen Spuren ringsum? Dieter wusste, er hätte zumindest das Klappern von Stöcken oder das Poltern klobiger Bergstiefel hören müssen. Judith hätte beim geringsten Zeichen eines Besuchers sofort um Hilfe geschrien. Zwischen den Felsen hätte der Unbekannte die Gebäude beobachten oder einen Platz zum Fotografieren der eindrucksvollen Landschaft suchen können. Möglicherweise verbarg er sich dort immer noch.

Dieter wurde unruhig, weil sich die Vorstellung verdichtete, bespitzelt zu werden. Welche dunklen Motive mochten dahinter stecken? »Ich muss es wissen, bevor meine Felle davonschwimmen«, sprach er sich Mut zu und folgte der Spur. Zwischen hohen Steinklötzen führte sie deutlich sichtbar entlang der Passhöhe, anfangs durch leichtes Gelände. Nach wenigen Schritten war schon der Einsatz zweier Hände nötig, um voran zu kommen. Bald zogen sich die Spuren über steile Felszinken und quer durch trockene, fast glatte Wandstücke, die Dieters Kletterkünste ausreizten. Er behalf sich mit trickreichen Umwegen, fand die Stiefelabdrücke stets wieder und folgerte: Hier hatte jemand ein Versteck gesucht. Mal dort, mal da fanden sich Plätze, an denen er länger ausgeharrt hatte. Platt getretener Schnee zwischen Felsen, die einen Blick zur Casati-Hütte öffneten, aber keine gute Deckung boten. Wo der zackige Grat in den Gletscher mündete, beschrieb die Spur eine Spitzkehre und lief weiter im Firnfeld am Fuß des Grates. Der Unbekannte hatte eine Mulde gewählt. Von dort aus war er bis dicht vor die Gebäude gelangt, wo sich seine Stiefelabdrükke mit den zahlreichen anderen Profilen vermengten.

Exakt an der Kehre lag ein roter Nylonbeutel im Schnee, der wie ein Präsent für den Verfolger aussah und kleinere Gegenstände barg. Dieter wollte den Inhalt später untersuchen. Jetzt drängte er schnell aus der Schusslinie, denn er vermutete den scheuen Besucher nun hinter dem Hauptgebäude. Als Versteck kam nur der Vorratsschuppen für Feuerholz in Frage. Dieter schritt darauf zu und lauschte. Das Vorhängeschloss hing unbeschädigt an den Eisenbeschlägen. Trotzdem warf er einen Blick ins Innere, ohne fündig zu werden. Der seltsame Neuankömmling schien sich in Luft aufgelöst zu haben.

Steckte er gar im Wintergebäude? Für Sekunden schockierte Dieter dieser Gedanke, bis die Erinnerung zurückkehrte: Er hatte die Tür vor seinem Ausflug gewissenhaft abgeschlossen. Doch während er das Brennholz in der Stube verstaut hatte, wäre dem Besucher eine knappe Minute Zeit geblieben, ins Haus zu schleichen. Verhielt es sich so, drohte höchste Gefahr.

Deshalb zog Dieter abermals einen großen Bogen um den gesamten Gebäudekomplex, ging dabei oft in Deckung, horchte, spähte, hoffte auf ein verräterisches Zeichen. Umsonst. In Nicks und Bertis Spur fand er kein fremdes Profil. »Also stammen die Tappser am Grat vermutlich doch von einem der beiden«, redete er sich ein. Wem aber gehörte der Stoffbeutel? Wie ein flüchtiger Blick zeigte, enthielt er vorwiegend Toilettenartikel.

Ein genauer, zweiter Blick in den Beutel sorgte für einen regelrechten Schock: Wofür benötigte der Unbekannte eine rosarote Damenhaarbürste? Lange dunkle Haare hatten sich darin verfangen. Sorgfältig breitete Dieter nun den gesamten Inhalt des Beutels auf den Granitstufen vor dem Eingang aus: einen in weinroten Kunststoff eingefassten Taschenspiegel, einen Lippenstift, eine Nagelfeile, eine Feuchtigkeitscreme für empfindliche Haut, ein Schächtelchen mit Kopfschmerztabletten, eine Damen-Armbanduhr mit den Initialen »RL«, ein Lederbeutel mit rund fünf Mark Kleingeld, ein wertvoller Kugelschreiber, ein blutverkrustetes Stofftaschentuch und eine Halskette, an der ein Medaillon hing. Das Medaillon trug Renates Bild.

Alle Gegenstände gehörten Renate, wie Dieter mit geweiteten Augen feststellte. Jetzt erinnerte er sich wieder an diesen Beutel. Bei jeder Rast hatte sie ihn aus dem Rucksack genommen.

Aber wie um alles in der Welt kamen die Sachen hierher? War Renate nicht mit ihrem ganzen Gepäck in den eisigen Abgrund gestürzt? Zauberei, Magie, ein Wunder? Der Rückkehrer füllte den Beutel wieder, taumelte mit Schwindelgefühlen ins Innere seiner Festung und verriegelte die Tür, wodurch er selbst zum Gefangenen wurde. Erstmals zweifelte er an seinem Verstand.

»Wie kannst du da draußen umher streunen, wenn ich dich oben im Schlafraum eingesperrt halte?«, murmelte er nach Betreten der Gaststube, die er unverändert vorfand. »Bist doch in Gestalt dieser Frau mit ihrem Gepäck zurückgekommen. Behalte deinen Kram im Grab!« Er blickte unter die gestapelten Tische und Stühle entlang der Rückwand, während er weitersprach: »Du hast Judith nur als Waffe gegen mich benutzt. Fast wär ich auf den Trick hereingefallen. Wo steckst du?«

Zwischen den Stuhlbeinen jedenfalls nicht. Ein prüfender Griff zur Klinke der Zwischentür. Verschlossen. »Hast dich eingebunkert? Draußen, in einem Loch? Zeig dich, statt mir deine Reliquien in den Weg zu werfen!« Er öffnete die Zwischentür und blickte sich in der kleinen Küche um. Auf dem Herd lagen Judiths Sachen.

»Na, ich sehe schon, das kannst du nicht. Schimmle weiter in deiner Höhle, statt auf Rache zu sinnen!« Er verschloss die Tür und steckte den Schlüssel in seine Gesäßtasche. Wieder schweifte sein Blick durch den Raum. »Ich bin nicht nachtragend, Renate. Falls du mich jetzt willst, bin ich bereit zur Vergebung. Wir können einen neuen Anfang machen. Es muss nicht wieder so enden.«

Keine Antwort. Selbst das Knistern des brennenden Holzes war verstummt. Dieter starrte minutenlang auf den Nylonbeutel seiner toten Geliebten. Plötzlich fing er an zu zittern. Er schlang seine Arme um die Brust. Ihm wurde schwindlig und er musste sich setzen. Kein

Tagtraum, der ihm widerfahren war. Sie geisterte wirklich da draußen herum. Der Beutel war Beweis genug.

»Hat Renate die Macht, hier einzudringen?«, fragte er sich. Sofern sie dem Grab entstiegen war, musste das eine leichte Übung für sie sein. Wahrscheinlich kam sie mit einem Messer, wartete, bis er schlief, und schnitt ihm die Kehle durch.

Dieter wollte schreien vor Angst. Dann fiel ihm ein, dass er nicht allein war. Oben in der Kammer saß eine vernünftige Erwachsene und konnte die Herkunft der Reliquien womöglich erklären. Wenn nicht, könnte sie ihm gegen die Geister beistehen. Gewiss, sie war jetzt wütend auf ihn, doch in der Gefahr galt es, ein Zweckbündnis zu schließen. Hastig wühlte der Gefangenenwärter in seinen Jackentaschen, bis er den Zimmerschlüssel gefunden hatte.

Er öffnete die Tür und trat ein, ohne Vorkehrungen gegen einen möglichen Überraschungsangriff zu treffen. Judith lag in ihrem Schlafsack, ging mit dem Kopf auf Tauchstation, als sie den Peiniger kommen hörte. Sie rollte sich zusammen, damit er sie nicht zu fassen bekäme. Aber er stand da wie einer, der nur mit ihr Murmeln spielen möchte.

»Judith, bitte, ich muss mit dir sprechen.«

»Was willst du?«, fragte sie argwöhnisch und streckte ihren Kopf vorsichtig ins Freie. Sein Anblick ließ jede Furcht schwinden: Leichenblass, mit hervorquellenden Augäpfeln, als habe er eben den Leibhaftigen gesehen, zitternd vom Kopf bis zu den Zehen und verkrümmt wie nach einer Tracht Prügel. Eine Hand hielt das rote Säckchen. Kringelten sich giftige Schlangen darin? Er wagte es kaum mit zwei Fingerspitzen zu fassen.

»Bitte, Judith, sag mir, ob du die Sachen schon einmal gesehen hast!«, stammelte er und schüttete den Inhalt auf die benachbarte Matratze.

»Was ist das?«

»Gehört Renate. Hast du … hast du etwas damit zu tun?« Flehend deutete er auf das Häufchen. Jetzt war er wieder Didi, wie ihn Judith gekannt hatte. Der kleine Didi, wehleidig, nörglerisch, hilfsbedürftig.

»Ich seh das zum ersten Mal«, beteuerte sie. »Bist du sicher, dass die Sachen Renate gehört haben?«

»Ganz sicher. Der Beutel lag draußen im Schnee. Da sind frische Spuren, aber ich konnte niemanden entdecken. Jemand belauert uns. Ich glaube, es ist … es ist SIE.«

Judith musste tief durchatmen, denn die Spuren verliehen ihr neue Hoffnung auf Rettung. Jemand war hierher gekommen. Andererseits zweifelte sie nicht an Dieters Bericht, der klar machte, dass sich dieser Jemand aus unerfindlichen Gründen im Bereich der beiden Häuser versteckt hielt. Wollte er abwarten, bis Dieter sein Verbrechen vollendet hatte? Und wenn diese Utensilien wirklich Renate gehört hatten, wonach es nach eingehender Untersuchung tatsächlich aussah, wie kamen sie hierher?

Obwohl Judith keine logische Erklärung fand, wurde ihr im Nu klar, dass sie aus diesem Fund taktische Vorteile ziehen konnte. Deshalb sagte sie mit ernster Miene: »Ich glaube, Renate wollte dir ein Zeichen geben. Auch sie ist zurückgekommen. Es war falsch, mich in eure Beziehung eingemischt zu haben. Fast hätte ich dafür die Quittung bekommen, aber jetzt werdet ihr eure Probleme gemeinsam auskarten.«

»Nein!«, kreischte Dieter und kauerte sich wie ein verschrecktes Tier neben seine Gefangene, die einen Moment lang hoffte, ihm den Schlüssel entreißen zu können. Zu ihrem Leidwesen hielt er ihn fest in seiner Faust verschlossen, während die Angst ihn zähmte.

»Sie soll mir von der Pelle bleiben, diese Zombie-Braut!«, ächzte er. Judith fragte: »Hat Renate denn Grund, dir böse zu sein?«

»Grund genug, mich bei lebendigem Leib zu häuten.«

»Du hast sie doch mit Inbrunst geliebt und tust es noch. Weshalb fürchtest du dich?«, bohrte sie nach.

Dieter, ängstlich wie ein Kind bei Blitz und Donner, kroch jetzt ganz dicht neben sie und bettelte, sie möge ihn beschützen. Dann werde er nie, nie, nie wieder grob zu ihr sein.

»Das tue ich gerne, wenn du mir die ganze Wahrheit über dich und Renate erzählst und unverzüglich meine Sachen zurückgibst. Auch die Schlüssel will ich haben. Alle Schlüssel.«

»Ich lass dich nicht gehen. Sobald du weg bist, kommt sie. Und es gibt keine Zeugen, so wie damals«, stammelte Dieter. Er versuchte, Judiths Arme aus dem Schlafsack zu ziehen.

»Bitte! Halt mich fest!«

»Lass uns beide vor ihr fliehen.«

»Wir können das Haus nicht mehr verlassen. Sie wartet darauf, dass …«

»In meiner Gegenwart wird sie sich hüten, dir …«

»Ich geh da nicht raus!«, schrie Dieter lauter als zuvor. Er vollzog fast einen Salto rückwärts und taumelte zum Fenster. »Da! Wieder neue Spuren, direkt vor dem Haus. Sie belagert uns. Bleib bei mir, Judith! Wenn du wirklich etwas Gutes für mich tun willst, bleib bei mir!«, flehte er sie ein letztes Mal an. Judith verzichtete darauf, sich von den neuen Spuren zu überzeugen und wiederholte ihre Forderung: »Die Wahrheit über dich und Renate! Solange du schweigst, kannst du keine Hilfe von mir erwarten.«

Der Rückkehrer plumpste wie eine abgeschossene Wildente auf die Matratze, rückte möglichst weit von seiner Zuhörerin weg und begann mit wässriger Stimme zu sprechen:

»Als sie mich mit Renate am Biwak allein ließen, glaubte ich, im Paradies zu sein. Aufmerksam, hilfreich, liebevoll wollte ich zu ihr sein. Hab mich aufgerieben, damit es ihr gut ging. Hab alles getan, um ihr zu zeigen, wie sehr ich sie mochte. ›Wann geht dir endlich der Knopf auf?‹, fragte ich sie in Gedanken. ›Du musst doch etwas spüren von meinem Sehnen, musst an meinem Benehmen erkennen, was los ist.‹

Gut, erst hab ich mich in Geduld geübt und versucht, ihre Angst zu lindern. Wir überstanden den Tag und die Nacht und brachen planmäßig Richtung Casati-Hütte auf. Zwar pfiff uns der Wind gehörig um die Ohren, Nebel und gelegentliche Schneeschauer verstärkten die Angst, aber wir wollten beide schleunigst fort aus dieser Gefahrenzone. Später sagte ich aus, wir wären noch einen Tag länger im Biwak geblieben.

Immerhin, unterwegs hatte Renate mehrmals an mir gezweifelt. Wir taten uns unendlich schwer, bei Tiefschnee über den Cevedale zu kommen, wobei ihre Kräfte arg verschlissen wurden. Immerzu hatte sie mir vorgejammert, wir würden es nicht schaffen. Immerzu dieses Zetern, Quengeln und mädchenhafte Nörgeln: ›Geh nicht so schnell! Verflixt, meine Steigeisen sind wieder aufgegangen. Der Rucksackriemen drückt. Hab Schnee in den Schuhen. Mir tut alles weh. Lass uns rasten! Wird's nicht bald flacher? Wie weit haben wir denn noch?‹ Bald wäre ich ausgerastet.

Natürlich waren wir während des gesamten Rückmarsches vorschriftsmäßig angeseilt und hielten uns immer dicht am Grat, was ein Verirren ausgeschlossen machte. So erreichten wir unbeschadet die Casati-Hütte. Oh, du hättest sie sehen sollen, als diese rettenden Mauern plötzlich wie ein Märchenschloss vor uns aus dem Nebel tauchten. Sie strahlte mit Engelsaugen, umarmte mich leidenschaftlich und jubelte hemmungslos. An diesem Abend müsse gefeiert werden, sagte sie. Ja, es schien fast, dass sie mir endlich den Respekt zollte, der mir gebührte – wenn auch nur in bergsteigerischer Hinsicht.

Mir blieb die Vorfreude auf einen gemütlichen Hüttenabend in der Gaststube. Dicht am Feuer, eingehüllt in warme Decken, eine Tasse dampfenden Tees in einer Hand, in der anderen ihre zarten Finger, ihr Kopf an meiner Schulter, verträumte Blicke vor schummrigem Kerzenlicht … So kitschig stellte ich mir alles vor.

Wir hätten am selben Tag zur Pizzini-Hütte absteigen können, aber für das letzte Stück zur Branca-Hütte wäre eine weitere Etappe unvermeidbar gewesen. Also sparten wir Kräfte für den kommenden Tag und machten uns hier heimisch. Doch kaum hatte Renate einen Stuhl unter den Hinterbacken, verflog ihr Siegestaumel. Von den ungewohnten Anstrengungen aufgezehrt, sank sie schlaff in sich zusammen und wollte augenblicklich einschlafen. Alles war ihr plötzlich egal. Hauptsache ich kümmerte mich um das Feuer und kochte Tee. Hunger hatte sie keinen.

Da war's schon vorbei mit der wilden Party, obwohl ich ein Fläschchen Sekt im Rucksack trug. ›Gib ihr ein bisschen Pause. Es war verdammt hart für sie‹, redete ich mir ein. Bald erhob sie sich, um trockene Kleider anzuziehen. Danach hing sie nur noch träge herum, verharrte schließlich auf der Eckbank und ließ sich von mir bedienen. Wäre ich weniger zuvorkommend gewesen, hätte sie sich gleich ins Lager schlafen gelegt. So blieb wenigstens ein Fünkchen Hoffnung.

Trotz oder wegen aller Bequemlichkeiten wurde Renate wieder launisch. Sobald ich mich neben sie setzte, war sie wie vernagelt, geizte mit Worten und mied jeden Blickkontakt. Das schmerzte, denn ich hatte gehofft, sie würde mir endlich einen Teil ihrer Decke anbieten, mich bitten, sie in die Arme zu nehmen. Armselige Träumerei! Ihre Hände verschränkte sie vor der Brust, um mich nicht zu bestärken. Irgendeine Ahnung muss sie gehabt haben. Wahrscheinlich fürchtete sie, ich könne diese Situation missbrauchen.

Lange nach Einbruch der Dunkelheit – so gegen 21 Uhr – fielen meiner Liebsten die Augenlider zu. Ich wartete, bis sie fest schlief, und versuchte, sie nach oben zu tragen, auszuziehen und in ihren Schlafsack zu betten. Leider erwachte sie bei der ersten Berührung und starrte mich an, als habe ich mich bereits an ihr vergangen. Nach einer kurzen Entschuldigung meinerseits stieg sie selbst die Treppe hoch und beschwor mich, erst ins Lager zu kommen, wenn sie sich umgezogen habe. Also wartete ich draußen und kiebitzte durchs Schlüsselloch.

Alles hab ich gesehen, was sie keusch vor mir verbergen wollte, wirklich alles. Jetzt war mir endgültig klar, dass ich ohne sie nicht länger leben wollte. Jedes weitere Zögern konnte die Chance meines Lebens zunichte machen. Tu es! – paukte ich mir ein –, sag es ihr unverblümt, sag ohne Scham, was du für sie empfindest, sei mutig, sei ehrlich, denn Ehrlichkeit wird belohnt! Wahrscheinlich kommt so eine Gelegenheit, ungestört miteinander über unsere Gefühle reden zu können, nie wieder.

Kaum hatte sie ihren warmen Schlafanzug angelegt, klopfte ich an die Tür und trat ein, ohne ihre Antwort abzuwarten. Als ich meiner Fee aber gegenüber stand, brachte ich keines meiner kunstvoll zurechtgestrickten Worte heraus und taumelte fast vor Lampenfieber.

›Renate, ich möchte mit dir reden‹, würgte ich endlich heraus, während sie schon unter ihre Decken flüchtete. ›Ich bin müde‹, knurrte sie wenig liebevoll, ›also mach's kurz!‹

Genau das wollte ich vermeiden: ein Thema von dieser Bedeutung im Eiltempo vorzutragen. Ich wartete, bis sie das Licht gelöscht hatte und stieg auf die Matratze neben ihr. ›Ich möchte dir sagen, dass ich mich in dich verliebt habe‹, gestand ich nach einer letzten innerlichen Aufmunterung. Renate zuckte zusammen und entgegnete fast vorwurfsvoll: ›Mach keine Witze!‹ Also holte ich weiter aus und berichtete von meinen bisherigen verzweifelten Bemühungen, sie zu gewinnen. Ich versuchte, meine Gefühle in möglichst treffende Worte zu fassen, wobei ich Blut und Wasser schwitzte, denn Renate reagierte unerwartet distanziert. Sie sagte kein Wort, lag nur starr da, schokkiert, wie es schien – schockiert über die Tatsache, dass ich den Helden gespielt hatte, um sie zu erobern. Fassungsloses Staunen sprach aus ihrem Gesicht, dessen Konturen ich im Halbdunkel noch erkennen konnte: ›Wie kommt der alte, hässliche Studienversager denn zu der Unverfrorenheit, um mich zu werben?‹

Aber die Gnade, geduldig zuzuhören, gewährte sie mir doch. Am Ende meiner Rede sagte ich: ›So, jetzt weißt du Bescheid. Ich war ehrlich zu dir. Gib mir eine ehrliche Antwort!‹

Das tat sie. Beim Satan, sie tat es, und ihre Antwort war, als puste sie mir mit einer Schrotflinte das Gehirn heraus: ›Wenn du dir ernsthafte Hoffnungen auf mich gemacht hast, muss ich dich enttäuschen. Ich kann dich gut leiden, aber mit dir gehen will ich nicht.‹

Keine Erklärung, keine Aufmunterung, keine Annäherung, nur ein klares Nein. Natürlich flehte ich sie an, mir wenigstens die Gründe ihrer Ablehnung zu nennen. Umsonst. Renate wollte das Thema beendet wissen. ›Die Sache ist klar. Ich wüsste nicht, was es noch zu bereden gäbe‹, sagte sie kalt und rollte sich zur Seite. Ende der Aussprache. Ende der Affäre. Ende aller Träume.

Mein ganzer Mut zerbröckelte, und seelisch verstümmelt wankte ich ganz schnell ins Nebenzimmer. Bei ihr bleiben konnte ich nicht mehr. Das hätte sie ohnehin abgelehnt, denn zwischen uns hatte sich plötzlich eine unüberwindliche Gletscherspalte aufgetan. Sie stand drüben, dort wo das Leben lag, und marschierte weiter, ohne sich nach mir umzusehen. Anfangs heulte ich stumm vor mich hin, unfähig zu begreifen, was mit mir geschehen war. Ich war wertlos für sie, ein Nichts. Meine Liebe: in ihren Augen eine Beleidigung.

Die Enttäuschung schlug in Ärger um. Ein paar schnippische Worte wie Boxhiebe in die Magengrube hatten genügt, aus dem Beschützer eine Mücke zu machen. Vielleicht hatte sie bewusst so widerspenstig reagiert, um zu testen, ob ich ein echter Kerl bin. Ein echter Kerl hätte ihre Absage zum Anlass genommen, sich auf sie zu stürzen und damit das Eis zum Schmelzen gebracht. Frauen wollen erobert werden. Ein schnelles Ja stempelt sie allzu leicht als Flittchen, die jeder nach Lust und Laune benutzen kann. Leider war ich kein echter Kerl.

Aber Renate kannte jetzt meinen ausdauernden Kampf, kannte meine Hemmungen und hätte demnach ein bisschen Verständnis zeigen können. Statt dessen zertrampelte sie das größte Geschenk, das ein Mensch geben kann, nämlich seine Liebe, mit Abscheu und stempelte mich meiner Liebe wegen zum Verbrecher. Hass statt Freundschaft war ihr Dank. Insofern hätte ich gern erfahren, was sie an mir störte.

Heute glaube ich, sie wusste es selbst nicht. Sie hat nicht viel nachgedacht, als sie mir den Korb gab. Bestimmt hoffte sie, ich käme darüber hinweg, wie zahlreiche Antragsteller zuvor auch. Ist ja nichts Weltbewegendes, denn haben konnte sie letztendlich nur einer. Sie war jung und musste sich noch nicht entscheiden.

Doch in ihrer Unbekümmertheit begriff Renate nicht, über welche Klippe sie mich gestürzt hatte. Stundenlang wimmerte ich in der Gaststube und überlegte, ob ich davonlaufen oder mich mit dem Kletterseil erhängen sollte. Als die ärgste Enttäuschung abgeklungen war, sponnen mir wirre Gedanken durch den Kopf. Die Sinnfrage tauchte wieder auf. Ärger verwandelte sich in Wut. Das blutende Herz versteinerte sich.

Während ich meditierte, öffneten sich neue Blickwinkel: Ich, ein Nichts, weil nicht benötigt, hatte mich viel zu lange der Willkür anderer ergeben. Hier und jetzt besaß ich die Macht, meine Wünsche zu erzwingen. Und Renate hatte nicht das Recht, mich so zu behandeln. Dafür musste sie Abbitte leisten. Zumindest wollte ich eine aufrichtige Entschuldigung von ihr hören. So nahm ich mir fest vor, nicht länger den Diener für die herzlose Diva zu spielen.

Ich schlief kaum in dieser Nacht und trat um fünf Uhr in Renates Kammer, nachdem ich ihre Weckuhr piepsen gehört hatte. Wieder forderte ich vehement, sie möge mit mir reden. Und wieder antwortete sie: ›Es gibt nichts mehr zu reden. Lass uns absteigen, bevor sich die Freunde Sorgen um uns machen!‹ Mir wurde kotzübel, wenn sie die anderen als Freunde bezeichnete. ›Nein‹, sagte ich, ›wir bleiben hier. Erst will ich wissen, warum du mich so verabscheust. Was habe ich dir getan?‹ Da wurde Renate wütend und schrie: ›Glaub bloß nicht, ich brauch deine Hilfe noch! Geh ich eben alleine weiter.‹

Kommt dir bekannt vor, Judith. So gleichen sich die Bilder. So gleichen sich die Schicksale. Ich hab Renate um eine Frist gebeten. Sie sagte wieder Nein. Dann warf ich ihr vor, sie sei gefühllos, undankbar und vollkommen ichbezogen – was Wirkung zeigte. Die Göre versuchte es mit Verhandlungen und simulierte guten Willen, wobei sie nur Zeit gewinnen wollte. ›Ja, lass uns einen weiteren Tag hier bleiben und über alles reden‹, plapperte sie. Dann schwallte sie mich voll, sie habe eigentlich gar nichts an mir zu mäkeln, sei aber noch unberührt, die Pille nehme sie selbstverständlich auch nicht. Überhaupt sei es so, dass ich in ihr keine Leidenschaft entfachen könne. Ich sei einfach nicht ihr Typ. Und würde sie meinem Drängen nachgeben, ende es gewiss mit Schmerzen. ›Lass uns Freunde sein wie bisher‹, schlug sie vor. ›Damit tun wir uns beiden einen großen Gefallen.‹ Sie hätte auch sagen können: ›Dann hab ich dich endlich von der Pelle.‹

Klar tauchten in ihrer Rede auch die Standardsprüche auf, von wegen: ›Liebe lässt sich nicht erzwingen.‹ ›Jeder findet irgendwann sein Glück.‹ ›Du bildest dir nur ein, ich sei deine Traumfrau.‹ Und so weiter, und so fort. Je länger sie mich vollsülzte, desto übler wurde mir. Irgendwann hab ich ihr ins Gesicht gespuckt und sie verprügelt. Darauf wollte sie fliehen. Also bekam sie noch mehr Schläge.

Erst als sie ohnmächtig zu werden drohte, hielt ich inne und nutzte ihre Schwäche, sie an Armen und Beinen ans Holzgestänge hier zu fesseln. Dann ließ ich sie allein, damit sie zu Besinnung komme. Das half natürlich nichts. Sie verfluchte mich und wartete geduldig auf mögliche Retter, während mir langsam alle Sicherungen durchbrannten. Verfolgungswahn kam dazu. Bald konnten Renates besorgte Freunde zurückkehren, denn wir waren schon fast einen Tag in Verzug.

Abends sah ich einer weiteren ungestörten Nacht mit meiner Gefangenen entgegen, weil so spät keiner mehr kommen würde. Ich hatte den Sekt alleine getrunken und in den Vorratsschränken eine halbvolle Flasche Schnaps aufgestöbert. Die putzte ich weg wie nichts, torkelte dann schwer betütert in Renates Kammer und wollte ihr an die Wäsche. Dass sie wie verrückt an ihren Schnüren riss und sich dabei die Gelenke aufscheuerte, machte mich in meinem Suff noch schärfer. Die Früchte des Hasses platzten und brachten Fäulnis zum Vorschein, die Renate wohl erkannte, sonst hätte sie nicht so grässlich um Hilfe gekreischt. Die letzten Hemmungen ertränkte der Alkohol. Sie spuckte und schrie, dass meine Trommelfelle zu platzen drohten. Es machte mir nichts aus. Tiefste Genugtuung erfüllte mich in diesen

Sekunden, während sie den Kopf hin und her schleuderte. Sie kam mir vor wie Christus, der gerade ans Kreuz genagelt wurde.

Hinterher wälzte sie sich in Krämpfen und heulte Tränenbäche. Das ernüchterte mich ein bisschen. Ich band die Geschändete los, entfernte die Decke unter ihr, verschwand in mein Lager und grübelte: War's das, was ich wollte? Nein, aber es war, was sie verdient hatte.

Langsam begriff ich das ungeheuerliche Ausmaß meiner Tat. Wie konnte ich verhindern, dass mich Renate bei der Polizei anschwärzte? Bestimmt nicht mit gutem Zureden. Ich grübelte, grübelte und schlief irgendwann mit der Erkenntnis ein, sie zum Schweigen bringen zu müssen.

Dummerweise hatte ich vergessen, ihr Lager abzuschließen. Die Geschändete befreite sich aus ihrer Ohnmacht und ahnte, dass ihr noch Schlimmeres bevorstand. Entschlossen, zumindest das nackte Leben zu retten, packte sie kurz vor Mitternacht geräuschlos ihren Rucksack und versuchte zu entschlüpfen, während ich schlummerte. Aus Furcht vor dem siffligen Abstieg durch die steile Flanke zur Pizzini-Hütte wählte sie eine andere Route: über den Eisseepass nach Innersulden oder zumindest bis zur Schaubach-Hütte. Das ungewollte Klappern ihrer Wanderstöcke auf der Terrasse verriet ihr Vorhaben. Dann hörte ich dumpfes Tapsen ihrer Stiefel, die sich im Laufschritt entfernten. Jetzt bimmelten Alarmglocken in mir. Ich sprang in meine Kleider und stürmte ihr nach.

Auf halber Strecke zum Eisseepass – unter der Suldenspitze – holte ich Renate dann ein. Sie stand mit scheuem Blick vor mir und wusste, jetzt war Schluss.

Sie flehte nicht um Gnade. Nur die Augen sind ihr feucht geworden. Ich heuchelte, es täte mir leid, was passiert sei. Ich wolle alles wieder gutmachen und sie nach unten bringen. Aber Renate hat mich angesehen, hat gewusst, dass ich sie anlog. Sie wusste, sie würde jetzt sterben.

Ganz schäbig hab ich mich gefühlt, als wir entlang der Spalte am Bergschrund der Suldenspitze dahintrotteten. Sie lief nicht mehr weg. ›Hauptsache, es geht schnell‹, sagte sie einmal leise zu sich. Der Wind pfiff wieder stärker, half, unsere Spur zu verwischen.

Ich wusste, keiner käme auf die Idee, Renate nahe bei der Hütte zu suchen, wenn ich einen entfernten Unglücksort nannte. Ich wusste, man würde mein Märchen glauben, würde mir vielleicht Versagen vorwerfen, aber damit konnte ich leben. Mit der Zeit würde ich mich schon aus dem Sumpf ziehen, dachte ich. Drohten Verdächtigungen, wenn die Leiche nicht gefunden wurde? Na, wenn schon! Es gab keine Beweise und auch keine Motive, denn niemand wusste von den Gefühlen, die ich für Renate gehegt hatte. Wer wollte da noch die Vermessenheit aufbringen, mir zu unterstellen, ich hätte gelogen und am Ende sogar selbst Hand angelegt?«

Dieter zögerte einige Augenblicke und erzählte dann die grausige Geschichte zu Ende: »Ich entsorgte Renate in der tiefen Spalte. Ein überraschender Stoß, und sie hatte keine Möglichkeit mehr, sich an mich zu klammern. Ich hörte das Schaben ihres Körpers am Eis, bis sie irgendwo versackte. Zur Sicherheit blickte ich noch in die Tiefe. Sie war weg, geschluckt vom dunklen Rachen des Bergschrundes. Nichts rührte sich mehr da unten. So blieb mir erspart, das Grab mit Schnee voll zu schaufeln. Ich wartete noch fünf Minuten und kehrte zur Hütte zurück.«

»Und dann?«, fragte Judith fast unhörbar.

»Dann hab ich im ganzen Haus sauber gemacht. Die Retter waren ja schon im Anmarsch.«

»Mörder!«, dröhnte es durch das Gehirn der Studentin. Sie wusste, ihr blühte das gleiche Schicksal wie Renate. Sollte sie sich an den letzten Strohhalm klammern und erzählen, wer Willi Specht wirklich war? Hätte sie Dieter damit eingeschüchtert? Sie verwarf diesen Plan, denn jetzt war es zu spät. Statt ihre Neugier zu zähmen, hatte sie Dieter auch das letzte Geheimnis entlockt. Damit stand sie am Abgrund.

Vom Drama zwischen Dieter und seiner Geisel ahnte Nick natürlich nichts, doch fühlte er sich schuldig, seine Pflicht missachtet zu haben. Der Auftrag hatte klar geheißen, immer bei seinem Schützling zu bleiben, Gefahren von ihm abzuwenden und Vorsorge zu treffen, dass er keine plötzlichen Anfälle bekam. Kurz, er sollte sich die versprochenen 3000 Mark durch Leistung verdienen. Nick als Knecht war gefordert; weniger sein Unterknecht Willi, der ohnehin andere Ziele verfolgte. Von Beginn an hatte dieser nicht verhehlt, ihm sei die Sicherheit des Kükens vollkommen egal. Er wolle lediglich der Wahrheit ein Stück näher kommen.

So gesehen würde der Computerfachmann schon im eigenen Interesse zur Casati-Hütte aufsteigen, um Dieter unweit des Schicksalsortes ein wenig ins Gewissen zu reden, vermutete Nick. Falls Willi aber krankheitsbedingt unten geblieben war, drohte Judith höchste Gefahr. Nick wusste den Diebstahl aus Marys und Tschikos Gepäck richtig zu deuten: Ein Perverser hatte sich mit Werkzeug eingedeckt, das er gewiss auch benutzen wollte.

»Was soll's? Die Feuerwehr düst schon heran wie der geölte Blitz«, machte sich der Münchner Mut. Immerhin hatte er den Palòn de la Mare bereits überquert und war in wenigen Minuten zum Col de la Mare abgeschlittert. Als guter Skifahrer behielt er stets das Gleichgewicht. Er stand immer noch in Saft und Kraft, zumal er unterwegs viel von seinem Elektrolytgetränk mit Traubenzucker getrunken hatte.

Nur die Kletterpassage über den Monte Rosole schaffte Probleme. Der Himmel hatte sich in den letzten Stunden mit einer Wolkendekke überzogen. So wurde es jetzt, gegen 16 Uhr, bereits duster, was Nicks Fortkommen über den felsigen Gipfel behinderte. Er wollte keine Schneebretter auslösen und mied deshalb bis zum Passo Rosole die steile Schrägpassage im Gletscher – trotz der dort vorhandenen Spur. Daher musste er durch noch unbekanntes Gelände. An manchen Stellen zwangen ihn unüberwindliche Zacken zu Umwegen. Nun ärgerte es ihn doch, ohne Berti losgezogen zu sein. Zumindest hier hätte ihm der behäbige Kerl als Seilpartner helfen können. Dennoch erreichte Nick den Gipfel, wo er kräftig Luft holte. Dunkel schob sich der Cevedale in seinen Blick.

»Dir steig ich noch auf die Mütze, Kamerad. Danach spurtet Nikolaus, was die Beine hergeben.« Auf diese Weise hatte er sich oft in Kampfeslaune gebracht, denn es gab Augenblicke, da hatte auch er, der Unerschrockene, Muffensausen. Als Sicherheitsapostel predigte er in seinen Vorträgen genau das Gegenteil von dem, was er hier praktizierte: »Nie allein und ohne Seil über Gletscher gehen! In der Not bleibt nur der Tod!« Gut, das galt vielleicht nicht für einen Experten wie ihn. Er konnte seine Lage richtig einschätzen: Die Wolken beispielsweise hatten ihn kaum beunruhigt. Sie würden sich nachts wieder auflösen. Keine Niederschläge, kein Wind, aber Schneebrettgefahr.

Nick atmete hastig, als wolle er die gesamte dünne Luft inhalieren. So behielt er einen klaren Blick und kontrollierte Bewegungen. Zwei weitere Fehltritte waren glimpflich abgelaufen. Im einen Fall war er kopfüber in eine Schneewehe gepurzelt, hatte sich aber aus dieser Bedrängnis schnell befreien können. Im anderen war er abgerutscht und hatte rechtzeitig vor einer Spalte gebremst.

Jetzt, im steilen Abstieg zum Passo Rosole, ereilte ihn das letzte Missgeschick. Der Stein unter ihm kippte plötzlich seitwärts weg. Nick wehrte sich gegen einen Sturz und vollzog einen artistischen Ausfallschritt. Dabei kam der Stein ins Schlittern. Es riss ihn um.

Eine Geröllawine schob ihn mit sich. Sein verzweifeltes Bemühen, irgendwo Halt zu finden, endete fruchtlos. Er war auf dem Rücken gelandet und zischte ins Bodenlose. Mehrmals puffte er gegen Trümmer oder Felsvorsprünge, bis ihm ein schwerer Schlag am Kopf kurzzeitig die Besinnung raubte. Unfähig, den Eispickel als Bremse in den Untergrund zu rammen, polterte der Münchner zehn Meter tief in eine Mulde, wo der Schnee den Aufprall dämpfte.

Ein Stück weiter links wäre er unweigerlich in die 500 Meter hohe Steilwand gerutscht. Ein Stück weiter rechts, und er hätte sich das Genick gebrochen. Der schmelzende Schnee auf seiner Stirn weckte ihn wieder auf.

»Scheiße!«, war sein erster und einziger Gedanke.

Er wusste, dass es ihn erwischt hatte. Noch wagte er keine Bewegung, denn es hätte vielleicht die letzte sein können. Erst als er seine Lage etwas überrissen hatte, hob er das Gesicht aus dem Schnee. Er steckte fest – was ein minimales Problem darstellte. Bedenklicher waren da schon seine teuflischen Kopfschmerzen. Nick fürchtete, er habe sich den Schädel eingeschlagen.

Das konnte es gewesen sein. Ein paar Atemzüge noch und dann »Servus«. Schwindelgefühle warfen ihn fast wieder ins Reich der Schatten.

»Wie schlimm hat's mich erwischt?«, fragte er sich voller Panik. »Muss ich hier gelähmt liegen bleiben und langsam verrecken?«

Seine Gliedmaßen schienen noch funktionstüchtig zu sein, wenngleich sich das rechte Knie kaum abbiegen ließ. Es war geschwollen und sandte Messerstiche aus. Sonst »zierten« den Verunglückten mehrere Schrammen, Prellungen und Risswunden. Hoffnung auf Hilfe konnte er sich abschminken. Kein Mensch würde innerhalb der nächsten Stunden oder Tage hier aufkreuzen.

Überaus vorsichtig tastete er mit der Hand seinen Kopf ab: Keine Löcher oder Knochensplitter, dafür eine stark blutende Wunde oberhalb des rechten Ohres. Was ihn mehr beunruhigte, waren die Schwindelanfälle, dieses Dröhnen und Knistern im Hirn. Dinge um ihn herum erkannte er nur unscharf. Sie schienen seinen Augen zu entgleiten.

Einmal noch ächzte er ein resigniertes »Scheiße«. Ende der Vorstellung? Konnte er sich zumindest mit eigenen Kräften ins Colombo-Biwak retten? Die Zeit drängte, denn es wurde immer dunkler.

Vorsichtig blickte der E-Technik-Student nach oben. »Wie um Himmels Willen soll ich da jemals wieder hinaufkommen?«, zweifelte er. Minuten später gelang zumindest die Befreiung aus der Schneemulde. Er knüpfte alle vorhandenen Reepschnüre und kurzen Seilstücke aneinander und fertigte so eine Leine von gut 15 Metern Länge. An ein Ende band er den Rucksack, um ihn nachher nach oben hieven zu können. Das andere band er sich ans Handgelenk. Dann suchte er einen Weg, die Absturzstelle seitlich zu umgehen.

Ganz langsam, mit winzigen, wohlüberlegten Schritten, hielt er sich trotz der Schmerzen auf den Beinen. Ihm genügte, dass er überhaupt noch von der Stelle kam. Mehrmals musste er sich gegen einen Felsen lehnen und rasten, weil er ohnmächtig zu werden drohte.

Warten, drei Schritte gehen, warten, ruhig atmen, nicht ungeduldig werden … An manchen Stellen kehrte er wieder um. Einmal galt es, mit allen Vieren zu klettern. Jetzt zahlte es sich aus, dass er den Rucksack unten gelassen hatte.

Später kam die Stirnlampe zum Einsatz. Viel später gelangte er zur Biwakschachtel. Drinnen nahm er vorsichtig Platz, biss sich auf die Lippen und ließ den ärgsten Schmerz abklingen, denn der Weg war noch weit. Vielleicht zu weit.

Eine zweite Nacht brach für Judith und Dieter auf der Casati-Hütte herein. Beide wussten, dass die Entscheidung dicht bevor stand. Bald würde etwas Unfassbares geschehen, glaubte die Frau, weil sie das Präsent der Toten zu deuten wusste. Wie ein überirdischer Fingerzeig war der Beutel mit Renates Reliquien aufgetaucht. »Mörder«, schien er zu sagen, »deine Zeit ist jetzt gekommen.« Oder wollte er Dieter nur warnen, Judith Gleiches anzutun?

Judith wusste: Er würde wieder töten, wenn er nicht gestoppt wurde. Ihr blieb nur die Möglichkeit, seine Furcht vor Renates Auferstehung zu nähren. Der Überbringer der Reliquien – so es sich dabei um einen Menschen handelte – konnte nicht weit sein. Andererseits fand sie keine vernünftige Erklärung für die Existenz der Toilettentasche. Hatte Renate sie etwa vor ihrer Flucht in der Hütte zurückgelassen und jemand sie an sich genommen? Möglich, dass Dieter die Tasche beim Beseitigen der Spuren ebenso übersehen hatte wie ihre Handschuhe. Er war kein Killer mit systematischer Gründlichkeit, sondern ein Psychopath. Aber wären dann die Gegenstände nicht zwangsläufig der Bergwacht in die Hände gefallen? Wer hatte ein Interesse daran, sie mitzunehmen und dreieinhalb Jahre später wie ein Osternest in den Schnee zu pflanzen?

Also doch Renates Rächergeist?

Die Vorstellung, Zeugin einer paranormalen Erscheinung geworden zu sein, ließ Judith frösteln. Mehr aber schreckte sie die Erkenntnis, einem Kerl ausgeliefert zu sein, der aus Kummer zum Mörder geworden war. Seelenpein, Demütigungen, herzlose Zurückweisung, Lieblosigkeit, Verlust jeglichen Selbstwertgefühls, ohnmächtige Verzweiflung – das zusammen hatte seinen Händen die Kraft für den Stoß gegeben. Weg war sie, als habe er nur einen Kieselstein in einen tiefen Brunnen geworfen. Warten … und … Platsch. Und dann nichts mehr.

Nur aus Kummer? Nüchtern beurteilt war er ein krankhafter Triebtäter, eiskalt genug, sich nach der Bluttat eine Lügengeschichte zurecht zu stricken und ganze Garnisonen von Suchmannschaften an der Nase herumzuführen; eiskalt genug für eine Rückkehr mit dem Vorsatz, erneut und auf gleiche Weise sein Glück herauszufordern; eiskalt genug, ihr Mitleid zu erwecken.

Insofern tendierte Judith dazu, Renates Geist zu beschwören. Lähmte Dieter die Angst, war er leicht zu kontrollieren und verlor das Verlangen, über sie herzufallen. Würde er statt dessen in seiner Verzweiflung eine Schlinge ins Bergseil knüpfen und sich im Treppenhaus erhängen? Auch das musste Judith ins Kalkül ziehen.

Am Ende seines Geständnisses hatte sich Dieter nicht weinend übergeben. Er hatte sie reglos angestarrt und auf Antwort gewartet. Ein ungezogener Junge, der von Mutti versöhnliche Worte erhoffte. »Will nur etwas Verständnis, Judith«, schienen seine treuherzigen Augen zu sagen. »Du siehst hoffentlich ein, dass ich im Recht war. Jeder vernünftige Mensch hätte in der gleichen Lage so gehandelt wie ich. Und sag selbst, hat dieses Weib etwas anderes verdient? Hat sie nicht durch ihre grenzenlose Verachtung versucht, mich zu vernichten? Ich hätte die Kröte aufblasen sollen, bis sie platzt.«

»Du hast sie also getötet, weil sie dich sonst vor Gericht und vielleicht für immer in die Nervenheilanstalt gebracht hätte?«, fragte die Geisel nach einer langen Pause. Sie spürte, dass sie bald die Beherrschung verlieren würde. Ein Schrei steckte bereits in ihrer Kehle.

Weit weg von hier, weit weg sehnte sie sich. Jedes Wort, das sie mit ihm wechselte, wurde ihr zur Folter. Eine Farce, dieses Gespräch, dieser Versuch, sachlich über die Hintergründe einer unverzeihlichen Todsünde zu diskutieren, als handle es sich um ein mathematisches Problem. Sie verspürte Lust, seine jämmerliche Grimasse mit Spucke zu besudeln. Je länger er als Schoßhündchen nach Streicheleinheiten hechelte, desto mehr widerte er sie an.

»Du musst mir helfen, Judith«, brabbelte er wie ein kleines Kind. »Mich friert. Nimm mich unter deine Decke!«

Ja, was denn? Wie denn? Sonst noch Wünsche? Die Gefangene

wälzte sich zur Seite und brummte: »So lange du nicht meine Sachen zurückgibst, bist du Luft für mich.«

»War ich je etwas anderes?«, schnauzte er zurück.

»Ja, bevor du maßlos geworden bist und dich aufgeführt hast wie ein kleiner Gott. Wenn es dir ernst ist mit deiner Reue ...«

»Wer hat was von Reue gesagt?«, platzte er ihr ins Wort und sprang auf. »Ich bereue nichts. Wenn es hier zur großen Abrechnung kommt, hängst du mit drin. Dann mach dich auf was gefasst.« Wütend stampfte er aus dem Raum. Renates Utensilien ließ er liegen, schloss aber gewissenhaft ab.

»Wenigstens bist du weg«, flüsterte Judith sichtlich erleichtert. An den Aufenthalt in ihrer Zelle hatte sie sich mittlerweile gewöhnt, wenngleich sich jetzt der Hunger meldete. Immerhin hatte sie seit dem Frühstück keinen Bissen und keinen Schluck zu sich genommen. Ob Dieter daran dachte, ihr etwas zu bringen? Nein. Wenn er sein neues Opfer schon zappeln ließ, dann richtig. Besann sich Dieter aber auf die knapp werdende Zeit, würde er bald ernst machen und das Problem im Morgengrauen auf bewährte Weise beseitigen. Wahrscheinlich hatte er ihr alles so bereitwillig erzählt, weil die Absicht, sie zu töten, längst feststand. Dann versagte jedes Angebot, das sie ihm unterbreitete.

Dieter peitschte sich mit Selbstvorwürfen. Die Vernunft hatte er als oberstes Prinzip über diese Reise gesetzt. Geduld, Bescheidenheit und realistische Einsicht der Begebenheiten. Zumindest als er sich in Bertis Kombi bequemte, trug er diese Talente bei sich. Was war aus all den guten Vorsätzen inzwischen geworden? Das gleiche elende Schlamassel wie beim letzten Mal. Doch jetzt war ihm klar, wie folgerichtig er schon damals gehandelt hatte – oder besser gesagt, er hatte ja gar nicht zu verantworten, was geschehen war. Die Bestätigung lieferte ihm Judith. Obwohl vom Charakter her anders als Renate, verschmähte auch sie ihn. Am Morgen hatte sie ihn angesehen, als sei er durch einen ansteckenden Aussatz verunstaltet. Ende aller Hoffnungen. Das pubertäre Spiel mit den Blütenblättern ging so:

»Sie liebt mich nicht, sie auch nicht, und sie erst recht nicht ...«

Das hatte er mittlerweile gelernt. Nur blieb jetzt keine Zeit, sich in Jammern zu ersticken. Von draußen drohte Gefahr.

Aber solange Renate friedlich um die Hütte kurvte, ließ ihm ihr Spuk genug Luft zum Atmen. Sollte sie doch das Haus anpinkeln, wenn es ihr Spaß machte. Die eisenbeschlagene Eingangstür musste erst einmal geknackt werden. Dieter überprüfte sie auf Verschluss und nahm sich dann der Reihe nach alle anderen Fenster im Erdgeschoss vor, indem er von innen hart gegen die Holzläden drückte. Keines ließ sich auf diese Weise öffnen. Das beruhigte ihn. Er lobte sich für seine Entscheidung, noch bei Tageslicht genügend Feuerholz ins Haus geschafft zu haben. Zum Wasserlassen gab es eine halbwegs funktionstüchtige Toilette. Judith musste für »kleine Mädchen« ihre Feldflasche benutzen.

Der schmächtige Bursche schleppte sich wieder in sein Lager, um dort aus dem Fenster zu spionieren. Dazu benutzte er die Taschenlampe, denn es war längst dunkel. Was er sah, steigerte seine Unruhe. Eine frische Spur verlief zwischen den beiden Gebäuden im Schnee – dann weiter entlang der kürzesten Route ins östlich gelegene Martell-Tal. Dieter konnte ein kleines Stück der Spur mit dem Strahl abtasten. Sie schien ihren Ausgangspunkt am Hauptgebäude zu haben. Hatte sich die Besucherin also doch irgendwo unter den Balken der Veranda verschanzt gehalten.

»Bleib, wo der Pfeffer wächst!«, zischte er und schloss die Luke. Er hatte Angst, sie könne plötzlich aus dem Nichts nach ihm greifen und ihn durch die Öffnung quetschen. Im Zweifel, wie er die Lage einschätzen sollte, sank Dieter auf eine Matratze und ließ sich einige Minuten lang mit seinen Gedanken treiben, bis ihn Judiths Pochen gegen ihre Tür wach rüttelte. Sie verlangte etwas zu Essen. Er schrie: »Halt's Maul, sonst wirst du *meine* Mahlzeit!«, was die Gefangene schnell zur Räson brachte.

Dann schlurfte er nach unten, wollte Feuerholz nachlegen und sich einen Tee aufbrühen. Mehr verlangte der Magen nicht. Bis die Flammen endlich loderten, verstrich eine Stunde. Selten hatte er sich so ungeschickt angestellt. Das Wasser kochte eine halbe Stunde später, und in dieser Zeit grübelte er, was er mit Judith anstellen könne. Ihm blieb voraussichtlich nur noch diese Nacht, bis hier wieder Menschen aufkreuzten. In Erwartung des bevorstehenden Untergangs wollte der Rückkehrer noch einmal am süßen Wein des Lebens nippen.

Er spürte bereits Judiths Körper, der sich heftig wehrte. Dieses stattliche Weib schien im Gegensatz zu Renate Bärenkräfte zu besitzen. »Wozu habe ich das Messer als Druckmittel?«, machte er sich Mut. Die Klinge konnte Judith wohl gefügig machen. Sie barg aber die Gefahr, ein Blutbad anzurichten. Dann war Expressreinigung vonnöten.

Blieb die Möglichkeit, sie im Schlaf zu überraschen und zu fesseln. Er hörte schon ihr Stöhnen, roch den sauren Angstschweiß, bis sie freiwillig nach mehr verlangte, um ihr Leben zu retten.

Ein Problem noch: Er konnte nicht aus dem Haus, um sein Opfer wieder in eine Spalte zu stoßen. Dafür würde er sie am Strick aufhängen – und sich gleich dazu, denn das war allemal besser, als von der Auferstandenen genussvoll zu Tode gefoltert zu werden.

Nachdem Dieter seinen Tee getrunken hatte, stapfte er langsam in sein Zimmer und lauschte an Judiths Tür. Durch das Schlüsselloch erkannte er einen Teil der rückwärtigen Bretterwand. Sie wurde vom Schein der letzten verbliebenen Kerze beleuchtet. Jetzt hörte er ihr leises Schluchzen und schmunzelte. Dann besann er sich wieder und schritt in sein eigenes Lager, wo er etwas Ruhe fand.

Drei Stunden später erwachte er mit einem Zucken. Er spürte, es war soweit. Auf Zehenspitzen setzte er behutsam Schritt um Schritt über die Holzbohlen und vermied durch langsame Gewichtsverlagerung jedes Knarren. Als er sein Ohr an die Tür von Judiths Lager legte, hörte er gleichmäßiges, ruhiges Atmen. Jenseits des Schlüssellochs war es jetzt dunkel, und das konnte nur bedeuten, dass sie sich schlafen gelegt hatte. Ganz vorsichtig steckte er den Schlüssel in die Mechanik, vollzog eine Drehung – kaum schneller als der Sekundenzeiger –, bis es kurz schnappte und der Riegel zurücksprang. Ein Geräusch, das sich nicht vermeiden ließ. Aber es vermochte die schlummernde Elfin nicht zu wecken. Dem schmutzigen Vorhaben freundlich gesonnen, bewegten sich die Scharniere der Tür beim Öffnen geschmeidig und leise, bis der Eindringling über die Schwelle treten konnte. Noch zügelte er seine Begierde und schloss die Tür ebenso behutsam, bevor er sich dem Wesen im Schlafsack wie in Zeitlupe näherte.

Er sah sie an. Ein Arm stützte ihren seitlich gelagerten Kopf, der andere lag schlaff über ihrer Brust, die sich ruhig hob und senkte. Fast entspannt wirkten Judiths Gesichtszüge, als habe sie in ihren Träumen endlich Frieden gefunden. Der Mond verlieh ihrer Haut einen glitzernden Schimmer. Noch reichte der Schlafsack bis zum Hals, wo sie ihn eng verschnürt hatte, um die Körperwärme besser zu konservieren. Die Beine hatte sie einem Fötus gleich angewinkelt.

Minutenlang stand Dieter steif da und betrachtete dieses Bündel Mensch, welches es jetzt auszupellen galt, um an das Fruchtfleisch heranzukommen. Es gefiel ihm, wie sie schlief und ihn stumm erwartete.

Ganz langsam beugte sich Dieter über sie und suchte nach dem Reißverschluss-Ring am Kopfteil des Schlafsacks. Schließlich fand er heraus, dass man ihn auch vom Fußteil her öffnen konnte. Vorsichtig begann er zu ziehen.

Dann ein leises Stöhnen. Sofort verharrte er in seiner Bewegung und fürchtete, sie werde gleich aufwachen. Nein, nur ihre Beine nahmen eine geringfügig andere Position ein. Nach mehreren heftigeren Atemzügen wurde sie ruhig wie zuvor.

Er zurrte weiter, bis der Verschluss halb geöffnet war und dem Sack deutlich Wärme entströmte. Nun begann die kritische Phase, denn er musste verhindern, dass Judith nach dem Aufwachen Zeit blieb, ihn wegzustoßen. »Wenn es mir gelingt, ihr die Klinge an den Hals zu setzen, wird sie schon kuschen«, dachte er.

Bevor die zunehmende Kälte Judiths Lebensgeister in Aufruhr brachte, musste er sich sputen. Er streifte seine Turnhose bis unter die Knie, ihr folgte die streng riechende Unterhose. Das Messer wechselte in die linke Hand, Klinge nach vorn. In Gedanken ging er jede Bewegung noch einmal durch. Zuletzt griff er wieder nach dem Zug des Reißverschlusses.

Im selben Moment schossen nackte Beine aus der Öffnung des Schlafsacks. Wie zwei unter Spannung gehaltene Federn rammten sie sich in seine Männlichkeit.

Irrsinnige Kraft steckte hinter diesem Schlag. Vom Schmerz betäubt schmetterte der Rückkehrer gegen die bretterbeschlagene Wand, die den Aufprall etwas dämpfte. Dafür fühlte sich seine Körpermitte an, als sei alles zu Brei gequetscht. Instinktiv presste er die Hände darüber und verhinderte so, dass etwas verloren ging. Schließlich rutschte er entlang der Wand zu Boden, krümmte sich und stieß gurgelnde Schreie aus.

Ihm wurde langsam bewusst, was passiert war: Das teuflische Biest hatte sich schlafend gestellt und ihre ganze Angst in diesen Stoß gelegt, der ihn möglicherweise zum Krüppel machte.

»Ich bring dich um!«, röchelte er und versuchte, wieder auf die Beine zu kommen. Sein brennender Unterleib raubte ihm die Luft. Er blieb gebückt, hielt weiterhin beide Hände an die getroffene Stelle. Sich die Bescherung anzusehen, wagte er nicht. Und ein Gegenangriff kam der heruntergelassenen Hose wegen kaum in Frage.

»Wo hab ich das verdammte Messer?«, schoss es ihm durch den Kopf. Die Waffe musste ihm nach Judiths Attacke entglitten sein. Ohne Licht würde er lange danach suchen. Die Angreiferin hingegen hatte aufgepasst. Sie sprang mit einem Satz ans Fußende der Matratzen und griff zu Boden. Der schmerzverkrümmte Bursche wollte ihr noch zuvorkommen, doch sie schnappte beherzt zu, rollte dann schnell aus seiner Reichweite.

Plötzlich sah sich der gescheiterte Schänder in die Defensive gedrängt. Keine Begattungsmaßnahmen – eher Bestattungsmaßnahmen, wenn sie ihre Chance mit dem Messer zu nutzen wusste. Dieter fürchtete ihre Wendigkeit und Kraft und verfluchte seinen Leichtsinn. Dabei hatte er Glück, dass ihm Judith nicht gleich den Garaus machte, da er ihr immer noch ein lohnendes Ziel bot. Schnell schob er seine Hosen über die gequetschten Weichteile und zischte:

»Das wirst du mir büßen!«

»Wäre besser, du verduftest augenblicklich!«, schnauzte sie zurück und packte das Messer mit zwei Händen. »Oder soll ich dich mit dem Ding zurichten?« Obwohl sie keine Anstalten machte, aus ihrem Eck hervor zu kriechen und der Drohung Nachdruck zu verleihen, humpelte Dieter langsam aus dem Zimmer. Die Tür blieb offen. Statt dessen schloss er sich in sein eigenes Lager ein.

Judith zog schnell den Schlüssel ab. Sie wusste, dass er ihr nicht viel nutzen würde. Kleidung und Ausrüstung blieben nämlich weiter unerreichbar. Irrtümlich vermutete sie, Dieter habe alles bei sich eingeschlossen. Aber sie konnte sich in der Stube etwas zu Essen und zu Trinken holen und sich anschließend selbst hier verbarrikadieren. Ein wenig mehr Sicherheit, ein Hauch von Hoffnung, mehr war es nicht. Sie wusste, Dieter würde sich bald erholen und – von der Schmach getrieben – noch entschlossener zu Werke gehen. »Dann Gnade mir Gott!«, sagte sie im Stillen und tat kein Auge mehr zu.

Ausgeschlüpft

Die Feldflasche war noch zur Hälfte mit Tee gefüllt, eine billige Ceylon-Mischung, ziemlich bitter und etwas zu stark geraten. Besseres Aufputschmittel als Kaffee. Alle zehn Minuten ein Schluck aus der »Pulle« hielt die Gefangene munter und wachsam. In klare Abschnitte gegliedert verstrich die Zeit schneller, als wenn sie sich vor Angst schlotternd in eine Ecke gekauert und ihren Visionen freien Lauf gelassen hätte. Immer wieder musste die Uhr kontrolliert werden, damit die nächste »Tea time« pünktlich begann. Dazwischen absolvierte sie ihren Wachrundgang: Aufstehen, zur Tür, ein Ohr ans Holz drücken und lauschen, Auge vors Schlüsselloch und spähen, weiter zum Fenster, Rundblick. Der dünnen Zwischenwand wegen drangen fast alle Geräusche aus Dieters Lager in ihre Kammer.

Der Bursche hatte sich als Springfloh über den Matratzen betätigt und seine Wut gründlich ausgetobt. Ein paarmal fluchte er noch und brüllte Obszönitäten an Judiths Adresse, bis er sicher sein konnte, dass seine Eingeweide intakt und die Weichteile unbeschädigt geblieben waren. Dann streckte ihn der Gram in die Horizontale. Beschämt über die entwürdigende Niederlage wimmerte er fünf Teepausen lang leise vor sich hin und rührte sich nicht mehr vom Fleck. Er schien sich mit seinem Schicksal abgefunden zu haben.

Bald aber beschlichen Judith Zweifel und sie glaubte, er brüte neue Gemeinheiten gegen sie aus. Wahrscheinlich kam er beim nächsten Mal mit heuchlerischen Friedensangeboten. Er brauchte seine Geisel jetzt mehr denn je. Als Schutzengel sollte sie ihm dienen, bevor er ihr den Garaus machte. »Allein dem Geist ist es zu verdanken, dass ich noch lebe.«

Sie prüfte die Schärfe der Messerklinge. »Ob ich es fertig bringe, ihm das Ding notfalls in den Leib zu rammen?«, fragte sie sich. »Wie viele Versuche braucht es, bis ich ihn kampfunfähig steche? Wieviel Blut spritzt mir dabei um die Ohren?« Aber sie wusste, ihr würde keine andere Wahl bleiben, wollte sie nicht von ihm zerlegt werden. »Wird er in die Enge getrieben, ist er zu allem fähig. Er hat sie beseitigt, er beseitigt auch mich«, redete sie sich letztlich ein. Je mehr Zeit verstrich, desto wahrscheinlicher wurde dieses Szenario.

Da Judith keine Taschenlampe besaß, hatte sie die frischen Spuren im Schnee nicht erkennen können. Selbst wenn, es hätte ihre Besorgnis nur verstärkt. Willkommene Helfer wären zielstrebig zum Haus marschiert und hätten versucht, die Tür zu knacken oder mit Dieter zu verhandeln. Willkommene Helfer hätten kein solch gespenstisches Versteckspiel getrieben. Sie wusste, es gab Dinge, die allein deshalb ins Reich der Märchen gehörten, weil ihnen die wissenschaftliche Grundlage fehlte. Aber an einem gab es nichts zu rütteln: Tote blieben tot, wenn auch ihr Zorn oft ins Diesseits zurückreichte.

Nach mathematischer Denkweise war Renates Tod aber keineswegs bewiesen. Es gab eine minimale Wahrscheinlichkeit, dass sie den Sturz überlebt hatte und sich seitdem versteckt hielt. Auch gab es die theologische Möglichkeit einer Reinkarnation von Renates Seele. Die steckte dann wohl im Körper eines höchstens dreijährigen Kindes.

Judith erzwang kein Ende ihrer fruchtlosen Spekulationen. In den kurzen Pausen fand sie Zeit, weitere Theorien und Erklärungen für das Unerklärliche zu entwerfen. Das lenkte sie ab, sich Gedanken über die nächsten Untaten des Besessenen zu machen.

Dieter lag reglos auf seiner Matratze, ungeachtet der Kälte, die ihn umgab, starrte an die Decke und horchte, was sich nebenan tat. Wann immer sie aufstand, um ein paarmal auf und ab zu gehen, packte ihn verzehrende Sehnsucht. Schließlich griff er neben sich in einen Kleidersack und zog Marys aufreizendes Dessous heraus. »Wie sie wohl darin aussehen würde?«, fragte er sich. Indem er den Stoff mit zwei Händen aufspreizte und gegen das Fenster hielt, bekam er eine vage Vorstellung davon. Das feine Gewebe zeichnete sich durchs Mondlicht ab. »Oh, ich hätte dich zwingen sollen, es anzuziehen, als ich noch Macht über dich hatte.«

Dann legte er den hauchdünnen Stoff wie ein Leichentuch über sein Gesicht und sog dessen Geruch tief in sich auf. Irgend ein Parfüm steckte in den Fasern, dazu aphrodisierender Schweiß. Marys Schweiß. Aber es hätte auch Judiths Schweiß sein können … oder der von Renate. Es hatte plötzlich etwas Abgestandenes, Verschimmeltes, als habe er eine faule Frucht aufgeschnitten. Die Fäulnis ihrer Menschenverachtung.

Und er sah sich wieder als kleinen Jungen mit seiner Mutter durch den Park spazieren, sah den bösen, bösen Mann, der plötzlich aus dem Gebüsch sprang. Das, was Mutti an den Beinen trug, hatte sich der Mann über den Kopf gezogen. Und Klein Didi hatte Angst damals, schreckliche Angst, der böse Mann könne ihm weh tun. Tat er nicht, gottlob. Dafür warf er Mutti auf den Boden, zerrte sie ins Gebüsch. Als der böse Mann wieder verschwunden war, jammerte Didi: »Mir ist kalt. Lass uns endlich nach Hause gehen!« Aber Mutti blieb einfach im Gras sitzen und heulte und heulte und …

… er ertappte sich mit Tränen in den Augen. »Warum hat sie das nie überwunden?«, fragte er sich. Vater war ihr schließlich auch nicht zuwider, wenn er das Gleiche mit ihr anstellte. Und der böse Mann – ein junger, schlanker Kerl – hatte ihr nicht eine Schürfwunde zugefügt.

Dieter beschloss, den Eispickel zu holen, denn dagegen konnte Judith mit ihrem lächerlichen Messer nichts ausrichten. »Noch bleibt Zeit, das Werk zu vollenden.« Er pustete kräftig und entfernte damit das Dessous von seinem Gesicht. Einen Augenblick dachte er daran, aufzustehen. Dann entschied er sich, Judith erst in Sicherheit zu wiegen.

Die Uhr schritt voran. Längst brannte die Kerze in Judiths Zimmer wieder, denn sie wollte ein Zeichen ihrer Wachsamkeit setzen. Ein Zeichen auch für die anderen. Bald mussten sie kommen: Berti, Tschiko, Mary … Nick.

Drei Stunden nach Mitternacht. 47 Stunden zuvor hatten sich Mary und Tschiko in Marsch gesetzt, wenig später Nick und Berti. Im günstigsten Fall lagen sie versöhnt in der Branca-Hütte, standen vormittags spät auf, trabten fröhlich zum Parkplatz und warteten dort mit wachsender Sorge auf das Eintreffen der Zurückgebliebenen. Karsten saß vielleicht schon wieder vor seinem Computer und brütete Programme aus.

Frühestens am späten Nachmittag würden die Wartenden knobeln und den Verlierer zur Pizzini-Hütte hoch schicken. Bis Hilfe kam, würde eine weitere Nacht verstreichen. Judith zweifelte, ob sie so lange durchhalten konnte. Das Tageslicht würde die Geister verscheuchen und Dieters Lunte erneut entzünden.

Mitten in Judiths Gedanken hinein – sie hatte dabei ihren obligatorischen Schluck vergessen – drängten sich plötzlich seltsame Geräusche: erst kaum vernehmbare, schwere Schritte auf dem Pflaster der Terrasse, vermischt mit leisem Keuchen und tiefen Atemzügen, dann ein dumpfes Plumpsen, als habe jemand einen Sack Kartoffeln am Boden abgestellt.

Verwirrspiel der Ohren? Judith kannte dieses Phänomen aus manchen Nächten, die sie allein im Freien verbracht hatte. Da waren es klappernde Gegenstände im Wind, das Knacken und Knistern aufgrund sinkender Temperatur, Wasserspiele und umher sträunendes Wild. All diese harmlosen Geräusche nährten die Vorstellung menschlicher Präsenz. Es war die Angst vor der Schutzlosigkeit, der man sich selbst ausgeliefert hatte. In solchen Situationen hatte Judith den Atem angehalten und gehofft, der vermeintliche Gast möge sich durch ein unmissverständliches Zeichen offenbaren. Dieser Wunsch blieb stets unerfüllt.

Mit der Zeit aber hatte sie gelernt, alle Laute richtig zuzuordnen. So wusste sie jetzt: Vor der Hütte trieb sich einer herum, der nicht gehört werden wollte. Der Schein des Kerzenlichts aus ihrem Fenster musste ihm zusätzliche Warnung sein. Trotz aller Vorsicht verriet er sich beim Aufschließen der Eingangstür.

War's Dieter? Hatte er sich heimlich nach draußen gestohlen und nachgesehen, ob die Geisterstunde inzwischen beendet sei? Möglicherweise ja, denn Judith war in der vergangenen halben Stunde nicht mehr mit dem Ohr an der Wand gewesen.

Überdeutlich polterten jetzt Schritte erst im Flur, dann in der Gaststube. Dort verstummten sie. Wahrscheinlich zog der nächtliche Besucher seine Bergstiefel aus. Sie drückte ihr Ohr fest ans Schlüsselloch, konnte jedoch nichts vernehmen. Die Vorsicht verbot, jetzt schon das Lager zu verlassen und den Unbekannten um Hilfe zu bitten. Erst wollte Judith wissen, welche Absichten er verfolgte. Aus seinem Benehmen wurde sie nicht schlau: Er bewegte sich ungewöhnlich leise für einen zufälligen Gast – auch wenn er annehmen musste, dass im Lager jemand schlief.

Judith fürchtete, ihr pochendes Herz könne sie verraten. Sie zitterte gleichermaßen vor Kälte und Angst. Doch wozu sich verstellen? Bestimmt hatte der Besucher ihr Licht gesehen. Etwas schaffte er noch ins Haus, bevor er die Tür wieder abschloss – wahrscheinlich sein Gepäck.

»Wieso eigentlich er? Könnte es nicht ebensogut eine Sie sein?«, schoss es der Studentin durch den Kopf. In der Stube polterte es gelegentlich. Zehn Minuten dauerte das. Dann wieder Stille.

»Bilde ich mir alles bloß ein? Werde ich auch langsam verrückt? Warum kommt er/sie nicht zu mir und stellt sich vor? Will er/sie da unten übernachten? Mein Gott, wann wird es hell und … Was soll das Versteckspiel?«

Weil kein Mucks mehr aus Dieters Lager kam, verdichtete sich ihre Hoffnung, er selbst könne in der Stube sitzen. Vielleicht hatte er vorhin die Sachen gepackt, frühstückte jetzt und würde dann die Flucht ergreifen. Dieser Wunsch platzte wie eine Seifenblase, als unten plötzlich jemand auf einer Blockflöte zu spielen begann. »Pervers«, flüsterte Judith. Wenige Augenblicke später kam Leben in Dieters Lager.

Seltsame Klänge weckten ihn auf. Hausmusik? Feierstunde in der Stube, bei einem Glas Wein? Nichts von alledem. Bis der Schläfer begriff, wie ihm geschah, irrten seine Gedanken wild umher. Aber instinktiv trieb ihn die innere Panik sofort aus dem Schlafsack. Alarmstufe Rot. Flötenspiel um kurz nach drei Uhr. Was für eine Narrenposse! Das konnte nur ein Jux dieser gewalttätigen Zicke sein. »Lässt du jetzt die Sau raus, um mir den Verstand komplett zu ruinieren?«, flüsterte er, auf den Boden blickend, als im anderen Lager plötzlich die Holzbohlen ächzten. Sie war also noch da drüben.

»Wer in Teufels Namen sitzt dann unten und …?«

Er brach den Satz in Gedanken ab und stutzte, weil die Melodie gewechselt hatte. Gleichzeitig nahm die Lautstärke zu. Unzweifelhaft war es eine Blockflöte, die hier zur Frühschicht blies.

Und dann fuhr es wie ein Blitz durch Dieters benebelten Verstand: das gleiche Lied, das gleiche Instrument, am gleichen Ort! Hier hatte es Renate gespielt, nachdem er und sie von der Biwakschachtel glücklich zurückgekehrt waren – auf sein Drängen hin, wie er sich erinnerte. Eine letzte Gefälligkeit für den tapferen Retter. Danach hatte sie sich verschlossen und das Instrument beinahe im Ofen verheizt.

Kein Zweifel, jemand spielte ihr Lieblingslied, eine Melodie voll schauriger Anmut und Romantik, die ihn jedesmal zu Tränen gerührt hatte. Renates Repertoire hatte nur ein Dutzend Stücke umfasst, aber die Flöte und das zugehörige Notenheft fehlten nie in ihrem Reisegepäck. Vor dem Ende einer schwermütig-romantischen Feier stimmte sie gewöhnlich dieses Lied an. Beim letzten Spiel, hier mit ihm, kam erstmals Kälte in die Melodie. Und diese Kälte vermochte Renate nie mehr abzulegen.

War sie es selbst, die ihm dieses Ständchen brachte? Wollte sie ihn wie der Rattenfänger von Hameln mit wundersamen Klängen verzaubern und in den Abgrund locken? Immerhin war sie durch die verschlossene Tür gekommen. Folglich würde es ein Kinderspiel sein, auch bei ihm einzudringen und ihn genussvoll abzumurksen.

Dieters Haare standen zu Berge. Das Flötenspiel sollte ihn wecken und ein Zeichen setzen: »Hallo, kleiner Kinderschänder! Hörst du mich? Ich bin wieder da. Hatte nicht gehofft, dich hier noch einmal zu treffen.« Ein Schrei steckte zwischen Bauch und Rachen, wollte nicht heraus, denn vielleicht wartete Renate nur, dass er sich zu erkennen gab.

Warum sie immer noch ihr Instrument spielte, statt ihn heimzusuchen, musste einen Grund haben. Dieter vermutete, die Anwesenheit einer unerwünschten Zeugin hindere Renate daran, leibhaftig in Erscheinung zu treten. Wäre er allein in der Hütte gewesen, hätte sie ihn schon in der ersten Nacht besucht. Die Zeugin schien sich auf Seiten der Rivalin zu schlagen. Aber: Bliebe Judith weiter in ihrem Lager eingeschlossen und verstopfte sich die Ohren, würde das unwahre Wesen einen Weg finden, sich seines Mörders zu bemächtigen.

Ihr Flötenspiel wurde immer lauter und schriller, bis die Töne ständig zwischen den Oktaven sprangen und aus der ehemals sanftmütigen Melodie ein dissonantes Gepfeife machten. Mitten in der schlimmsten Vergewaltigung ihres Instrumentes setzte die Spielerin ab.

»Ende der Begrüßung. Jetzt wird sie zu mir kommen«, durchfuhr es Dieter. Als das Poltern in der Stube wieder begann, sah er noch einen Ausweg: raus aus seinem Loch und schnell unter Judiths Fittiche. Seine Erregung war so groß, dass er beim Öffnen der Tür erst den Schlüssel verlor, das Loch verfehlte, den Schlüssel dann falsch herum drehte und schließlich drückte, statt zu ziehen. Ohne einen Blick treppab zu werfen – unten war es ohnehin stockfinster –, hechtete er zu Judiths Tür und pochte wild dagegen.

»Mach auf! Bitte mach auf!«

Keine Antwort.

»Judith, da unten ist jemand. Lass mich rein, bevor ein Unglück geschieht!«

Immer noch keine Antwort.

»Das ist Renate. Ich weiß es. Du bist schuld, wenn sie mich tötet.«

»Bleib mir vom Leib!«, tönte es dumpf von jenseits der Tür.

Schnell huschte Dieters Blick nach unten, ob sich dort schon etwas tat. Ein unmerklicher Schimmer drang zu ihm herauf: Licht, das durch die Glasscheibe in der Tür zur Gaststube schien.

»Judith, ich flehe dich an …«

»Verschwinde!«

»Ich komme unbewaffnet. Du hast das Messer. Lass mich nicht …«

Das Schloss schnappte und unterbrach seine Rede. Judith sprang zurück auf die Matratze und hielt das Messer schützend vor ihren Körper, bereit, beim kleinsten Annäherungsversuch zuzustechen.

»Bleib, wo du bist«, schnauzte sie ihren Peiniger an, als er ins Zimmer huschte.

»Lass mich erst abschließen! Sicher ist …«

»Finger weg vom Schlüssel!«

»Aber …«

»Tu deine Drecksgriffel weg!«, wiederholte sie mit gequälter Entschlossenheit.

Er gehorchte, obwohl er nicht unmittelbar attackiert werden konnte. Judith kniete zwei Meter von ihm entfernt auf der Matratze und bereute schon, ihn eingelassen zu haben. Erst als sie sein Gesicht im

Kerzenlicht genauer betrachtete, fiel ihr auf, in welcher Verfassung er zu ihr gekommen war: schlimmer als nach dem Fund des Toilettenbeutels. Er glich einer wandelnden Leiche, kaum fähig zu kontrollierten Bewegungen. Seine weit aufgerissenen Augen rotierten und flatterten, als habe er eine Salve Elektroschocks erlitten. Fast drohte er zu ersticken, so sehr stockte sein Atem. Judith verspürte etwas, das sie verblüfft als Mitleid deutete. Mitleid mit diesem Unhold, der fast ihr Mörder geworden wäre?

Er fiel vor ihr auf die Knie, buckelte tief und verbarg mit den Händen sein Gesicht. »Ich war böse zu dir. Jetzt bitte hilf mir! Steh mir bei, wenn sie kommt! Nur du kannst mir noch helfen«, stammelte er. Es fehlte nicht viel, und er hätte Judith die Füße geküsst. Noch aber sah sie keinen Grund, ihr Messer wegzustecken.

»Wer sagt dir, dass sie es ist?«, fragte sie ihn nach einer Pause. Sie hatte gespannt abgewartet, ob sich unten wieder etwas tat. Es tat sich nichts.

»Das war ihr Lieblingslied.«

Judith nickte. »Jemand könnte uns damit einen Streich gespielt haben«, folgerte sie, »jemand, der weiß, dass Renate dieses Stück immer zum Besten gab – Willi beispielsweise. Er ist ihr ältester Bruder. Mit etwas Fleiß hat er das Stück auch als Anfänger in zwei Tagen einstudiert.«

Dieter benötigte lange, die Zusammenhänge zu begreifen, und Judith kam nicht umhin, ihm zu erklären, was es mit Willi – alias Karsten Litowski – und Nick auf sich hatte.

Ihr Zuhörer war nicht im mindesten überrascht oder beeindruckt von dieser Nachricht, sondern schöpfte neue Hoffnung. »Du meinst, er wollte mit dem Flötenspiel nur meine Standhaftigkeit testen?«, fragte er mit zwiespältigen Gefühlen. Behielt Judith Recht, war er enttarnt und ertappt. Dann standen die Tore zur Psychiatrie meilenweit offen für ihn. Das hätte er nun sogar in Kauf genommen, denn behielt er Recht, drohte ihm die Hinrichtung durch einen Geist – und ihm blieb nicht einmal Zeit, sich selbst zu töten.

Wieder nickte Judith. »Logisch betrachtet muss es so sein. Lass uns Gewissheit verschaffen. Wir gehen und sehen nach.«

»Was ist mit Renates Beutel?«, erinnerte Dieter sich und sprang verschreckt auf.

»Das können wir den Flötenspieler gleich selbst fragen«, entgegnete sie patzig.

»Ich geh da nicht runter. Keine zehn Pferde …«

»Wir gehen beide!«

»Bitte, Judith, ich …«

»Hast du etwa Muffensausen?« spottete sie, worauf Dieter beschwörend den Zeigefinger hob. »Es könnte auch ein Verrückter sein«, sagte er.

»Nicht verrückter als du.«

»Hör auf! Hör auf! Hör auf!«, schrie er sie an und sank wieder auf die Knie.

Judith begann plötzlich schallend zu lachen. Ein Stück Wahnsinn hatte auch sie befallen, denn nichts mehr war, wie es sein sollte. Traum und Realität vermischten sich wie im Rausch oder unter Drogen. Der oder die Unbekannte in der Gaststube wurde zur Existenzfrage. Ihm oder ihr gegenüber zu treten konnte entweder in einer Katastrophe enden oder die aus den Fugen geratene Welt wieder gerade rücken.

Obwohl sie keine Heldin war, die jeder Gefahr trotzte, wünschte Judith nichts sehnlicher als eine schnelle Entscheidung. Sie würde jetzt gehen – notfalls auch allein. Sollte doch das bisschen, was von Dieter übrig geblieben war, vor Angst in die Matratzen nässen.

»Kommst du nun mit?«, fragte sie ihn ein letztes Mal und wickelte sich eine Decke als Rock um die Hüfte. Eine zweite wand sie geschickt um ihren Oberkörper, denn in Unterwäsche wollte sie dem Besucher nicht entgegentreten. Zudem war es bitterkalt außerhalb des Schlafsackes.

»Du nimmst das Messer mit, ja!«, drängte Dieter.

Demonstrativ hielt sie es in die Höhe und fuchtelte wie ein Degenfechter damit herum.

»Schon aus Schutz vor dir brauch ich's. Zufrieden?«

»Ja, zufrieden«, gab er kleinlaut zurück.

»Dann lass uns gehen. Du nimmst die Kerze.«

Dieter gehorchte wie ein gut dressiertes Hündchen. Hinter dem Mut der jungen Frau konnte er sich verstecken und den Lauf der Dinge einfach abwarten. Er hoffte weiterhin, in Begleitung seiner Beschützerin dem Rächergeist trotzen zu können, weil der keinen Mucks mehr von sich gegeben hatte, seit er Judith um Hilfe aufgesucht hatte. Und in wenigen Stunden würde es draußen hell werden.

Wie ein zerbrechliches Kleinod hütete er die Flamme der Kerze, obwohl nebenan seine Taschenlampe lag. Er ließ das Wachs nicht überschwappen und setzte seine Schritte über die steile Treppe mit Bedacht. Judith hatte ihm den Vortritt gelassen, um vor seinen überraschenden Angriffen gefeit zu sein.

Durch die Tür zur Stube streute kein Licht mehr. Zu Judiths Verblüffung standen die Bergstiefel des Besuchers weder im Regal noch anderswo im Vorraum. An den Haken für die Eispickel und

Teleskopstöcke hing nichts. Nur die kleinen Wasserlachen bei der Tür ließen auf seine Anwesenheit schließen. Feuchte Abdrücke führten zur Gaststube, aus der leises Knistern drang.

»Na los, nur zu! Klopf an und tritt ein!«, flüsterte Judith.

»Der Ofen … er … er brennt.«

»Hab's schon gehört. Was ist jetzt?«

»Du zuerst!«

»Jammerlappen!«

Mit der gleichen Überwindung, die sie in eiskalten Gebirgsbächen ein Bad nehmen ließ, trat sie nun beherzt und ohne zu klopfen in den Raum. Aus den Fugen der Ofenplatten hoben sich geisterhafte gelbe Zungen, die lebhaft flackerten. Am Tisch stand eine Grableuchte, deren winzige Flamme sich mit dem Licht eines Glühwürmchens messen konnte. Nicht grün, sondern rot schimmerten die Gegenstände im Umkreis weniger Zentimeter: eine verbeulte Aluminium-Trinkflasche und ein Plastikbecher, gefüllt mit dampfendem Tee, dazu die Blockflöte.

Durch das Licht zeichneten sich die Umrisse einer Person ab, welche reglos vor diesem spärlichen Frühstück saß und die eintretenden Bewohner scheinbar gebannt musterte. Der strenge Geruch beginnender Verwesung lag in der Luft. Was man neben dem Knistern des Feuers noch hörte, war monotones Wassertropfen.

Judith wollte wissen, wer sich hinter dem Schatten am Tisch verbarg, und winkte Dieter mit der Kerze zu sich. Jener stand noch bibbernd am Treppenabsatz. »Was ist? Keiner da, oder?«, wisperte er mit einem Anflug von Hoffnung. Statt einer Antwort winkte Judith heftiger, und ihr Schützling goss sich vor Schreck heißes Wachs über die Hand.

»Autsch!«

Einen Vorteil hatte sein Lapsus, denn durch den frei werdenden Docht wuchs die Flamme auf doppelte Größe und sollte dem Versteckspiel im Nu ein Ende bereiten. Das Küken näherte sich der Tür und wollte die Kerze weiterreichen. Aber Judith schüttelte den Kopf. In einer Hand hielt sie das Messer, mit der anderen zerrte sie ihren Begleiter über die Schwelle.

Gleich füllte das Kerzenlicht den ganzen Raum, der keine merklichen Veränderungen zeigte – wenn man einmal vom Feuer im Ofen absah. Alles war so, wie Judith es vor wenigen Stunden hinterlassen hatte – bis auf die Friedhofsleuchte, die Flöte, die Tasse und die Flasche am Tisch.

Bis auf die Person.

Stocksteif hockte die gedrungene Gestalt auf dem Stuhl, den Rükken förmlich gegen die Lehne gepresst. Ihre Hände, übereinander gelegt, ruhten im Schoß. Der Blick war starr nach vorne gerichtet. Sie trug ihren zerschundenen Anorak, die Kapuze war über den Kopf gezogen. Letzte Züge verblichener Schönheit zeigten sich noch in ihrem Gesicht. Schönheit und Jugend, das war lange her. Jetzt sah das Mädchen schlimm zugerichtet aus mit ihrer ledrig getrockneten Haut. Doch zwischen den fleischlosen Lippen schien es freundlich zu lächeln. Ein Wassertropfen löste sich von ihrer Nase.

Im gleichen Moment löste sich von Dieters Lippen ein grässlicher Schrei. Er schmetterte die Kerze zu Boden und stürzte aus dem Zimmer. Sein Kreischen schien das ganze Bergmassiv zu sprengen. Dann krachte er im Dunkeln gegen die Wand, stolperte, fing an zu heulen.

Rings um ihn Geister: wehende Gestalten, Fratzen aus dem Nichts, die ihre Mäuler aufsperrten und ihm Finger, spitz wie Dolche, entgegen streckten. »Jetzt haben wir dich, du perverse Sau. Jetzt reißen wir dir die Gedärme raus«, riefen sie ihm zu.

Mehr instinktiv als mit Überlegung schlüpfte er in Schuhe und Jakke, bevor er blindlings zur Haustür stürmte. Sie war geöffnet.

Mit jedem Schritt, der ihm noch gewährt wurde, schwanden seine Empfindungen. Es war ihm egal, wohin er lief, solange er noch laufen konnte, egal, ob sie ihn verfolgte, solange er sich nicht umblickte, egal, welches Loch ihn verschlang, solange er sein Grab nicht mit ihr teilen musste.

Er ließ seinen Rucksack zurück, die Steigeisen, die Stöcke, den unentbehrlichen Pickel.

Er ließ seine Sehnsucht zurück, seine Liebe, seine Ängste, seine Erinnerungen.

Er ließ Judith zurück, die sich vergeblich bemüht hatte, seine Seele zu heilen.

Und er ließ Renate zurück.

Nach Erlöschen des Lichtes schwanden auch Judith beinahe die Sinne. Starr stand sie vor dem Tisch, an dem eine Tote Platz genommen hatte und vor dieser Friedhofskerze, beweihräuchert mit dem Dampf ihres heißen Getränks, ein ungemein makabres, geschmackloses Bild abgab. Anfangs hatte es ausgesehen, als sei dieses Wesen lebendig, wenn auch in Meditation versunken. Ihre Brust schien unmerkliche Bewegungen zu vollziehen, ihr Kopf ein wenig zu schwanken und nach vorne zu kippen, die im Schoß verschränkten Hände schienen zu zittern, und ihre Augen zeigten neugieriges Interesse an den Regungen der beiden Hüttenbewohner. Im sanften Rotlicht verdichtete sich diese Illusion wieder, und Judith erwartete eine Reaktion der Zurückgekehrten: eine deutliche Geste, Worte der Begrüßung, plötzlich auftauchender Qualm, in dessem Schutz sie sich verflüchtigte, eine Metamorphose, eine Levitation ... irgendetwas, das dem Zweifel ein Ende bereitet hätte.

Kurz verspürte Judith den Drang, Dieter zu folgen. Ihr wurde schnell bewusst, dass sie ohne Kleider und Schuhe bald erfrieren oder in den nächsten Abgrund rutschen würde, was ihrem versprengten Gefangenenwärter in seiner wirren Verfassung gewiss ebenso blühte. So nahm sie erneut all ihren Mut zusammen, trat zwei Schritte zurück und suchte nach der Kerze.

Ihr anfänglicher Schock schwand, als sie sah, dass von der Toten keine unmittelbare Gefahr ausging. Sie zückte kein Messer und sprang nicht plötzlich auf, um ihre Krallen auszufahren. Sie spie auch kein Feuer, sprach keine Verwünschungen aus. Wozu auch? Judith hatte ihr nichts getan. In gewisser Weise war es sogar Judiths Verdienst, ihr den Schänder von einst in die Arme gespielt zu haben.

Sie fand die Kerze und blickte sich verzweifelt nach einem Feuerzeug um. Schließlich musste Renate die Grableuchte irgendwie angezündet haben. Doch nicht am Ofen und nicht am Tisch lag das begehrte Gerät. Judith fluchte in Gedanken, bis ihr der Geistesblitz kam, einfach die Ofenklappe zu öffnen.

Trotz höchster Anspannung hatte sie ihre Gedanken im Griff, welche die ganze Absurdität im »Benehmen« der grabflüchtigen Leiche verdeutlichten: Da wandelte Renate erst wie ein forscher Bergsteiger bei stockdunkler Nacht durch den Gletscher hierher, heizte ein, brühte sich einen Tee auf, damit die klammen Glieder locker wurden, und erstarrte kurz darauf wieder zu einem harten Klumpen aus Knochen und totem Gewebe.

So verlagerte sich Judiths Angst auf einen unbekannten Dritten, der irgendwo in der Nähe stecken musste und gewiss nicht von dieser Welt war: Herr der Puppen, Frankensteins Enkel, Terminator ... Er hatte Renate aus ihrer Ruhestätte geraubt und wie den Setzling einer Fleisch fressenden Pflanze hier abgestellt.

Nach Öffnen der Ofenklappe drang genug Licht in den Raum, um die Tote wirklich als tot zu diagnostizieren. Mausetot war sie, am Auftauen zwar, gleichsam eine Erkältung ausschwitzend, aber ohne bewusste Regung. Verwunderlich, dass sie kaum Zeichen des Verfalls zeigte, sofern man das anhand ihrer Gesichtszüge abschätzen konnte. Judith war zu beschäftigt, sie eingehender zu beobachten. Es galt, ein Schlagwerkzeug als Waffe gegen den vermeintlichen Dritten zu suchen.

Zitternd vereinigte Judith den Kerzendocht mit der Flamme eines Holzspans. Jetzt polterten im abgeschlossenen Nebenraum – der Küche – Bergstiefel. Es schien, als habe der Regisseur gewartet, bis Dieter den näheren Umkreis der Casati-Hütte verlassen hatte. Nun trat er durch die Zwischentür und knipste seine Taschenlampe an. Er trug eine weiße Tarnuniform und sah fürchterlich aus: tief gebeugt, aufgezehrt, verunstaltet durch wirre, lange Haare, die ein Stirnband zusammenhielt. Aus seinem Gesicht stach die Hakennase hervor, von der es unaufhörlich tropfte.

Dieses »Gespenst« hatte Judith am allerwenigsten hier erwartet, und sie fragte sich, ob es ihm nur ähnlich sah. War er ein Gefallener aus dem ersten Weltkrieg, der zufällig sein Grab mit Renate geteilt hatte und in dieser Nacht Ausgang bekommen hatte? Hatten sie gemeinsam diesen Schabernack ausgeheckt? Als er zu sprechen begann, offenbarte er sich als Mensch aus Fleisch und Blut: der Sonderling Raimund.

»Hab keine Angst, Judith!«, versuchte er sie zu beruhigen und verhüllte die Tote mit einer Decke, wodurch sie noch unheimlicher wirkte. Er zwang sich zu ruhigen, sanften Bewegungen, blieb bewusst im hinteren Teil des Raumes und richtete die Taschenlampe zu Boden. Er hatte eine Thermoskanne aus der Küche mitgebracht, in die er Renates Tee zurück schüttete.

»Alles Hokuspokus«, bemerkte Judith mit zwiespältigen Gefühlen. Ihre Hand griff nach der Türklinke.

»Bleib hier und wärm dich etwas am Ofen auf«, brummte Raimund mit der Stimme eines lieben Teddybären. »Ich schaff Renate am besten gleich nach nebenan. Es ist bestimmt nicht angenehm, in Gegenwart einer Leiche …«

»Tatsächlich Renate?«, vergewisserte sie sich.

Er nickte.

»Aber sie war doch unauffindbar. Sie … was sollte das alles? Du … du musst mir erklären …« Judith stockte und kämpfte gegen eine Ohnmacht.

»Geh auf dein Zimmer, wenn dir das lieber ist. Zieh dir etwas an.«

»Das würde dir so passen!«, Sie stützte sich gegen die Wand, holte tief Luft, schleuderte ihren Kopf einmal hin und her und stolperte schließlich eilig zur schmalen Holzbank am Ofen, als presse ihr die Übelkeit das Essen wieder hoch. Nach einigen Sekunden innerer Verkrampfung besserte sich ihr Zustand. Aus Entsetzen wurde Wut, denn Judith begriff allmählich den Sinn des pietätlosen Spiels.

»Die Überraschung ist dir gelungen«, gab sie zu und offerierte Gesprächsbereitschaft. Raimund nickte bedächtig und schob das verhüllte »Denkmal« samt Stuhl in die Küche. Wieder zurück, nahm er am Tisch Platz, verschränkte seine Hände und rang um die richtigen Worte.

»Du hast Dieter in den Tod geschickt«, kam ihm die Studentin zuvor, »das war dir doch klar, oder?«

»Ihm bleibt eine reelle Chance, sich ins Tal zu retten«, entgegnete der Einzelgänger ruhig. »Auch Renate hatte damals eine reelle Chance.« Er deutete dabei zur Zwischentür. »Leider entschied sich das Schicksal gegen sie.«

»Irrsinn, vollkommener Irrsinn! Bist du denn krank im Schädel?«, fegte ihn Judith an. »Das war Mord, hinterhältiger, gemeiner Mord!«

Doch Raimund antwortete gelassen, er habe Dieter nur nackte Tatsachen präsentiert. »Der Kerl hätte bleiben können. Seine Schuldgefühle haben ihn in die Flucht getrieben. Er hat Renates Rache gefürchtet, weil sie Grund hatte, sich an ihm zu rächen. Er hat genauso reagiert, wie ich es erwartet habe.«

»Jeder hätte nach so einer grausigen Begegnung den Teufel im Nakken gespürt. Das war grob fahrlässig, Raimund. Lauf ihm nach und klär die Sache auf, bevor es zu spät ist! Noch können wir den Schaden begrenzen«, drängte Judith, die allmählich ihre Beklemmung abstreifte. Doch der Bärtige rührte sich nicht vom Fleck.

»Ich lasse nicht zu, dass hier Selbstjustiz betrieben wird«, schrie sie ihn an.

»Du wirst es nicht verhindern können«, sagte er kühl und steigerte Judiths Unbehagen. »Ich hatte gute Augen und Ohren, mitzubekommen, was Dieter plante. Ja, er hätte wieder gemordet, weil er eine Art höhere Berufung darin sah. Dafür kommt er jetzt noch viel zu gut weg. Er schafft sich selbst als Problem aus der Welt, statt die Strafe durch andere erdulden zu müssen.«

Sie schwieg verbittert und fügte sich in ihr Schicksal, das nun in seiner Hand lag. Wenn er es fertig brachte, Dieter in den Tod rennen zu lassen, bereitete es ihm gewiss keine Skrupel, eine lästige Zeugin aus dem Weg zu schaffen. Es ging ihm längst nicht mehr um Dieter – dieses Kapitel war für Raimund abgehakt –, sondern um seinen guten Ruf. Der Asket konnte wie ein Raubtier über sie herfallen und ihr die Luft abdrehen.

»Also gut«, begann sie ihr Friedensangebot, »du wirst deine Gründe haben, ihn so hart zu strafen. Nur frage ich dich, ob du dir seiner Schuld vollkommen sicher bist.«

Raimund zögerte ein wenig und meinte, er habe zwingende Indizien. »Vielleicht hat er dir im Laufe eurer Zweisamkeit erzählt, was sich damals wirklich zugetragen hat«, äußerte er in der Hoffnung, von Judith eine Rechtfertigung für seine Taten zu hören.

»Hat er nicht«, sagte sie.

»Ich kann allenfalls vermuten, was sich zwischen euch beiden hier abgespielt hat. Manchmal hörte ich Schreie und Gepolter.«

»Wir wollten bei Tagesanbruch zur Pizzini-Hütte absteigen. Meine Knie waren verletzt.«

»Wie kommt's, dass du dich mit Decken kleidest?«

»Tut nichts zur Sache. Wir sind von den Flötentönen geweckt worden.«

»Verwunderlich nur, dass deine Sachen in der Küche eingeschlossen sind. Und warum findet man dort alle spitzen und scharfen Gerätschaften des Hauses, dazu das ganze Werkzeug, hm?«

»Gut, er wollte mir an die Wäsche«, gab sie zu. »Wir hatten Streit. Er schloss mich ein, klaute meine Kleider, damit mir die Flucht unmöglich wurde.«

Raimund wurde hellhörig. Weit öffneten sich seine Augen, und die Nasenspitze strebte zur Decke. »Schau schau! Parallelen tun sich auf.«

»Ich wollte ihm nur aus seinem Trauma helfen«, rechtfertigte sich die Studentin kleinlaut. Raimund fragte in Oberlehrermanier, ob ihr überhaupt klar sei, was ein Trauma sei.

»Du weißt wohl alles besser, nicht?«, fauchte sie, wobei ihr Rock zu Boden glitt. »Du bist der Superschlaumeier, der alle durchschaut. Aber deswegen bist du keinen Funken besser als Dieter. Hast dich da draußen versteckt, statt zu helfen; hast gewusst, dass ich hier durch die Hölle ging und hast es dieser irrwitzigen Inszenierung wegen geschehen lassen. Pfui Teufel!« Und sie spuckte Raimund ins Gesicht.

Sekundenlang schien er zu überlegen, ob er ihr für diese Vermessenheit die letzten Kleider vom Leib reißen sollte. Aber er besann sich und entgegnete: »Mag sein, ich hab mit meiner Schocktherapie gewissenlos gehandelt. Dein leichtsinniges Spiel jedoch war keinen Deut besser. Als mir Willi erzählte, du wärst mit Dieter hier oben zurückgeblieben, weil dich eine Verletzung am Weitergehen hinderte, da wusste ich Bescheid. Und als ich hörte, euer Funkgerät habe den Geist aufgegeben, roch ich Lebensgefahr. Ich hatte ja Gelegenheit, dich und die anderen gründlich zu studieren. Oh, plötzlich war alles so kristallklar, dass mir keine andere Wahl blieb, als das Werk zu vollenden.«

»Ein Werk nennst du das?«, wunderte sich Judith.

Raimund nickte und nahm einen Schluck Tee aus der Thermoskanne. »Jetzt bleibt nur noch die Aufräumarbeit«, brummte er zufrieden. »Und du wirst dich daran notgedrungen beteiligen.«

»Indem ich die Schnauze halte und mir eine plausible Erklärung einfallen lasse, warum Dieter Hals über Kopf getürmt ist?«

»Schlaues Köpfchen.«

»Lass den Zynismus!«, fuhr sie ihn an und erinnerte sich wieder an das Messer. Es lag in Griffweite am Ofen. Raimund entging ihr seitwärts gerichteter Blick, weil er gerade einen weiteren Schluck des köstlichen Kräutertees genoss.

»Was passiert, wenn du redest, Judith? Ich sag's dir: Der gute Raimund kommt in arge Bedrängnis und Dieters Andenken wird in alle Ewigkeit mit einem ruchlosen Mord befleckt. Mehr als den Tod als Strafe wollen wir ihm nicht aufbürden, oder? Wir wollen nicht diesen schlimmen Verdacht im Raum stehen lassen, der ihm über drei Jahre lang solche Seelenqualen bereitet hat. Wir wollen, dass die Leute mit Tränen an ihn denken und sagen: ›Ein armer Kerl, der am Verlust eines geliebten Mädchens zerbrochen ist.‹ Die Zweifler werden ihm vergeben. Alles wird gut sein.«

Judith hüllte sich wieder in ihre Decken, senkte den Kopf und wog die Argumente des Einzelgängers gegen ihre Prinzipien ab. Raimund verlangte weder Zustimmung noch Ablehnung, sondern Verständnis. Und um seine seltsame Art der Bestrafung verständlich zu machen, berichtete er, wie es dazu gekommen war:

»Ich war nicht sonderlich interessiert an der Geschichte, die man sich in allen Tälern rund um den Ortler erzählte: Ein junges Mädchen aus Deutschland, verunglückt im Zufallferner, von einer Spalte verschluckt, ihr Freund total im Arsch nach der Katastrophe. Ähnliches kam im Jahr ein paarmal vor.

Zwei Wochen nach dem Drama – die Suchaktion waren längst abgeblasen worden – stieg ich von Innersulden über den Eisseepass zur Casati-Hütte auf, um den Zustand der Gebäude nach der Skitourenzeit zu inspizieren. Kurz oberhalb der Schaubach-Hütte kam ich in die ersten verschneite Moränen und bahnte mir dann den Weg durch einen spaltenreichen Gletscher, der vielen Unerfahrenen schon zum Verhängnis geworden ist. Etwa eine halbe Marschstunde vom Eisseepass entfernt wurde ich plötzlich auf einen farbigen Punkt im Schnee aufmerksam. Ich fand das Fußende eines Biwaksacks, der da ins Freie stach, während der Sack samt Inhalt noch vergraben lag. Wie es aussah, hatte die Person eine unfreiwillige Nacht im Gletscher verbringen müssen, hatte zum Schutz gegen den Wind eine Mulde ausgehoben, sämtliche Kleider angelegt und den spärlich gefüllten Rucksack als Unterlage benutzt.

Es war ein sehr junges Mädchen, das einen vergeblichen Kampf gegen das Einschlafen gefochten hatte. Irgendwann muss ihre Erschöpfung über die Kälte gesiegt haben. Sie ist erfroren. Ihr Bett hatte der Wind mit Schnee zugedeckt, bis das Tauwetter der letzten Tage begann, sie wieder ans Licht zu bringen. Was mir auffiel, waren die Schürfwunden im Gesicht und am Hals. Blaue Flecken an den Armen, Blut auf der Hose. Beide Beine zerkratzt und aufgeschürft, übersät mit Risswunden und eingefrorenen Blutergüssen. Einen scheußlichen Anblick boten ihre Finger, die aussahen, als habe sie ohne Handschuhe einen Berg Glassplitter abgetragen. Sie hatte sich Tücher um die Hände gebunden. Im Rucksack fand ich keine Fäustlinge. Was mich noch stutzig machte: Trotz ihres mächtigen Tourenrucksacks hatte sie keinen Schlafsack und kaum Proviant bei sich. Sie trug keinen Klettergurt. Steigeisen und ein Pickel lagen neben ihr.

Mir fiel es schwer, zu glauben, diese Tote könne Renate Litowski sein, die im über vier Kilometer entfernten Zufallferner verschollen war. Aber im Rucksack fand ich Gegenstände, die ihren Namen trugen – so etwa die Blockflöte und das Notenheft –, dazu einen Ausweis.

Erst war ich wie vor den Kopf gestoßen, kannst du dir denken. Hatte sie es doch geschafft, sich irgendwie aus der Spalte zu befreien und ohne Karte im Nebel den Eisseepass zu finden. Sie musste in die Spaltenwand mit dem Eispickel breite Griffe für die zweite Hand geschlagen haben – eine Arbeit von Stunden, die immense Energien erforderte. Knochenbrüche konnte ich an ihr nicht feststellen. Sie wird den Sturz ins Loch recht glimpflich überstanden haben und hätte ihrem Begleiter demnach ein Lebenszeichen geben können. Dieter aber sagte aus, sie sei einfach verschwunden und habe auf sein Rufen nicht geantwortet. Möglicherweise war Renate kurz bewusstlos, doch die plausiblere Erklärung wäre, dass sie gar kein Zeichen geben wollte, damit der Bursche oben glaubte, sie sei tot – und sich entfernte.

Was tun mit der Leiche? Sie ins Tal bringen und die Gerüchteküche neu anheizen? Das konnte nur Ärger geben. Ganz abgesehen vom Trubel, der dann um meine Person gemacht worden wäre: ›Sensation! Verschrobener Aussteiger findet schöne Gletscherleiche.‹ Diese Schlagzeile sah ich schon auf den Titelblättern. Andererseits hatten sich inzwischen alle mit Renates spurlosem Verschwinden abgefunden, weshalb ich beschloss, sie hier oben zu begraben. Als Opfer der Berge sollte das Eis ihren Körper bewahren. Ihren Mörder aber – so es einen Mörder gab – wollte ich nicht ungestraft davonkommen lassen. Ich bildete mir ein, Renates Nachlass verwalten zu müssen, quasi als ihr rechtmäßiger Finder.

Erst begrub ich sie an einem Ort, der fast ständig im Schatten lag und die Kälte konservierte. Am Inneren Kofl war das, einer Felseninsel im Langenferner, zwei Kilometer südöstlich vom Eisseepass. Damals wie heute transportierte ich die Tote mit der sogenannten Wanne, einer flachen Aluminiumschüssel für Bergrettungs-Einsätze. Es war natürlich verrückt, Renate einfach im harten Firn einzubuddeln und die Welt über ihr Schicksal im Unklaren zu lassen. Doch ich habe ein anderes Verständnis von Pietät und fand meine Handlungsweise durchaus legitim.

Wenig später traf ich Karsten Litowski, der private Nachforschungen in dieser Gegend durchführte und einen ortskundigen Mann sprechen wollte. Er war ein schlauer Bursche, der mich gleich beeindruckte, weil er peinlich genau alle Widersprüche durchleuchtete, die sich aus Dieters Bericht ableiten ließen. Ich stachelte seinen Eifer an, gab ihm Recht in allen Punkten, die er gegen Dieter aufführte, teilte seinen ungeheuren Verdacht, der den Buben zum Mörder stempelte. Schließlich sagte ich: ›Lass ihn nie zur Ruhe kommen! Irgendwann treibt ihn seine Schuld hierher zurück. Und dann liegt es an uns, ihm die Zunge zu lockern.‹

Wie ich hörte, haben er und sein Bruder meine Worte ernst genommen und den Bogen fast überspannt, indem sie Dieter mehrfach belästigten. Dessen Gewissen setzte ihm ebenfalls zu, wie mir scheint, bis er endlich dem inneren Drängen nachgab – zwar ohne festen Plan, doch mit der Absicht, sich ein längst fälliges Erfolgserlebnis zu verschaffen.«

Raimund trank einen Schluck Tee und berichtete weiter: »Ich wollte kein Richter sein, kein verschlagener Ermittler, der Dieter hinterher jagte und ihm das Geheimnis aus der Nase kitzelte. Was blieb, war ein ungutes Gefühl, weil ich mein belastendes Wissen zurückgehalten habe. Es machte wenig Sinn, Renate wieder auszugraben und irgendwo in den Gletscher zu legen, wo Bergsteiger sie schnell finden würden. Zwar wäre dadurch der ganze Fall noch einmal aufgerollt worden, doch glaubte ich nicht, dass es gereicht hätte, den Schuldigen anhand der Spuren zu überführen. Falls er Renate kaltblütig beseitigt hatte, besaß er sicher auch die Verschlagenheit, sich aus jedem Verhör zu winden. Blieb nur die Hoffnung, er werde das Blatt durch eigene Fehler selbst wenden.

Du kannst dir also meine Freude über Karstens Anruf vor einigen Tagen vorstellen. Besser gesagt, er hat einen Gaststättenbesitzer in Innersulden angerufen, der seine Nachricht an mich weiterleitete. Sie enthielt nur die wichtigsten Eckdaten: Didis geplante Rückkehr, die Zahl seiner Begleiter, euren Stützpunkt und eure geplante Ankunftszeit. Dazu kam eine Mitteilung über Nick, der sich als Aufpasser unter die Gruppe mischen wolle. ›Wenn's dich interessiert, nimm Kontakt mit ihm auf und sieh dir den Mörder meiner Schwester an‹, riet mir Karsten noch.

Und wie mich das interessierte! Endlich konnte ich mir ein Bild von Dieter Reitmeier machen. Ich kam zur Pizzini-Hütte, um sein Verhalten, seine Motive, seinen Geisteszustand und seine Weltanschauung zu ergründen. Schon nach den ersten Gesprächen mit ihm habe ich wichtige Erkenntnisse sammeln können. Das half, mir in einem realistischen Gedankenszenario vorzustellen, was sich möglicherweise zwischen ihm und Renate abgespielt hat.

Ich lernte Didi als innerlich zerrütteten Menschen kennen, der aus seinen sozialen Zwängen keinen Ausweg fand. Er suchte gar keinen Ausweg mehr, sondern übte sich als Märtyrer, als einzig Aufrechter in einer bösen, verdorbenen, lieblosen Welt. Unklar war mir, auf was er hier hinaus wollte. Deshalb hab ich auch eure Rollen in diesem Spiel durchleuchtet. Mary und Tschiko ließen sich leicht als lästige Anhängsel erkennen. Sie setzten Didi mit ihren zügellosen Liebkosungen gewaltig zu. Dass er in dir eine Vertraute gefunden hatte, kam meinen Plänen entgegen. Natürlich versuchte er, die bisherige Version seiner Geschichte zu vermarkten – anfangs mit Erfolg. Später scheinen dir Karstens Argumente verdaulicher geworden zu sein. Ich spürte, wie du langsam zu zweifeln begannst und von Neugierde angestachelt wurdest.

Als das Schlechtwetter endlich seine Kräfte verpulvert hatte, schien eure Unternehmung entgegen allen Unkenrufen ein erfolgreiches Ende zu nehmen. Zugegeben, ich glaubte sogar, mich in Dieter getäuscht zu haben. Er wäre brav hinter euch von einem Gipfel zum anderen hergedackelt und in solch erlesener Gesellschaft weder auf der Casati-Hütte noch am Colombo-Biwak ausgeflippt. Deshalb bin ich schon am Montag nach Innersulden abgestiegen, wenn auch mit einem kleinen Abstecher zu Renates Grab. Ich schaufelte sie endlich frei und begrub gleichzeitig meine Hoffnung, die Wahrheit je zu finden.

Nur die Toilettentasche mit ein paar markanten Gegenständen nahm ich als Andenken mit.

Kaum war ich im Tal, fragte mich die Bergwacht von Bormio, ob ich den Alu-Rettungsschlitten und zwei Funkgeräte zur Casati hoch tragen könne, weil man die Dinge bis zur Skisaison dort benötigte. Nach meiner Fahrt über das Stilvser Joch stieg ich mit der Wanne am Rücken und der Toilettentasche im Rucksack zur Pizzini hoch. Dort traf ich Karsten mit tropfender Nase. Doch was musste ich von ihm hören? Ich hab's bereits erwähnt: Ihr allein hier oben, du verletzt, er der selbstlose Beschützer, Funkverbindung abgeschnitten! Da lag Gefahr in der Luft. Eilig stürmte ich los und befahl Karsten, er solle sich in ärztliche Behandlung begeben, denn seine Erkältung hatte sich inzwischen arg verschlimmert. Der Trottel war nicht einmal fähig gewesen, ein Feuer im Ofen zu machen.

Natürlich versprach ich, hier auf euch achtzugeben, aber Karsten wollte das gar nicht. ›Wir brauchen einen Beweis, dass er Renate getötet hat‹, sagte er. ›Und die Voraussetzungen, dass sich Dieter selbst überführt, sind so günstig wie nie. Er wird es wieder morden.‹

Oh, ihm zu widersprechen, wäre töricht gewesen. Unser Schreibtischtäter kennt nur seinen Hass und hätte dich dafür ohne Skrupel geopfert. Ich zeigte ihm Renates Blockflöte, die ich behalten hatte, und fragte, ob er noch eines ihrer Lieblingsstücke wisse. Da ich als Bub in der Ministrantengruppe Blockflöte gespielt und in einsamen Bergnächten auch alle Lieder aus Renates Heft geübt hatte, fiel es mir nicht schwer, die Melodie gekonnt zu trällern.

Gedopt mit drei Aspirin machte sich Karsten kurz nach meinem Abmarsch an den Abstieg. Er wird diese Nacht in seiner Pension verbringen und auf meinen Anruf warten.

Ich selbst kam gestern Vormittag hier an, drehte eine Runde am Grat, pflanzte Renates Säckchen in den Schnee, schlich in das Hauptgebäude – ich besitze ja sämtliche Schlüssel – und beobachtete aus den kleinen Dachfenstern, was sich nebenan tat. Gut, ich hätte gleich zu euch kommen und sagen können: ›Tag, Freunde! Lange nicht mehr gesehen!‹ Aber ich wollte diese einmalige Gelegenheit nicht ungenutzt lassen. Alle Anzeichen deuteten darauf hin, dass dich Dieter gefangen hielt. Und ich vermute, so hat er's auch mit Renate getrieben. Nur halte mir zu Gute, Judith: Ich wollte das Spiel nicht ausreizen und dich unnötig in Gefahr bringen. Nach Einbruch der Dunkelheit verschwand ich mit dem Schlitten, schleppte wie ein Ackergaul die Leiche vom Inneren Kofl hierher und wartete, bis im Haus Ruhe einkehrte. Den Rest kennst du.«

»Und was passiert jetzt?«, fragte Judith ängstlich.

Raimund lächelte und stand mit einem lauten Ächzen auf. »Spurenbeseitigung.«

»Vergiss es!«, rief sie und sprang schnell an ihm vorbei in den Nebenraum. Das erste, was sie zu fassen bekam, war Dieters Eispickel. Nur kurz verlieh ihr dieses Gerät ein Gefühl von Überlegenheit. Raimunds schäbiges Grinsen holte sie in die Wirklichkeit zurück. Sein bulliger Körper füllte den Türrahmen. »Willst du mich damit beeindrucken, Judischätzchen? Du verkennst deine Lage, die keinen Deut besser ist als noch vor einer Stunde.«

»Du bist verrückt. Die Einsamkeit hat dir das Gehirn zerfressen!«, ächzte sie, während ihr Raimund die Brust bot. »Stoß zu! Zier dich nicht! Der erste Angriff gehört dir.« Und er trat einen Schritt näher, die Arme weit von sich gestreckt. »Nur bedenke eins, Judith: Sollte ich diesen Angriff überleben, schlage ich umso entschlossener zurück.«

»Verschwinde! Verlass das Haus!«

»Nicht ohne Renate.«

»Die bleibt hier – als Beweisstück! Wenn du willst, dass man dich nicht nur als Leichenschänder, sondern auch als Mörder anklagt, wirst du jetzt Dieter nachlaufen, ihn einfangen und hierher zurückbringen – meinetwegen auch gefesselt.«

Im selben Augenblick schnappte Raimund nach dem Eispickel und bekam ihn tatsächlich zu fassen. Indem Judith sofort losließ, geriet der Bär kurzfristig ins Straucheln, was ihr wiederum Gelegenheit gab, die Küche durch die nun aufgeschlossene Tür zur Diele zu verlassen. Fast hätte die Panik sie dazu verleitet, Hals über Kopf nach draußen zu stürmen. Sie machte schnell kehrt, hetzte die Treppe hoch, bewarf den Verfolger mit den Decken und flüchtete in Dieters Lager. Er hatte den Schlüssel innen steckenlassen. Eine Umdrehung und der Unhold stieß bereits mit dem Stiefel gegen das Holz.

»Mach auf, du Schlampe!« Wieder trat er zu, dass die Bretter knackten.

»Nein! Bitte! Lass mich doch in Frieden!«, heulte sie und stemmte sich mit dem Rücken gegen die Tür.

»Na warte …« Dann plötzlich Stille. Einsicht? Eine neue Taktik? Judith zwang sich, den Atem anzuhalten. Raimund polterte treppab, verschwand kurz in der Stube, kehrte zurück. Fest stemmte sich Judith in ihrer Angst gegen die Tür, denn sie vermutete durchaus richtig: Er würde erneut versuchen, sie zu durchbrechen. Dafür hatte er sich ein Werkzeug besorgt.

Ein mörderischer Schlag bog das Holz und katapultierte die Frau durchs halbe Zimmer. Stechender Schmerz zwang sie in die Knie. Ein Griff an den Rücken: Blut. Die Spitze des Eispickels war durch das Türholz bis zwischen ihre Rippen gedrungen. Wie tief, das vermochte sie nicht abzuschätzen. Sie wollte es auch gar nicht wissen. Ihr war klar: »Wenn er hier rein kommt, zerfleischt er mich. Jeder wird denken, Dieter hätte es getan.«

Und Raimund verschaffte sich problemlos Zutritt, indem er mit dem Stiel des Pickels einfach die Tür aushebelte. Wie eine berstende Nußschale knackte das Schloss.

»Nein!«,schrie Judith und krümmte sich in die hintere Ecke, wobei sie jede erreichbare Decke als Barrikade vor sich auftürmte. Der Schatten des irren Einzelgängers verharrte jenseits der Schwelle.

»Ich beginne zu verstehen«, sagte er vollkommen ruhig und blendete sie mit der Taschenlampe. »Zu verstehen, weshalb Dieter etwas tötete, was er aus ganzem Herzen geliebt hatte. Ihm blieb gar keine andere Wahl, als so zu handeln. Demnach wäre es nur recht und billig, ihm posthum ein Opfer zu bringen und dich zu ihm ins eisige Grab zu schmeißen – Lohn seiner verzweifelten Bestrebungen gegen die unauslöschliche Schuld. Andererseits würde ich damit meine Prinzipien brechen, denn ich kam, um ein Verbrechen zu bestrafen. Jetzt bin ich dabei, selbst eines zu begehen.«

»Tu es nicht!«, flehte Judith, die hart gegen eine Ohnmacht kämpfte. Was hinderte Raimund daran, im nächsten Augenblick mit dem Eispickel über sie herzufallen, ihr das scharfzackige Metall ins Fleisch zu hacken, immer und immer wieder, bis von ihr nur noch Fetzen übrig waren? Er trug Handschuhe, und der Pickel gehörte Dieter.

Sekundenlang schwieg Raimund, rang offenbar um eine Entscheidung. Das gab ihr Zeit, sich ihres fatalen Fehlers bewusst zu werden: Statt dem Retter zu danken, hatte sie ihm mit der Justiz gedroht. Statt ihm glaubhaft zu machen, sie stehe voll hinter seiner Tat und werde über alles, was hier vorgefallen war, Stillschweigen bewahren, hatte sie eine Ethik verteidigt, die diesem Sonderling völlig fremd war.

Nun versuchte sie es auf die Mitleidstour und zeigte ihm das Blut an ihren Händen. »Du hast mir in den Rücken gehackt«, wimmerte sie.

»Zugegeben, nicht gerade appetitlich.« Er trat über die Schwelle, den Eispickel wie ein Maschinengewehr vor sich gestreckt, und rief: »Zieh dich aus!«

»Ich hab Schmerzen, ich …«

»Es wird nicht weh tun. Will nur deine Kleider – und zwar alle.« Judith folgte zögernd. »Wirf sie her!« Im Flug fing er Slip und Oberteil auf, bevor er sie zerriss. »Schnapp dir eine Decke und geh nach nebenan!« In Erwartung einer Hinrichtung wankte sie an ihm vorbei. Als sie sich in ihrem Zimmer umdrehte, schlug er von außen die Tür zu und schloss ab. Die Aufräumaktion hatte offenbar Vorrang.

»Wieviel Zeit bleibt mir?«, fragte sie sich, als er wenig später das Haus verließ und die Leiche auf dem Aluminiumschlitten festschnallte. »Ich muss so schnell wie möglich hier raus.« Unten in der Küche lag ihr Rucksack. Das hatte sie gesehen. Sie würde ein Werkzeug finden, um sich dort Zutritt zu verschaffen – falls es ihr gelang, erst die Tür des Lagers zu knacken. Aber ihr Rücken schmerzte bei jeder Bewegung. Immer noch drang Blut aus der tiefen Fleischwunde.

Lange suchte Judith jeden Winkel des Raumes nach einer Stange oder einem Brett ab, bevor ihr die rettende Idee kam: Unter der Matratze lagen Latten, die sich leicht entfernen ließen. Wie man eine Tür aufhebelt, dazu hatte ihr Raimund gerade Anschauungsunterricht gegeben.

Nur schlug das Vorhaben hier fehl: Zwar bekam sie das Brett unter Aufbietung sämtlicher Kräfte zwischen Tür und Rahmen, aber dann zerbrach es. Zwei weitere erfolglose Versuche folgten. Zuletzt sank sie weinend zu Boden und ergab sich ihrer Verzweiflung.

Das Licht.

Hatte sie nicht kurz ein Licht am Gletscher aufleuchten sehen? Sie schleppte sich zum Fenster, kämpfte wieder gegen eine Ohnmacht und musste sich mit beiden Händen abstützen. Kein Licht. Eine Täuschung nur? Raimund selbst? Nein, der durfte, um zum Inneren Kofl zu gelangen, eine andere Richtung eingeschlagen haben. Zwei Minuten heftete sie ihren Blick in die Dunkelheit, dann ging sie entkräftet in die Knie.

Ein erneuter Blick, diesmal nur für wenige Sekunden: Kein Licht. Keine Möglichkeit, abzuschätzen, wie weit weg es gewesen war. »Gott, wenn jemand kommt, dann lass es einen Menschen sein«, betete sie jetzt, während sie auf der Matratze neue Kräfte sammelte. »Kein Monster mehr.« Und insgeheim war sie sogar enttäuscht, dass Renate nicht wirklich als wandelnde Leiche gekommen war – ohne Begleitung dieses Bärtigen, der bald zurückkehren würde, um sein grausiges Werk zu vollenden. Demnach versuchte sie jetzt noch verbissener, die Tür zu knacken, raffte sich auf, ballte die Fäuste und holte weitere Bretter, die allesamt abknickten. Doch Judith gab nicht eher auf, bis sie entkräftet zusammenbrach.

»Tot sein«, wünschte sie sich. »Lieber Gott, lass mich tot sein!«

Nick benötigte fünf Stunden für die vier Kilometer vom Monte Cevedale bis zur Hütte. Mediziner hätten seine Willensleistung als Wunder bezeichnet. Eigentlich gehörte er in die Intensivstation. Der Kopf hätte vollkommen ruhig liegen müssen. So kämpfte Nick pausenlos gegen eine Ohnmacht, indem er Schnee an die Stirn drückte und häufige Pausen einlegte. Wenn die Beine ihren Dienst versagten, zählte er bis 100 und nahm dann die nächsten Schritte in Angriff.

Selbst wenige Meter vor dem rettenden Ufer – der Tür zum Wintergebäude – musste er lange rasten. Am schlimmsten aber war der Drang, sich einfach in den Schnee zu werfen, einzuschlummern und damit allen Schmerzen ein Ende zu bereiten.

Was ihn antrieb, verscheuchte auch diese gefährlichen Wünsche. Da war erst ein Schrei gewesen, der von Dieter stammen konnte. Dann hatte er ein Licht Richtung Eisseepass ziehen sehen. Aber irgendeine innere Eingebung warnte ihn davor, dieses Licht zu Hilfe zu rufen. Nicks Gedanken waren wirr, manchmal völlig abgehoben, manchmal gegenstandslos. Etwas musste geschehen sein in der Casati-Hütte, etwas Schreckliches. Aber Nick war schon froh, wenn er sein Ziel im Auge behielt. Allein der Drang, mit eigener Kraft zurückzukehren, hielt ihn auf den Beinen, entlockte seinem geschundenen Körper letzte Reserven.

Zurück zu ihr. Dann würde alles gut werden.

Schritt um Schritt beendete er die höllische Distanz, bis er mit seinem Eispickel gegen die verschlossene Tür pochte. Oh Elend! Keiner mehr da. Er hätte doch nur bis zwei zählen müssen: »eins« nach Dieters Schrei und »zwei« beim Erkennen des Lichts, das ja nur Judith gehören konnte. Wessen Licht hätte es sonst sein können? Mit Willis Anwesenheit rechnete er schon längst nicht mehr.

»Narr!«, rügte er sich. »Kopfloser Narr! Wärst du doch abgeschmiert in den Abgrund.«

Alle Mühen umsonst? Fast hatte er sich mit seinem Schicksal, hier krepieren zu müssen, abgefunden, als von drinnen Geräusche laut wurden. Jemand kam die Treppe herunter. Das Schlüsselrasseln wurde zum himmlischen Glöckchenklang. Nick straffte sich mühsam zu einer aufrechten Position. Und aufrecht standen sie sich Sekunden später gegenüber: er und die Bewohnerin. Dann schwanden ihm die Sinne mehr vor Glück denn vor Erschöpfung. Sie lebte, war scheinbar unverletzt und hatte geschlafen, denn außer zwei Decken trug sie nichts über ihrer Haut.

»Was hast du da am Kopf?«, fragte sie ihn entsetzt, während er in ihre Arme stürzte. Fast wäre sie mit ihm zusammengebrochen, aber die Freude über diesen ersehnten Gast verlieh ihr ungeahnte Kräfte. Nachdem sie sich vorhin als lebender Rammbock erfolgreich gegen die Tür gestemmt hatte, wog Nick nicht mehr als eine Feder.

»Ich bin ja so glücklich«, sagte sie, als der Münchner von ihr gestützt die Stube erreicht hatte. »In der Küche hingen noch Ersatzschlüssel, sonst hättest du durchs Fenster einsteigen müssen. Hab einen Augenblick Geduld und du wirst alles erfahren!«

Die Geduld wurde auf eine harte Probe gestellt, denn für Nick ergaben Judiths Worte keinen Sinn. Er begriff nicht, warum sie die Haustür wieder absperrte und sogar noch einen Pflock unter die Klinke spreizte.

Erst bettete sie ihn dicht vor dem Ofen auf drei Matratzen, wo er auftauen konnte. Seine Körpertemperatur schien kaum 30 Grad zu betragen. Aber er fühlte, wie ihn die Wärme langsam wohlig umfing. »Es ist noch etwas Glut im Ofen. Gleich mach ich das Feuer flott. Geduld Nick!«

Doch ihr Übereifer weckte erstmals den Argwohn des Münchners. Nachdem er bereits kurz seine Augen geschlossen hatte, hob er den Kopf und blickte ihr nach. Sie humpelte. Unverkennbar: Sie ging gebückt und humpelte. Ein Arm schien völlig bewegungsunfähig zu sein. Und das, was von ihren nackten Unterschenkeln herab floß, war das nicht ... Blut?

Ächzend bückte sich die Studentin, um einige Holzklötze aus der Kiste zu nehmen. Da verlor sie das Gleichgewicht und musste sich am Eisen des Ofens, welches jetzt nur noch lauwarm war, abstützen.

»Judith«, rief Nick, so laut er konnte.

Dann brach es aus ihr heraus. Sie weinte, wie sie noch nie in ihrem Leben geweint hatte, herzzerreißend und grauenerregend zugleich. Nur ein Teil Erleichterung schwang darin mit, weil sie sah, wie wenig ihr Nick in dieser Verfassung nutzte. Aber er war der Mensch, den sie herbeigesehnt hatte. »Bleib«, sagte sie und fasste sich wieder, als er versuchte, aufzustehen. »Es geht schon. Musste alles mal raus.«

»Was ist geschehen?«

Sie ging zur Nick und griff seine Hand. »Ich weiß nicht, ob ...«

»Warum blutest du?«

»Didi wollte mich töten. Doch die Wunden stammen nicht von ihm.«

Schließlich erzählte sie in kurzen Sätzen, immer wieder unterbrochen von Weinkrämpfen, was sich hier ereignet hatte. Vieles verschwieg sie ihm, jedoch nicht, dass sie fürchtete, ER könne immer noch zurückkehren.

»Welcher von beiden?«, fragte Nick. Statt einer Antwort gab sie ihm einen Kuss auf die Wange. »Draußen wird es schon hell. Versuch zu schlafen!«, flüsterte sie. »Bald wird Hilfe kommen, bald.«

Der Kopf des Münchners ruhte auf einem Kissen; er zwang sich zu einem Lächeln. Ja, vielleicht war es wirklich das Beste, die Augen erst wieder zu öffnen, wenn das Schlagen der Rotorblätter eines Helikopters erklang. Aber hatte irgendjemand der übrigen Reisegefährten Grund, ernsthaft besorgt um die vermeintliche Dreiergesellschaft hier oben zu sein?

Judith nahm einen Schluck aus Nicks Feldflasche und fand in seinem Rucksack weitere Schätze: Mit der Reiseapotheke konnte sie sich leidlich verarzten, bevor sie die Ersatzwäsche ihres Gastes anlegte. Obgleich ein Teil davon schon benutzt und durchgeschwitzt war, machte ihr das nichts aus. Alle ihre Sachen hatte der Einzelgänger mitgenommen, was darauf schließen ließ, dass er sie anschließend ebenfalls von der Bildfläche verschwinden lassen wollte. Deckte sich das mit seinen edlen Absichten, die Bösen zu strafen und die Opfer zu rächen? Wessen Recht vertrat er wirklich?

»Das Recht des Berges. Er muss verrückt sein«, vermutete Judith. Dann schleppte sie sich die Treppe hoch und bezog Posten an den Fenstern beider Schlafräume. Neue Spuren? Offenbar nicht. Während es immer heller wurde, war draußen alles ruhig.

Aber dann sah sie ihn.

Raimund öffnete gerade den Hintereingang zum Casati-Hauptgebäude und deponierte dort die Rettungswanne, mit der er die Tote transportiert hatte. »Das ist die Werkzeugkammer!«, durchfuhr es sie. »Er wird eine Axt holen und …« Augenblicklich stürmte sie in die Stube, um Nick zu wecken. Der lag wie leblos da, den Kopf zur Seite geneigt, die Hände über der Decke gefaltet.

»Er kommt, Nick«, sagte sie leise. »Was soll ich tun? Mein Gott, was soll ich bloß tun?«

Und er, kaum hörbar: »Kennst du das Märchen von Hänsel und Gretel?«

»Wir … wir müssen doch etwas unternehmen.«

Jetzt öffnete ihr Gast die Augen, sah sie an und winkte sie mit einer Hand näher. Seiner Aufforderung, neben ihr Platz zu nehmen, kam sie zögernd nach. Doch ihre Gedanken kreisten nur um eine Frage: »Wie können wir Raimund daran hindern, uns mit der Axt in Stücke zu schlagen?«

»Die beiden Geschwister waren in einer beschissenen Situation, aber sie haben die Hexe ausgetrickst«, sagte Nick, der stolz darauf war, dass seine Gehirnzellen wieder funktionierten. »Raimund weiß nicht, dass ich hier bin. Und er wird annehmen, du seist weiterhin im Lager eingesperrt. Wir …« Er sprach jetzt ganz leise. »… müssen ihn in Sicherheit wiegen.«

Nick hatte keine Eile. Oder sollte man sagen, er war nicht in der Lage, schnell zu handeln? Tatsächlich kämpfte er hart, bei Besinnung zu bleiben und wusste, er musste Judith jetzt Stärke vortäuschen, damit sie stark blieb. An ihr lag es, ob sie hier lebend raus kamen oder Renate Gesellschaft leisten durften.

Nick griff nach Judiths Hand und drückte sie sanft. »Du wirst jetzt den Haustürschlüssel abziehen und leise den Pflock entfernen, dann räumst du meine Sachen in die Toilette, verschanzt dich mit meinem Brotmesser im Lager mit der Tür, die er aufgehebelt hat. Ich geh ins andere Lager. Wenn er kommt, wirst du ihn erledigen.«

»Nein, das kann ich nicht!«

»Du wirst ihm das Ding zwischen die Rippen hauen, Judith.«

»Das geht schief. Der Kerl ist bärenstark ...«

»Du musst!« Mit letzter Kraft richtete sich Nick auf und nahm sie in die Arme. »Du kannst es. Ich weiß, dass du es kannst, Judith«, redete er ihr zu.

Schließlich kniff sie die Lippen zusammen, nickte und machte sich eilig an die Arbeit. Unterdessen hievte sich der E-Technik-Student in die Höhe, nahm die drei Decken, atmete tief und langsam, bis sein Blick wieder klar wurde. Der Weg in den ersten Stock wurde ihm zur Montblanc-Besteigung. Aber er schaffte es.

Kaum lag er unter den Decken, polterten Schritte in der Diele. Der Bärtige kam ohne Axt, aber mit einem Stück Draht. Er wollte Blutspuren vermeiden. Das Messer in Judiths Hand zitterte.

Raimund lauschte. Sein Instinkt sagte ihm, dass sich etwas verändert hatte. Er roch nichts, sah nichts Verräterisches, hörte aber ... aufgeregtes Atmen, das von oben kam. Klar, da wartete eine auf ihre Hinrichtung. Zwar fühlte er sich jetzt schäbig, doch seine Freiheit, die er über alles schätzte, wollte er sich durch niemanden kaputt machen lassen.

Der Draht spannte sich schon zwischen seinen Händen. Stufe um Stufe erklomm er, immer noch misstrauisch. Innerlich putschte er sich mit Parolen auf: »Bring dein Werk zu Ende! Dies Opfer ist unvermeidbar.«

Dann stand er vor ihrer Tür. Das Schloss war zerbrochen. Und dennoch hatte sie sich wieder hierher verkrochen, in den letzten vermeintlichen Schlupfwinkel. Gewissheit verschaffte ihm ein leises Wimmern jenseits der Tür, die er mit einem Fußtritt öffnete. Unter allen vorrätigen Decken hatte sie sich eingegraben.

»Sei nicht kindisch«, lästerte Raimund. »Du wolltest doch eine Heldin sein, oder? Also komm raus und stirb wie eine Heldin!« Das Etwas unter den Decken fing an zu beben. »Du weißt, dass du keine Chance hast, Judith. Dabei hätten wir Verbündete werden können. Oh ja, das hätten wir. Doch du wolltest den Verbrecher retten und mich selbst zum Verbrecher stempeln, mir meine Existenz, meine Heimat, meine Ehre rauben. Dein erster Fehler war Neugier, dein zweiter Hochmut. Stell dich der letzten Konsequenz.«

Diese wohlvorbereitete Rede wurde mit einem hochfrequenten Gekreische quittiert.

»Ja, schrei nur wie ein Ferkel im Schlachthof. Es wird dir alles nichts nützen.«

Und während der Bärtige das Kreischen mit einem Hohngelächter zu übertönen versuchte, spürte er plötzlich etwas in seinen Rücken eindringen. Der Schmerz raubte ihm die Luft. Der Draht entglitt seinen Händen, die sich immer mehr verkrampften, je tiefer das Metall in sein Fleisch schnitt. Er glaubte, es sei ein Nagel, bis er das Ding zu fassen bekam und heraus riss: Ein Messer, die Klinge zur Hälfte voller Blut.

Unentwegt dieses Kreischen. Und während Raimund endlich begriff, was ihm widerfahren war, sah er nur noch einen Schatten hinter sich davonhuschen.

Wer lag unter den Decken? Wer hatte ihn verletzt? Wie viele Feinde barg plötzlich das Haus? Sein Plan, alle Spuren zu beseitigen, schien unerfüllbar. Nein, jetzt galt es, das nackte Leben zu retten. Er machte kehrt, torkelte aus dem Haus und schulterte trotz der schweren Verletzung den bulligen Rucksack.

Dank seiner Bärennatur gelang Raimund tatsächlich die Flucht ins Tal. Dank des Schlüssels, den er stecken gelassen hatte, erhielten die Studenten Zutritt zum Hauptgebäude. Dort gab es ein Funkgerät. Ihre endgültige Eintrittskarte für die Freiheit, die ihnen nun kostbarer erschien als je zuvor.

Nach Absetzen der Notfallmeldung löste sich ihre Spannung in einer langen, zärtlichen Umarmung.

»War ich gut?«, fragte Judith.

Nick sammelte die letzten Kräfte für ein verschmitztes Grinsen und flüsterte: »Passt schon.«

Epilog

Dieter Reitmeier wurde gegen Mittag in einem steilen Geröllfeld unterhalb des Langenferners vom Rettungshubschrauber entdeckt. Er war gestürzt und hatte sich das Bein gebrochen. Stark unterkühlt sprach er wirre Sätze, schien den Verstand verloren zu haben und kam in psychiatrische Behandlung. Über die Vorfälle auf der Casati-Hütte machte er keine Aussagen. Er redete ohnedies nur noch sehr selten.

Auch Nikolaus Grum und Judith mussten mit dem Hubschrauber der Bergwacht ins Tal gebracht werden. Nick blieb zwei Tage im Krankenhaus von Bormio und konnte dann nach Deutschland überführt werden. Er war mit einer schweren Gehirnerschütterung davongekommen. Im folgenden Frühjahr ging er bereits wieder in die Berge.

Judith, die länger im Krankenhaus bleiben musste, wurde Nicks Freundin und begleitete ihn auf vielen seiner Touren. Irgendwann vertraute sie ihm die ganze Wahrheit über Dieter an. Bei ihrer Vernehmung zu den Vorfällen auf der Casati-Hütte hatte sie der Polizei gesagt, Dieter sei von Minute zu Minute unruhiger geworden, habe zu Fantasieren begonnen und schließlich Renates Geist kommen sehen. Aus Angst, sie – seine Beschützerin – könne ihn verlassen und damit den bösen Mächten ausliefern, habe er ihr die Kleider weggenommen. In der zweiten Nacht sei er von einer Vision heimgesucht worden, habe wild um sich geschlagen, die Türen zertrümmert, sie verletzt und sei wie vom Teufel besessen davongestürzt.

Mary und Tschiko erlebten noch ein paar gemeinsame Monate, bevor sie sich nach einem heftigen Streit trennten.

Berti beendete sein Studium und bekam eine lukrative Stelle als Biologe in einem Pharma-Konzern. Er fuhr nur noch selten in die Alpen und brach alle Kontakte zu seinem ehemaligen Freund Dieter Reitmeier ab.

Willi kurierte seinen Schnupfen aus und widmete sich als Karsten Litowski wieder ganz dem Computer.

Raimund fand einen verschwiegenen Arzt, der seine Stichverletzung behandelte. Nach seiner Genesung wurde er Wirt auf einer einsamen, unbedeutenden Berghütte in einem unbedeutendem Gebirge.

Renate Litowski blieb für immer verschollen.